三人の二代目 ㊤

堺屋太一

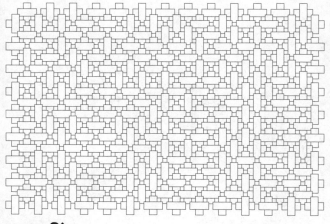

講談社＋α《プラスアルファ》文庫

「三人の二代目」—文庫版への前書き

「創業と守成、いずれが難きか」

「二代目は初代の苦労を知るが、初代は二代目の苦心を知らない」という。衆を従えて業を興《おこ》し組を成した創業の初代の苦労は、後継者にはよく伝わる。身近に侍《はべ》った人々からも、遠くから見る評論家や伝記作家にも知られ易い。世の中は常に「勝てば官軍」、財を成せば「偉大な実業家」、すべて単純な結果論である。

ところが、二代目の事業を継承し秩序を確立するのに費やした苦心が伝わることは少ない。「二代目は出来上がった事業と組織を受け継いだ幸運児」くらいに思われることもある。

だが、初代の建国の苦労と二代目としての守成《しゅせい》の苦心を共に経験した唐の太宗李世《たいそうりせい》民《みん》の感覚は違ったらしい。李世民は、父李淵《りえん》を援《たす》けて創業の功を成し、その後は群臣を率いて「貞観《じょうがん》の治」と呼ばれる理想の治世を行って守成の実を成し遂げた人物である。その李世民がある時、群臣を集めて訊《たず》ねた。

「創業と守成のいずれが難きか」

と。これに対して創業を援けた老将や老臣たちは、

「それはもちろん創業です。何もない所から兵を起こし群雄を平らげ天下を統一する苦労は大変なものでした」

と応えた。だが、治世に入った「貞観の治の賢臣」たち——房玄齢《ぼうげんれい》や杜如晦《とじょかい》は、

「いやいや、守成のほうが難しいです。創業のときは力で反対派を押し潰せばよかったが、守成の今はそれでは不満不足が溜ります。右を宥《なだ》め左を納得させ、誰をも頷《うなず》かせる守成のほうが苦心が多いでしょう」

と、語ったという。

それぞれが自ら進めた事業こそ苦労が多くて難しかった、と思っていたのである。

創業の初代に劣らず、二代目の苦労苦心は大きい。

現在の日本は「二代目の時代」、敗戦後の復興を成し遂げ高度成長を実現した初代は去って遠い。これからの日本は二代目、単に血筋や順送りで二代目となった人ではなく、新たな企業文化を創り上げる真の二代目が望まれる時期だ。

この作品は、そんな時代に役立つことを願った一作である。

三人の二代目　上杉、毛利と宇喜多◉上巻　目次

それぞれの春

天下の形勢

※巻末に、上杉家、宇喜多家、毛利家の系図があります。

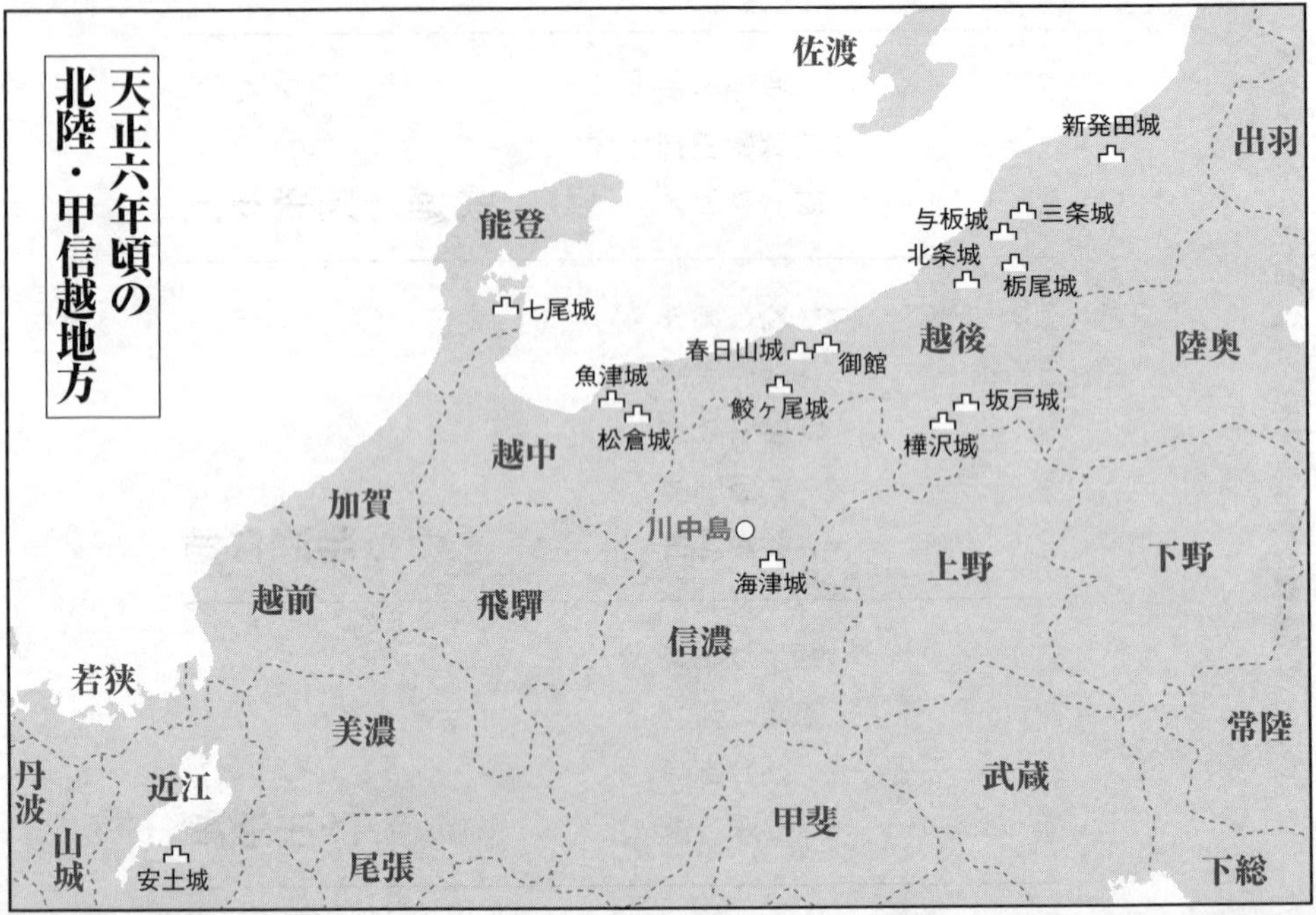
天正六年頃の北陸・甲信越地方
佐渡
出羽
新発田城
能登
与板城
三条城
北条城
栃尾城
七尾城
越後
陸奥
春日山城
御館
魚津城
鮫ヶ尾城
坂戸城
松倉城
樺沢城
越中
加賀
川中島
海津城
上野
下野
越前
飛騨
信濃
若狭
美濃
常陸
武蔵
丹波
近江
甲斐
山城
安土城
尾張
下総

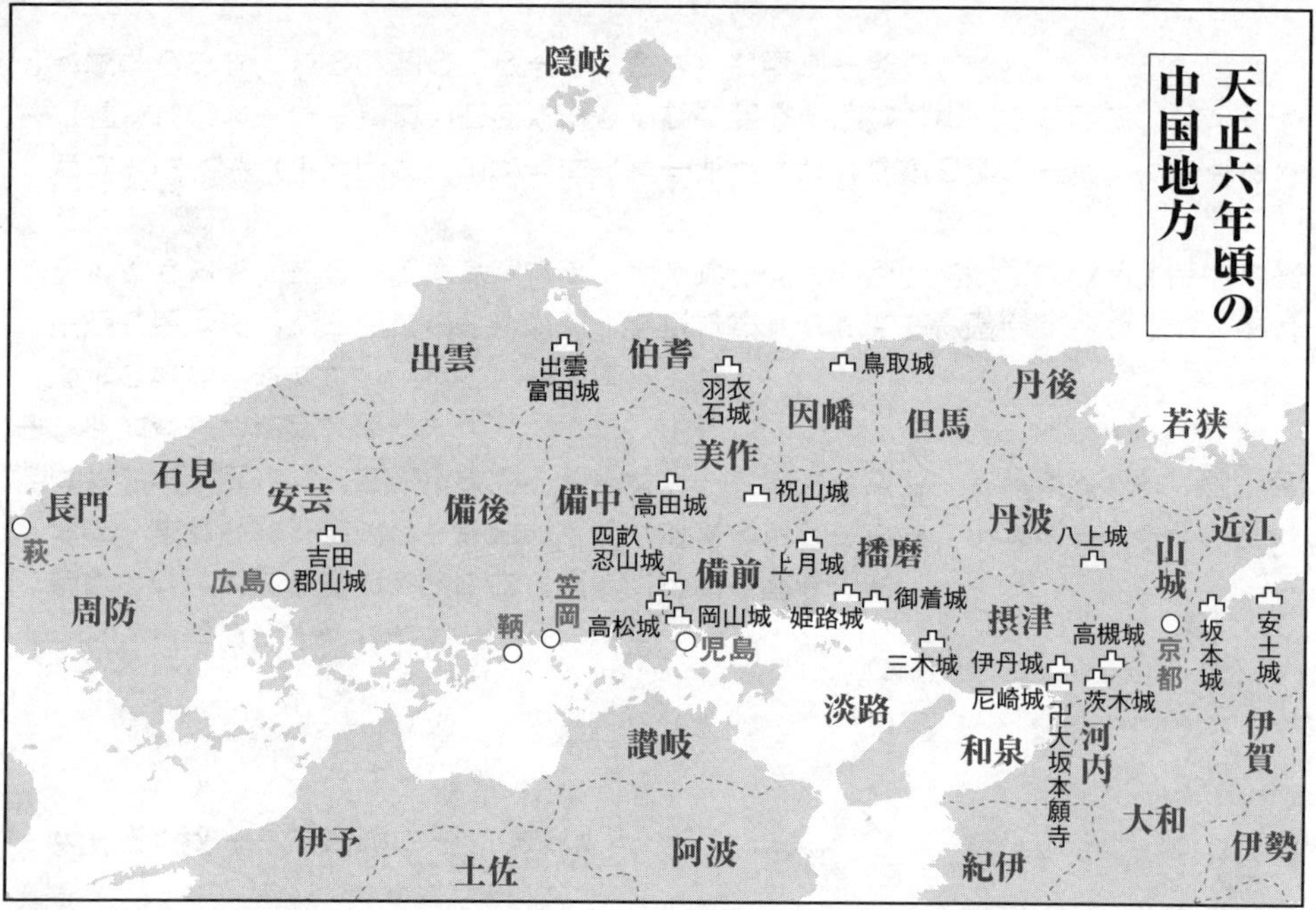
天正六年頃の中国地方
隠岐
出雲
出雲富田城
伯耆
羽衣石城
鳥取城
因幡
但馬
丹後
若狭
石見
長門
萩
安芸
吉田郡山城
広島
周防
備後
備中
高田城
美作
祝山城
四畝忍山城
備前
上月城
播磨
丹波
八上城
近江
山城
笠岡
鞆
高松城
岡山城
児島
姫路城
御着城
摂津
高槻城
京都
坂本城
安土城
三木城
伊丹城
尼崎城
茨木城
大坂本願寺
河内
淡路
讃岐
和泉
伊賀
大和
伊予
土佐
阿波
紀伊
伊勢

北の異変——越後《えちご》春日山《かすがやま》にて

「ひぇ、これは、やられたぞ……」

悲鳴のような声が響いた。戸口に据えた碁盤の側《はた》からだ。

碁盤を挟むのは、総髪《そうはつ》の中年男と汚れた風体の旅の小坊主。それを十人余りが取り囲んでいる。脇《わき》には大皿が二枚、それぞれ二十枚ほどの銭が入っている。この頃、陣中で流行《はや》り出した賭《か》け碁だ。

「いまのはひっかけじゃ。この一手は待て」

正面に座り込んだ男が口を尖《とが》らせた。途端に様々な声が出て騒がしくなった。それを聞き咎《とが》めてか、奥の一段高い座にいた若い男が立ち上がった。長身痩軀《そうく》、眼光に力がある。

時は天正《てんしょう》六年（一五七八）三月九日の昼下がり。所は越後の春日山城。本丸から二丁（約二二〇メートル）ほど南西に下った坂戸《さかど》曲輪《くるわ》と呼ばれる大型の陣屋。立ち上がった長身の男は、この陣屋の主《あるじ》の上杉景勝《うえすぎかげかつ》。この時二十四歳である。

曲輪の敷地は百人余りの人と十頭ほどの馬で混み合っている。「関東出陣」の触れに応じて景勝が連れて来た軍兵だ。そんな時には退屈凌《しの》ぎの賭け碁が行われる。景勝も、出陣まではそれを許している。

「囲碁に待ったはござらん。わしの負けだ」

総髪の中年男が、無念そうに膝《ひざ》を二度叩《たた》きながらもそういった。

「うーん、それにしても秀仙《しゅうせん》先生ほどの打ち手に四子も置かせて勝つとは、この小坊主ただ者ではないのお……」

正面に座った男が口惜《くや》し気に呻《うめ》いた。

「そりゃあそうだろう。旅を重ねて碁を打ちに来るほどじゃからなあ」

小坊主の脇にしゃがんだ青年が笑った。

「さては、与六《よろく》どのは見抜いておられたか」

誰かがそう叫び、みなが青年の顔を見た。子供っぽさの残る美貌《びぼう》の青年、樋口《ひぐち》与六、のちの直江兼続《なおえかねつぐ》である。

「へぇえ、それでは……」

与六が大皿の銭に手を伸ばそうとした時、金切り声を上げて女が駆け込んで来た。

「お館様《やかた》が……、お館様が、お倒れに……」

「何、お館様が……」

碁盤の周囲の者も、その前まで歩み寄っていた長身の男、上杉景勝も驚きの声を発した。お館様、上杉謙信《けんしん》が卒中で倒れたのだ。

「お館様には、本日早暁より護摩《ごま》堂に籠《こも》って琵琶《びわ》を奏でておられましたが、その音が途絶えたので供の者が覗《のぞ》き見ましたところ、お倒れになっていた由《よし》。すぐさま御本丸にお運びしましたが、最早《もはや》、動きも語りもなさらず……」

駆け込んで来た女は、身を震わせながら語った。驚きで言葉を失った男たちの間を、女の声は突き抜けた。箇にして要を得ている。

上杉景勝は突っ立ったままそれを聞き、自分を納得させようとして二度三度頷《うなず》いた。そして、ゆっくりと訊《たず》ねた。

「その方、仙桃院《せんとういん》様の手の者か……」

仙桃院とは、お館謙信の二歳違いの姉であり、この男景勝の実母である。一族の坂戸城主長尾政景《まさかげ》に嫁ぎ、二人の女子と喜平次《きへいじ》景勝を産んだが、夫の政景は酒に酔って遊泳して溺《おぼ》れ死んでしまった。十四年前、景勝十歳の時だ。

謙信は未亡人となった姉を引き取り、春日山城に棲《す》まわせた。

「不犯《ふぼん》の義将」といわれる上杉謙信は、生涯女性を寄せ付けず、子も生《な》さなかった。

姉の仙桃院こそは唯一の身内である。

「あい、仙桃院様に仕える、あいと申します」

女は震える声で確《しっか》りと答えた。

「誰ぞ、この女子《おなご》を本丸まで送ってやれ」

景勝はちょっと間を置いてからいった。

「はい、自分が……」

と立ち上がったのは美貌の青年樋口与六だが、景勝は「いや」と首を振った。

「秀仙先生にお送り頂こう」

景勝は碁盤の前の総髪の中年男を指名した。山崎秀仙は景勝を少年時代から知る儒学者で、鋭い観察眼と深い思慮の持ち主だ。女を送りながら本丸の様子を探らせるのには向いている。この時、既に景勝は「次の問題」を考えていた。偉大な領主、上杉謙信の跡目、上杉家二代目の地位を巡る争いである。

妻子を持たない上杉謙信には、二代目候補となり得る養子が二人いる。姉の子の景勝と、景勝の姉（謙信の姪《めい》）の婿の景虎《かげとら》だ。

景虎は、前小田原城主、北条氏康《ほうじょううじやす》の七男で、八年前に上杉と北条の和睦《わぼく》の際に人質として来た人物だが、美童と機智《きち》で謙信に気に入られて養子となり、姪を娶《めと》って謙信自身の名「景虎」まで与えられた。当然家中にも支持者がおり、実家北条氏の支援も期待できる立場だ。

「誰ぞ、坂戸城に走れ……」

山崎秀仙と仙桃院の侍女あいの姿が、本丸へ向かう坂道に消えるのを待って、上杉景勝は低いが力の籠った声でいった。

「拙者が……」

という声がして、三つも四つも手が挙がった。樋口与六もその一人だ。だが景勝は、身を回して後ろの逞《たくま》しい肩幅の髭面《ひげづら》を選んだ。

「政頼《まさより》殿よ、坂戸城へ急行し、みなを連れて参れ。上田五十騎組に、各人二人の供を連れて四日後の正午までにここに来いと伝えよ」

坂戸城は魚沼《うおぬま》郡上田庄の中核。景勝の父、長尾政景の居城だったが、政景の死後は息子の景勝が治めている。ここに景勝は「上田五十騎組」と呼ばれる先鋭組を育てている。今回の関東遠征では上田は通り道、多くはそこで待機している。

景勝は、上田衆の代表格、栗林政頼《くりばやしまさより》にその全員を全速で連れて来い、と命じたのだ。

「五十騎組、全員が二人の供を連れて、四日後の昼までにでござるか……」

栗林政頼は、髭を震わせて反唱したが、景勝は小さく頷いて出発を目で促した。同時に二度の指名に外れて不満顔の美青年、樋口与六を上座へと手招いた。

「与六、その方には一番難しい仕事を頼む」

景勝は、与六の耳元で囁《ささや》いた。

「お館様が倒れられては跡目が大変、血筋でいえば甥《おい》の景勝だが、時を経れば景虎様に成るやも知れぬ、何しろ景虎様には関東北条家が援《たす》けを出そうからなあ。そんな噂《うわさ》を城下に広めてみよ」

「何、時を経れば、景虎様が有利に……」

十九歳の樋口与六は、五つ年上の主君の顔を驚きの表情で見詰めた。

「何故《なにゆえ》に、わが不利をいい触らすのか」

それを訊ねたかった。だが、景勝の骨張った面は動かず、強い視線を返すだけだ。

「分かりました、やってみましょう……」

十を数えるほどの間を置いて、与六は頷いた。主君景勝の思惑が読めたらしい。与六は立ち上がり、戸口で二人の弟、与七《よしち》と与八《よはち》を招いて何事かを語りながら出ていった。その時には、碁打ちの小坊主の姿は、皿に並べた四十枚ほどの銭と共に消えていた。

上杉謙信の本拠春日山城は、直江津《なおえつ》の浜から一里（約四キロ）、海抜六十丈《じょう》（約一八〇メートル）の小山である。山容は急峻《きゅうしゅん》で広い平地がない。所々に土を削って地を拡げ、三重の曲輪が設けられている。山頂には、天守櫓、本丸屋敷、護摩堂、毘沙門《びしゃもん》堂などが、それぞれの小広場に建っている。最大の本丸は約九百坪（三〇〇〇平方メートル）、本丸屋敷の他に金蔵や武器蔵も備わり、「実城《みじょう》」とも呼ばれた。

明くる三月十日。

「お館様謙信公倒る」の驚報から一夜明けると、実城に上杉方の諸将が集まって来た。どの顔も緊張しているのは、お館継承の問題を意識しているからだ。

この時期の上杉軍団は室町体制そのまま。総兵力一万人といわれるが、謙信直属の将兵は五百人ほど、他は越後をはじめ越中《えっちゅう》、能登《のと》、飛騨《ひだ》、上野《こうずけ》などの服属する城主たちの兵団の積み上げである。それだけに、後継問題でも独自の意見を持つ者が多い。

当然、諸将が集まれば様々な話が渦巻く。

「お館様のお考えは、景勝様に越後の国主を継がせ、景虎様は上杉憲政《のりまさ》様の跡の関東管領《かんれい》に就けることだ」

という者がいれば、

「違う違う。景虎様こそ越後の国主。勇猛な景勝様には西の新領を与えて上方を征服させるお積もりだった」

と反論する者がいる。

倒れて四日目の三月十三日朝、上杉謙信は死んだ。この日の午後にはじまった後継選びでは対立が表面化した。謙信側近の斎藤下野守《しもつけのかみ》らが、

「景勝様を跡継ぎに定め、越後、佐渡《さど》、越中および上野の領地を治めて頂く。景虎様には能登や加賀《かが》、飛騨の新領をお与えする」

という案を出したが、北条《きたじょう》城主北条丹後守《たんごのかみ》や鮫《さめ》ヶ尾《お》城主堀江駿河守《するがのかみ》が猛反対、そっくり領地を入れ替える提案をした。

「やっぱりのう……」

実城での諸将対立の様子を、二の丸坂戸曲輪で聞いた上杉景勝は、そう呟《つぶや》いて実城の方を睨《にら》んだ。実城からはほぼ等距離の東側三の丸に競争相手の景虎がいる。既に、現在の小田原城主で実兄の北条氏政《うじまさ》に救援派兵を願い出たという。相手もやる気十分らしい……。

「政頼殿、いかほど集まったかな」

三月十五日未明、坂戸曲輪の屋敷で身を起こした上杉景勝は、息急《せ》き切って駆け戻った髭面の武者栗林政頼に短く訊ねた。

お館謙信が倒れて五日と半日。この間に政頼は、二十里（約八〇キロ）離れた坂戸城まで走り、できる限りの人数を集めて来た。

「やっと三百人ほど……」

政頼は疲れ切った表情で呻いたが、景勝の言葉は鋭かった。

「すぐみな出陣の用意をせよ。甲冑《かっちゅう》は不要、太刀《たち》、槍《やり》、弓矢に鉄砲は持て。旗差し物は高く掲げよ。今一刻の働きこそ末代までの栄えとなろう」

景勝はそこまでいうと、脇に控える樋口与六を睨んで低い声でいった。

「これより実城に入る。このこと、仙桃院様にだけ先んじて報《しら》せおけ」

「何と、実城を占拠されるので……」

栗林政頼と樋口与六とが、同時に叫んで顔を見合わせた。恐れ戦《おのの》く表情だ。

「これは亡きお館様の御遺命である」

景勝は燭台《しょくだい》の赤い光を切れ長の眼《め》に映してそういった後で、呻くように呟いた。

「実城の御金蔵には三万両の黄金がある」

上杉景勝は、義父謙信が倒れたと聞いた時から、これを考えていた。

越後の中の形勢は五分五分かやや景勝に有利だが、競争相手の景虎は関東小田原城主北条氏政の弟、そしてその北条氏政は甲信《こうしん》領主の武田勝頼《かつより》とも同盟を結んでいる。この二大勢力が東と南から侵入すれば支えようがない。不利と知れば越後の城主たちも離反する。

「時を経ればわれに不利。先んじて実城を占拠し、御金蔵を手に入れることだ」

景勝はそう考えて人数を集めた。三百人は多くはないが、母仙桃院の説得があれば、実城の警備兵は抵抗しないだろう。

景勝は三百人の先頭に立って、二の丸の坂戸曲輪から本丸実城に通じる坂道を歩いた。甲冑は着けずとも、槍の穂先と竹に雀《すずめ》の黄旗（上杉家の旗印）は満月に輝いて見えた。

「上杉喜平次景勝、亡きお館様の遺命により実城に入り申す」

景勝は大声の家臣にそう叫ばせた。実城警備兵からは、歓呼も抵抗もない……。

北の異変——近江安土《おうみあづち》にて

天正《てんしょう》六年（一五七八）三月十四日未明。近江国安土城下。新建ちの寺院、本行院《ほんこういん》の耳門《じもん》を叩《たた》く音がした。

時を経ずして覗《のぞ》き窓が開かれる。叩いた者は灰色の括《くく》り袴《ばかま》を着けた飛脚。手に握った黒白の碁石を見せた。と、潜《くぐ》り戸が開かれ、飛脚はするすると庫裡《くり》に向かう。万事心得た態度、何度もここに出入りしたに違いない。ほどなく庫裡の戸が開き、年配の僧が現れた。飛脚は懐から紙縒《こよ》りにした書状を出す。年配の僧は一読すると、脇《わき》の小僧に命じた。

「日海《にっかい》様をお起こしせえ。越後《えちご》の日丈《にちじょう》小僧から急な報《しら》せや」

一瞬一語も無駄のない運びだ。百を数えるほどで、日海が現れた。頭の剃《そ》り跡も青い小柄な若僧である。日海は展《ひろ》げ延《の》べられた書状を、燭《しょく》に翳《かざ》して丹念に読んだ。そして囁《ささや》いた。

「仙也《せんや》はんを起こしなはれ。急ぎお城に登るよってに……」

そのあとで深く息を吸って呟《つぶや》いた。

「越後の上杉謙信様が倒れられた。三月九日の昼下がり。五日前のことや……」

本行院日海、のちの本因坊算砂《ほんいんぼうさんさ》はこの時二十歳。僧の道に入って十余年の若僧だが、比類のない特技がある。四年前の天正二年、十六歳の身で室町幕府お抱えの碁打ち、鹿塩《かしお》利斉を織田信長の面前で打ち負かしたのだ。

室町将軍、足利義昭を追放した織田信長は、何事につけても室町幕府を上回る権威を求めた。茶道では津田宗及《そうきゅう》や今井宗久《そうきゅう》を引き立て、絵師では狩野永徳《かのうえいとく》を重用した。そんな信長にとって、誰の目にも強弱勝敗の明らかな囲碁で、幕府お抱えの碁打ちを打ち負かしたのは天晴《あっぱ》れな手柄だ。信長はその褒美として日海に、安土城下に一寺院を与え、安土城出入り御免の特権を付与した。

とはいえ、実際主義者の信長は、文化人にも実用を求めた。茶道の津田や今井には、全国通商を拡《ひろ》げて金銀銭を貢がせた。絵師狩野永徳には、大勢の絵師を抱えて戦場予定地の絵図作りをさせた。碁打ちの日海も働いた。碁打ちを束ねて各地に配り、賭《か》け碁をしながら士気気風を調べる諜報《ちょうほう》組織を拡げていたのである。

「仙也はん。御苦労やけど大事やさかいに」

日海は、茶筅髪《ちゃせんがみ》の中年男にいった。

仙也は堺《さかい》で名を轟《とどろ》かした碁打ちで、幼い頃の日海に囲碁の手解《てほど》きをした師匠でもある。だが、日海の棋才は特別。十四、五歳になると、はるかに追い抜かれた。今は日海の相方として安土本行院に棲《す》まい、安土城に登ることも多い。

「今日は、これで行きますよってな……」

日海は書棚に積まれた沢山の棋譜の中から「異変転進」と記した冊子を展《ひろ》げた。

碁打ちが貴人の前で碁技を披露する際は、事前に打った棋譜をなぞらえるのが常だ。その場で真剣勝負をしていたのでは時間がかかり過ぎる。日海と仙也は、日々研《けん》鑽《さん》を積み、沢山の棋譜を蓄えている。それを日海は、それぞれに意味訳をした。織田信長が、一局の碁にも何かの示唆を見出そうとするからだ。

間もなく、日海と仙也は、二人の供侍を連れて寺を出た。安土の街はすべて新建ち、ようやく明け出した東の山稜には、普請《ふしん》中の安土城天守閣の影が見える。白壁黒瓦《くろがわら》の巨大な三層の上に、朱塗り八角の四層目と黒塗り方形の五層目が積み上げられている。午後の西陽を浴びる時には息を呑《の》む美しさだが、影絵で望む払暁の姿は息が詰まるほど恐ろしい。

「その両方が、信長様であろう……」

と日海は思う。

望める。

歩行四半刻《しはんとき》（約三〇分）。一行は安土城大手門を潜った。そこからは本丸が正面に城はみな、敵襲防備のために道を折り曲げ視界を門や塀で閉ざすものだが、安土城だけは違う。大手門から本丸まで幅六間（約一一メートル）の大道が突き抜けており、雄大な人工風景を作っている。織田信長はこの城を、敵と戦う軍事施設ではなく、「天下布武《ふぶ》」の象徴的造形として築いたのだ。

「天下布武」とは、「天下のすべてを武士が、つまりはその最終勝者の信長自身が一元的に支配する」という絶対王制を指す言葉だ。

「それが実現するか否か、今が勝負時だ」

と日海は思う。近畿《きんき》東海二十余ヵ国を支配する信長は、その寸前にいるようにも見える。だが抵抗勢力も強い。北の上杉、西の毛利、その間に蠢《うごめ》く諸勢力——その一角が今、崩れた。

その日、織田信長は安土の居城で早暁に目覚めた。

信長の朝は忙しい。まず手水《ちょうず》を使い、小姓に月代《さかやき》を剃らす。次いで、飯と汁と魚鳥を添えた朝食を喰《く》う。信長は、朝食にも米と塩と肉を欠かさない。並外れた活力の源だろう。

その間に、小姓頭の森蘭丸《らんまる》らが昨夜来の情報を伝える。天下諸国の政治軍事から安土城下の下世話な噂《うわさ》まで、信長の関心事は多い。この日も蘭丸は、いくつもの話題を語ったが、大した問題はなかった。信長の目下の最大関心事は、播磨《はりま》の情勢だ。

そこでは、一旦《いったん》は帰参を約した三木《みき》城主の別所長治《ながはる》が、去る二月二十三日に突然叛《そむ》き、毛利方に加担した。このため備前《びぜん》近くまで進攻している羽柴《はしば》秀吉は苦境に立ち、上月《こうづき》城に入れた尼子《あまこ》の残党、山中鹿之助《しかのすけ》らは孤立状態に陥っている。

周囲に敵の多い信長にとっては、また一つ難問が増えたわけだ。もっとも、別所もすぐには動かない。毛利の援軍を待っているのだ。

この日の報告には、その方面での進展は含まれていなかった。

「つまらぬ日だ……」

信長がそう思った時、森蘭丸が加えた。

「なお、早暁より本行院日海。仙也と共に登城、下《しも》の書院で碁を打っております」

「何、日海が……」

信長はそのひと言を聞き咎《とが》めた。何事か意味があっての行為に違いない。残った汁を呑み込むと下の書院へと大股《おおまた》で歩いた。局面は中盤の勝負所、中央に勢力を張った日海の白は優勢ながら、四方から侵される弱みがある。

さらに数手進むと、右上の黒石に破綻《はたん》が生じて劫《こう》模様となった。だが日海は劫を争わず、方向違いの左辺を攻めて巨利を得た。

「これは何の示唆か……」

信長が小首をかしげた時、蘭丸が取り次ぎの者から受け取った紙片を信長に見せた。

「何、越後の上杉謙信が倒れたか……」

そう呻《うめ》いて信長は、一瞬虚空を睨《にら》んだが、すぐ視線を碁盤に戻して呟いた。

「日海、その方これを知っておったな……」

「はい、二刻（約四時間）ほど前には」

日海は平身して応えた。

「分かった。隅の劫より辺の戦《いくさ》か。よし、そのようにやろうか……」

織田信長は小判一両を懐《ふところ》から放り出して立ち上がった。対局中の日海と仙也は慌てて平身、碁は終盤、左辺をえぐった日海の白の勝ちは動かない。

信長は庭に面した廊下を大股に歩き、上書院上段の間の主座に胡座《あぐら》をかいた。後ろには森蘭丸が、右後ろには太刀《たち》持ちの小姓が座る。前面には左右四人ずつ計八人。左後菅屋《すがや》九右衛門《きゆうえもん》、福富平左衛門《ふくとみへいざえもん》ら織田政権の奉行衆だ。

「どう見るか……」

信長は右手に握った紙片を示した。

「上杉謙信公倒れる」の文字が見える。


天正六年のこの頃、織田信長の政治行政組織は、近世独裁体制へと進みつつある。安土に、というよりも独裁者信長の身辺に、信長に情報を入れ、判断を求め、指示を伝達執行する中枢機能がある。今日でいえば総理大臣官房に当たる。

一方、地方の軍事統治機構は、八つの大軍団に編制されている。西側には中国攻めを担当する羽柴秀吉軍団、丹波《たんば》丹後《たんご》の平定に当たる明智光秀軍団、摂津《せつつ》一国を領有し本願寺攻めの北辺を担当する荒木村重《むらしげ》軍団、本願寺攻めを主務に和泉紀伊《いずみきい》を抑える佐《さ》久間信盛《くまのぶもり》軍団だ。

東側には東海道を受け持つ徳川家康、木曾《きそ》、信濃《しなの》方面を担当する滝川一益《かずます》。そして北国《ほつこく》担当の柴田勝家の三軍団が並ぶ。

これにもう一つ、信長の長男信忠《のぶただ》を総指揮官とする総予備軍団があり、副将格の丹《に》羽《わ》長秀は安土城普請奉行をも兼ねている。

各軍団には主将の直属軍の他、多数の与力大名が付与されており、それぞれ二、三万人の動員力を持つ。

織田信長は、これらの八軍団を自在に動かし、兵力の展開と集中の効果を上げた。信長が四方の敵と同時に戦えたのはこの組織の力である。

「上杉はわが強敵なれば、これぞ好機……」

暫時の間を置いて菅屋九右衛門がいった。

「この際は、北国攻めの柴田修理亮《しゅりのすけ》様に増援を送り、一挙に加賀《かが》、能登《のと》、越中《えっちゅう》を攻め陥《おと》すべきかと……」

居並ぶ奉行はみな頷《うなず》いたが、信長は渋い表情で首を傾《かし》げた……。

「上杉謙信は、不犯《ふぼん》の義将とやらと称して妻子を持たぬ変わり者だと聞く」

普請の続く安土城の本丸御殿上書院、一段高い主座から織田信長の甲高い声が響く。生まれついての独裁者信長は言葉を飾らない。

「いかにも……」

右列先頭の菅屋九右衛門が厚い綴《つづ》りを繰りながら頷いた。好奇心旺盛《おうせい》で記憶力抜群の信長に対応するため、奉行たちは書き留め帳を作っている。

「謙信公には有力な御養子がお二人。一人は甥《おい》で坂戸城主の景勝《かげかつ》殿、今一人は姪《めい》の婿の景虎《かげとら》殿、小田原北条《ほうじよう》家の出自で、今の当主北条氏政《うじまさ》公の実弟です」

「しかも……」

と左側の福富平左衛門が続けた。

「御両人はそれぞれに言い分も支持者もある由。越後を二分した騒動ともなりましょう。攻め込むには千載一遇の好機かと……」

奉行たちは互いに顔を見合わせて頷いた。

織田信長と上杉謙信は長く同盟関係にあった。武田信玄という共通の敵がいたからだ。

しかし、信玄が死ぬと様相が変わった。三年前、長篠《ながしの》の戦いで武田勝頼《かつより》の軍を撃破した信長には、最早《もはや》武田は大きな脅威ではない。

代わって強敵となったのは上杉。昨年九月には加賀手取川《かがてどりがわ》で、柴田勝家を主将とする織田の大軍が、上杉謙信に敗退している。

「謙信倒れるの混乱に乗じて攻略しよう」

とするのは戦略的にも心理的にも頷ける。

だが、信長は首を振った。

「二人の養子に謙信の跡目を争わすのがよい。必ずや兵を失い、財を減らし、怨《うら》み辛《つら》みを残すであろう……」

信長は自らの情勢分析を語り、こう命じた。

「柴田修理亮に伝えよ。北国は謀《はかりごと》を主とし、戦を従とせよとな」

信長はそこで言葉を切り、そして続けた。

「急ぐのは西、俺に背いた播磨の別所よ。羽柴秀吉にはあれこれ手を拡《ひろ》げず、まずは別所長治の征伐に全力をあげろといえ」

信長はさらに付け加えた。

「伊丹《いたみ》の荒木村重も播磨に征《ゆ》かそう」

「荒木摂津守《せっつのかみ》村重様は本願寺攻めで……」

奉行の一人がそういいかけたが、信長はぴしゃりといった。

「構わぬ。本願寺攻めは佐久間信盛に委《まか》せよ」

北の異変――備前《びぜん》岡山にて

「八郎よ、このな、上が大きくて角張ったのが『ワ』、小さくして傾ければ『ク』じゃ。大分上手になったが、もうひと息じゃな」

六歳の幼児《おさなご》に筆を持たせて仮名文字を教える初老の男。脇《わき》には引き締まった肢体と秀でた目鼻立ちの女性、一見すれば、娘と孫を愛《いと》おしむ好々爺《こうこうや》の微笑《ほほえ》ましい光景だ。

所は備前岡山城、近年改修拡張された本丸奥座敷。時は天正《てんしょう》六年（一五七八）三月二十三日の晴れた午前。二百里（約八〇〇キロ）離れた越後《えちご》春日山《かすがやま》で上杉謙信が死んでから十日が経《た》っている。

文字を教えている初老の男は、この城の主《あるじ》の宇喜多直家五十歳、教わっているのは、その一人息子の八郎、数えで六歳だ。それを見守る女性は母のお福三十歳。名前から受ける印象とは逆に、痩身《そうしん》色白で目鼻のくっきりした美女である。

「よしよし八郎、今日はこれぐらいにして、菓子でも喰《く》うかな……」

直家は、そういって席を立った。この頃、どうも尿が近い。実際の年齢よりも老《ふ》けて見えるのは、永年の戦《いくさ》と策謀に心身が疲れたせいかもしれない。

「八郎はお利巧ね。お父様に気に入られて」

美貌《びぼう》のお福がわが子に微笑みかけた。その気遣いには、この女性の苦労が滲《にじ》んでいる。

十七歳で美作《みまさか》の高田城主、三浦貞勝《さだかつ》に嫁いで一子を儲《もう》けたが、やがて尼子《あまこ》の軍に城も夫も滅ぼされた。母子は民家を転々として命を繋《つな》いだが、美貌の噂《うわさ》を知った宇喜多直家が様々に口説いて後添いにした。

直家は二度妻を娶《めと》ったが、いずれも男子を産まずに死別した。備前美作を領する大名、宇喜多直家には、四十歳を過ぎるまで世継ぎの男子がいなかったのだ。

ところが、お福と結ばれて早々に男子が生まれた。だが、その子は生まれついての病弱で一年余りで夭折《ようせつ》する。二人目は女子で乳母に託《あず》け、夫婦共に男児を得ることを諦《あきら》めかけた時に第三子ができた。整った容姿と聡明な知能を持った八郎である。

初老の夫は妻子を宝物のように大切にし、美貌の妻は夫を畏《おそ》れるように敬っている。だが、母に微笑みかけられた幼い息子は呟《つぶや》いた。

「父上は、恐ろしい人だと聞いたよ」

「まあ……何ということを……」

美貌の母は絶句した。否定できない心当たりがあるのだ。

「お父様は八郎にも私にも、お優しいお方。どうして、恐ろしい人であるものか……」

六歳のわが子に初老の夫を「恐ろしい人」といわれて、お福は慌てた。

「でも父上は、騙《だま》し討ちで城を奪《と》ったり、敵の大将を闇《やみ》討ちになされたとか……」

八郎は六歳の幼児に似合わぬしっかりとした言葉遣いで応えた。

実際、陰謀策略の渦巻く戦国の世でも、宇喜多直家ほどの者は少ない。祖父の代には一廉《ひとかど》の城主だったが、近隣の城主に攻め滅ぼされた。辛うじて城を脱した父は、生涯を寄食の農夫として過ごした。青年になった直家は備前の国主浦上宗景《うらがみむねかげ》に仕えて一城を与えられ、祖父の遺臣を募って勢力を拡《ひろ》げた。

まずは舅《しゅうと》を騙し討ちにして城地を奪い、近隣城主の男色好みにつけ込み美少年を送って寝首を掻《か》かせた。攻め寄せた強敵は鉄砲の名手に暗殺させた。この岡山城も、城主を月見の宴に誘って謀殺奪取したものだ。昨年は、西の大勢力毛利家と結んで、旧主の浦上宗景を追放、備前と美作のほとんどを手中にした。

宇喜多直家が堂々の激戦で勝利したのは、備中《びっちゅう》の大名三村元親《もとちか》らの大軍を破った永《えい》禄《ろく》十年（一五六七）の明禅寺《みょうぜんじ》合戦ぐらいである。

「お父様は兵の生命《いのち》も民の田畑も大事にされるからですよ」

お福は、そんないい訳をしたあとで訊《たず》ねた。

「そんなことを八郎にいったのは誰……」

八郎はしばらく顔をそむけていたが、母の鋭い視線に耐えかねて呟いた。

「上のおじちゃま……」

直家には二人の実弟がいる。次弟は春家、三弟は忠家、「上のおじちゃま」は春家だ。

「まあ……」

お福が大きな瞳《ひとみ》の間に縦皺《たてじわ》を刻んだ時、

「八郎、下の台所に黍団子《きびだんご》があったぞ」

という陽気な声と共に直家が戻って来た。

「それはそれは。八郎も黍団子を食べて、桃太郎さんのように強くなんなされや」

お福が笑顔を取り戻していった。と、それを待っていたかのように、下手の襖《ふすま》が遠慮気味に開き、大柄な若い男が顔を覗《のぞ》かせた。

「おお、魚屋《ととや》の弥九郎《やくろう》か。何ぞ急な用か……」

宇喜多直家が手招くような仕草でいった。

「越後の上杉謙信様が亡《の》うなりました……」

魚屋弥九郎、のちの小西行長《ゆきなが》が囁《ささや》いた。

「ふーん……。弥九郎、その話、どこから仕入れた」

そう訊ねた直家の声と顔には、「嘘《うそ》であって欲しい」と願う気持ちが籠《こも》っている。

この男、魚屋弥九郎は対馬《つしま》の生まれ。父は魚屋と号し小西隆佐《りゅうさ》と名乗り、朝鮮人参《にんじん》の輸入で財を成し、瀬戸内の商業都市、備前福岡に店を構えた。ここでキリシタンと交わり、南蛮《なんばん》医学をも習得、和泉《いずみ》の堺《さかい》に進出、備前福岡の店は息子の弥九郎が委《まか》されている。

弥九郎は才覚秀でた商人で、宇喜多家中に出入りするうちに、奥座敷にまで入り込むようになった。弥九郎の調合する薬が、老いを感じ出した直家にはよく効くのだ。

「へえ、堺の碁打ちの仙也《せんや》はんから……」

弥九郎は、俯《うつむ》き加減に答えた。

「ほお、碁打ち将棋指しの噂《うわさ》か……」

直家はそんな呟きを漏らしたが、弥九郎は低く付け加えた。

「仙也はんは、織田信長様お気に入りの碁打ち、本行院日海《ほんこういんにっかい》様と共に、安土《あづち》におられます」

「なるほど……」

直家は情報源を確認すると、さらに訊ねた。

「謙信公には妻子がないと聞く。さぞ跡目を巡っては争いになるだろうな。織田家にとっては幸い、一気に北国《ほっこく》へ攻め込むかのう」

「いえ、そうではありますまい」

弥九郎は大きな体を窄《すぼ》めて囁いた。

「北は互いの争いに委せて、西に、播磨《はりま》の方に力を注がれるとか……」

「何、播磨に……それは、わしを討つということではないか……」

直家は驚き叫んで、思わず妻子を見た。

この時期、播磨は荒れている。

事の起こりは直家の主筋に当たる浦上宗景が、浦上家の嫡流の播磨浦上家を攻め滅ぼしたことにはじまる。宇喜多直家は、これを好機と播磨浦上家の遺児を引き取り、旧主の宗景に攻めかかった。直家が自立するためには、いつかはせねばならぬ戦《いくさ》である。

この際直家は、西の大勢力、毛利家と組んだ。毛利としても損な話ではない。毛利と宇喜多の間にいる備中の三村元親を討つのに、宇喜多の助力が欲しかったからだ。

戦は、毛利、宇喜多側の勝利に終わり、毛利は備中を、宇喜多は播磨西部の数城を得た。だがそれが、東の大勢力、織田信長との衝突を招いた。

「織田信長は西に、播磨に力を注ぐか……」

宇喜多直家は魚屋弥九郎の言葉を頭の中で繰り返した。背に冷や汗が滲むのを感じる。

播磨では、昨年来織田勢との小競り合いが続いている。播磨浦上家の遺児を擁して攻め込んだ宇喜多直家は、西播磨の小城主を臣従させることができた。西の大勢力、毛利の支持があったからだ。

ところが昨年はじめ、織田信長は、羽柴《はしば》秀吉を司令官として中国攻めをはじめた。毛利家が、信長に追放された足利将軍義昭を迎え入れ、信長に反抗する大坂《おおざか》本願寺に兵糧補給などをしているのだから、信長としても中国攻めは当然の戦略である。そうなれば、織田と毛利の中間に位置する宇喜多としてもじっとはしていられない。

「毛利をとるか、織田を選ぶか……」

直家は迷った。だが、決断する前に結果が出た。織田家の中国攻め軍団長になった羽柴秀吉が、御着《ごちゃく》城主、小寺政職《まさもと》の家老黒田官兵衛孝高《よしたか》なる者を使って播磨の小城主を口説き回り、多くを配下に加えた。

その一方、これを肯《がえん》じなかった城を武力で攻略にかかった。その一つが、宇喜多直家に臣従する赤松政範《あかまつまさのり》の上月城《こうづき》である。

こうなっては止《や》むを得ない。直家は三千の兵を出して上月城を救援したが、結局は敗退、上月城は陥《おと》された。

羽柴秀吉は奪った上月城に、山中鹿之助《しかのすけ》ら尼子の残党を入れた。宇喜多や毛利の神経を逆撫《さかな》でする所業だ。

尼子の残党は、これをお家再興の契機と考え、京に隠棲《いんせい》している尼子勝久《かつひさ》を迎えに行った。密偵からこれを知らされた直家は、一軍を出して首脳部不在の上月城を奪い返した。

ところが、そのすぐあと、決死の尼子残党の猛攻を受け、上月城はまた奪われた。今年の正月、今から二ヵ月余り前のことだ。

「わしの采配《さいはい》もわが家の武力も衰えたか」

宇喜多直家は、そうも考えた。

確かに肉体の衰えは感じる。だが、それ以上に気になるのは家中の士気の乱れである。それにはこの妻子の存在が絡む。

大名の当主に四十過ぎまで世継ぎがなければ、兄弟一族の間に様々な思惑が生じる。そこに世継ぎの八郎が生まれた。失望から出た怨《うら》みが世継ぎを産んだお福に向かうのは自然な感情だろう。

「家中の統率が緩み、家臣の士気が衰えている。これでは、戦上手の羽柴秀吉の率いる織田勢に勝てぬぞ……」

宇喜多直家はそんな危惧《きぐ》を抱いた。策略と陰謀と内治の妙で領土を拡げて来た宇喜多直家は、戦国成り上がり大名には珍しい悲観主義者だ。それだけに用心深く変わり身も早い。

「ここは毛利を捨てて織田方に……」

そんな思いさえ頭を過《よぎ》った。

ところが、一ヵ月ほど前の二月下旬、大事件が起こった。播磨最大の領主、三木城《みき》の別所長治《ながはる》が織田方に叛旗《はんき》を翻したのだ。羽柴秀吉が、

「作戦指揮は当方が行う。別所の衆は前線の槍働《やりばたら》きにのみ励まれよ」

と居丈高《いたけだか》に命じたのが別所家中を怒らせたというが、それほど単純ではない。これには毛利や本願寺、備後《びんご》の鞆《とも》に寓居《ぐうきょ》する足利将軍義昭らの働き掛けがあった。

「これはしめた、今ぞ好機……」

悲観主義者の宇喜多直家も奮い立ち、毛利家に派兵を頼んだ。

「われらは総力をあげて出兵する。毛利家には後詰《ごづ》めを願いたい。一気に播磨を奪い、本願寺や紀伊《きい》雑賀《さいが》とも結んで織田勢を討つ。夏には北から上杉謙信公が参られよう」

という主旨の使者を、毛利家の実力者、吉川《きっかわ》元春に送った。毛利方からは、すぐ応諾の返事があった。

「四月上旬には三万の兵を整えて出陣する」

「よしよし、今度は必勝。羽柴の織田勢を追い散らし上月城を回復、あわよくば播磨半国を傘下に収める。勝てば士気も上がるわ」

直家はそう読んだ。

だが、その準備の最中に入った上杉謙信の急死と織田勢力西進の報せ《しら》に、直家は脅《おび》えた。

「織田の兵力は十五万ともいう。それが向かって来れば、宇喜多と毛利では支え切れない。今、羽柴秀吉と直接対決してはまずい……」

直家はそんな思いを巡らせた末にいった。

「お福、わしはやっぱり病気じゃ。この度の出陣の指揮は弟の春家に託そう」

直家はそういったが、お福は眉《まゆ》を曇らせた。大軍を指揮して勝利を得れば、司令官の人気は上がり、後継問題にも影響する。お福はそれを心配したのだ。

三日後、宇喜多直家の次弟、春家は急死した。死因は「食中毒」とされた。

北の異変——安芸吉田《あきよしだ》にて

「ふーん、これだけか……」

二層の櫓《やぐら》に立った小肥《こぶと》りの男が、心細げに呻《うめ》いた。これから大遠征を行うにしては、期待したほどの人数が集まっていない。

所は安芸吉田の郡山《こおりやま》城本丸。時は天正《てんしよう》六年（一五七八）三月二十五日の夕刻。眼下に拡《ひろ》がる斜面には色とりどりの旗差し物が並んでいるが、兵の数は三千人に満たない。

「吉川《きつかわ》元春、小早川隆景《たかかげ》御両所は途中で」

小肥りの男と並んだ小男がいい訳をした。小肥りの男は毛利輝元《てるもと》。二十六歳の若さながら中国地方八ヵ国の領主。横の小男は二宮就辰《なりとき》、三十二歳。二人は主従でもあり、甥《おい》と叔父《おじ》でもある。輝元は毛利元就《もとなり》の長男の長男であり、二宮就辰は元就の妾腹《しようふく》の子だ。

毛利家はこの頃「三頭体制」を成している。若い当主の輝元を、二人の叔父、吉川元春と小早川隆景が支える仕組みだ。これを定めたのは、先代の元就である。

毛利元就もまた、戦国の創業者らしい人生を歩んだ。もとはといえば安芸の中部、吉田郷の小領主で、二十代なかばで安芸北辺の大朝《おおあさ》城主吉川家の娘の妙玖《みょうきゅう》と結婚、隆《たか》元《もと》、元春、隆景の三人の男子を得た。

万事に用意周到な元就は、早々と後継を長男の隆元と定め、次男の元春は妻の実家の大朝吉川家の、三男の隆景は瀬戸内側の有力者、竹原小早川家の、養子にした。山陰・山陽に勢力を伸ばすと共に、毛利家の後継で争いが生じないようにと考えたのだ。

この間二十年余、元就が妙玖以外の女性と交わった気配も、子を産ませた記録もない。

ところが、四十九歳の時に妙玖が死ぬと、大いに変わった。多くの女性と交わり、大勢の子を作った。二宮就辰《ひでかね》はその最初の一人だが、他に六男二女が記録されている。最後の元総《もとふさ》（のちの秀包）が生まれたのは、元就七十一歳の時だ。

悲しいこともあった。永禄《えいろく》六年（一五六三）、長男隆元が急死したのだ。

元就は迷うことなく隆元の子、当時十一歳の輝元を跡継ぎとし、自ら後見役になった。今日でいえば二十歳代の孫を社長にし、老相談役が会長兼CEOに復帰したようなものだ。

八年後、元就は死に当たり、

「輝元を毛利家の当主とし、何事も吉川元春、小早川隆景の二人と相談して決めよ」

といい残した。毛利元就が、三人の息子に結束の大切さを説いた長文の書状が、今も山口県の毛利博物館に実在する。しかし、そこにはあの有名な「三本の矢」の説話は見当たらない。

「一本の矢は容易《たやす》く折れるが、三本を束ねれば折れない」と説いた話は、チンギス・ハンの母親ホエルンの教えとして『元朝秘史』に出ている。いつの頃か、これを知った者が毛利元就の事蹟《じせき》に加えたのだろう。

歴史上「三頭体制」の例は多い。しかし、古代ローマの三頭政治から二十世紀ソ連のトロイカ体制まで長く続いたためしがない。

だが、毛利家だけは違う。元亀《げんき》二年（一五七一）に元就が死んだあと、若い当主の毛利輝元を、中年の二人の叔父、吉川元春と小早川隆景が支える体制はよく機能した。それぞれが分を心得た言動をしたからだが、その頃には強敵がいなかったのも幸いした。

三人は尼子《あまこ》の残党を追って伯耆《ほうき》と因幡《いなば》を掌握し、伊予《いよ》の水軍を手懐《てなず》けて瀬戸内の制海権を握り、三村氏を滅ぼして備中《びっちゅう》を制圧した。その上、天正四年（一五七六）には、織田信長と不和になった足利将軍義昭を引き取り、備後《びんご》の鞆《とも》に棲《す》まわせた。外交力は増したが、危険の火種をも背負い込むことにもなった。

その間、織田信長は、伊勢《いせ》の長島や越前《えちぜん》で浄土真宗門徒の一揆勢《いっきぜい》を残酷に処分、大坂《おおざか》本願寺との対立を深めていた。

天正四年四月——今から約二年前——本願寺は総決起、織田信長との全面戦争に入り、毛利にも支援を求めて来た。

安芸にも本願寺派の門徒は多い。毛利としては、外交的にも内政的にも断れない。毛利家は、瀬戸内の水軍八百隻を動員、紀伊《きい》や熊野《くまの》の衆からなる織田水軍を木津川口《きづがわぐち》で撃破して本願寺への兵糧や弾薬（火薬）の搬入に成功した。

織田信長も黙っていない。羽柴《はしば》秀吉を中国攻めの軍団長に任命、播磨《はりま》に侵攻させた。

羽柴秀吉は噂《うわさ》通りの才覚を発揮、黒田官兵衛孝高《よしたか》なる者を使って播磨の城主たちを口説き、大半を味方にした。その上、これに肯《がえ》じない小城主は力攻めで陥《おと》し、宇喜多直家との間に上月城《こうづきじょう》を奪《と》ったり奪られたりの戦いを繰り返している。宇喜多直家からは、

「暴虐なる羽柴の侵略を制するために、御出兵願いたい」

との要請が来た。毛利家には嫌な状況だ。

「もともとこの戦《いくさ》は、羽柴と宇喜多の小城の奪い合いだったはずだが……」

吉田郡山城の本丸櫓に立った小肥りの男、輝元は、夕陽《ゆうひ》に照らされた軍兵の群を眺めながら考えた。

織田と毛利の戦の様相を変えたのは、織田方の大将羽柴秀吉だ。宇喜多から奪った上月城に、毛利の宿敵尼子の残党、山中鹿之助《しかのすけ》らを入れたのだ。

「断固出兵し、尼子の残党を殲滅《せんめつ》すべし」

そう主張したのは、山陰の旧尼子領を統治する吉川元春だ。たかが山城一つでも、尼子家再興の旗が揚がれば、領内に潜伏する尼子遺臣が蠢動《しゅんどう》する。それを元春は嫌った。

これに対して瀬戸内水軍を束ねる小早川隆景は消極的だった。織田勢力とはほどほどに妥協し、交易と水運の利を得たいのが瀬戸内水軍衆の本音だ。宇喜多に義理も、尼子に怨《うら》みもない。

その間にあって、当主の輝元は迷った。だが、播磨の最大の領主、別所長治《ながはる》の寝返りで事情は変わった。まず、備後の鞆に寓居《ぐうきよ》する足利義昭が燥《はしや》ぎ出した。

「別所家も忠義の正道に気付いた。今、毛利が出陣、宇喜多と共に西播磨を奪回する一方、加古川口《かこがわぐち》より別所の三木城に支援を与えられれば、羽柴勢も袋の鼠《ねずみ》、本願寺門徒衆は勢い付き、丹波《たんば》の波多野《はたの》も息を吹き返す。夏には、幕府の関東管領《かんれい》、上杉謙信公も上洛《じようらく》の手筈《てはず》、毛利家の忠義は今、この秋《とき》ぞ」

といった書状が届いた。

宇喜多直家からは、「この好機にこそ」という出陣督促が来た。

備前に伏せた諜者《ちようじや》からは、

「今、御出陣なくば、宇喜多は毛利から離れるであろう」

と警告して来た。これで輝元は決断した。

「わが毛利家の総力をあげて出陣する」

吉川元春はもとより、小早川隆景も同意、それぞれ兵を整えた。十分な兵数とはいえないが、足並みの揃《そろ》ったのは嬉《うれ》しい。

「いよいよ明日は出陣、今夕は一献やるか」

輝元が脇《わき》の二宮就辰に囁《ささや》いた時、僧形の男が梯子段《はしごだん》からぬっと頭を出した。大きな鉢頭《はちあたま》は毛利の使僧、安国寺恵瓊《えけい》の看板である。

「何事か、安国寺殿」

輝元が訊《たず》ねるのと同時に、恵瓊が囁いた。

「越後《えちご》の上杉謙信公が亡《の》うなりました……」

酒肴《しゆこう》を盛った膳が運ばれ、左右の燭台《しよくだい》に百目蠟燭《ひやくめろうそく》が点《とも》された。安芸吉田郡山城の本丸櫓下層、半ば石垣に埋まった板敷きで輝元と恵瓊、二人の男が向き合う。

「お館《やかた》様……」

恵瓊は、輝元をそう呼んだ。

「これは毛利家の重大危機です。織田信長と申す御仁《ごじん》は並ではない。天下布武《ふぶ》、つまり天下を武力で統一、世の政《まつりごと》を御自身一人で行うと宣言しておられる。諸国大名は織田家の組下《くみした》になればよし、さもなくば討ち滅ぼす」

安国寺は自らの盃《さかずき》に酒を満たし、小魚を齧《かじ》った。臨済宗《りんざい》の僧なのに、よく喰《く》いよく飲む。

「前将軍《さきの》足利義昭公は、諸国の大名を集めて対抗しようとされたが敗れてしもうた。近江《おうみ》の浅井《あざい》、越前の朝倉は疾《と》うに失《う》せ、三河《みかわ》の徳川、大和《やまと》の筒井は織田の組下になった。甲斐《かい》の武田も長篠《ながしの》の戦いで大敗して力を失い、伊勢長島や越前の一向《いっこう》一揆は皆殺しにされた。そして、今また越後の上杉謙信公が亡《の》うなられた。最早《もはや》、東と北には信長様を引き止めるほどの者はおりませぬ……」

　恵瓊は大きな鉢頭を突き出して語った。

「どうすればよい」

　小肥りの輝元は、喘《あえ》ぐように問うた。

「別所が寝返った今こそ好機、まずは備前の宇喜多と共に播磨に進んで別所を援《たす》け、大坂本願寺に武器兵糧を送って頑張らせる……」

「それは考えておる。この秋の収穫から米五千俵と弾薬百樽《たる》を送るつもりだ」

　輝元は、はじめて身を反《かえ》した。

「それは結構ですがな……」

　恵瓊は身を沈めて上目遣いになった。

「信長様は、伊勢の九鬼嘉隆《くきよしたか》らに命じて巨大な鉄貼《くろがねば》りの安宅船《あたけぶね》を六つ七つも造らせておりますでな、御用心のほどを……」

「鉄貼りの安宅船など……」

　輝元は肉付きのよい頰《ほお》を歪《ゆが》めた。そんなものが海戦で役立つとは思えなかったからだ。

「ま、ま、それはそれで……」

恵瓊は燭の炎の映る目を細めた。

「ここで拙僧に銀十貫目をお預け頂ければ、世を驚かすことをやらかして見せますがな」

輝元は、この数量に驚いた。銀十貫目は、米千石に相当する大金である。

選択と集中――播磨《はりま》上月城《こうづき》攻め

「ふん、やっと揃《そろ》ったか……」

初老の男と幼児《おさなご》を抱えた美しい女が、少しだけ開けた障子から覗《のぞ》き見て頷《うなず》き合った。

所は備前《びぜん》岡山城の三層の本丸櫓《やぐら》の上階、時は天正《てんしょう》六年（一五七八）四月朔日《ついたち》の午後。覗き見ているのはこの城の主《あるじ》、宇喜多直家とその妻お福。そして二人の間には六歳の幼児八郎がいる。

緩《ゆる》い下り傾斜と堀を越えた大手門前には、一字三星《いちじみつぼし》紋の旗や幟《のぼり》が林立し、慌ただしい人馬の動きが見える。朝方から順次到着した毛利の軍兵である。

「どれぐらいいるかのお……」

宇喜多直家は、背後の中年男に訊《たず》ねた。

「ここ岡山城に来た毛利輝元《てるもと》公の率いる御本隊はほぼ三千人。南の児島《こじま》にも小早川隆《たか》景《かげ》公の指揮する兵船三百隻に兵四千人弱が来ております」

訊ねられた中年男、長船貞親《おさふねさだちか》が答えた。直家が乙子《おとご》の小城の主の頃からの家臣、いわば創業を共にした補佐役で年齢も近い。

「そ、それだけか……」

直家は、慌てたような声を出した。

「いえ、美作津山《みまさかつやま》には、吉川《きっかわ》元春公の率いる山陰の衆が二千数百人、昨日のうちに到着しております……」

「酒肴《しゅこう》の接待には遺漏がなかろうな」

直家は次にそう問うた。

「もとより。元春公には既に酒三樽《たる》と米百俵、茶と黍団子《きびだんご》を届けました。毛利輝元公と小早川隆景公にも同数を用意しておりますほか、輝元公には鯛《たい》三匹もあります」

長船の返答に、直家は「うん」と頷いたが、しばらく間を置いて、

「全部併せても一万人にならんか、総勢五万と称しておったのに」

と呟《つぶや》き、妻のお福の顔を見た。お福も黒い瞳《ひとみ》を伏せて不満の意を示した。それを見て直家は、苦しげに眉《まゆ》を寄せた。

「貞親。わしはやっぱり病気じゃ。この度の上月城攻め、次の弟の春家が急死した故、わしが出馬するつもりでいたが、身体の具合が悪い。この度は、末の弟の忠家に

戸川秀安と岡利勝《としかつ》を付けて遣《や》る。毛利公にそう伝えてくれ」

直家はひと息ついてから続けた。

「戸川秀安と岡利勝にはよういっておけ。城からは離れて控えめに陣を敷け、手柄は毛利に譲って前に出るなとな……」


「ほう、これは見事な鯛。米、酒、茶に団子、そしてこの鯛、数々の御接待、忝《かたじけな》い」

一字三星紋の陣幕内で床几《しょうぎ》に腰掛けた小肥《こぶと》りの男が、笑顔で礼をいった。備前岡山城下に陣を張った毛利家当主の輝元である。

「有り難きお言葉……」

狩衣《かりぎぬ》姿の中年男は、そういって平伏した。備前宇喜多家の家老、長船貞親だ。四月の晴れた日も暮れようとしている。

「本来ならば、主人宇喜多直家が早速にも御挨拶《ごあいさつ》に伺い、明日にはわが軍を率いて先駆け致すべきところながら、生憎《あいにく》先月より体調を崩して臥《ふ》せております。それ故……」

長船貞親は再度顔を地面に近づけた。

「それ故、わが宇喜多の兵一万は、主人直家の三弟忠家が率いて参ることといたします」

「ほう、先日は次弟の春家公と聞いたが、今度《こたび》は三弟の忠家公にされたか……」

毛利輝元は、皮肉混じりに応じた。同盟軍の宇喜多家の腰の据《す》わらぬ対応が苛立《いらだ》たしい。

「その春家様が……」

長船貞親は、切ない声を出した。

「いやいや、聞いておる。人間、死んだり病んだりするのは止《や》むを得ぬ」

輝元はそういったが、

「そのこと二人の叔父、吉川元春と小早川隆景にも、宇喜多家よりお伝え頂きたい」

と付け加えるのも忘れなかった。

備前岡山から美作津山まで十三里半（約五四キロ）、馬を駆っても四刻（約八時間）はかかる。翌日払暁には岡山を発《た》った長船貞親の一行が、津山の寺院に本陣を据えた吉川元春に対面できたのは夕刻だった。

「病もいろいろ故、大事にされよ」

元春は四角い頬《ほお》を苦々しく歪《ゆが》めていった。

「今、上月城に籠《こも》っておる山中鹿之助幸盛《しかのすけゆきもり》と申す者、真《まこと》に卑怯《ひきょう》未練な男、これまでに二度わが方に降伏しながら二度とも抜け出した。一度目はまだ若い身柄故に看視に怠りがあったが、二度目は叛乱《はんらん》幹部、縛り上げて監視の兵を付けておった。ところが、数日後、『赤痢《せきり》に罹《かか》った』とぬかして一晩に百度も厠《かわや》に通うた。度重なるにつれて監視の目が緩《ゆる》む、それを見計らって肥溜《こえだ》めを抜けて逃げ出しおった。それが今、羽柴《はしば》秀吉に連れられて上月城におるのよ。病も汚い奴《やつ》は汚く使うのお」

岡山城から南二里（約八キロ）の児島には、もう一人の家老、岡平内《へいない》利勝が走った。兵船三百隻と四千弱の兵を率いてそこに来ている小早川隆景に、主君宇喜多直家の病臥《びょうが》と三弟忠家の代理出陣を伝えるためだ。岡利勝も古い家臣。宇喜多直家が乙子の小城を預かった頃からの功臣で、武勇にも知技にも長《た》けている。直家が謀略によって金光宗高《かなみつむねたか》から奪った岡山城を改修、城下の町家を拓《ひら》く奉行を務めたのも岡利勝である。

「ほお、直家公はまた御不例か……」

岡利勝から直家の病気不出馬を聞いた小早川隆景は、長い額に縦皺《たてじわ》を刻んで呟いた。

「もとより、上月城の争奪はわが宇喜多の戦い。直家様の三弟忠家様の指揮の下、この岡利勝と戸川秀安の両家老が付き従い、総勢一万人の軍兵を繰り出して先駆けいたしまする。上月城は摂津《せっつ》と美作、播磨と因幡《いなば》を結ぶ交点、これを失《うしの》うてはわが家の不便この上もございません」

岡利勝は能弁に語った。

「そうよのお。宇喜多家と羽柴《はしば》勢との争点じゃわな……」

小早川隆景はそう呟いたあとで加えた。

「さはさりながら、この度の戦《いくさ》は上月の山城一つのことではない。羽柴の侵略を抑え、織田の暴虐を封じるためには、三木《みき》の別所、大坂《おおざか》の本願寺、さらには紀伊《きい》の雑《さい》賀《が》、丹波《たんば》の波多野《はたの》らにも助力を求めねばなるまい」

そこで小早川隆景は、ぴたりと視線を岡の眼中に止めて低く強くいった。

「ついては宇喜多家からも兵糧三千俵と、それを運ぶ強力《ごうりき》三千人を出して頂きたい」

言葉は「願い」だが、内容は「命令」だ。

翌四月三日の夕刻、宇喜多直家は奥座敷に延べた寝床に座って、二人の家老から報告を聞いた。そして二人が去ると、襖《ふすま》の向こうに、

「お福、どう聞いたか……」

と訊ねた。

「吉川元春様は厭味《いやみ》を申されただけ……」

そっと襖を開いたお福は答えた。

「それに比べて小早川隆景様が出されたのは実のある課役。頼りにするなら隆景様でしょう」

お福は六歳の幼児八郎にも諭《さと》すように語った。


播磨上月城はＪＲ西日本姫新《きしん》線上月駅のすぐ南の太平山にあった。鉄道の北には中国自動車道が走り、この地が近畿と中国を結ぶ要衝であることが分かる。山頂の本丸跡には「赤松蔵人大輔政範君之碑《あかまつのくろうどのたいふまさのりくんのひ》」がある。天正五年（一五七七）十二月、羽柴秀吉に攻められて自刃《じじん》した旧城主の碑だ。

天正六年四月、この城には、尼子勝久《あまこかつひさ》を主君とする尼子の残党、山中鹿之助や亀井新十郎ら二千三百人が籠っていた。それを連れて来たのは織田家の中国経略の軍団長、羽柴秀吉だ。上月城争奪を繰り返してきた宇喜多家にとっても、尼子家と長年戦ってきた毛利家にとっても、刺激的な人選である。

羽柴秀吉には、宇喜多や毛利の主力を引き出して早々に決戦をしたいという気負いと焦りがあった。それが、家門を誇る三木城主別所一族の反撥《はんぱつ》を招いた。人たらしを得意とする秀吉の生涯最大の失敗である。

三木城は、上月城より十八里（約七〇キロ）東にある。秀吉はすぐ、西播磨に進出していた主力軍を九里後退させ、姫路北側の書写山《しよしやざん》に本陣を移した。上月城に立て籠った尼子の残党は、置き去りにされた格好である。

「頃やよし……」

この状況に宇喜多直家は頷いた。家中に全軍出動の用意を命じると共に、毛利家にも総力出陣を要請した。三月はじめのことだ。

それから一ヵ月。四月四日の夜明けと共に、上月城周辺に大軍が傾《なだ》れ込んで来た。まずは一万余と称する宇喜多軍が現れた。宇喜多勢は、城を遠巻きにする高地に陣を張り、柵《さく》を植え濠《ほり》を掘った。城攻めよりも、わが身の守りを主とする陣形である。

「決死の敵の突撃に用心しろ。手柄は毛利に譲って控え目に陣を張れ」

という直家の指示に従ったのだ。

午後になって着陣した毛利輝元は怒った。

「宇喜多勢の臆病《おくびよう》振り、何たることか。前に出て積極的に攻めるよう命ずべきであろう」

北側に陣を敷いた吉川元春からも、同様の意見が届いた。しかし、南側に位置した小早川隆景は違った。

「ここは羽柴秀吉ら織田方主力を引き付ければ十分。宇喜多直家殿は流石《さすが》に知恵者ですぞ」

選択と集中——強い組織

「ええ気分じゃ……」

小柄な男が声高にいった。時は天正《てんしよう》六年（一五七八）四月四日の昼下がり。所は播《はり》磨《ま》書写山《しよしやざん》の陣屋。声の主は羽柴《はしば》秀吉四十二歳。

確かに四月の晴天はいい気分だ。山野は新緑に蔽《おお》われ、春陽はほのぼのと暖かい。しかし、秀吉のいい気分は自然環境のせいではない。形勢が好転したためだ。

昨年、織田信長によって中国攻めの軍団長に抜擢《ばつてき》された秀吉は、電光石火の早技を見せた。十月に但馬《たじま》に侵攻、いくつかの城を制して弟の小一郎秀長を代官に据えた。

その間にも、竹中半兵衛や黒田官兵衛に播磨の城主たちを口説かせた。織田家の強さと信長の凄《すご》さを吹聴《ふいちよう》、味方すれば所領は安堵《あんど》するが、逆らえば攻め滅ぼす、というのだ。

秀吉は、この言葉を実証すべく、逆らった上月《こうづき》城主、赤松政範《あかまつまさのり》を攻めて自刃《じじん》させ、その城兵らを火《ひ》炙《あぶ》りに処した。

その上、奪った上月城には、山中鹿之助《しかのすけ》ら尼子《あまこ》の残党を入れた。長年尼子一族と戦ってきた毛利家には、捨て置けない配置である。秀吉は、毛利と宇喜多の主力を引き出し、一気に決戦をやりたかったのだ。

しかし、今年二月二十三日、播磨最大の勢力、三木城の主《あるじ》別所長治《ながはる》が織田家に叛《そむ》いたことで情況は一変した。

秀吉にとっては想定外の事件だが、対応は早かった。上月城の尼子の残党などは置き去りにして兵を東に九里（約三五キロ）引き、姫路北側の書写山に移った。ここなら別所に畿内《きない》からの糧道を妨げられても、弟秀長の治める但馬から補給を受けることができる。

主君の織田信長は、この動きを褒め、

「摂津《せっつ》の旗頭の荒木村重《むらしげ》を本願寺攻めの任務から外して、中国攻めの増援に差し向ける」

と決めた。さらに三日前に届いた書状では、

「わが長男の信忠《のぶただ》らを中国に出陣させ、いずれは俺自身も出馬する」

とあった。

「上様御出馬とは畏《おそ》れ多い。早々に三木城など片付けねばなるまい」

そう考えた秀吉は、三木の属城の一つ、野口の城を攻撃、昨日一日で陥《おと》した。出世意欲の強い秀吉が「いい気分」なのは当然だろう。

「それにしても、荒木村重殿は遅いのぉ」

羽柴秀吉が左右に眼《め》を配りながらいった。主君の織田信長が、荒木村重を本願寺攻めの任務から外して中国攻めの応援に出すと決めてから二十日も経《た》つのに、まだ荒木の兵は現れない。

「荒木村重殿ともなれば、準備も計画も様々ありましょうでな」

と囁《ささや》いたのは、右側の長身痩軀《そうく》、竹中半兵衛重治《しげはる》だ。十年ほど前に秀吉のたっての願いで羽柴の陣営に加わった参謀である。

半兵衛の発想は常に合理的だ。他人の動きも計画的合理性で考える。

「ま、ま、それもありましょうがな……」

といい出したのは左側の短軀《たんく》、黒田官兵衛孝高《よしたか》だ。本当の身分は播磨御着《ごちやく》の城主、小寺政職《まさもと》の家老だが、二年ほど前から秀吉の下に通い、播磨の城主たちの説得に当たっている。

「荒木村重殿の心中はいろいろでしょう」

官兵衛の発想はまず人事、そして人間心理に及ぶ。今の指摘は、

「荒木村重の行動の遅さは、羽柴秀吉の手伝いが不満だからではないか」

という意味だ。

「それもあるかも……」

秀吉は小さく顔を上下させた。

織田信長の組織は猛烈な競争社会である。

信長以前の中世社会では、各村落を治める地主たちが平等の立場で一揆《いっき》（盟約）を結び、旗頭を選んで政治や戦《いくさ》をして来た。いわば平地に大小の石が並んでいるようなもので、旗頭＝大名といえども「みんなに選ばれた組合長」といった程度に過ぎない。

ところが、織田信長はすべてを独裁、有能有志の者に他を指揮監督させる積み上げ型の組織を創《つく》り出した。その積み上げが年々高くなり、今や八つの巨大軍団に編成されている。信長は、出身の身分にも各人の経歴にもこだわらない。働きによっては大抜擢もするが、無能と見れば降格や解雇も厭《いと》わない。地位の逆転も権限の与奪も日常茶飯事だ。

つい最近も、足利幕府の重臣から織田家に転じた名門の細川藤孝《ふじたか》が、幕府口利き業程度の浪人だった明智光秀の組下になる、という逆転人事が世人を驚かせた。

「なるほど、荒木村重殿は、俺の組下にされるのを恐れておられるのか」

秀吉はそう考え、内心ではにやりとした。

「私の聞いてるとこでは……」

陣屋の戸口の方から遠慮勝ちな声がした。奏者の増田長盛《ましたながもり》だ。

羽柴秀吉は天正元年、浅井長政《あざい》を撃滅した褒美として、浅井の旧領北近江《おうみ》三郡十二万石の領地を頂き、長浜城主となった。今日でいえば従業員千人ほどの子会社を委《まか》されたようなものだ。

当然、統治の組織と人材が要《い》る。秀吉は領内でも人材を募集した。その中の最良の一人が増田長盛。元は浅井家に仕えた武士だが、経理と法令に詳しい。年の頃は竹中半兵衛や黒田官兵衛と同じ三十代前半である。

秀吉は、増田を奏者として身辺に置き、文章の作成にも情報の収集にも使っている。いわば総務課長のような立場だ。

「私の聞いてるとこでは、荒木の御家中は、本願寺攻めの砦《とりで》の処理に手間取っておられるとか」

本願寺との戦いが長期化するに従い、織田方は周辺に恒久的な砦を築いた。北側を担当する荒木村重も、大坂《おおざか》の天満《てんま》や福島などに濠《ほり》と柵《さく》を巡らせた立派な城砦《じょうさい》を築いている。

「本願寺攻めは佐久間信盛《さくまのぶもり》殿にお委せするのだから、砦も引き渡すはずだが」

秀吉が眉《まゆ》を吊《つ》り上げた。

「はい、手間取っているのは、そこにある兵糧米のことで。荒木の家老たちは、持ち出すのも手間故、売り払おうとしているとか」

「ふーん、兵糧米を売るかのお」

秀吉は呻《うめ》いた。竹中も黒田も啞然《あぜん》とした。

この頃、米は自給物資で売買する商品ではない。武士は年貢として米を取り、生活の食糧にも戦の兵糧にもする。人夫の駄賃も馬匹《ばひつ》の代金も米で支払う。兵糧米を売るという発想がない。

「荒木家はそんなに仰山の兵糧をお持ちなのか」

秀吉は呆《あき》れ顔で訊《たず》ねた。

「銀十貫目の値がついているとか」

増田の答えに、秀吉は目を剝《む》いた。

「長盛、その話、どこで仕入れた」

「小姓の佐吉が、出入りの薬屋、堺《さかい》の小西の手代から聞いたとか」

と増田が答えた時、当の佐吉が駆け込んで来て叫んだ。

「上月城が、毛利、宇喜多の大軍に囲まれました」

小姓の佐吉、のちの石田三成である。

羽柴秀吉が、播磨書写山の陣屋で「いい気分」を味わっていた四月四日の午後、荒木村重は摂津伊丹《いたみ》城で悩んでいた。

この日、織田信長の長男信忠を総大将とする大軍が、続々と大坂近辺に到着した。信長の次男北畠信雄《きたばたけのぶかつ》、三男神戸信孝《かんべのぶたか》、丹羽《にわ》長秀、蜂屋頼隆《はちやよりたか》ら「戦略予備軍」総出である。

総大将の織田信忠からは、

「明日からの本願寺総攻撃には、荒木村重殿も出撃参加されたい」

という使者がきた。

「わが荒木家は先日、上様から播磨に出陣、羽柴秀吉殿を援《たす》けよとの命令を頂いております。つい三、四日前に天満や福島の砦から引き揚げたばかりですが……」

荒木家の家老たちは反撥《はんぱつ》した。ここでまた兵士を元に戻すのでは、指揮官の定見が疑われ軍の統制を乱しかねない。

それでも織田信忠の使者は強引だった。

「丹羽長秀殿は安土《あづち》城の普請《ふしん》奉行ながらも総力出陣、丹波《たんば》平定中の明智光秀殿や木曾《きそ》路《じ》担当の滝川一益《かずます》殿まで急遽《きゆうきよ》駆け付けられることになっております。そんな時に、目の前の伊丹城におられる荒木殿が御出馬されないのは、いかがなものですかなあ」

と口説いた。織田信長は、各将に無理を承知で同時に二つ三つの仕事を命じる。それに応じられるようでなければ織田家で要職は勤まらない。

「何と人使いの荒い」

荒木村重は腹を立てた。だが同時に、

「これも止《や》むを得ない」

とも思う。織田家は四隣の敵と同時多方面作戦を展開している。城造りも道造りも急がれれば、朝廷工作も怠れない。八軍団十五万人の兵力があるとはいえ、各人を一つの仕事に張り付けていたのでは、天下は取れない。使われる側は頭が割れ、腸が裂けるほどに辛《つら》い。

これに耐えかねて、出家する者も出奔する者もいる。中には叛乱《はんらん》に走る者も出る。松永弾正少弼《だんじようしようひつ》久秀の記憶は実に生々しい。

阿波《あわ》三好家の執事の身で、主家の跡取りを毒殺して権力を奪い、傀儡《かいらい》将軍が思うように動かなければ殺害した。それほどの悪党の松永久秀も、信長の人使いには耐えかね、叛乱を起こして攻め潰《つぶ》された。去年十月のことだった。

天正六年四月の五日と六日に行われた織田勢の本願寺総攻撃は、さしたる戦果もなく終わった。織田方は、信長の長男信忠を総大将に、畿内の戦略予備軍と各戦線から引き抜いた精鋭ら三万人を動員したが、二つか三つの小砦《しょうさい》を破壊したに過ぎない。

「天下布武《ふぶ》」、つまり全国統一の絶対王制の確立を目指す織田信長にとっては、宗教勢力の世俗介入は許せない。信長が比叡山《ひえいざん》を焼き討ちしたのも、伊勢《いせ》長島や越前《えちぜん》の一向一揆《いっこういっき》を残虐に討伐したのも、このためだ。そんな信長から見れば、一向宗総本山の本願寺こそは、強大な武力を擁《よう》して要衝の地に立ち開《はだ》かる「国法の邪魔」である。

一方、全国の一向宗徒を指導する本願寺の十一世顕如《けんにょ》から見れば、織田信長は残虐この上もない法敵である。

両者は過去にも三次にわたって断続的に戦ったが、天正四年五月にはじまった第四次の戦いは、最終決着を求める長期死闘となった。信長は、南からは佐久間信盛に、北からは荒木村重に、本願寺を締め付けるように攻めさせ、時には大軍を投入して猛攻を加えた。だが、二年を経た今も決着は見えない。

本願寺が三方を川と泥田に囲まれた上町《うえまち》台地に位置したこと、紀伊《きい》の雑賀衆《さいがしゅう》ら鉄砲で武装した多数の門徒が増援に駆けつけたこと、そして毛利水軍による武器兵糧の補給があったことが、その理由である。

四月七日、京にいて総攻撃失敗を知らされた信長は、直接の力攻めよりも、補給路を断つことに重点を移した。その方法は二つ、伊勢の水軍、九鬼《くき》嘉隆《よしたか》らに鉄《くろがね》貼りの巨船を建造させて木津川口《きづがわぐち》に浮かべ、毛利水軍の侵入を阻止する水上作戦と、羽柴秀吉らを播磨から備前《びぜん》に進攻させ、毛利家から補給の余力を奪う地上戦とである。

織田信長は、荒木村重に対して播磨進軍を急ぐように促すと同時に、長男の信忠にも播磨出撃の準備を命じていた。

「何と忙しいことか。俺に羽柴を手伝わせ、なおその上に信忠様も出すのか……」

そう考えた時、村重の心中で何かが動いた。

「砦の兵糧、播磨まで運ぶこともあるまい。銀十貫目で買い手があるのなら売ってやれ」

村重は殿軍《しんがり》を務める中川瀬《せ》兵衛《ひょうえ》に命じた。

四月十五日、荒木村重は播磨書写山に到着した。「上月城包囲さる」が報じられてから十日余が経《た》っている。

荒木軍は「総勢二万人」と号しているが、実数はその半分ほどだ。摂津は京、大坂、播磨、丹波を結ぶ要地だけに、その守備に相当の兵力を残さねばならなかった。

「途中、別所の妨害はありませなんだかな」

出迎えた羽柴秀吉は、まずそれを問うた。荒木村重の本拠地、摂津伊丹城から姫路北側の書写山まで十八里(約七〇キロ)、そのほぼ中間に叛乱した別所長治の三木城がある。伊丹城、三木城、書写山、上月城の四点は、ほぼ等間隔で一列に並ぶ格好だ。

「別所が出て来れば、これを幸いと叩《たた》き潰すつもりでいたが、何の音沙汰《おとさた》もなかった」

村重の言葉は勇ましいが、表情は暗い。

羽柴秀吉と荒木村重とは、すべてで正反対だ。秀吉は小柄で腕力も弱いが、村重は巨漢で豪力、若い頃には碁盤に人を乗せて片手で差し上げた、ともいわれている。秀吉は貧しい農民の子だが、村重は武家の育ち、摂津の豪族、池田勝正の郎党から茨木《いばらき》城主となり、伊丹親興《ちかおき》を倒し伊丹城を奪って有岡城と改称、わが居城とした。

また、荒木村重は教養人でもある。漢書に親しみ和歌をよくする。夫人との間に和歌を交換して愛を確かめ合ったこともある。金釘《かなくぎ》流のカナ交じり文しか書けなかった秀吉とは大違いだ。

もう一つの違いは織田信長との関わりだ。秀吉は十八歳で小者として信長に仕えて約二十四年、勤勉と機智《きち》で出世を重ねた。それだけに、信長を敬うこと著しい。

村重の方は天正元年、織田信長と足利義昭とが対立した時、摂津一国をまとめて信長に加担してからの付き合いだ。織田家の武将としての功績といえば、摂津一円の一向一揆の平定と本願寺側の天満や大和田の砦を陥したことぐらいである。

そんな荒木村重を信長が、摂津を支配する軍団長に取り上げ、織田家最高幹部に加えたのは、その豪勇と才気に期待したからだ。

荒木村重を迎えた羽柴秀吉は、直ちに軍議を開いた。そして宇喜多と毛利の大軍に囲まれている上月城の救援に、速やかに出動することで一致した。だが、これは悲惨な結果に終わった。

選択と集中——機略の勝負

「とうとう来たか……」

小肥《こぶと》りの男が、低い雲の垂れる東北方向を睨《にら》んで呟《つぶや》いた。天正《てんしょう》六年（一五七八）四月十八日の午後、播磨《はりま》西端の上月城《こうづき》から南西に伸びる尾根に設けられた陣屋でのことだ。

小肥りの男、毛利輝元《てるもと》の睨む方向にある高倉山の斜面には、続々と旗幟《きし》が並び出した。右斜面には、白地に瓢箪《ひょうたん》印の旗幟が、左寄りには赤地に黒の十字を描いた幟《のぼり》が並ぶ。

「瓢箪印は羽柴《はしば》秀吉殿の、十字の幟は荒木摂津守《せっつのかみ》村重《むらしげ》殿の軍勢でしょう」

傍らの小男、二宮就辰《なりとき》が目を細めていった。

「どれほどかな」

輝元が問うた。就辰は、

「物見の報《しら》せでは凡《およ》そ二万人かと」

と答えた。それに毛利輝元は唇を噛《か》んだ。

「わが方よりも多いか……」

毛利勢は「五万人」と号しているが、今日までに着陣したのはやっと一万二千人、同盟軍の宇喜多勢は実数七千弱。織田方が、上月城に籠《こも》る尼子《あまこ》の残党二千三百人と内外呼応して動き出せば、数でも劣勢になる。

「両川《りょうせん》をお招きせよ……」

輝元は高倉山を睨んだままでいった。

「両川」とは、輝元の父の隆元《たかもと》と同腹の弟、吉川《きっかわ》元春と小早川隆景《たかかげ》のことだ。偉大な創業者毛利元就《もとなり》は、家督を嫡孫の輝元に譲るが、大事なことは必ず二人の叔父《おじ》に相談せよ、といい残した。七年前、輝元が十九歳の時だ。それが今も続いている。

叔父たちにもそれが当然となり、招かれる前から輝元の本陣に向かっていた。

「いかが御覧になるかな」

小半刻《こはんとき》（約三〇分）後、輝元は到着した叔父たちに、斜陽に照らされた敵勢を指した。そしてすぐ、自ら大胆な提案をした。

「敵の陣が固まる前に、今夜にも夜襲をかけてはどうだろう」

吉川元春はすぐ「いやいや」と首を振った。

ん」
「戦上手《いくさ》の羽柴秀吉に豪勇の荒木村重、今夜の夜襲にも備えておらぬはずがありませ

輝元は落胆した。子供を諭《さと》すような元春の口調が口惜《くや》しい。
ところが、いつもは慎重な小早川隆景が、「お館《やかた》の夜襲案、よろしいのでは」とい
い出した。

「この上月城での戦、わが方にとっては長引かせても悪くはない。羽柴と荒木の軍を
ここに引き付けておけば、敵は東播磨が手薄となり、三木の別所を動かせますでな」
「それと今夜の夜襲とは、どう繋《つな》がる」
吉川元春が角張った顔を突き出した。
「まずは三百人ほどの腕利きを出して鉄砲、火箭《ひや》を射掛けさせる。これを繰り返せ
ば、敵も兵を集めることになるでしょう」
「なるほど、織田方の兵をここに釘付《くぎづ》けにして、その間に隆景殿の水軍が……」
「既に備前児島《びぜんこじま》には兵船三百隻があり、宇喜多には米三千俵と強力《ごうりき》三千人を命じてあ
る」
隆景がしたり顔でいうと、元春も「聞いておる」と頷《うなず》いた。その間、輝元は、
「俺のいってるのは、そんなのではない。五、六千人規模、いや総勢での大夜襲だ

よ」

といいたくて苛立《いらだ》ったが、二人の叔父の会話に割り込むことはできなかった。

結局この日は、四つのことを決めた。
一、全軍が一層濠《ほり》を深め、柵《さく》を増やして羽柴、荒木の軍の突撃に備える。
二、上月城に籠る尼子勢力が討って出られぬように、城の周囲にも濠を巡らせ柵を結ぶ。
三、吉川元春が三百の精鋭を選《すぐ》って羽柴の陣に鉄砲と火箭を射込む。
四、宇喜多に出させた米三千俵を強力三千人で別所の三木城に運び込む手筈《てはず》をする。
「そのようにして長期戦に持ち込めば、真《まこと》にわが方に有利なのか」

毛利輝元は、叔父たちの決定に苛立った声を発した。

「左様、この秋にはまた大量の兵糧を大坂《おおざか》本願寺に送ります」

小早川隆景はそういった後で付け加えた。

「安国寺恵瓊《えけい》殿の謀《はかりごと》もありますでな」

安国寺恵瓊、過日、銀十貫目を持ち出した使僧だ。

「あのような者に、何事かできるのか」

輝元には疑わしく思えた。

「どうじゃな、貞親《さだちか》……」

初老の男、宇喜多直家が訊《たず》ねた。天正六年も五月に入った夕暮れ時、岡山城の奥座敷だ。

「毛利様もなかなかのもので……」

戦場視察から戻ったばかりの長船《おさふね》貞親は、まず絵図を拡《ひろ》げた。

中央には太平山に建つ上月城があり、左（東）に伸びる尾根には毛利諸将の陣が並ぶ。その中の一段高い大亀山《だいきざん》には「吉川元春公」とあり、向こう側の右（西南）に曲がったところが「輝元公御本陣」だ。毛利軍は上月城をがっちりと取り囲んでいる。

これに対して「羽柴秀吉殿」「荒木摂津守」の朱筆が入っているのはぐっと手前（北）の高倉山、上月城からは泥田と敵陣のある尾根を越えた高い山地だ。

「このような陣張りであれば、織田方の後詰《ごづ》め、羽柴や荒木の勢も、上月城には近付けませぬ。毛利方は徐々に兵が増えております」

長船貞親は老練の武将らしく情勢分析を的確に述べたあとで、

「わが衆はこちら」

と絵図の上（南）端を指した。上月城下から美作《みまさか》に抜ける作州道《さくしゅうどう》を扼《やく》する軍原だ。

「おお、忠家は軍原を押さえておるのか」

宇喜多直家は嬉《うれ》しげに白くなった顎髭《あごひげ》を撫《な》でた。去年の冬、宇喜多直家は、羽柴勢に囲まれた上月城の赤松政範《あかまつまさのり》を救援すべく三千人の兵を送ったが、この軍原の隘路《あいろ》で羽柴軍に撃退されてしまった。その戦場も今は羽柴や荒木のいる高倉山から二十丁（約二キロ）も離れた「安全地帯」だ。直家は満足した。

「上月城から遠く離れて陣を敷き、手柄は毛利の方々に譲れ」

という直家の指示がよく守られている。

「これでは戦が長引くのお。毛利方はどう動かれるかな……」

と直家は満足の笑顔で訊ねた。

「それで、かねてお話のあった米三千俵と強力三千人の供出を急げとのお達しで」

「闇夜《やみよ》のうちに三木城に運ぶのか」

直家はそう呟《つぶや》いたあとで答えた。

「魚屋弥九郎《ととややくろう》に命じて、備中で揃《そろ》えさせた」

「何と、薬屋の魚屋弥九郎に備中で……」

長船貞親は驚いて叫んだ。薬屋に米買いや人集めをさせたのが腑《ふ》に落ちない。納得できない表情で貞親が去ると、直家は襖《ふすま》の向こうに語り掛けた。

「どう聞いたかな」

金碧《きんぺき》の濃絵《だみえ》の襖が開くと痩身《そうしん》の美女と幼児《おさなご》、長身の青年がいた。妻お福と一人息子の八郎、灰色の作務衣《さむえ》を着た長身の青年は薬を商う魚屋弥九郎、のちの小西行長《ゆきなが》である。

「わが家には毛利様贔屓《びいき》が多いよってに」

まずお福がおかしそうに笑顔でいった。

「当たり前だ。浦上宗景《うらがみむねかげ》様と仲違《なかたが》いしてから四年間、うんと力になって頂いた」

直家は声高に応えたが、お福は、

「これからもお力になって頂けるかな」

と呟いて、幼児八郎の背中を撫でた。

今、宇喜多直家には二重の問題がある。一つは織田と毛利の二大勢力激突の狭間で、いずれに味方し、いかに生き残るか。もう一つはこの宇喜多家の家督を未《ま》だ六歳の八郎に、どうやって引き継がせるかである。

宇喜多直家は四十過ぎまで嫡子がなかった。当然、後継を巡る思惑が走る。大方の見方は、

「跡は次弟の春家様」

だった。春家自身もその気になり、「次」を期待する野心の主が周囲に集まった。

そこに、「三浦の後家」お福が現れ、健児を産んだ。八郎である。

春家は戸惑った。その頃から殊更に軍務に励み、雑兵を厳しく教練した。時には幼い八郎にまで、父直家の陰謀好きを罵《のの》しりもした。

いかなる天の配剤か、その春家がこの三月、食中毒で急死した。様々な噂《うわさ》の立つ死に方だ。

春家の急死で重役が回って来たのは三弟の忠家、今は上月城戦線派遣軍の指揮官を務めている。忠家には、宇喜多家を継ぐ意志がなく、側近たちにもその気の者はいない。だがそれだけに、宇喜多家臣団をまとめる力量があるとも思えない。六歳の八郎には、頼りでも脅威でもない叔父さんである。

「宇喜多はいずれ、織田か毛利かに吸い込まれる」

そんな囁《ささや》きが直家にも聞こえる。

「八郎を守って宇喜多の家を続けてくれるお人はおらぬか……」

自らの老いを感じ出した直家は、そんな言葉を漏らした。それに弥九郎が応えた。

「やはり勝つ側《がわ》のお人でなければ……」

「何、勝つ側のお人……」

宇喜多直家は、白いものの混じる眉《まゆ》を吊《つ》り上げた。これまでは、幼い一人息子の後見人は、親類縁者か家中の忠臣か、とかく思い浮かぶ「身近な人物」と考えて来た。それに対して薬屋の魚屋弥九郎は、「まず力のある人から探せ」というのである。

「いかに善意があり忠実であっても、勝つ側でなければ目的が達成できますまい」

宇喜多直家ですら、これを見落としていた。

「勝つ側とは……」

直家は、魚屋弥九郎の黒い瞳《ひとみ》を睨んだ。

「分かりませぬ」

弥九郎は、直家の灰色の瞳を覗《のぞ》き返した。

「先程の長船様のお話では、毛利勢もなかなかのもの。羽柴・荒木の大軍を上月城に引き付けて三木の別所を動かすとは……」

弥九郎はそういってから言葉を続けた。

「とはいえ天下の大勢は織田方優勢。この秋にも毛利の水軍を破れば流れが決まります」

「何、毛利の水軍が負けるじゃと」

直家は、前歯を見せて笑った。

「毛利の水軍は無敵じゃ。二年前にも摂津の木津川口《きづがわぐち》で織田の水軍を撃滅しておるわ」

弥九郎は「確かに」と頷《うなず》いた。対馬《つしま》生まれ備前《びぜん》育ちだから海に詳しい。

「今、織田様が伊勢の九鬼嘉隆《くきよしたか》様らに造らせている七隻の鉄貼《くろがねば》り安宅船《あたけぶね》は特別、南蛮《なんばん》伝来の大砲《おおづつ》をいくつも載せています」

「鉄貼りの安宅船のお……」

宇喜多直家は吐き捨てたが、背後から別の声がした。

「弥九郎は、八郎の力になってくれはるお人を御存じですか」

回りくどい話に堪《たま》り兼ねたお福だ。

「それを申されるなら、毛利方では小早川隆景様、織田方では羽柴秀吉様」

魚屋弥九郎はそう答えてから付け足した。

「どちらもお子様がございません」

「あ、なるほど……」

直家とお福は同じ声を上げて顔を見合わせた。そして直家が膝《ひざ》を躙《にじ》らせて囁いた。

「その方、羽柴殿との取り持ちができるか」

「私の父、堺におります小西隆佐《りゅうさ》は、羽柴秀吉様の小姓、石田佐吉殿と親しいとか」

「小姓か……」

直家は落胆したが、弥九郎は力を込めた。

「六歳の八郎君には二十年後が大事ですぞ」

義か利か──越後《えちご》の場合

「殿、もう討って出てはどうですかな」

髭面《ひげづら》の武将がそういったが、長身の若殿は、「いやいや」と首を振った。

天正《てんしょう》六年（一五七八）五月十日の昼下がり、越後春日山《かすがやま》城の本丸、実城《みじょう》でのことだ。


首を振った若殿は上杉景勝《かげかつ》。二ヵ月前に死去した上杉謙信の姉の子で謙信の養子。

今はもう一人の養子、関東北条《ほうじょう》家出身の上杉景虎《かげとら》と、謙信の跡目を巡って抗争中だ。

語り掛けた髭面の武将は栗林政頼《くりばやしまさより》。景勝が領主の上田庄の代表格だ。

「殿、今こそ好機。三の丸の景虎様を攻めなされ。わが方は地理で利あり、人数で勝り、士気でも優れておりまするぞ」

髭面の栗林政頼は、景勝の前に立ちはだかるようにして口説いた。

景勝と景虎の跡目争いは二ヵ月を経て、各地の城主の色分けも鮮明になった。

関東北条家出身の景虎を支持するのは鮫《さめ》ヶ尾《お》城主の堀江宗親《むねちか》、北条《きたじょう》城主の北条景《きたじょうかげ》広《ひろ》、それに中越地方の丸田、本庄《ほんじょう》といった連中、約二十人ほどだ。

これに対して姉の子景勝に味方するのは、上越・下越の大部分、それに中越与板《よいた》の城主直江信綱《のぶつな》ら約四十人である。城主の数でも動員兵力でも景勝側《がわ》が優勢なのは、越後上杉家の血脈を尊ぶ自然な流れだろう。

その上、景勝は、「謙信倒れる」の報《しら》せと同時に領地の上田庄に栗林政頼を走らせて五十騎組の精鋭など三百余人を集め、実城を占拠、米蔵や金蔵を押さえた。実城は春日山城の象徴、そこに立ったことで、景勝の正統性を信じる空気も広まった。

これに対して景虎側は、実城から二丁（約二二〇メートル）ほど下がった三の丸に二百人ほどで立て籠《こも》っている。物見によると、数の劣勢と地理の悪さ、兵糧の不足でみな脅《おび》え戦《おのの》いているという。

「奴《やつ》らの頼りは関東北条家、それと同盟する甲斐《かい》武田家の援軍のみ。それが来る前に一気に攻撃すれば、景虎様を討ち取れるぞ」

という勇ましい意見も多い。栗林政頼は、それを代表して発言しているのだ。

「いや、それはならぬ」

若殿景勝は、強く首を振った。

「俺は、義将謙信公の跡を継ぐ者だ。いかなる時も義に悖《もと》ることはできぬ」

「殿、よくぞいって下さりました」

上杉景勝の背後から、そういう者がいた。整った目鼻立ちに幼さの残る若武者、樋《ひ》口《ぐち》与《よ》六《ろく》、のちの直江兼続《かねつぐ》である。

「われは義将上杉謙信公の跡を継ぐ者。義に悖ることはできぬの一言、与六の腸《はらわた》に沁《し》み入っております」

「ふふふ……」

景勝は含み笑いで応えて、実城の東端に向かった。そこからは、競い合う相手の景虎が籠る三の丸が木の間に見える。二丁ほど先を二十間（約三六メートル）も下った位置だ。

「確かに窮屈そうじゃな」

景勝は嘲笑《ちょうしょう》と同情の交じった呟《つぶや》きを漏らした。急峻《きゅうしゅん》な春日山の斜面を削った二百坪ほどの平地を二重の柵《さく》で囲い、元からの屋敷に急造の陣屋を継ぎ足してある。景勝の位置から見ると急造陣屋の屋根に並べた石が目立ち、火箭《ひや》を射込みたい衝動に駆られる。

「殿の予想通りになりましたなあ」

横に並んだ樋口与六が囁《ささや》いた。

「うん」と景勝は頷《うなず》いたが、内心では「そうでもない」と呻《うめ》いていた。

確かに越後の城主の七割は景勝に味方しているが、景虎側も意外に強力、「非力な大名を立てて自らの権限を保ちたい」と考える強気の城主が集まったからだ。

加えて国外の情勢もよくない。景虎が実家の小田原城主、北条家に援助を求めるのは予想したところだが、その動きは意外と速い。景虎の兄に当たる北条氏照《うじてる》と氏邦《うじくに》が出陣の用意をしているらしい。その上、北条の娘、つまり景虎の姉の嫁ぎ先の武田勝《かつ》頼《より》も兵を出すという。

関東から越後に入る道筋には味方の荒戸や坂戸の城があり、そこには深沢利重《とししげ》らの勇将がいる。しかし、武田は想定外。信濃《しなの》の川中島から越後に入る道筋にある鮫ヶ尾城主の堀江宗親は景虎派、武田の軍を歓《よろこ》んで招き入れるだろう。それを思うと、景勝は、

「長引いてはまずい。今すぐ攻めたい」

という気になる。だが、心中で繰り返し叫んだ。

「義に悖ることをしてはならない。上杉の二代目として揺るぎない力を持ち、厚い敬いを受けるには『義将謙信公そっくり』でなければならぬ」

義を守りながら事態を打破する方法を探って、景勝がいった。

「武田家の事情に通じる者はおらんかな」

五月十日も早暮れようとしていた。景勝を取り囲む十人ほどの面々は、互いに顔を見合わせ、囁き合い、やがて静まった。主将謙信の急死と家中の抗争で、上杉家の外交情報機能は働かなくなっている。

そんな中で、下座にいた総髪《そうはつ》の中年男が躙《にじ》り出た。儒学者の山崎秀仙《しゅうせん》だ。

「拙者の知己に北条の家臣で上野《こうずけ》沼田に鎮する藤田信吉なる者がおります。この者、多年、武田氏への工作を担当しておりまするが、近年は北条氏邦様と不和と聞きます。利を以《もっ》て誘えば、何かと報せてくれるかと……」

山崎秀仙の声は次第に低くなり、そこで止まった。景勝が興味なげに脇《わき》を向いたからだ。

「今日の軍議もまた、実のない世間話で終わるか」

一同の顔にそんな倦怠《けんたい》感が表れた時、「申し上げます」と叫んで奏者が駆け込んで来た。

「今朝より、景虎様に味方する本庄清七郎殿、手兵を率いて与板に乱入、お味方の与板城主直江信綱殿らが防ぎ戦《たたこ》うております」

「何、与板が。本庄の奴とうとうやりおったか」

「いよいよ戦《いくさ》じゃ。われらも直ちに三の丸を攻めようぞ」

そんな声が湧《わ》き起こった。

「待て待て。手足の喧嘩《けんか》で頭をぶっつけ合うこともあるまい」

景勝はそんな喩《たと》えで一同を制した。

「かくなる上は、景虎様には、この春日山城から出てもらわねばならぬ。三の丸の上下に兵を配して圧力を加え、糧道を断て」

この策は当たった。三日後の五月十三日未明、景虎は妻子共々、春日山城を脱出、前《さきの》関東管領《かんれい》、上杉憲政《のりまさ》の居住する御館《おたて》に走った。

御館は春日山城から東北に一里（約四キロ）、堀を二重に巡らせているとはいえ平地に設けた引退管領の住居に過ぎない。景勝は、景虎が御館に入ったと聞いて、「勝った」と思った。だが、そう簡単ではなかった。ここに北条《きたじょう》景広ら有力城主が兵を率いて駆け付け、二千人以上の大軍になったからだ。

上杉家の二人の養子の跡目争い、世にいう「御館の乱」は、簡単には決着しなかった。

景虎が春日山城を脱出、御館に立て籠ると、景虎派の武将たちが参集、積極的に動き出した。

三日後の五月十六日には、景虎方の三条町奉行東条佐渡守《とうじょうさどのかみ》が春日山城下に放火、十七日には桃井伊豆守《もものいいずのかみ》の一隊が春日山城に攻め寄せる、といった具合である。

それだけではない。越後の各地で景勝派と景虎派の城主たちが境界争いや土地争奪の私闘をはじめた。

「越後は三十年も後戻りしましたなあ。謙信様御出現前の有り様じゃ」

そう嘆いたのは、謙信の姉で景勝の母の仙桃院《せんとういん》である。

「景虎様はそなたの姉の夫、惨《むご》たらしい戦《いくさ》などせず、歩み寄れぬのか」

「最早《もはや》、その時期ではありません」

景勝は、母の認識の甘さに苛立《いらだ》った。

「私が勝てば姉、華《はな》姫のお生命《いのち》は極力救いましょう。けれども景虎殿が勝たれたら、この景勝が生かされることは万に一つもありますまい」

「そうか、それならば死力を尽くして戦いなされ。そなたに味方する兵、そなたの心得た術《すべ》、謙信様が残された金、すべてを使って」

仙桃院は、そういい切って、鋭い目でわが子を睨《にら》んだ。

「義父謙信公と同じ上杉の目だ」

と、母の瞳《ひとみ》を見ながら景勝は思った。

景勝が勝つためには三つのことが必要だ。第一に、景虎派との直接対決で勝てる兵力を集めることだ。この点では景勝は自信があった。越後各地の城主の支持は多く、時と共に兵は集まる。

第二は、関東から侵攻して来る北条家の軍を抑えることだ。これにも既に手を打った。深沢利重らの上田衆に、関東の上野から入る道を守る坂戸や荒戸の城を固めさせた。

問題は、第三の武田の軍を止めることだ。信濃から越後に入って春日山城に達する道は短く、途上最大の城砦《じようさい》、鮫ヶ尾城の堀江宗親は景虎方。それを知ってか、武田勝頼は二万と号する大軍を率いて既に甲斐を出発した、という。

「しかし、武田勢には弱みがある。勝頼公は財政に窮しておられる」

上杉景勝は、それを考えた。

五年前の天正元年、「偉大な初代」武田信玄の跡を継いだ勝頼は、初代を上回る実績をあげて家中の尊敬を集めたい、と焦った。老臣たちが何かにつけて「御先代様」

を持ち出すのも疎《うと》ましかった。

このため、勝頼は就任早々から美濃《みの》や三河《みかわ》への遠征を繰り返し、織田方の小城をいくつか陥《おと》した。また天正二年には、先代信玄も陥せなかった遠江《とおとうみ》の高天神《たかてんじん》城を徳川方から奪った。

しかし、天正三年五月の三河長篠《ながしの》城攻めで躓《つまず》いた。後詰《ごづ》めに来た織田信長の大軍と設楽《したら》ヶ原《はら》で合戦、鉄砲の集中砲火を浴びて大敗、古参の将兵の多くを失ってしまった。

「織田の鉄砲に突進すれば必ず負ける。武田にも、わが上杉にもない仕組みが織田にはある。各組から自在に鉄砲だけを集められるのだ」

義父の謙信がそんな批評をしたのを、景勝は憶《おぼ》えている。

「勝頼公の本当の失敗はそのあと……」

と景勝は思う。

長篠での失点を取り返そうとして、勝頼は激しく動いた。盛んに軍兵を動かして寸土を掠《かす》め、巨費を投じて鉄砲を買い集め、先代との違いを示そうとして甲斐の新府に巨城を築いた。このため、兵は度重なる出征に疲労し、将は動員続きに不満を募らせ、民は誅求《ちゆうきゆう》を恨み出している。

「何よりの問題は財政のはずだ」

景勝は、持っている限りの情報でそう判断した。軍事費の増加で支出は増えるが、収入は激減している。兵士と馬匹《ばひつ》の徴用で農村は人手不足、不作の連続という。甲斐の金山も掘り尽くされた。その上、織田、徳川の経済封鎖で商業収益も減っている。

「勝頼公は金に飛び付いて来る。窮すれば、義よりも利に走る」

そう思い巡らせた景勝は、「山崎秀仙先生……」と儒者を呼んだ。

「先日、先生の申された北条家の臣、藤田信吉という者、真《まこと》に武田に詳しいのか」

「昨年沼田に飛ばされるまでは、専《もっぱ》ら武田との使節を務めておりましたので……」

儒者の答えに、景勝は大きく頷いた。

「山崎秀仙先生」

上杉景勝は改まった口調でいった。

「まずは上野の沼田に行かれて藤田信吉とやらに金子《きんす》を与えて武田の事情を窺《うかが》い、伝《つて》を求めて長坂釣閑斎《ちょうかんさい》や跡部《あとべ》大炊助《おおいのすけ》ら、勝頼公の側近たちにも金子を配って口説かれよ。

景虎殿が越後の国主となられれば、遠からず関東北条家に吸収される。そうすれば武田家は、西と南は織田の勢力に、東と北は北条家の領土に囲われて、御不便であろう。織田と北条が結べば、武田の領には商人も入れず、塩さえ来ないこともあり得る。

それに引き替えこの景勝、勝頼公を師とも兄とも思うておる。いや、未《ま》だ独り身故に、勝頼公の義弟になりたい。この願いをお許し頂ければ、結納《ゆいのう》の件は弾む覚悟、とな」

山崎秀仙は、常は無口な景勝が淀《よど》みもなく多言を吐くのに圧倒された。それでも儒学者らしく論理を吟味した。

「殿の申されること、いちいちもっともです。しかし、景虎公を救わんと兵を起こされた勝頼公の面目はいかがいたしまするか」

「それも考えた」

景勝はすらりと応えた。

「勝頼公には越後に入り、景勝と景虎の手打ちの周旋《しゅうせん》をなされよ。どうせ成らぬ周旋で時を稼ぎ面目を保って頂ける」

「なるほど……」

山崎秀仙は、ちょっと間を置いて深く頷いた。わが殿の必死の知恵に畏《おそ》れ入った。

「それで、与える金子はいかほどで」

と訊《たず》ねた。

「藤田信吉には金百両、長坂釣閑斎と跡部大炊助には各千両、武田勝頼公には一万両と東上野の領地」

「何と……」

秀仙はこの金額に仰天した。

「武田勝頼公もお手元は不如意の筈《はず》。長坂と跡部も側近の実力者とはいえ領地は少ない。家来を養うにもみなを納得さすにも金子は要る。この話、素直に入れれば必ず乗る」

秀仙は三度頷いたが一つ嫌みを吐いた。

「人を利で動かすのですなあ」

「いや」

と景勝は首を振った。

「利で購《あがな》っても、義は義である」

天正六年六月はじめ、儒者の山崎秀仙が復命した。

「武田勝頼公、快く御同意。越後のことは越後の衆に、景勝殿と景虎殿との話し合いに委《ゆだ》ねる。わしはその周旋と場造りに徹する、と申されてございます。その上、勝頼公御妹君の菊姫様をば、殿にお輿入《こしい》れさせるとのお約束も頂きました」

「そうであろう」

上杉景勝は短く答え、珍しく片頬《かたほお》を歪《ゆが》めた。無口で無表情なこの男としては「会心の笑み」である。

同じ頃、妙高の高原を越えて信濃から越後に入った武田勝頼は、何の抵抗を受けることもなく北進、小出雲原《おいずもはら》（妙高市小出雲）に陣を張った。春日山城まで五里（約二〇キロ）の至近距離である。

だが、ここに留《とど》まり、景勝、景虎両陣営に、成り立つはずもない調停案を出した。

「双方代表を定めて話し合いで領地を決めよ」

というだけのことだ。

景勝は直《じき》に同意の旨を伝え、太刀《たち》と馬と青銅千疋《ひき》（二五貫）を贈った。もちろん、賂《まいない》の一万両と東上野の領地は別である。景虎側も同様の返答と贈り物を出したが、武田が当てにならぬことを悟った失望は大きい。

一方、武田と期を合わせて三国《みくに》峠から越後に入った北条勢は、樺沢《かばのさわ》城（南魚沼市樺野沢）を拠点に景勝側の坂戸城を攻めた。

景勝は、「武田勝頼公の御周旋中に違反も著しい」と訴え、武田軍の一部を坂戸城の援《たす》けに動かせた。一万両の効き目は鮮やかだ。

武田の変心に嫌気の差した北条軍司令官の北条氏照は、動きを止めてしまった。

「いよいよ力勝負ぞ」

そう宣言した景勝は、六月十一日、自ら軍を率いて景虎の籠る御館を攻めた。戦いは、大場、居多《こた》ヶ浜《はま》、府内（上越市）と広がり、翌日まで続いたが勝負は付かなかった。

その頃には、越後上杉家にもう一つの、本当の危機が迫っていた。上杉の属領越《えっ》中《ちゅう》に、織田信長の命を受けた佐々《さっさ》長秋《ながあき》らが侵入、神保《じんぼ》長住《ながずみ》らと共に上杉領の切り崩しにかかっていたのである。

義か利か――播磨《はりま》の場合

「本行院日海《ほんこういんにっかい》（のちの本因坊算砂《ほんいんぼうさんさ》）と仙也《せんや》、朝方より下書院で碁を打っております」

小姓頭の森蘭丸《らんまる》がそう告げたのは、天正《てんしょう》六年（一五七八）六月十六日。織田信長が京都二条第で朝食を終えた時だ。

「日海奴《め》、また何を摑《つか》んで来たのやら」

信長はそう呟《つぶや》いて立ち上がり、大股《おおまた》で下書院に向かった。その背で森蘭丸が語った。

「越後《えちご》に侵入した武田の軍、春日山《かすがやま》の近くで立ち停《ど》まっております。上杉景勝《かげかつ》公より勝頼公側近の長坂や跡部《あとべ》に賂《まいない》が出たとの噂《うわさ》がある由《よし》。賭け碁師が聞いたとか」

「いい噂だ。碁打ちどもに広めさせよ」

信長は前を向いたままで応えた。敵の揉《も》め事は味方の利益、敵将側近の悪評は嬉《うれ》しい。

下書院に入った信長は、立ったままで碁盤を見下ろした。碁はまだ序盤なのに隅で劫《こう》が発生、局面は容易に進まない。

「詰まらぬ」

二十手ほどを立ったままで見ていた信長はそう吐き捨てて、上書院へと向かった。

「絵師狩野永徳《かのうえいとく》より、これが届いております」

信長が一段高い主座に胡座《あぐら》をかくのを待って、菅屋《すがや》九右衛門《きゅうえもん》長頼《ながより》が長さ三尺（約九〇センチ）ほどの巻物を差し出した。

狩野永徳は、普請《ふしん》中の安土《あづち》城の障壁画を担当する絵師集団の頭であり、日本で最初の巨大絵画流派を創《つく》った元祖でもある。

「何ぞ、展《ひろ》げてみよ」

絵巻物が展げられるのを、信長は食い入るように見つめた。描かれているのは山と谷、そして城と旗幟《きし》の群。目下対陣中の播磨上月《こうづき》城周辺の戦場絵図である。しかもそれはきわめて精巧、距離や傾斜などの地形から植生や泥田の深さまでが色彩によって描き抜かれている。

測量による地形図のなかった戦国時代、戦場絵図が地形見取り図に使われた。だが、大抵は各組の器用な兵が臨機に描くもので間に合わせていた。岡山城で宇喜多直家が見せられたのも、そんな素朴な墨絵である。

ところが織田信長は、狩野永徳に命じて専門の絵師を多数集めさせ、同じ基準で描いた戦場絵図を何十枚と作らせ、各組司令官に配付、進軍経路や攻撃目標に間違いをなくした。狩野永徳の一派が、織田、豊臣の政権で厚遇されたのは、そんな機能もあったからだ。

「何と見るか……」

主座からすり下りた織田信長は、部屋の中央に絵図を展げて左右の奉行を手招いた。小姓頭の森蘭丸にも覗《のぞ》かせた。

今、信長の最大関心事は播磨の戦《いくさ》である。

羽柴《はしば》秀吉に任せておけば短期間で平定できると思えた播磨だが、二月に最大勢力の三木城主別所長治《ながはる》が、毛利と結んで反織田に寝返ったことで情勢が一変した。

秀吉は、直《ただ》ちに兵を姫路の北の書写山《しよしやざん》に集めて毛利と別所の間を断ったが、四月になると毛利と宇喜多の大軍は播磨西端の上月城を囲んだ。この城は、昨年末、秀吉が宇喜多直家から奪い、山中鹿之助《しかのすけ》ら尼子《あまこ》の残党を入れていたものだ。

「上月城囲わる」の報《しら》せに、秀吉はすぐ救援に駆け付けた。信長も摂津《せつつ》の領主荒木村《むら》重《しげ》を本願寺攻めの任務から外して増援に送った。さらに、長男信忠《のぶただ》らの戦略予備軍を送り、「俺自身も出馬する」とまでいった。信長はここで毛利の主力を撃破して、一気に中国平定を進めたかった。だがこれは、本願寺攻め司令官の佐久間信盛《さくまのぶもり》の諫止《かんし》と五月の長雨で実現していない。

それから二ヵ月、上月城では両軍の睨《にら》み合いが続いている。その間の先月末、毛利の水軍が加古川口《かこがわぐち》の砦《とりで》を奪って、別所の三木城に米三千俵を運び込んだ。三千人の城兵が半年も喰《く》える量である。

「何たること」

織田信長の失望と怒りは大きい。それだけに、今、上月城の絵図を見る目も真剣だ。

「味方の陣する高倉山から上月城まで十五、六丁（約一・七キロ）もあるのお」

信長は唇を嚙《か》んで唸《うな》った。

「毛利の陣は尾根の高台を結んで堅固、城の周囲は川を塞《せ》き止めた泥田。これは難儀な」

奉行の福富平左衛門《ふくとみへいざえもん》も呻《うめ》いた。

「それにこの地形と陣取りでは兵の数を増しても役立ちません。強力な信忠様の軍も後方に控えておられるのでは……」

信長の心中を読む達人、蘭丸がいった。

「うん、今日、秀吉が来るんじゃったな」

信長が問うと、菅屋九右衛門が応えた。

「はい。申《さる》の刻（日没二時間前）には」

頷《うなず》いた。と、信長は懐から小判を出した。

「碁打ちの日海にこれをやれ。その方の申すこと、よう分かったとな」

夕刻、到着した羽柴秀吉に織田信長は声高に怒鳴った。

「羽柴秀吉ともあろう者が、何たる失態か。この前、そう五月二十四日よ。竹中半兵衛を寄越した時、毛利、宇喜多の輩《やから》を撃退、一ヵ月のうちには上月城を救い、三木の別所を締め上げる手筈《てはず》と申した。だから俺は、お前に金百枚、半兵衛に銀百両をくれてやった」

信長のいい方はいつも事例数値が正確だ。

「あれから二十日余り、この絵図で見れば毛利を撃退するどころか、その方らの軍は高い山にへばり付いておるだけ。しかもその間に毛利の水軍に加古川口を破られて三木の城に兵糧を運び込まれた、三千俵も……」

「何とも面目次第もござりませぬ」

秀吉は禿《は》げ上がった頭を畳に擦《こす》り付けた。

「この秀吉とて様々に働いておりまするが、敵も巧妙。遠鉄砲《とおてっぽう》を放つばかりで、まともな戦《いくさ》には乗って参りません。信忠様にまで出張《でば》って頂いておるからには何とか」

「三木はどうした。加古川口の砦は」

信長は容赦なく追及する。

「加古川口の砦にしてもしっかりした者を置き、兵も付けておりましたが、三百隻もの水軍が押し寄せて来ては防ぎようがのうて」

「それは、お前がこの高倉山とやらで物見遊山をしておるからじゃ」

信長は狩野永徳から差し出された絵図を扇子で叩《たた》いていった。

「物見遊山など滅相もございませぬ。私奴《め》も精一杯、知恵を絞り汗を流しておりますが、何しろこの身は非才非力……」

秀吉がそういい掛けたのを信長は遮《さえぎ》った。

「汗を流そうが、涙を流そうが、戦は結果。勝つか負けるかがすべてよ」

そこで信長は少し笑って膝《ひざ》を躙《にじ》った。

「秀吉よ、ここは二兎《にと》を追ってはならぬ。思い切るのじゃ」

「と、申されますと……」

秀吉は怪訝《けげん》な表情で主君を見上げた。

「上月城救援の兵を引け。全力を別所攻めに集中するのじゃ」

信長は鋭く秀吉を睨んでいった。

「何と……」

秀吉は一瞬絶句したあと、平身した。

「上月城におります尼子勝久《かつひさ》、山中鹿之助らは、この秀吉が無理にも願って入城させた者、見捨てて逃げるわけには参りませぬ」

「秀吉、思い違いをするな」

織田信長は、片頰《かたほお》を歪《ゆが》めた。

「上月城から引き上げるとしても、お前が尼子の残党を裏切るのではない。奴《やつ》らがお前を既にして裏切っておるのだ」

「と、申しますと……」

秀吉は唇を尖《とが》らせて訊《たず》ねた。

「憶《おぼ》えておろう。昨年十二月。上月城に山中鹿之助らを入れる時、何といったか」

信長は刺すような視線でいった。

「この山中鹿之助と申す者、知恵あり勇気あり人望あり。この者達に一城を与え、矢銭兵糧を給するならば、出雲《いずも》や伯耆《ほうき》に伏したる尼子の遺臣が数多く蜂起し、毛利の勢いを削《そ》ぎ、わが方に利するところ大なること間違いありませぬ、そう申したであろう」

「確かに……」

秀吉は目を閉じて頷いた。

「だから俺は、あの者たちを上月城に入れるのを許し、千貫の銭と二千俵の米を与えた」

信長は念を押すように床を叩いた。

「しかるに、どこで誰が蜂起したか。毛利の勢いはいかほど削がれたか。みな、鹿之助らの虚言であった。あの者たちが上月城に封じ込められたのは、同志の援《たす》けがないからだ」

秀吉は「確かに」と頷き、次には「さはさりながら」と呟いて涙ぐみ、両手を付いた。

「上様、今しばらく、秀吉に、上月城の尼子の者を救う試みをお許し下さいませ」

「よかろう」

信長は視線を外して応えた。

「十日間、今日より十日の間は許そう。それで成さずば、必ず兵を返して別所攻めに専念、まずは神吉《かんき》、志方《しかた》の城から陥《おと》せ」

「十日でございますか……」

秀吉は不安げに首を傾《かし》げた。

「十日でできぬなら一ヵ月でも一年でもできぬ。毛利、宇喜多の陣は強まるばかりじゃ」

秀吉には反論もいい訳もなかった。

秀吉は京の屋敷に一泊しただけで翌早朝には旅発ち、三日後の六月二十日には高倉山の陣に戻った。そして翌朝、すぐに軍議を催し上月城救援の総攻撃案を練った。

「これが最後の機会。何としても毛利の陣を突破、尼子の主従を連れ出したい」

と力説した。しかし、荒木村重《むらしげ》も織田信忠も、反応は鈍い。山中鹿之助の顔も志も知らぬ人々である。

「頭《かしら》、頭」

そんな囁《ささや》きで、山中鹿之助は目を覚ました。播磨の西端、上月城の本丸櫓《やぐら》の上層。窓からは細い月が見える。天正六年六月二十四日が明けようとしている。

「頭、今、南の番小屋にこんなものが」

起こした男が紙片を差し出した。紙縒《こよ》りを戻した紙片には文字が詰まっている。

「行灯《あんどん》を点《とも》せ……」

鹿之助は火打ち石の音を聞きつつ息を整えた。

「火急、明二十五日未明より、東と南から総攻撃、城内からも呼応されたし。秀吉」

「来るべきものが遂《つい》に来た……」

鹿之助はそう感じた。そして次には、

「わしの生涯は夢と苦労であった」

と振り返った。

鹿之助が一人前の武士となった直後の永禄《えいろく》三年（一五六〇）、大殿尼子晴久《はるひさ》が死んだ。それ以来尼子は衰退の一途、各地の城主は次々に離反、年貢収入は減り、北の海の船運も閉ざされた。内では非難の応酬が続き、脱走者が増え、謀叛《むほん》容疑の誅殺《ちゅうさつ》も出た。

そんな刺々《とげとげ》しい情況が六年も続いた末、遂には本拠の月山富田《がっさんとだ》城さえ毛利軍に包囲されて降伏した。永禄九年、山中鹿之助幸盛《ゆきもり》二十二歳の時である。

尼子の重臣たちの多くは死んだが、下級幹部の鹿之助は追放処分で済んだ。だがそれからが、主家再興を目論《もくろ》む鹿之助の戦いである。

鹿之助はその頃、筑紫《つくし》で毛利と争っていた大友《おおとも》家から船と銭を貰《もら》って隠岐《おき》に渡り、傍流の尼子勝久を担いで出雲に上陸した。だが、たちまち毛利の大軍に敗れて京都に逃げた。元亀《げんき》二年（一五七一）のことだ。

次は三年後の天正二年。織田信長に丹波《たんば》丹後《たんご》の平定を命じられた明智光秀から銭を借りて因幡《いなば》に上陸、鳥取城を奪った。だが、すぐ毛利の軍に追われ、鬼ヶ城で包囲されて降伏した。当時は織田と毛利は友好的で積極的な援助を受けられなかった。

降伏した鹿之助は縛り上げられ処刑を待つ身だったが、「赤痢《せきり》」と称して厠《かわや》通いを繰り返し、警備の隙《すき》を見て脱走した。

「今度が三度目。羽柴秀吉こそと信じたが……」

鹿之助は窓の月を見た。かつて「われに七難八苦を与え給え」と祈った三日月は上を向いていたが、今日の二十四日月は下を向いている。

「明朝、味方が総攻撃を仕掛ける。われら城方もこれに呼応して撃って出て味方と合流、毛利、宇喜多の輩《やから》を美作《みまさか》境まで追い落とす」

山中鹿之助は力を籠《こ》めていった。上月城の本丸櫓《やぐら》下層の板の間。天正六年六月二十四日の夕暮れ時、今日二度目の小さい握り飯と少しの味噌《みそ》が配られた後だ。

「羽柴秀吉殿の勢が東に来て敵の柵に取り付けば、立原組を先鋒に二番、三番と撃って出よ。また南に荒木村重殿の兵が来れば、吉田組を先頭に五番、六番が突撃せよ。わしと勝久様は情況を見て進路を選ぶ」

鹿之助を囲んだ十ほどの顔が頷いた。いずれも泥と垢《あか》に塗《まみ》れて黒く、疲労と空腹で凋《しぼ》んでいる。それでも一同は大声で、「おお、心得た」と応じて立ち上がり、持ち場へと向かった。天は不吉に暗く、雲は雨気を含んで低い。

「亀井新十郎殿……」

山中鹿之助は、その中の一人を呼び止めた。二十歳を過ぎたばかりの若者である。

本丸櫓の地下蔵に新十郎を誘った鹿之助は、両手を合わせた。残り少なくなった米俵の間には十歳ほどの少年がいる。

「明日の総攻撃は百に一つの勝ち目もない。高倉山の織田方の陣からこの城までは十五丁（約一・七キロ）、その間には熊見川《くまみがわ》が流れ泥田があり、手前の尾根には敵砦《てきさい》が並ぶ。味方は辿《たど》り着きもすまい」

鹿之助は現実を語り再び頭を下げた。

「新十郎殿、今夜のうちにこの城を脱《ぬ》け、わが子新六《しんろく》を羽柴秀吉様に預けて欲しい」

「俺はみなと一緒に……」

亀井新十郎は激しく首を振ったが、鹿之助は「分かっておる」と繰り返して低頭し、別れるわが子にいい聞かせた。

「新六、長じても武士にはなるなよ。武士は一人が栄えれば他が滅びる因果な身だ」

「では、新六は何になればいいのですか」

少年は口を尖らせて訊ねた。

「わが身が栄えれば他人も益するような町人になれ」

この日、上月城を脱出した亀井新十郎茲矩《これのり》は秀吉に仕えて出世、石見《いわみ》銀山の経営や朱印船貿易でも活躍、琉球守《りゅうきゅうのかみ》を称した。子孫は津和野《つわの》藩主となる。

鹿之助の子の新六は、摂津で酒造業を営み、清酒を発明して財を成した。江戸時代の大富豪、鴻池《こうのいけ》家の祖、山中新六幸元《ゆきもと》である。


六月二十五日の織田勢の総攻撃は、予測通りの失敗に終わった。

兵力の不足、地形の悪さ、それに折悪《あ》しく雨模様が加わって、羽柴秀吉の軍も熊見川の泥田を越えるのに一刻（約二時間）も費やした。この間に兵は疲れ、馬は滑り、銃の火縄は消えた。その上、ようやく辿り着いた斜面では毛利軍の銃撃を浴びて立ち往生、敵陣の柵《さく》にも達しなかった。

南に迂回《うかい》した荒木村重の軍は、軍原の狭隘《きょうあい》地で宇喜多軍に阻まれ、成す術《すべ》もなく後退した。この様子を見た織田信忠らの後続組は、その日のうちに陣を払って撤退してしまった。

羽柴と荒木の軍も、翌朝から順次撤退。羽柴軍は播磨の書写山に向かい、荒木の軍は摂津伊《い》丹《たみ》までの長旅である。毛利、宇喜多の勢が敢《あ》えて追撃しなかったのは、長陣の疲労と雨天による足場の悪さ、それに上月城の攻略を急いだからだ。見捨てられた上月城は、窮地に陥った。まずは、吉川《きっかわ》元春の大亀山《だいきざん》の砦《とりで》から発射された大砲《おおづつ》で水の手の堤が破損、城兵は泥水を啜《すす》り砂利《じゃり》交じりの飯を喰《く》う羽目になった。救援の望みが消《う》せ、飲食にも事欠けば、気力体力も衰え、脱走者が激増する。

八日後の七月三日、上月城は抵抗を諦《あきら》めた。尼子勝久らは自害、山中鹿之助は三度毛利に降伏する。

毛利側は鹿之助を縛り「安芸《あき》に護送する」と告げたが、その途中、備中《びっちゅう》松山の阿井《あい》の渡しで斬《き》ってしまった。一説には逃亡を企てて見張りの雑兵に斬られたともいう。「夢と苦労」の三十三年の生涯はここで終わった。

その頃、羽柴秀吉は、織田信忠らと共に、別所長治に属する神吉の城を攻めていた。実数二万五千人の大軍で、千人足らずの小城を攻める確実な戦いである。

安土に帰っていた織田信長は、この報告に満足した。そしてもう一つ、この頃、信長を歓《よろこ》ばす出来事があった。

かねてより伊勢《いせ》の九鬼《くき》嘉隆《よしたか》に六隻、滝川一益《かずます》に一隻の計七隻を造らせていた鉄貼《くろがねば》りの安宅船《あたけぶね》が、熊野灘《なだ》を越えて航海、和泉《いずみ》の谷の輪（大阪府泉南郡岬町淡輪《たんのわ》）の沖を、紀伊《きい》雑賀《さいが》党の水軍二百隻の妨害を排して通過した。秀吉が上月城から撤退したのと同じ六月二十六日のことである。

義か利か――備前《びぜん》の場合

戦《いくさ》は、負けた方は悲惨だが、勝った方も気楽ではない。

天正《てんしょう》六年（一五七八）七月三日、上月《こうづき》城を陥《おと》した毛利軍は、羽柴《はしば》側に同調した付近の小城を片付けたりしながら五日ほど滞陣、服属した長水山《ちょうずいさん》城主の宇野政頼《まさより》に上月城を与えて撤退をはじめた。まず、小早川隆景《たかかげ》の軍は南に下って和気《わけ》の港から海路で安芸《あき》沼田を目指した。吉川《きっかわ》元春は作州道《さくしゅうどう》から北上、出雲《いずも》富田《とだ》城に向かった。それぞれ軍事示威活動を兼ねた行動である。

主将の毛利輝元《てるもと》は、宇喜多の軍を帰したのち、作州道から南に進み、備前の黒沢山（岡山県赤磐《あかいわ》市）に陣を敷いた。新占領地の安定を見届けるためである。

黒沢山滞陣中の七月十五日、毛利輝元は二組の来客に接した。午前中に会ったのは、大坂《おおざか》本願寺の法主、十一世顕如《けんにょ》の使者だ。

本願寺の使者は戦勝を祝したあと、織田信長の包攻による本願寺の窮状を訴えた。

「織田方の四月以来の猛攻でいくつかの砦《とりで》が毀《こわ》され、いく筋かの堀が埋められました。何よりの不便は兵糧不足、毛利軍が西播磨《はりま》での戦勝の勢いをもって東進されると共に、早急に兵糧補給をして頂くようお願いします」

哀願とも強訴《ごうそ》ともとれるいい様である。

「御事情はよう分かった」

一字三星《いちじみつぼし》の紋を描いた陣幕囲いの中で床几《しょうぎ》に掛けた小肥《こぶと》りの主将、毛利輝元は応えた。

「さりながらわが軍も出陣四ヵ月、疲れもあれば国元の仕事もある。ここは一旦《いったん》帰国、今年中にも再征する。兵糧の件は水軍により、秋には大量に運び込む故、御安心ありたい」

輝元の言葉には嘘はなかった。この時点では、そのつもりだった。それでも一つ、本当のことを隠していた。この時、長門《ながと》の山口で高嶺《こうのみね》城主市川経好《つねよし》が、豊後《ぶんご》の大友義鎮《おおともよししげ》(宗麟《そうりん》)と結んで叛乱《はんらん》を起こしていた。毛利もまた、同時多方面作戦を強いられていたのである。

本願寺顕如の使者が帰って一刻ほど経《た》った昼過ぎ、第二の来客が現れた。備前の国主宇喜多直家が弟の忠家と三人の家老、戸川秀安、岡利勝《としかつ》、長船貞親《おさふねさだちか》を伴って祝勝言上に来た。供は遠藤弥八郎《やはちろう》である。

「病と偽って日和見《ひよりみ》を決め込んでいた奴《やつ》が」

毛利側にはそういう者もいたが、輝元はより冷静な意趣返しを用意していた。

黒沢山の木陰を選んで設けられた一字三星紋の陣幕囲いに入った瞬間、直家は戸惑いと不快感に噴《さいな》まれた。

正面には主将、毛利輝元が床几に掛け、左の列には二宮就辰《なりとき》ら毛利軍幹部が数名居並ぶ。そして右側には五つの床几が、毛利の幹部と向き合う形で並べられている。要するに、毛利側は宇喜多直家を部下の城主として扱うと同時に、直家が同道した他の四人とも同格と見做《みな》したのだ。宇喜多直家の最も厭《いや》がる扱いである。

宇喜多直家は、一旦滅亡した家系を再興、権謀術策の限りを尽くして備前と美作《みまさか》の大半を手に入れた。その間には奇襲で奪った領地も謀略で乗っ取った城もあるが、大半は威圧と説得で服属させたものだ。それだけに宇喜多家中には、大禄《たいろく》を持つ家臣が多い。中でも「三家老」といわれる戸川、岡、長船の三家は、それぞれ二万石余の領地と複数の城を有し、各四十挺《ちょう》の鉄砲を含む数百人の軍団を持つ。直轄領地約五万石の宇喜多家は、最大ではあるが圧倒的ではない。

「毛利家は俺を敬《うやま》いも信じもせず、備前の城主を直接の家臣にしようとしている」

直家は涌《わ》き上がる怒りと不安を抑えて、凱旋祝いを言上、毛利輝元には太刀《たち》を、二宮就辰らには脇差《わきざ》しを贈った。輝元はこれに謝し、直家には太刀を、他の四人には脇差しを贈った。ここでやっと差を付けた。

「わが毛利の軍は一旦帰国するが、今年中に再び出陣、播磨《はりま》但馬《たじま》を平定する。宇喜多家でも油断なく御用意頂きたい」

輝元は強気の作戦計画を示した。直家も、

「某《それがし》も病が癒《い》えましたので、近く西播磨の竜野辺りに出陣する所存」

と明言した。上月城を見捨てた羽柴秀吉らが、毛利方に寝返った別所長治《ながはる》に属する神吉《かんき》や志方《しかた》の城を攻めているのに対抗するものだが、独自の行動を強調する意味も大事だ。


「疲れた……、横になる……」

同日の残暑厳しい夕暮れ時。備前岡山城の本丸奥座敷に入った宇喜多直家は、烏帽子《えぼし》を取り、狩衣《かりぎぬ》を脱ぎながら美貌《びぼう》の妻と幼い息子に囁《ささや》いた。顔は精一杯笑っているが、疲労と失望の色は拭《ぬぐ》えない。

「御苦労様でした。お床は用意してます」

妻のお福は、初老の夫の脱いだ狩衣を畳みながら笑顔でいった。

「ありがたい……」

直家は、お福の用意した冷えた薬水を飲むと、奥の寝室に入った。それを見届けたお福は、表座敷に通じる杉戸に向かって囁いた。

「弥八郎様、何がありましたのや……」

「はい……、いささか暑気あたりかと……」

杉戸が開いて低い声が返って来た。

「弥八郎様、遠慮はいらぬ。これに来て黍団子《きびだんご》でもお上がりやす」

お福は細い指を揺らして手招いた。それに応じて入って来たのは遠藤弥八郎三十四歳。中肉中背で目立たぬ顔立ちだが、身の熟《こな》しは猫《ねこ》のようにしなやかだ。

実はこの男、十二年前の永禄《えいろく》九年（一五六六）、大軍を率いて攻め込んで来た備中《びっちゅう》の大名三村家親《いえちか》を、敵陣に潜り込んで銃撃暗殺した異能の勇士である。謀略謀殺を得意とする宇喜多直家の生涯でも白眉《はくび》の事件だ。それだけに直家の信頼は厚く、千五百石を給して身辺に置いている。

「弥八郎様は狩衣姿もよう似合うこと」

お福は茶菓を調えながら微笑《ほほえ》んだ。茶筅髷《ちゃせんまげ》の遠藤弥八郎が正装しているのは、五里（約二〇キロ）離れた黒沢山の毛利の陣まで祝勝挨拶《あいさつ》に行った主君直家の供をしたからだ。

「毛利輝元公は、わが家の饗応をお断りになりました……」

この時代、城下を通過する大名には、城主が饗応をするのが慣例になっている。招かれた側も、余程の急ぎでもない限りこれに応じる。断るのは「十分信用していない」ことを意味する。

「まあ……。それだけか……」

お福は黒い瞳《ひとみ》を見開いた。

「いえ、輝元公は、殿様と忠家様、長船様、岡様、戸川様の五人を右手に並べ、毛利の家臣と向き合わせて……」

遠藤弥八郎は、そこまでいって俯《うつむ》いた。

翌日、朝の政務を終えた直家が奥座敷で寛《くつろ》いでいた時、お福がぽつりと呟《つぶや》いた。

「毛利様のなさり様、厳しかったとか」

「いやいや……」

直家は痩《こ》けた頬《ほお》を歪《ゆが》めて首を振った。

「毛利家は懐《ふところ》の深い備えをお考えなんじゃ。まず東播磨の別所家があり、次に西播磨の宇野政頼殿を強い大名に育て、備前と美作を領するわしに後見さす。続く備中では高松城の清水宗治《むねはる》殿を核とする……」

「それでは、あなた様を宇野様や清水様と同格だとでも」

お福は眉《まゆ》を吊《つ》り上げた。

「その上、弟様の忠家様や御家来の長船様、岡様、戸川様まで同格に扱わはったとか……」

「ははは、毛利家はそうしたかったかもな」

直家は自分も感じた怒りを、妻に繰り返されて苦笑した。

「その手には乗らぬ。この秋は播磨の竜野に出陣、忠家も長船、岡、戸川も存分に使いこなす。毛利家にもわが家中には手を出させぬ」

「それは嬉《うれ》しいことで……」

お福は微笑み領《うなず》いたが、すぐ続けた。

「あなた様ならできること、八郎にはなあ」

それを聞いた瞬間、宇喜多直家は、自分と妻お福との間に百丈の谷ほどの差を感じた。

「わしはわが身があるとして考えているが、この女はわしの亡き後を考えている。わしがどんな遺言を残そうと、どんな契りを結んでいようと、死んでしまえば無に帰する。そのとき、この子を命懸けで守ってくれるのは誰か……」

それを考えると、直家は息苦しくなった。だが、次の瞬間、はっと気が付いた。

「それは、この子の母、お福のほかにない。八郎を守ってくれる人とは、お福を愛してくれる人だ。そしてそいつは、わしより強い男だ」

これに思い当たった時、直家は、脳がひび割れ腸《はらわた》が煮えくり返る思いがした。

「宇喜多の家と八郎の身を守るために、お福に『わし亡き後は、もっと強い男を選べ』といい残すのだ……」

直家は、いつの日かそう説く覚悟をせねばならぬという幻想にさ迷った。と、その時、戸口から声がした。

「薬屋の魚屋《ととや》弥九郎《やくろう》殿がお見えです」

「これはいつもの煎《せん》じ薬にございます」

灰色の作務衣《さむえ》を着た魚屋弥九郎が、赤い丸の付いた白い薬袋を並べるのを、宇喜多直家はぼんやりと眺めていた。その向こうには机に向かって字を学ぶ息子八郎の姿がある。

「こちらは、南蛮《なんばん》渡来のぶどうの酒。このギヤマンの盃《さかずき》でお休み前に一杯ずつお飲みになれば殿様のお身体によいでしょう」

「おお、ぶどうの赤酒、これは美味《おい》しい。前に頂いたのは、私が一晩で呑《の》んでしもうた」

お福が陽気な笑い声を上げた。

「それは勿体《もったい》ない。是非とも御殿様に」

「はいはい、今度は必ず……」

とお福もおどけて見せた。その姿を直家は「よき妻じゃ」と思う。

直家は三度妻を娶《めと》った。最初は乙子《おとご》の小城に住した二十歳の時。相手は備前福岡の刀工の娘だったが、直家が妻の実家に金銭無心を繰り返したことから不仲となって別居、結局は一子もなさずに死別した。二度目は二十三歳の時に迎えた沼城主中山信正の娘だ。衣装道楽だけの女だったが、直家が舅《しゅうと》の中山信正を謀殺したのに怒り狂って自殺した。この事件で直家は沼城を得たが、心に受けた傷も深い。

そして三度目、四十二歳で得たのが「三浦の後家」お福だ。前夫三浦貞勝《さだかつ》が城と共に滅んだ後、農家に隠れ住んでいたのを、美貌の噂を聞いて覗《のぞ》き見て一目惚《ぼ》れしたのだ。

この結婚は家中で評判が悪かった。前夫との間にできたお福の男子が問題となり、家臣の養子にした。一年後に子ができると、

「殿の種かどうか」

と噂する者もいたが、その子はすぐ死んだ。二人目は女子で乳母に託《あず》けた。結婚四年目に三人目が生まれた。今六歳の八郎である。流石《さすが》に種を疑う者はいなかったが、お福の評判はよくならない。

「人事に口出しをするそうな」

「占いにかこつけて軍事にも干渉する」

などの声がある。次弟春家の急死にも「お福様の毒害では」と囁く者もいた。

「わが家中には、わしの死後、この母子を愛し守ってくれる者はおるまい……」

そう考えていた時、お福の声が耳に入った。

「弥九郎はん。羽柴《はしば》のお小姓に繋《つな》がりましたか」

「はい。羽柴様の書写山《しょしゃざん》の陣に伺《うかが》って、小姓の石田佐吉様と奏者の増田《ました》長盛《ながもり》様とお話しし、ちょっとだけ秀吉様にもお目通りを」

魚屋弥九郎は、宇喜多直家とお福を交互に見ながら低く囁いた。

「ほう、よくぞ秀吉様まで……」

　直家が問う前に、お福が訊《たず》ねていた。

「私の父、小西隆佐《りゅうさ》は秀吉様の口利きで近江《おうみ》や摂津《せっつ》で薬を一手に売らせて頂いています。そのお礼に月三百匁《もんめ》の銀子を差し上げています」

「何、月々銀三百匁、そらかなりの額だな」

　宇喜多直家は呻《うめ》いた。干戈《かんか》を交える身としては、金集め上手は厭な相手だ。

「その羽柴家の資金出納をなさるのが小姓の石田佐吉様と奏者の増田長盛様です」

　弥九郎は、話を通した相手の筋の良さを強調した。

「羽柴秀吉様は出世のお方。生まれは貧しい賤《しず》の屋故、譜代の御家来がおりません。それに御一族も少なく、お役に立つのは御舎弟の小一郎秀長様ぐらいです」

　弥九郎は羽柴家中を解き明かした。

「織田家から加わった御家来衆は槍《やり》働きの猛者《もさ》ばかり、お頭《つむ》の回るのは竹中半兵衛様だけですが、最近は労咳《ろうがい》が進んでおります」

「え、竹中半兵衛殿は重い労咳なのか」

　宇喜多直家は身を乗り出した。

「はい。御注文の薬を見れば分かります」

　弥九郎は応えた。

「では、羽柴秀吉殿とはどのような人物か」

直家は本題に入った。

「背丈は五尺二寸（約一五八センチ）、目方は十三貫（約四九キロ）、色は黒くて頭は禿《は》げ上がり、顔付きは猿の如《ごと》しといわれています」

「ほう、相当の醜男《ぶおとこ》じゃな」

直家はそういいながら、何故《なぜ》かほっとした気分になった。

「しかし、眼光は鋭く、声は大きく、才智《さいち》は脳に満ち、度胸は肝に溢《あふ》れているお方。織田の家中でも一番の伸び盛りといえるでしょう」

弥九郎は、口調なめらかに多言を弄《ろう》した。

「秀吉様は四十二歳の今もお子様がおられません。信長様の四男於次丸《おつぎまる》様や北国攻めの武将、前田利家様の息女豪《ごう》姫様を養子にして可愛がっておられるとか」

「何、養子を……」

そう呟いた宇喜多直家の眼《め》は輝いていた。

「羽柴秀吉、猿面の小男。生まれは貧しく譜代の家臣もなければ親類縁者も少ない。それが今や万余の兵を動かす出世の人か……」

宇喜多直家は、そんな言葉から、敵将秀吉の姿を脳裡《のうり》に思い浮かべようと足掻《あが》いた。

　城主の家系とはいえ、宇喜多家は祖父の代に一旦滅んだ。直家の父は悪童にもからかわれる居候《いそうろう》の農夫にまで落ちぶれた。そこから這《は》い上がった直家もやっぱり出世の人、羽柴秀吉に通じるものがある。

「それでもわしには親類縁者が多く、譜代の家臣も集まって来た。秀吉にはそれもない。余程の苦労をしたことだろう」

　そんなことを考えるうちに、直家の脳裡で猿面の小男がうごめき出していた。

「秀吉奴《め》は、四十二歳でまだ子がない。その歳でわしは最初の子をお福に産ませたが」

　直家は八年前を振り返った。その子は間もなく死んだが、お福となら子ができるという自信を得た。果たして翌年には女子が生まれ、三度目に健児八郎ができた。

「秀吉奴は、子作りを諦《あきら》めて養子を取っておるのか」

　直家は、羽柴秀吉に優越感を持った。

「その織田信長様の四男と前田利家殿の娘とやらは幾つなのか」

「織田の於次丸様は十一歳、前田の豪姫様は五歳とか」

　魚屋弥九郎はすらりと応え、さらに続けた。

「お二人は羽柴様の御本拠、近江長浜城におられます。奥方のねね様が大変な可愛がりようで」

「へえ、奥方がのう……」

直家は仰《の》け反《ぞ》った。戦国時代には家名を継がすための養子が多いが、大抵は実家から連れて来た家臣や乳母が育てる。養父母が可愛がって育てるのは珍しい。それを考えると、直家の脳裡の秀吉が人懐っこい笑顔になった。同じことをお福も感じ出していた。

「羽柴秀吉というたら、上月城の赤松政範《あかまつまさのり》様を攻め滅ぼして、降《くだ》った城兵を火炙《ひあぶ》りにした残忍非道の恐ろしい男と思うてましたけど」

と呟いた。それを聞いて弥九郎が囁いた。

「この際は、羽柴様に本心の伝わる者を遣わされるのが得策かと……」

「これは難しい。絶対の秘密、確実な情報、そしてかなりの危険、それをやれる者は」

直家が虚空を睨《にら》んだ時、お福の声がした。

「私が、参りましょ。羽柴様の下に……」

赤い知恵・黒い知恵——大坂《おおざか》の戦い

「上様のお知恵には感服いたしました。御指示の通りいたしましたところ、怪我《けが》人はおろか、混雑も喧嘩《けんか》もありませぬ」

足を投げ出して床柱に凭《もた》れた織田信長に、菅屋《すがや》九右衛門《きゅうえもん》ら奉行衆が平身した。天正《てんしょう》六年（一五七八）九月九日、秋晴れの空が赤く染まり出している。

この日、織田信長は、安土《あづち》城二の丸広場で相撲《すもう》興行を催した。先月十五日の興行が好評だったので再度催したのだ。

信長は新首都安土を発展させるため、家臣を家族ぐるみで移住させ、楽市楽座で物資流通を盛んにした。加えて祭りや催し物を次々と行い、楽しい町造りにも努めた。相撲興行は都市政策の一環である。

ところが前回は人出が多く、終了後の退出時に三の丸に出る一本橋で大混雑、堀に落ちて怪我をする者が出た。

「今度の相撲では混乱が起こらぬようにせえ」

信長は興行を取り仕切る奉行たちに命じた。奉行たちは鳩首《きゅうしゅ》協議したが解決策が出ない。堀に架かる橋の数を増やすとか幅を拡《ひろ》げるとかは時間的に間に合わない。堀際に柵《さく》を巡らすのも、群衆の圧力で倒れるとなお危険だ。

考えあぐねた奉行たちが雁首《がんくび》を揃《そろ》えて信長に陳情したのは、三日前の朝だ。

「いろいろみなで考えましたが、ここは屈強の兵を半間置きに並べ、人の流れを抑えるしかございません。ついてはお城普請《ぶしん》の丹羽《にわ》長秀様の組からも何百人かお借りしたく……」

「あほうなことを申すでない。お前たちは銭と人を使うことばかりいって来る。少しは知恵を絞って安上がりの方法を考えてみよ」

信長は、そういって追い返した。だが、翌朝には、取って置きの秘策を授けた。

「相撲は最後の決勝戦で盛り上がる。みんなが最後まで見て、それが終わると一斉に退場するから帰り道が混む」

信長は、そこまでいってにやりとした。

「決勝戦のあとにつまらぬ出し物を加えよ。さすれば、それを見る者と急ぎ退場する者とに分かれ、自《おの》ずから混雑は緩《ゆる》むわ。そうよな、俺が優勝者に与える弓、あれを持って、優勝者に代わって踊る器用者を用意しておけ」

菅屋九右衛門らは「なるほど」と頷《うなず》いた。そして今日、その通りにしたところ、観客の流れは長く伸び、さしたる混乱もなく終わった。大相撲弓取式の起源ともいう。

「上様の神慮、奉行一同感じ入りました」

織田信長の前に雁首を揃えた相撲興行の奉行を代表して、菅屋九右衛門が言上した。

「これしきのことで余り煽《おだ》てるな。俺の知恵が効果を発揮するのはこれからよ」

織田信長は切れ長の目に微笑を浮かべた。

「伊勢《いせ》の九鬼嘉隆《くきよしたか》らに造らせた鉄貼《くろがね》りの大安宅船《あたけぶね》が堺《さかい》に入港したと聞く。あれを視察するため堺に行く。近衛前久《このえさきひさ》様らの公家《くげ》衆、絵師の狩野永徳《かのうえいとく》、碁打ちの本行院日海《ほんこういんにっかい》も同行する。堺での出迎えは津田宗及《そうきゅう》に申し付けよ」

信長は一気にそう語った。考え抜いた案である。公家を同行するのは、朝廷などに話を拡《ひろ》げるため、絵師を伴うのは鉄貼り船を写して巷《ちまた》に見せびらかすため、碁打ちの同道は賭《か》け碁を通じて諸国の足軽《あしがる》どもに織田家の凄《すご》さを語らせるためだ。

「はい、かしこまりました……」

菅屋九右衛門は低頭したが、簡単なことではない。

安土から堺までの間には、大坂本願寺攻めの戦場がある。本願寺門徒による襲撃や暗殺の危険もある。当然信長は、本願寺攻めの現場を視察し諸将と協議する。

堺においても、それなりの接待と資金提供が必要だ。今日風にいえば、総理総裁出席の政治パーティを開くようなものだから、世話役に指名された津田宗及は、それ相応の人と金を集めなければならない。

その夜のうちに奉行たちは談合、翌朝には使者が各方面に飛んだ。それでも日程調整と各種準備にかなりの日時を要した。

織田信長が五百人ほどの行列を連ねて安土城を出発したのは十四日後の九月二十三日である。

この日は近江《おうみ》の勢田《せた》で一泊、翌二十四日辰《たつ》の刻（午前八時頃）に京都二条第に入った。ここで近衛前久らを加え、二十八日に京を出て河内《かわち》の若江《わかえ》城に達した。

ここは大坂本願寺の東側だが、その間には大和川《やまとがわ》が蛇行、広い湿地帯を作っている。当時の大坂は、川と沼と泥田の入り組んだ悪所、その中に上町《うえまち》台地だけが乾いた岬になって突き出ている。

信長は、夕日を背にした本願寺を遠望、「明日は天王寺砦《とりで》で軍議を行う」と宣言した。

九月二十九日、本願寺攻めの拠点、天王寺砦の二層櫓《やぐら》の上層、日は西に傾いて海に接し、空は紫に変わりつつある。

「燭《しよく》を点《とも》せ」

信長の鋭い声で、座が張り詰めた。

三間（約五・四メートル）四方ほどの板の間中央には戦場絵図が展《ひろ》げられ、二十ほどの顔が囲んでいる。軍議がはじまって一刻（約二時間）、信長はまだまだ続けるつもりだ。これまでの諸将の説明に不満なのである。

「蘭丸《らんまる》、そっちの絵図も展げよ」

百目蠟燭《ひやくめろうそく》が八本立ち並ぶのを待って、信長が背後に控える小姓頭の森蘭丸に命じた。

「はい」

と応えた蘭丸は素早くもう一枚の絵図を、既にあるものに並べて展げた。五尺（約一・五メートル）角の大きさ、描かれているのは本願寺を中心にした四里（約一六キロ）四方。二枚の絵図は大きさも描いた地域も同じだ。

「この絵図は、去年二月、俺が紀伊《きい》や和泉《いずみ》の一揆《いつき》衆を征伐するためここに来た時、その方らが出したものだ。相違ないな、信盛《のぶもり》」

信長は、新たに展げた絵図を指差して右側の初老の男、佐久間《さくま》信盛を睨《にら》んだ。

「はい、それに相違ございません」

肥満体を折り畳んで信盛は応えた。

佐久間信盛は織田家累代の家老、その昔、織田家の跡目争いでは、弟の信行《のぶゆき》を担《かつ》いで信長と戦ったが、信長の実力を悟るとすぐ降伏、以来二十年近くも忠実に働いて来た。その功を賞して信長は、佐久間信盛を尾張《おわり》や三河《みかわ》の諸将を組下とする大軍団長とし、二年前から本願寺攻めの総大将に就けている。織田家累代の家臣の中では出世頭の一人だ。

「うん、それでこれが今の絵図だ」

信長は前から展げられていた方を指差し、佐久間信盛の肉の垂れた顔に訊《たず》ねた。

「どこがどれだけ違う」

「は……」

信盛は答えに窮した。二枚の絵図はほとんど同じ、つまり本願寺攻めははかばかしく進展していないのである。

「この一年半は、松永弾正《だんじょう》久秀殿の叛乱《はんらん》討伐や播磨《はりま》の出兵などがあり、しばしば兵を割かれたもので……」

佐久間信盛がそんないい訳をすると、織田信長の色白の額に青筋が浮かび上がった。

「信盛よ、いい加減なことをいうではない」

織田信長は、低いが威圧的な声でいった。日はとっぷりと暮れ、八本の百目蠟燭が二十ほどの顔を赤黒く照らしている。

「信盛には三万人の兵と十分な兵糧や銭金を与えておる。そのうち松永久秀征伐に徴発したのはたったの五千人。それも三ヵ月だ。播磨出兵では一兵も出させなかったはずだ」

信長は具体的な事例と数字を並べた。

「それなのにこの一年半、本願寺攻めはさして進んでいない。何よりの不思議は本願寺に立て籠《こも》る万余の衆が飢えぬことだ。毛利の水軍が兵糧を入れたのは二年以上も前だぞ」

「いやあ、何しろこの地は川と沼と葦原《あしはら》が入り組んでおり、小舟の往来は止め難く……」

信盛は力なく呟《つぶや》いて視線を落とした。

「ふん、大坂が川と沼と葦原の多い悪所であることは分かっておる。だから三万人もの兵と十ヵ所もの砦を築く銭を与えておる」

信長は問い詰めた。そして少し間を置いて、

「ならばこうしよう」

と呟き、

「九右衛門、福平左《ふくへいざ》、蘭丸」

と同道の三人の名を呼んだ。

「菅屋九右衛門は馬廻役《うままわり》から、福富平左衛門《ふくとみへいざえもん》は弓衆から、森蘭丸は小姓から、それぞれ一人ずつを入れて三人組の督戦組を作れ。それを十組作って十の砦に配する。戦況や将兵の勤務態度をそれぞれの上司に報告させよ。九右衛門、福平左、蘭丸はそれを俺に取り次げ。ものの見方は様々。監視と報《しら》せの耳目は種類が多い方がよいからのお……」

信長はそういって片頬《かたほお》を歪《ゆが》めた。

左側に並ぶ同行の奉行衆や馬廻役は頷いた。だが、右側の佐久間信盛以下の在勤諸将は、苦い表情で袴《はかま》の膝《ひざ》を握りしめている。これが実行されれば封建領主としての自主権は失われ、主君の命令を実行するだけの軍指揮官になってしまう。「天下布武《ふぶ》」を目指す信長の理想は、国家が養い、国家にのみ忠誠な軍隊である。

「督戦組は二十日毎《ごと》の交替制とするからな、十分な人数を用意せよ。九右衛門も福平左も蘭丸も忙しくなるぞ」

信長は項垂《うなだ》れる佐久間軍団の諸将を他所《よそ》に上機嫌に語った。月のない空に冷たい星が輝いていた。時刻は深夜に近い。

九月三十日の巳《み》の刻（午前一〇時頃）、織田信長は堺に着いた。

この頃、堺は殷賑《いんしん》を極めている。政治的には信長の武力に屈して自治権を失ったが、経済的には信長の進める楽市楽座の規制緩和政策で商圏を拡《ひろ》げ、巨利を得ていた。文化の面でも茶の湯などの町人文化が栄え、今井宗久《そうきゅう》や千利休らの政商的茶人が活躍している。この町には、好奇心の強い信長を歓《よろこ》ばせるものが沢山ある。

だが、この日の信長は、出迎えた津田宗及らとの挨拶《あいさつ》もそこそこに港へと走った。

当時の堺港は水深の深い良港で、全国各地はもとより、琉球《りゅうきゅう》、朝鮮、明《みん》国、南蛮《なんばん》の船も来る。その中に織田信長の独創と独断が生んだ怪物、鉄貼りの大安宅船七隻が並んでいた。

信長は、この中の六隻を建造し、伊勢から回航して来た水軍大将の九鬼嘉隆と一隻を造った滝川一益《かずます》とに迎えられた。

「確かに、俺の思い描いた通りじゃ……」

信長は、自分の指示した設計を実現した巨船を見上げて唸《うな》った。船の長さは十二間二尺（約二二メートル）、幅七間（約一二・七メートル）。この頃の大型船に比べれば長さは二倍、幅は三倍以上もある。特に目立つのは舷《ふなばた》の高さ、並の大型船が水面上一間ほどなのに、この船は三間半（約六・三メートル）もある。その上、艫《とも》には頑丈な櫓が据えられている。「浮かぶ城砦《じょうさい》」というにふさわしい。

織田信長はこの出来栄えに満足、公家や奉行を引き連れて、その一隻に座乗した。

七隻の巨船は、舷側に出た数十本の櫂《かい》でゆっくりと港を出、僅《わず》かに帆を膨らませた。鉄貼りの防衛力を重視した横広上部荷重の仕様だから、速度は人の歩みほどしか出ない。

だが、沖合二里（約八キロ）に出て、曳航《えいこう》した古船に向かって大砲《おおづつ》を発射した時には威力を示した。巨船には片舷四門、左右計八門の四貫目砲が搭載されている。

秋空に弧を描いて飛び出した四貫目（一五キロ）の鉄丸は二丁（約二二〇メートル）先の海面に落下。命中した古船は微塵《みじん》になって吹き飛んだ他、周囲の三隻も大波で転覆した。

「上出来だぞ、嘉隆」

織田信長は上機嫌でいった。

「はい、上様のお知恵、炎の如《ごと》く感じました」

百戦の海将、九鬼嘉隆が甲板に跪《ひざまず》いた。

赤い知恵・黒い知恵——摂津震駭《せっつしんがい》

天正《てんしょう》六年（一五七八）十月一日早朝、織田信長は堺《さかい》を出発、京に向かった。前日も、鉄貼《くろがね》り巨船の視察のあと、津田宗及《そうきゅう》や今井宗久《そうきゅう》ら堺の中心人物と夜更けまで茶会に興じたが、今朝の顔には疲労の陰りもない。信長の生涯でも、四十五歳のこの頃は、体力、気力、知力が最高に燃え盛った時期だ。

この度の大坂《おおざか》、堺への出張も、実り多いものだった。安土《あづち》を出発してから僅《わず》か九日の間に、若江《わかえ》では河内《かわち》方面の戦況を視察、天王寺砦《とりで》では本願寺攻めの遅延を責めて馬廻《うままわり》役や小姓らによる督戦組を置くことを決めた。かねて信長が志向していた軍管理の一元化が実現したのである。

堺では鉄貼り巨船の四貫目大砲《おおづつ》の一斉射撃に興奮、乗組員を激励した。水軍将兵にも、今度は毛利に勝てるとの確信ができた。

夜は津田宗及の催した茶会で、矢銭《やせん》と茶道具の献上を受け、堺商人の持つ情報を聞いた。武田家の財政難、北条《ほうじょう》家の優柔、上杉家の跡目争い、いずれも予測以上に深刻らしい。毛利の方は、長門《ながと》の山口で起こった高嶺城《こうのみね》主の叛乱《はんらん》は不発に終わったが、近々に大軍を起こせる状態ではないらしい。商売絡みの情報は、信長の諜報《ちょうほう》機関とはひと味違う機密を報《しら》せてくれる。

織田信長は馬を煽《あお》るほどに道を急ぎ、道半ばの淀《よど》川辺りで昼食大休止を取った。この間にも、十月三日の皇居叡覧《えいらん》の相撲《すもう》行事についての指示を口述、早馬で京に送った。

ところが、そこを立つ際、小姓頭の森蘭丸《らんまる》が耳元に唇を寄せて異なことを囁《ささや》いた。

「福島と天満《てんま》の砦に配した小姓からの連絡では、本願寺内に荒木村重《むらしげ》様の印の付いた米俵が多数ある由、投降した者から聞いたとか」

「何を寝惚《ねぼ》けたことを。何かの間違いか、さもなくば敵方の謀略であろう」

この時、信長は一笑に付した。だが、同様の報せはそのあとも続いた。

信長の行列が淀川左岸を京に急いでいた天正六年十月一日、その右岸を西に向かう者がいた。行商人風の二人とその供ら十人ほどの一行である。

この一行は申《さる》の刻（午後四時頃）に伊丹《いたみ》に着き、城下の寂《さび》れた神社に入った。伊丹城（有岡城）はこの頃、摂津の旗頭となった荒木摂津守《せっつのかみ》村重の本拠として拡張されている。

摂津の国は、織田家西部戦線の要《かなめ》だ。東は京、山城に接し、西は羽柴《はしば》秀吉が死力を尽くす播磨《はりま》に続く。北は明智光秀が平定を急ぐ丹波《たんば》、南は大坂本願寺を囲む激戦地だ。

織田信長は、この要衝を荒木村重に委《ゆだ》ねた。伊丹周辺の直轄地だけではなく、高槻《たかつき》、茨木《いばらき》、能勢《のせ》、尼崎《あまがさき》、花隈《はなくま》、三田《さんだ》の諸城主をも村重の組下にした。豪力豪気な武人であり、教養深い茶人でもある荒木村重が気に入ったのだ。

だが、その割には村重の実績は上がっていない。目に見えるのは、本願寺派の二、三の砦を陥《おと》したことぐらいだ。村重の主要な仕事は輸送路の確保と各戦線への兵糧補給、自国の収穫を他将に分ける辛《つら》い仕事である。今年四月には、羽柴秀吉の応援に播磨に出陣したが、さしたる成果もなかった。

「信長様は、俺をどう見ておられるやら」

村重はそれが気になり出した。そこに昨日、

「信長様が本願寺攻めの進まぬのに業を煮やして佐久間《さくま》信盛《のぶもり》様らを叱責《しっせき》、小姓衆らの督戦組を各砦に配置されることになった」

との報せが届いた。

「織田家譜代の家老の佐久間殿でも小姓に督戦させるのなら、新参の俺などは……」

村重は不安に脅《おび》えた。それに追い討ちを掛けるように、次の報せが来た。

「本願寺には荒木家の印の付いた米俵が積んである。荒木家の者が横流ししているに違いないとの噂《うわさ》が流れている」

というのである。思い当たる節がある。

「今年四月、天満砦を退《ひ》き払う際、兵糧米八百俵を銀十貫目で売った。通常の二倍ほどの高値だったのは敵の策略だったのか」

そんな思いで身が震えた。それを覗《のぞ》き見たような書状を地元の八満宮《はちまんぐう》の宮司が届けて来た。

「荒木村重殿の和歌を懐かしく読み返している。難しいことは差し置きまた和歌を交わしたい」

備後《びんご》の鞆《とも》に寓居《ぐうきょ》する前《さきの》将軍足利義昭であった。

「八幡宮の鈴木宮司がお見えになりました」

奏者の声に、荒木村重は身震いした。鈴木宮司は昨日、義昭の書状を届けに来た人物である。鈴木宮司との付き合いは古くもない。今年四月の播磨出陣に際し、戦勝祈願の和歌を贈られてからだ。和歌の出来がよかったので返書を出したことから文通がはじまり、最近では退屈凌《しの》ぎの茶席に招くこともある。鈴木は寂れた田舎神社の宮司とは思えぬ作法を心得ていた。

「お一人か……」

村重は、震える声で訊《たず》ねた。

「いえ、行商人が二人、殿の御身体によい薬を勧めたいとか」

「薬は羽柴秀吉殿の勧めで、堺の小西から買うことになっておろうが」

村重は苛立《いらだ》ったが、奏者はいい張った。

「なればこそ、御内密にお話ししたいとか」

「ならば茶室に通せ」

のちには千利休十哲にも加えられる荒木村重は、四畳横長茶室の使い手である。これほど秘匿性のある場所はほかにない。

「ところで、荒木摂津守様」

茶室の座が定まると宮司が切り出した。

「実は某《それがし》、小林家孝と申す幕臣、朝廷からは民部少輔《みんぶのしょうゆう》の位を頂いております」

「やっぱり……」

村重は、驚きと納得の交叉《こうさ》する気分だった。

「これは本願寺顕如猊下《けんにょげいか》の近臣下間頼廉《しもつまらいれん》殿、あちらは毛利家家臣の末国《すえくにさ》左馬助《まのすけ》元光殿」

「さては汝《なんじ》ら、この村重に寝返りを推《すす》めに来たのか。直ちに成敗してくれるわ」

村重はそう叫ぼうとしたが、声が詰まった。それを見透かすように小林民部少輔家孝が、

「ま、ま、まずは話を聞かれよ」

と止め、巧みな弁舌を振るい出した。

今、織田家と毛利本願寺連合との勢力は拮抗《きっこう》している。近く毛利水軍が大量の兵糧弾薬を運び込むから本願寺は長期戦ができる。加えて播磨でも、三木の別所に続いて御着《ごちゃく》の城主小寺政職《まさもと》が織田方を離れ、足利幕府に忠勤を励むことになった故、毛利本願寺側が有利になるだろう。

「ここで、荒木摂津守様が足利将軍家への忠勤を尽くされるとなれば、一気に勝ちを収められるは必定。恩賞のほどはお望み次第、義昭将軍は和泉《いずみ》と河内《かわち》を与え管領《かんれい》に任ずる所存」

荒木摂津守村重は惑った。そして悩んだ。その夜は徹して考えた。

「織田家家臣として留《とど》まるべきか。毛利本願寺側に加担して形勢一変を図るべきか」

誰にも漏らせず、何をも訊ねず、独り考えあぐねた。自らが煩悩の地獄に堕《お》ちた苦しみに、昨日までが天国に思えた。

荒木村重は翌日も、翌々日も悩んだ。そんな村重の逡巡《しゅんじゅん》を見抜いたように、四日目には宮司を装った足利の臣小林家孝と本願寺顕如の使者下間頼廉が再び現れた。

「本願寺は摂津一国を荒木様の領と認め、そこでの一揆《いっき》は許さず、寺領も求めない」など三ヵ条を記した顕如の誓紙を差し出した。毛利からは和泉と河内の領有に異議はない旨を証した証書が出された。

一方では、本願寺への兵糧売却の噂は拡《ひろ》がり、「今も続けている」という尾鰭《おひれ》が付いた。

「織田家に留まるなら信長様に釈明せねば」

村重はそれを思うと一段と憂鬱《ゆううつ》になった。

その一方で、毛利本願寺に加担した場合の具体策は次々と浮かんだ。東は高槻と茨木の二城で織田軍の侵入を止め、西は花隈と三田の線で遮断する。毛利の水軍に兵庫や尼崎の港を使わせて兵糧を運ぶ。別所、宇野に御着の小寺を加えた共同戦線を張れば、羽柴秀吉の軍は袋の鼠《ねずみ》、播磨は一気に決着し不敗の態勢ができる。

なお数日、村重は悩んだ。織田信長には、鬼神の力があるように思えて恐ろしい。

結局、荒木村重は、妻の千代にだけ相談をした。結ばれて十余年、美貌《びぼう》と詩歌の巧みで、京の幕臣の間でも評判を得た才女である。

「それは貴方《あなた》様の理想によります。私は、とっくに覚悟ができています」

千代は気丈に微笑《ほほえ》んだ。

十月十日、荒木摂津守村重は「叛乱《はんらん》」を決意、秘かに配下の城主たちに使者を送り、隷下将兵の編制にとりかかった。どこからも反対や苦情は出なかった。摂津全域に荒木村重の威令が通り、情理が知れ渡っていたのだ。

村重が実動に入ったのは十月十七日、小雨模様の払暁《ふつぎょう》である。

荒木軍の一団は、主命と偽って中之島砦に入ってこれを破砕、野田の砦の守備兵を口説いて奪取。高槻城の高山右近長房《うこんながふさ》や茨木城の中川瀬兵衛清秀《せひょうえきよひで》に、京との道を遮断させた。

「荒木摂津守村重叛乱」

の報せは、その日のうちに安土の織田信長に届いた。

「何、荒木村重が……」

日没前、弓に興じていた織田信長は、一瞬怪訝《けげん》な表情になった。

「村重は何が不満なのか。摂津の旗頭にし、多くの与力大名を付け、今年の正月には茶会にも招いてやった。それで何が不足なのか」

そんな思いの信長は、堺の政所《まんどころ》の松井友閑《ゆうかん》や丹波攻めの大将、明智光秀を派遣して慰留させた。この時、十月二十一日のこの時点では、村重も「信長様に叛《そむ》く気など毛頭ござらん」と応じたが、実母を人質に出すのは拒んだ。

信長はなお諦《あきら》めず、十一月三日には先の二人に羽柴秀吉を加えた説得使を送ったが、村重は態度を硬化させ、露骨に拒んだ。

三度目の説得役を買って出た黒田官兵衛には会いもせずに、獄に繋《つな》いでしまった。

十一月に入ると、村重軍の動きも活発になった。各城砦《じようさい》に兵糧を蓄え、柵《さく》を結び堀を深めた。河口を守る織田方の木津《きづ》の砦《とりで》の対岸に独自の砦を築いた。毛利水軍との接触を考えてのことだ。

備前《びぜん》の領主、宇喜多直家が、荒木村重の叛逆を知ったのはその二日後の十月十九日の午前。西播磨の竜野で軍事行動の最中だった。軍事行動といっても激しく干戈《かんか》を交えるわけではない。専《もつぱ》ら敵領内の実った稲を兵士に刈り取らせるだけである。

旧暦十月中旬は既に冬。「荒木村重叛乱」の報せを受けた宇喜多直家は、「これこそ好機」とばかり孤立した羽柴秀吉軍を襲うようなことはしなかった。むしろ帰国を急いだ。羽柴秀吉に対する好意の表現だったともいえる。

安芸吉田《あきよしだ》にいた毛利家当主の毛利輝元《てるもと》がこれを知ったのは、さらに二日後の十月二十一日午後、備中《びっちゅう》の笠岡《かさおか》にいた小早川隆景《たかかげ》からの回報によってである。

「やったぞ、この機を逃さず全軍挙げて東進、宇喜多、宇野、別所らと力を合わせて羽柴秀吉を破り、進んで摂津全域を占領すべし」

毛利輝元はそんな意向を示したが、出雲富田《いずもとだ》の吉川《きつかわ》元春が出陣を拒んだ。

「来年正月まで、山陰道は雪で動けませぬ」

十一月はじめ、安芸吉田郡山《こおりやま》城の本丸櫓《やぐら》下層の間は既に暗く、二本の蠟燭《ろうそく》が二つの顔を照らしていた。

「拙僧の筋書き通り、摂津の荒木村重殿が寝返り、播磨御着の小寺政職殿もわが方に靡《なび》いて来た。今こそ毛利家にとっては千載一遇の好機、総力を挙げて出撃されるべきです」

僧形の男が鉢頭《はちあたま》を突き出して迫った。

「そう、私もそう思うのだが……」

対座する小肥《こぶと》りの男は苦い表情になった。

「吉川の叔父が出兵を拒んできた。これからの季節、山陰道は雪で動けぬというのだ」

小肥りの男、毛利輝元は低く呟《つぶや》いた。

「ふーん、それは……」

僧形の鉢頭、安国寺恵瓊《えけい》が呻《うめ》いた。

「雪だけではござるまい。吉川元春様は伯耆《ほうき》の南条家を用心しておられるのでしょうな」

伯耆の三郡を領有する南条元続《もとつぐ》は、尼子《あまこ》から毛利に乗り替えた大名だが、昨年春、織田信長との文通が発覚した。その時は、新参の尼子浪士が独断でやったこととしてこの浪士一人の処刑で済ませたが、安心できる状況ではない。

「そうかも知れぬが、小早川の叔父も出陣を渋っておる。今は水軍挙げて大坂本願寺への兵糧搬入に当たっている。陸兵を送ろうにも、兵糧運びの船がない、というのだ」

輝元は、出番のない悔しさを滲《にじ》ませた。

「本願寺に兵糧を運び込むのは確かに大事」

恵瓊は上目遣いに輝元を見上げた。

「小早川隆景様に属する水軍が本願寺に兵糧をうんと運び込まれれば、立て籠《こも》る門徒の士気が高まり、河内や和泉の地侍も揺らぐことは必定、拙僧の働きもまた拡がりますわい」

安国寺恵瓊はそこでひと息入れて続けた。

「ついては銀三十貫目をお預け頂きたくてな」

「ふん、この前は十貫目だったが……」

輝元は声を出して笑い、そして続けた。

「恵瓊殿は先年、前将軍足利義昭様と信長殿との不和調停の使いをした際、『信長の世は三年五年は続くが、そのあとは高ころびにころばれるだろう』と書いて来た。あれから既に六年以上、今度の摂津のことは高ころびのはじめなのか」

「いやいや、まだまだ……」

恵瓊は鉢頭を低い位置で振った。

「もっと信長様が背伸びされねば……」

赤い知恵・黒い知恵——海の決戦

日本の歴史には「天下分け目の決戦」と呼ばれる戦いがいくつかある。

だが、それが真に「天下分け目」であるためには、戦う双方の政治理念や軍事思想が異なり、当時の人々には勝負の予想が難しいほどに勢力が拮抗《きっこう》していなければならない。

そんな決戦の一つが、これから語る木津川口《きづがわぐち》の海戦である。

天正《てんしょう》六年(一五七八)十一月、天下の情勢は揺れていた。織田信長によって摂津《せっつ》の旗頭に任じられた荒木村重《むらしげ》が、毛利本願寺側に寝返ったからだ。

天正に入ると、織田信長は、武田勝頼《かつより》を三河《みかわ》の長篠《ながしの》で破り、伊勢《いせ》長島や越前《えちぜん》の一向《いっこう》一揆《いっき》を殲滅《せんめつ》、天下制覇への歩みを速めた。その上、天正六年三月には上杉謙信が急死、その跡目を巡って抗争がはじまった。信長には東からの脅威はなくなったわけだ。

西の方では、大坂《おおざか》本願寺が頑強に抵抗、それを中国八ヵ国を領する毛利家が支援する構図が続いている。しかし、ここでも二十数ヵ国を支配する信長の優勢が明白になった。

劣勢の毛利本願寺側を支えたのは毛利の水軍、瀬戸内海に盤踞《ばんきょ》する船手衆《ふなてしゅう》である。彼らの本職は漁業と海運交易、底浅の軽船を操って日本国内はもとより、朝鮮や明《みん》国にまで航行して交易を行い、時には掠奪《りゃくだつ》もした。天文永禄《てんぶんえいろく》の頃（一五三二〜七〇）は、後期倭寇《わこう》の盛んな時期でもある。

そんな瀬戸内船手衆が毛利に帰属、本願寺などへの兵糧搬入に活躍した。荒木村重が毛利方に寝返る決意をしたのも、毛利水軍による補給と援兵を期待すればこそだ。

「毛利水軍の大坂湾への侵入を止めなければ、本願寺を陥《おと》すことも、地場城主の叛乱《はんらん》を止めることもできない」

というのが敵味方の共通認識になっている。

これに対して織田信長が考え出した策は、数と技で優《まさ》る毛利水軍の経験と予測を超えること、つまり世に比類のない巨船を造り、舷《ふなばた》に鉄板を貼《は》り、巨砲を搭載することだ。

こうしてできた巨船は長さの割に幅が広くて鈍足、喫水の割に上部が高くて不安定。載《つ》んだ大砲《おおづつ》も南蛮《なんばん》船の射程距離の長い長筒砲《カノン》ではなく、近くに重量弾を落とす四貫目臼砲《きゅうほう》だ。織田信長は木津川口の海戦専用の大安宅船《あたけぶね》を造ったのである。

天下分け目の大海戦がはじまったのは、天正《てんしょう》六年十一月六日の巳《み》の刻（午前一〇時頃）。既に前日、乃美宗勝《のみむねかつ》らの率いる毛利水軍が荒木村重に属する尼崎《あまがさき》港に入ったことは、巷《ちまた》でも知れ渡っていた。海戦当日は、木津川両岸に見物人が群がり、いずれが勝つかの賭《か》けをする者もいた。

辰《たつ》の刻（午前八時頃）織田方が位置に着く。毛利方が来襲するのは満潮直前の上げ潮時だ。

織田方は、前衛に並の兵船百隻ほどを並べ、その後に鉄貼《くろがねば》りの大安宅船を配置した。主将九鬼嘉隆《くきよしたか》が座乗する旗艦を先頭に、三隻、二隻と並び、河口には殿軍《しんがり》の滝川一益《かずます》の一隻を置く逆魚鱗《ぎょりん》の陣形である。

対する毛利水軍は約六百隻、前の三百隻は弾除《よ》けの板盾や竹束を並べた軍船、後の三百隻は各百俵ほどの米俵を積んだ運搬船。舷の下二尺（約六〇センチ）まで水に浸《つ》かっている。双方とも帆を畳み櫂《かい》と櫓《ろ》での操船だ。

開戦当初は、数と技に優《まさ》る毛利方が優勢に見えた。たちまちにして織田の前衛を押し退《の》けて大安宅船を取り囲んだ。鉄砲の発射音が響き、戦う男たちの胴間声《どうまごえ》が乱れ飛ぶ。

海岸の見物人からは拍手が涌《わ》く。見物には一向宗徒もいて、毛利贔屓《びいき》が多い。

「やっぱり海は毛利はんや。安宅船は大きいけど動きが鈍臭いからあかんでえ」

とからかう者もいた。

だが、毛利軍も攻め手がない。弓矢は射程五十間（約九〇メートル）、鉄砲でも百間が精一杯だ。毛利水軍得意の焙烙玉《ほうらくたま》（火薬を入れた陶器壺《つぼ》）投げは二十間。舷高三間半の大安宅船には攻めようがない。

見物人たちがそれに気付いて静まった時、大安宅船から閃光《せんこう》が発し、八つ数えるほどの間を置いて腹に堪《こた》える爆発音が響き、巨大な水柱が立った。四貫目大砲四門の一斉射撃だ。

次の瞬間、海上には驚くべき光景が現れた。直撃を浴びた大将船は微塵《みじん》に砕け、周囲の船も大波を喰《くら》って転覆する。続いて大安宅船からは長さ一間（約一・八メートル）の二十匁《もんめ》長銃の猛射が浴びせられた。それを避けようとして針路転換した船が、後続船と衝突、毛利水軍は大混乱に陥った。

この日、天正六年十一月六日の戦いは、織田方の圧勝だった。

毛利水軍は四貫目大砲の直撃を受けて十隻が微塵と化し、他の三十隻ほどが転覆した。後続の船は海に浮かぶ残骸《ざんがい》を避けようとして混乱、衝突するものも多く出た。方向を失って浅瀬に乗り上げた船には、織田方の陸兵が駆けつけ、見物人の目の前で乗組員を惨殺し首を斬り取った。

毛利方は急ぎ撤退に移ったが、後から来る兵糧運搬船と衝突、一層の混乱を引き起こした。そこに織田の大安宅船が乗り入れ、大砲を撃ちまくり、舷側からは百人の鉄砲組が二十匁長銃の猛射を浴びせた。毛利の軍船の中には二十匁弾の摩擦熱で燃え出すものも出た。それでも、追跡して来た織田方の軽船には巧妙に反撃、織田方軍船三隻を撃沈したのは流石《さすが》である。

この日の戦いで、毛利方は軍船五十余隻と兵糧運搬船三十隻ほどを失い、戦死者の数は千人を超えた。これに対して織田方の損失は並の軍船三隻のみ、戦死者は五十人にも達していない。

後世に出た史書や軍記物は、ここまでの事実を以《もつ》て織田方大勝利と記しているが、実際はそれほど単純ではない。

海戦は翌日も翌々日も続いた。二日目は、毛利勢の偵察で大きな戦はなかった。

三日目、毛利方は戦法を変えた。織田方の鉄貼り船を攻めるのではなく、本願寺への兵糧搬入だけに目的を絞った。何十隻かの軍船が大安宅船の注意と攻撃を集める脇《わき》を、積み荷を減らした運搬船が浅瀬をすり抜けて木津川を遡航《そこう》、本願寺に二千俵の兵糧を届けることに成功した。

三日間の合計で毛利方の失った軍船は百隻近く、運搬船は五十隻以上となり、戦死者は二千人を超えた。織田方の損害は軍船五隻と戦死者百人ほどである。毛利家文書等には、本願寺への兵糧搬入に成功したことで、この海戦に勝利したかのような記述もある。

木津川口の海戦は三日間で終わった。それ以後、毛利の水軍が明石《あかし》海峡以東に入ることはなくなった。それが荒木村重と本願寺の、そして日本の命運を決めたのである。

「お味方苦戦。織田方の大安宅船に阻まれて、未《いま》だ本願寺への兵糧搬入ができずにいる」

摂津木津川口での海戦の第一報が、安芸吉田《あきよしだ》の郡山《こおりやま》城に届いたのは、天正六年十一月九日の夕暮れ時だ。

十一月六日の海戦で織田の巨船巨砲で大打撃を受けた毛利水軍は、尼崎港を撤退。その日の夕刻には備中笠岡《びっちゅうかさおか》に駐する山陽方面担当の小早川隆景《たかかげ》に早船を発した。

それが笠岡に到《いた》ったのは一日半後の八日早暁、隆景は報告を吟味して書状にしたため、安芸吉田のお館《やかた》毛利輝元《てるもと》、出雲富田《いずもとだ》の山陰方面担当の吉川《きっかわ》元春に送る。

安芸吉田に着くのはさらに一日半後。尼崎を発してからは都合三日余りだ。

「これは、何としたことか。天下無敵のわが水軍が苦戦。兵糧搬入もできぬとは……」

小早川隆景の書状を一読した毛利輝元は、頬《ほお》を引き攣《つ》らせて呻《うめ》いた。

「はじめて見る織田の大安宅船とやらに戸惑ったのでしょう」

脇の二宮就辰《なりとき》が宥《なだ》めるように囁《ささや》いた。

「ここにも『未だ』とありますれば、本格的な戦いはこれから。最後にはわが水軍が勝ちます」

庶出の叔父《おじ》であり、補佐役でもある二宮就辰は、お館輝元を落ち着かせるように努めた。

翌日もほぼ同じ時刻に笠岡からの書状が届いた。

「十一月七日、お味方は百余隻の軍船を出撃させたが、敵方は大安宅船を中心に守りを固めるのみ。お味方の損失は特になし」

とあった。それを読んで輝元は、

「わが水軍は攻め手に窮し、本願寺に近づけずにいるらしい。ますますよくない」

と眉根《まゆね》を寄せた。父隆元《たかもと》の急死で毛利の惣領《そうりよう》となって十五年、後見役の祖父元就《もとなり》が死んでからでも七年。順調に家勢を伸ばしてきた輝元には、はじめてともいえる苦悩だ。

それでも、翌十一日夕刻に来た三度目の報《しら》せには、幾分か愁眉《しゅうび》を開いた。

「十一月八日辰《たつ》の刻（午前八時頃）より、わが水軍は総力を挙げて織田方と交戦。その間に運搬船五十余隻が本願寺に到達、兵糧搬入に成功した」

とある。だが、そこには味方の戦果も損失も、搬入した兵糧の量も書いていなかった。毛利水軍は制海権を失ったのである。

赤い知恵・黒い知恵——高潮の時期

「お館《やかた》、秋《とき》は今ですぞ。わが水軍の活躍で本願寺に兵糧が入り、荒木村重《むらしげ》殿、別所長《なが》治《はる》殿にも兵糧が行き渡りました。この機を逃さず毛利家の総力を挙げて御出陣頂きたい」

天正《てんしょう》六年（一五七八）十一月十八日の昼下がり、備中笠岡《びっちゅうかさおか》の先進基地から毛利家の本拠、安芸吉田《あきよしだ》に出張って来た小早川隆景《たかかげ》は、開口一番にそういった。一見、勝利の勢いに乗って一挙に敵を打ち倒す勢いにも思えるが、現実は逆だ。

「正直申し上げて、この度の海戦ではわが方の損害は少なくありません。船は百五十余隻を失い、兵は戦死行方《ゆくえ》不明合わせて二千余人に達します」

「ほう、出撃した船は四つに一つ、将兵は五人に一人は失われたのか……」

輝元《てるもと》は低く呟《つぶや》いた。それに小早川隆景は無言で頷《うなず》いた。言外に、

「最早《もはや》、水軍で兵糧を運び込むのは不可能」

と語っているのだ。

「従って今、本願寺も、荒木や別所も、兵糧を得て士気が高まっているこの秋こそ好機。わが毛利家が総力出陣すれば各地の者が呼応、播磨《はりま》の羽柴《はしば》秀吉らはもとより、本願寺攻めの佐久間《さくま》信盛《のぶもり》ら各地の織田勢を破れましょう」

「叔父貴《おじき》の申されることはよう分かる」

毛利輝元は、小早川隆景をそう呼んだ。

「だが、わが毛利家も内実は苦しい。兵は七月まで播磨に滞陣、上月城《こうづき》を奪い返したとはいえさしたる恩賞も出せなんだ。米は三木《みき》の別所、摂津《せっつ》の荒木、そして本願寺にと、都合二万石も出払った。その上、備後《びんご》の鞆《とも》におわす足利将軍家義昭様の暮らしと働きには年に銀子百貫目が要《い》る。加えて、安国寺恵瓊《えけい》が外交周旋にと銀子四十貫目を持ち出した。石見《いわみ》の銀山も今やからからだ」

隆景は、多言を弄《ろう》して財政を論じる二十六歳の甥《おい》を、驚きの表情で見つめていた。その心中では、毛利家当主の甥輝元の成長を歓《よろこ》ぶ気持ちと、大事を任された叔父の自分に盾突く若僧への苛立《いらだ》ちとが、白黒の旋風のように吹き荒れていた。

「お館、お家の内実の苦しさは存じております」

隆景は静かに膝《ひざ》を躙《にじ》らせた。

「されど敵は、織田信長殿はより苦しい。苦しまぎれに足掻《あが》いておりまするぞ。何しろ、荒木に属する高槻《たかつき》と茨木《いばらき》の両城で遮《さえぎ》られれば、京より摂津に出る道が止まります。織田方の戦線は、西の播磨、北の丹波《たんば》、南の本願寺とに千切《ちぎ》られ、信長殿お得意の兵力の集中運用ができなくなります。流石《さすが》の信長殿も堪《たま》らず、朝廷に泣き付いて本願寺との講和周旋を帝《みかど》の御名でお進め下さるよう願い出ました」

「何を今更……」

輝元は、吐き捨てるようにいった。

「とはいえ、朝廷とて籠《かご》の鳥。正親町《おおぎまち》天皇は大納言庭田重保公を正使として大坂《おおざか》に下向させ、本願寺顕如猊下《けんにょげいか》に講和の議を伝えさせられました。今月十日頃とか」

「それで、本願寺顕如猊下は何とお答えか」

「当寺は永年毛利家に援《たす》けられて来た。毛利家も講和に加わられるならば話に応じるに吝《やぶさ》かではない、と」

「なるほど、顕如猊下、巧《うま》くすかしたな」

輝元は微《かす》かに頬《ほお》を緩めた。

「いずれ庭田大納言ら、お館の下にも使いを寄越しましょうが、そうなってからでは諸事面倒、その前に総軍出陣の触れをお出しになれば内外お味方の士気、大いに上がります」

「小早川の叔父貴の申されること、よう分かった。そうであれば全軍出動、一気に織田信長殿の虚構の楼閣を打ち砕いてやろう」

輝元は両手を握り締めていうと、右側に控えた二宮就辰《なりとき》に訊《たず》ねた。

「今より触れを発して全軍出撃となれば、最も早くていつになるかな」

「は、早ければ年明け。まずは正月十六日の吉日が最良かと」

就辰は、用意していたように答えた。

「よかろう、直ちに触れを出せ。わが毛利の決意を知れば、みな元気付くわ」

毛利輝元はそういって、じっと隆景と顔を見合わせたが、先に目を伏せたのは隆景の方だ。甥輝元の決断が予想以上に早く強いのに戸惑ったのだ。

この日、天正六年十一月十八日こそは、毛利家が「天下」に最も近づいた瞬間だった。

その日、毛利輝元は、備中笠岡から来た小早川隆景と一献を共にした。庶腹の叔父で補佐役の二宮就辰らを交えて、宴《うたげ》は陽気に進み、半刻（約一時間）ほどで果てた。隆景の一行が屋敷を辞したのは夕暮れ時、空は暗く、小雪交じりの雨が降り出していた。

「就辰殿。お聞きの通りだ。先刻申した出陣の触れは書いてくれたかな。来年正月十六日に全軍出陣、播磨から摂津に進攻する。出陣までは二ヵ月、急がねばならぬぞ」

これに就辰は「はい」と頷いたがすぐ、

「今日は既に日も暮れ右筆も下がっておりますれば、明朝に……」

と続けた。それには言外に「もうひと晩の御熟慮を」と勧める意味が感じられた。

「明朝でもよいが、必ず作ってくれ。私は決めたのだから……」

輝元は敢《あ》えてそういって念を押した。

その夜、毛利輝元は眠れなかった。家督を継いで十五年、これほど重大な決定を下したのははじめてである。これまでは、祖父元就《もとなり》の遺命通り、吉川《きっかわ》元春と小早川隆景の「両川《りょうせん》」の助言と合意ですべてを決していた。その際には、二人の叔父は周囲の城主たちの意向も訊ねていた。毛利家には未《いま》だ豪族連合の色彩が強い。

今回は違う。小早川隆景の進言はあったが、出陣の決断も日時の決定もお館の輝元が行った。

「時代が変わった。織田信長のような男と鉄砲大砲《おおづつ》を撃ち合う戦いには、決断の速度と決定の具体性がいる。祖父元就の頃とは違う」

輝元は、そんなことを繰り返し考え、眠れぬ夜を過ごした。

翌朝、輝元は夜明け前に起床、早々と表座敷に出たが、二宮就辰はなかなか現れなかった。輝元は奉行衆からの退屈な庶政の報告を聞き流しながら、雪の積もった庭を眺めて時を過ごした。

巳《み》の刻（午前一〇時頃）になって、ようやく右筆の佐世《させ》元嘉《もとよし》らを連れた二宮就辰が現れ、書き上げた文書を差し出した。だがそれは、出陣用意の触れではなく、早期出陣の必要性を累々したためた吉川元春宛《あて》の書状だった。輝元は、

「これではない。私がいったのは……」

と思いながらも、元春宛の書状に手を入れ出していた。

毛利家の本拠、安芸吉田の郡山《こおりやま》城から、吉川元春の駐する出雲《いずも》の月山富田《がっさんとだ》城までは三十三里（約一三〇キロ）、健脚の飛脚でも一日では走れない。ましてや厳寒の霜月（旧暦一一月）ともなれば、山間部には雪が積もって足を阻み、夜間には汗が冷えて身を凍らせる。どんなに急いでも片道二日以上、往復なら五日はかかる。

十一月十九日の昼に、毛利輝元が発した吉川元春宛の書状に対する返事が来るのは、早くとも二十四日の夕刻以降だ。

輝元はそれは十分承知していた。そしてその返事が、出陣に消極的なものであるこ

とも予想していた。

「たとえ吉川の叔父貴が乗り気でなくとも、今度は私の決断で出陣の触れを出そう」

使者を出す時点では、そう考えていた。だが、時と共に興奮は冷め、緊張は緩み、戦意も下がった。冬は、人を怠惰にする季節だ。

「吉川の叔父貴が反対なら、敢えて急ぐこともあるまい。年賀にみなが集まる折にでもよく相談した方がよいかも知れぬ」

使者を出してから四日目、輝元はそう考えるようになっていた。

ところが、元春の返事が届くよりも先に、使者を出してから五日目の十一月二十三日夕刻、そんな思いを吹き飛ばす報《しら》せが入った。それを齎《もたら》したのは、京都から来た安国寺恵瓊である。

この時期、京都と中国地方との交通は途絶状態だ。荒木村重の叛乱《はんらん》で摂津全域が戦場と化した。

織田信長は、村重の叛逆の意志が固いと知ると、直ちに行動に移った。十一月九日には自ら大軍を率いて京都を発し、摂津境の山崎に布陣、以降二日毎《ごと》に陣を移して荒木方の高槻、茨木の二城に迫った。

それに呼応して、本願寺を囲んでいた佐久間信盛の軍勢も、淀《よど》川北岸へと陣を伸ばした。

さらにその先には播磨書写山《しょしゃざん》を拠点とする羽柴《はしば》秀吉勢が、別所の三木城を囲んでいる。これを外して北に回っても、丹波の波多野を攻める明智光秀の警戒線に突き当たる。

そんな中、安国寺恵瓊は大和《やまと》から南河内《かわち》を経て堺《さかい》に出、船を仕立てて安芸にやって来た。苦労をするだけの値打ちのある重大な変化が生じたからだ。

「何と、摂津高槻城の高山右近長房《うこんながふさ》殿が織田方に降《くだ》っただと。そんな阿呆《あほう》な……」

毛利輝元は驚きの叫びを上げげた。郡山城麓《ふもと》の居館奥座敷でのことだ。

「いやいや、阿呆ではござらぬ。真実です」

向かい側の僧形の鉢頭《はちあたま》、安国寺恵瓊が上目遣いにいい返した。

「高山右近殿といえば世に知られた熱心なキリシタン、武士の誓いを破る御仁《ごじん》とは思えぬが」

輝元は驚きに翳《かげ》る目で恵瓊を睨《にら》んだ。

「それが拙僧にも盲点でした。熱心なキリシタンを信長様は利用なされた……」

恵瓊は異教への憎しみを交えて囁《ささや》いた。

「信長様は高山様の高槻城に南蛮人《なんばん》のキリシタン坊主を送り込んで脅し上げた。汝《なんじ》が織田に降れば、安土《あづち》の城下にキリシタンの寺を建て織田領のすべてで布教を許そう。だが、汝が織田に逆らうのであれば、聖俗男女を問わずキリシタンをことごとく殺し尽くすと」

「なるほど、信長殿ならやりかねぬのお」

輝元は喘《あえ》いだ。

「だが、高山殿は荒木村重殿とは深い仲、誓紙も交わせば人質も出しておられたろうが」

「そこそこ、拙僧らも抜かったのは」

恵瓊は渋面を作って吐き捨てた。

「キリシタン坊主が申すには、伊勢《いせ》や愛宕《あたご》は忌むべき邪教、その誓紙などは破棄すべきもの。人質の姫君は、死すれば殉教、天女にもなられるとか……」

恵瓊はやり場のない怒りでさらに続けた。

「もっとも右近様の父君、高山飛騨守《ひだのかみ》様は、恩義浅からぬ荒木村重様を裏切るに忍びず、自ら素浪人となって城を出られたとか。所詮《しょせん》は御本人の自己満足に過ぎませぬがな」

安国寺恵瓊は、引きつった笑い声を上げた。

「ならば……、どうすれば、よいのか……」

毛利輝元は、言葉を千切《ちぎ》って訊ねた。

「急ぐことです。速さが決め手ですぞ」

恵瓊は、予測と対策を一気に語った。

「高槻城の高山右近様が降れば茨木城の中川瀬兵衛《せひょうえ》様も堪えられますまい。摂津の東半分は織田に帰し、荒木様の伊丹《いたみ》城（有岡城）が最前線になります。これが陥《おと》されぬうちに播磨の織田方、羽柴秀吉勢を駆逐することです」

「なるほど、実はその用意、既にしておる」

輝元は、自慢気に声を高めた。

安国寺恵瓊から、高山右近が織田方に降ったと聞かされたその日のうちに、毛利輝元は触れを発した。

「来年正月十六日を期して全軍出陣、播磨摂津を制し、足利幕府の正統を旧に復する」

というものだ。また、特に山陰方面を担当する吉川元春、山陽方面担当の小早川隆景、長門《ながと》の山口に駐する九州方面担当の福原貞俊《さだとし》の三人には、長文の書状を添えた。

出陣を急ぐ理由を説いたのである。

書状作りは深夜に及び、三人の右筆が眼《め》を赤く腫《は》らしたほどだ。輝元がそれほどに作業を急いだのは、先に送った書状に対する吉川元春の返事が明日には届くと思えたからだ。

「吉川の叔父貴は早期出陣に反対に違いない。それを知ってから触れを出しては角が立つ。返事が届く前に万事を終えよう」

小肥《こぶと》りの二代目は、そう考えた。これに、安国寺恵瓊は大いに満足、自らも何通かの書状を作った。だが、補佐役の二宮就辰は、何度か、

「お館、よろしいのですか」

と囁いた。これに対して輝元は、

「よいのだ。すべて私が決めたのだ」

と応えた。それが胃の腑《ふ》に響く快感だった。

翌十一月二十四日の夕刻、五日前に出した書状に対する吉川元春の返事が届いた。予想通り、「来年正月の出陣は時期尚早」としていたが、その理由は三つ、
第一は、伯耆《ほうき》の南条元続《もとつぐ》らの動きが不穏
第二は、兵糧調達の期間が不足

第三は、正月中は雪が残り行動が不便

というのである。

「正月がよくないというのなら、叔父貴の顔を立てて二月にしよう。二月五日がよい」

輝元はそういって高笑いした。二十六歳の二代目は、最高位者が決定を変えることの重大さを理解していなかったのだ。

翌二十五日、毛利家中では「両川」に次ぐ実力者、福原貞俊からも反対意見が来た。

「九州で領地を争う大友義統《おおともよしむね》を攻める好機、東上に兵力を割きたくない」

というものだ。

「福原殿も古い。天下争覇のこの機に及んで、豊前《ぶぜん》の小城など構うことはあるまい」

輝元には、そう吐き捨てるのも快感だった。だが、決定的な問題は小早川隆景から出た。

「備前《びぜん》の宇喜多直家、信じられず」

赤い知恵・黒い知恵――子と家と天下

「よう帰った、この寒い中を長い間……」

玄関に出迎えた初老の男が、旅装束の女に両手を合わせた。

「何のこれしき、私は若いさかいに」

女は色白い顔を綻《ほころ》ばせた。

「そうかそうか、それはよかった」

初老の男は、女の頭から ビロードの頭巾《ずきん》を取り、肩から羅紗《らしゃ》の合羽《かっぱ》を外した。どちらも十年ほど前に南蛮《なんばん》のキリシタン・バテレンが持ち込み、流行《はや》り出した品物だ。

安芸《あき》吉田《よしだ》の郡山《こおりやま》城で、小肥《こぶと》りの二代目毛利輝元《てるもと》が、安国寺恵瓊《えけい》らと出陣の触れを書いていた天正《てんしよう》六年(一五七八)十一月二十三日夕刻、三十里(約一二〇キロ)東の備前《ぜん》岡山城では、そんな光景が見られた。

出迎えた初老の男は、この城の主の宇喜多直家五十歳、迎えられた女性はその妻お福三十歳。夫の直家は、妻の華奢《きやしや》な肩を抱いて、

「相変わらずきれいだ」

と思い、妻のお福は肩に掛かる夫の腕の細さを知って、

「また、お年を召された」

と脅《おび》えた。

この夫婦が顔を合わせるのは、八月以来約百日振りだ。この間に夫の直家は、五千の兵を率いて播磨《はりま》竜野に出陣して、稲穂の刈り取りを行い、妻のお福は百里の長旅をした。

「そなたが旅に出てから、荒木村重《むらしげ》殿の寝返りがあったり、木津川口《きづがわぐち》で大海戦があったりしたので安否を気遣っておったが、よう無事に帰れた。さぞ弥八郎《やはちろう》も苦労したであろう」

直家は妻を労《ねぎら》ったあとで、後に控える武士、遠藤弥八郎にも声を掛けた。

「ほんに弥八郎はんはようしてくれました」

お福も笑顔で頷《うなず》いてから、続けた。

「それに小西の弥九郎《やくろう》はん。薬売りの仲間が道案内をしてくれるもんで、戦場でもするりするりと通り抜けられました」

「それで、弥九郎はどうした。来ておらぬが」

直家は慌てて訊《たず》ねた。

「それが、羽柴《はしば》秀吉様の御家来、奏者の増田長盛《ましたながもり》様とか小姓の石田佐吉はんとかにえろう気に入られて、秀吉様のお側《そば》に留《とど》まることになりましたの」

「何、小西弥九郎が羽柴秀吉殿の側に……」

宇喜多直家は言葉に詰まった。羽柴秀吉は毛利と宇喜多の直接の敵、出入りの薬屋が一人出て行った、で済む話ではない。

天正六年、老いを感じ出した宇喜多直家は、三重の惑いを抱えていた。

第一は、西の大国毛利を採るか、東の強大勢力織田に与《くみ》するかの選択である。一旦《いったん》は滅んだ小城主の家系に生まれた直家は、備前の国主浦上宗景《うらがみむねかげ》に仕えて一城を得、巧知と策謀で大成し、遂《つい》には主家浦上宗景を破って備前美作《みまさか》の大半を有する大名になった。やっと昨年のことだ。

しかし、備前美作の国持ち大名ともなれば、直家にも新しい視野が開けた。西の毛利と東の織田に挟まれた窮屈なわが姿である。

毛利には、浦上との戦いで援《たす》けられた恩義がある。だが、現実には織田の勢いが強い。織田が西に攻め込んで来れば、まず戦場になるのは、毛利の安芸ではなく宇喜多の備前だ。それを考えれば、恩義だけで運命を決めるわけにはいかない。

この選択を一段と難しくするのが第二の惑い、宇喜多家の政治と統制をどう保つかだ。

直家は、領地を拡《ひろ》げ勢力を張るために、謀略も暗殺も厭《いと》わなかったが、最も多用したのは説得と買収だ。領地の分配を約束して味方を増やし、倒した敵から奪ったものを分けた。

このため、宇喜多領内には二万石以上の領地を持つ半自立の領主が多い。それを宇喜多の旗で纏《まと》めているのは、直家自身の才覚である。

「われ亡き後は……」

老いを感じ出した直家は、それを考えてぞっとした。宇喜多家には人材がいない。次弟の春家は軽率な野心家だったが、この春に急死した。三弟の忠家は誰にも尊敬されない凡庸な男。その子詮家《あきいえ》に至っては狂騒癖の問題児である。

「わしが死んだら宇喜多家は崩壊、備前は内乱にもなりかねない」

直家は、戦《おのの》きを感じた。それが第三の惑い、わが子八郎（のちの秀家）への思いを強めた。

宇喜多直家は、四十五歳にして三度目の妻お福との間にようやく跡取りの男子を得

た。今、六歳の八郎である。当然、直家は、
「いずれはこの子に宇喜多家を継がせたい」
と願った。跡を継げない大名の子は、殺されるか、出家して僧侶《そうりょ》として生きるしかない時代である。だがそれには、少なくとも十年、八郎を守り育てる強者《つわもの》が要《い》る。昨秋以来、食欲不振と残尿感に悩み出した直家は、あと十年生きる自信を失っていた。

西の毛利か、東の織田か。これは天下を動かす選択である。

備前美作の大半を領する地域政権宇喜多家を、分裂内紛なしにどう保つか。これは大名宇喜多家の存亡に関わる課題だ。

そして、わが子八郎に将来の安全と栄華を与えたいというのは、個人の希望である。

宇喜多直家は、三重の惑いを大から小へと順に解こうとした。まず毛利か織田かを決めて家中を納得させ、その方針に合わせて宇喜多家の政治と組織を再編確立する。それができれば自《おの》ずから忠臣賢者が現れ、わが子八郎を守り立ててくれるに違いない、と考えていた。

ところが、妻のお福は逆の発想を教えた。
「まず八郎を守り育ててくれる人を探そう。そしてその人のやり易《やす》いように宇喜多家

の仕組みを組み替え、その人の属する側に味方しよう」

というのである。お福の発想を知った時、直家は、

「流石《さすが》わが妻、八郎の母じゃわ」

と感じ入った。だが、より深く考えると恐ろしくなった。

「八郎を命懸けで愛し守ってくれる者」

それは母親のお福の外にはいない。されば、そのお福を愛する強者にこそ、わが子の運命を託《たく》すことになる。そこに思い当たった直家は、男の嫉妬《しっと》と父の愛情の間で悩み苦しんだ。それを断ち切らせたのは、この夏の健康の衰えだ。食欲が衰え、尿が詰まり、時に腹痛を感じる。小西の薬で一時は治っても、またすぐにぶり返した。そんな中で直家は、八郎を守り育てる適任者の条件を考えた。

「まずわしよりも強い男だ。次に自分の子のない者がよい。そして第三にはお福に惚《ほ》れるようなだらしなさも必要だ」

前の二つの条件で候補は二人に限られた。毛利の実力者小早川隆景《たかかげ》か、織田の中国方面軍事司令官の羽柴秀吉か、である。

直家は、小早川隆景とは面識がある。実直な人柄、明晰《めいせき》な頭脳、長身の美男子だ。

「小早川様は、八郎よりも毛利の縁者を大切になさるでしょう」

お福は、そういって眉《まゆ》を寄せた。そうなると残るは一人、五尺二寸（約一五八センチ）の猿面の小男、羽柴秀吉である。

「どうだったかな、お福……」

衣服を改めて奥座敷に現れた妻に、宇喜多直家が問い掛けた。日は既に暮れ、直家の左右には行灯《あんどん》が点《とも》っている。

「殿様の予想通り、でした」

お福は大きな黒い瞳《ひとみ》に行灯の赤い灯を映して応えた。

「ほお、羽柴秀吉殿は、優しかったか」

直家はまず、気になる点を質《ただ》した。

「いえ、秀吉様はちらりと見ただけで……」

お福は駄々《だだ》っ子のように首を振った。

「播磨書写山《しょしゃざん》の陣で、私が薬師《くすし》の助手の振りをして竹中半兵衛様を見舞った時に来やはったのを見ただけやから」

「それで、どんな姿だったか、秀吉殿は」

直家は急き込んで訊《せ》ねた。

「前に小西の弥九郎はんがいわはった通り、身体は小そうて、お頭《つむ》は禿《は》げ上がって、色は黒うて、ほんにお猿のような……」

直家は妻の言葉を一つ一つ嚙《か》みしめて、頭の中に人物像を描こうと焦った。だが、でき上がった像は旅のお笑い芸人、「織田家の大将軍」という地位や権威とは結び付かない。

「それよりも、その前に訪ねた近江《おうみ》長浜で、いくつもええことを知りました」

お福は、夫の脳の中の葛藤《かっとう》を止めるかのように澄んだ声で囁《ささや》いた。

「長浜城の留守を預かる秀吉様の奥方、ねね様は大の子供好き、御自身に子がないので養子養女を育てておられます」

「ほう、お福はねね様とやらを見たのか」

直家はそれを問わずにいられない。秀吉の女の好みが気になる。

「大きなお女《ひと》です。背丈は五尺三、四寸（一六二センチ前後）ほど、目方なら私の倍ぐらいある太身で色白で、下脹《しもぶく》れで……」

「お福には、似ておらぬな……」

直家は安堵《あんど》と失望の交じった気分だった。

「そのねね様が誰よりも可愛がってはるのが御同僚の武将、前田利家様の娘御、豪《ごう》姫様」

お福はそこで顔を寄せて囁いた。

「当年五歳、うちの八郎とは一つ違いですって」

そこまで聞いて直家は、妻の意図を知り、心の中で呻《うめ》いた。

「お前、なかなかの女子《おなご》じゃのう……」


その夜、宇喜多直家とお福の夫婦は、旅の成功を祝って赤いぶどう酒を呷《あお》り、亥《い》の刻(午後一〇時頃)近くに寝所に入った。そこには紅白の真綿の布団が延べられている。

「まあ、何と豪華な……」

お福は少女のように喜んだが、旅の疲れと酒の酔いとですぐ寝息をたて出した。だが、直家は眠れない。お福のひと言、

「豪姫様は五歳。うちの八郎とは一つ違い」

が頭の中を駆け回った。

「羽柴秀吉夫婦が可愛がっている養女とうちの八郎とを結婚させるのは、確かに良い話だ……」

直家も、八郎の妻には有力者の娘を迎えたいと思っていた。だが、家を継ぐ男子が

あれば、婿より息子が優先される。毛利の一族や家中の重臣などでは、八郎が備前美作の大領を保つ保証にはならない。

「しかし、実子のない羽柴秀吉殿なら、最愛の養女の婿を立ててくれるだろう。それに、うちの八郎は美形で利発、必ず秀吉殿に気に入られる」

直家はまた、「そうと決まれば、わしも秀吉殿を出世させてやろう」とも考えた。

羽柴秀吉の現在の地位は、織田信長から大軍を委《まか》された軍団の長、荒木村重が脱落した今では、この地位にある者は七人、その中で四十二歳の秀吉は、信長の長男信忠《のぶただ》や親譲りの国持ち大名徳川家康に次いで若い。極貧の生まれだったことを思えば、その出世は驚くほどに速い。

「秀吉殿は、毛利との戦いに勝てば、織田家第一の武将になられるだろう。わしにはそうすることができる。毛利から羽柴に、わしが寝返ればよいのだ」

直家は誇らしい気分になった。だが、

「時期と手順が難しい……」

とも思った。

宇喜多を高く売るには織田方苦戦のうちがよい。だが宇喜多の家中がみな納得するには織田の勝ちが見えねばならない。多数が毛利有利と信じる現状で「織田に寝返る」などといえば、家中は分裂、毛利勢を引き込んで直家を討とうとする者も出かねない。

「織田の優勢が感じられた後で荒木や別所が滅ぶ前、それは今から十ヵ月ほど先じゃろう」

夜が白む頃、宇喜多直家は呟《つぶや》いた。

戦国時代の大名家は、軍事経済の機能組織という点では、今日の企業にも通じる。織田信長のようなカリスマ的指導者（CEO）が独裁権力を振るうところもあるが、大抵は主要役員に当たる家老たちが権限を分け持ち、近隣大名や出入り商人などとも様々な因縁ができている。現代の企業が金融機関や取引相手から掣肘《せいちゅう》を受けるのと同じだ。

「一代の梟雄《きようゆう》」といわれる宇喜多直家が築き上げた宇喜多家もそうだ。「毛利から織田へ」——今日の企業なら取引先から融資銀行までのすべてを変更するような大改変は、トップ直家の独断だけで専行できるものではない。

特にこの場合、戦《いくさ》に負けて追い詰められたわけでもない。いわば好業績の事業を捨てて不確実に賭《か》けるのだからなお難しい。

天正六年十一月末、宇喜多直家は、この難しい仕事に取り組み出した。

まず第一は情報である。側近の遠藤弥八郎をして、羽柴の陣屋に留まる小西弥九郎と連絡を保たせ、それとなく本意を伝えた。

第二は人事。戸川秀安ら三家老の権限を削《そ》ぐことだ。このために直家は、三家老の息子たちを近付け重用し出した。

他人に権限を奪われるのなら反対する家老たちも、息子が重用されるのには抵抗しない。だが結果は二代目への権限分散となり、三家老の力は削がれる。

その一方で直家は、新しい重臣も創《つく》った。浦上宗景の家臣から転じた花房職之《はなぶさもとゆき》や明石掃部頭《あかしかもんのかみ》らである。やがて直家の愛児八郎の生涯に深く関わる人々だ。

第三は施設。備前や美作にいくつかの城を築き出した。「織田勢の来襲に備えて岡山との繋《つな》ぎをよくするため」という口実だが、実際は毛利贔屓《びいき》の城主を封じ込める基地だ。

やがて寝返り準備を進める宇喜多直家にも、毛利のお館《やかた》輝元の触れが届いた。

「明天正《あくる》七年二月五日を期して全軍出陣、播磨摂津《せっつ》を制して四方の味方と合力、足利幕府の正統を復さんとする。宇喜多家でも油断なく兵馬と兵糧を調えておくように」

というものだ。

「何と、わが家を家来扱いにしおって」

直家は怒ったが、お福はそっと止めた。

「この触れをみなにお送りなさいませ。そしたら毛利嫌いが増えますよってに」

それぞれの春——雪の越後《えちご》で

備前《びぜん》岡山で、宇喜多直家が秘《ひそ》かに大転換を図っていた天正《てんしょう》六年（一五七八）暮れ、百二十五里（約五〇〇キロ）東北の越後春日山《かすがやま》城は雪に埋まっていた。

この年三月にはじまった上杉謙信の跡目を争う戦《いくさ》も積雪で中断している。信濃《しなの》から小出雲原《おいずもはら》に出張っていた武田勝頼《かつより》の軍勢は九月中に撤退、上野《こうずけ》から侵入した関東北条《ほうじょう》家の軍も、樺沢《かばのさわ》城に留守居を残し引き揚げた。

春日山城に拠《よ》る上杉景勝《かげかつ》と、元管領《かんれい》の邸《やしき》の御館《おたて》に籠《こも》る景虎《かげとら》とは、一里ほどの雪原を挟んで睨《にら》み合う形だ。

雪の季節こそ裏面の工作は盛んだ。

年の瀬も迫った十二月二十三日、雪の積もった春日山城への登り坂を、橇《かんじき》を履《は》いて進む一行があった。

「山崎秀仙《しゅうせん》先生、御苦労だった」

一行を迎えたのは長身の青年、この城の主《あるじ》の上杉景勝である。

「先代謙信公以来の宿敵、武田家の息女が、この俺と婚約したとは……」

景勝は雪空に白い息を吐いて感慨深げに呟《つぶや》いた。

「秀仙先生の功、なかなかですぞ」

「いや、これは殿の御決断と金《きん》の威力」

総髪《そうはつ》の中年男、山崎秀仙は、儒学者らしからぬ現実を語った。この日、上杉景勝と武田信玄の六女菊姫との婚約が結ばれた。

「秀仙先生。お疲れだろうが、俺と菊姫との婚約のことを、すぐ内外の城主に報《しら》せて頂きたい。さすれば景虎殿の孤立が明らかになる」

「御尤《ごもっと》も……」

山崎秀仙は雪焼けした四角い顔を歪《ゆが》めて頷《うなず》いたが、そのあとで囁《ささや》いた。

「殿は、武田の御息女のことはお訊《たず》ねになりませぬなあ」

「ははは、俺とて妻になる女《ひと》に興味がないわけではないが……」

景勝は鋭い視線で秀仙を見返した。

「俺は既に武田の息女を妻にすると決め、その女《ひと》もまた、俺を夫と定めてくれた。そうであれば、その女がどのような姿形であれ、俺は必ず大切にし、幸せにせねばならぬ。それにはまず、目下の戦《いくさ》に勝つことだ」

天正七年（一五七九）正月、越後春日山城の年賀は賑《にぎ》わった。この城の主、上杉景勝が、武田家の息女と婚約したことが知れ渡り、跡目争いでの優勢を印象付けたからだ。

とはいえ、戦が決着するまでには、なお曲折があると見られている。相手の景虎側には、北条城《きたじようじよう》（新潟県柏崎市）城主の北条景広《きたじようかげひろ》ら豪勇の士がおり、各地で混戦が続いている。また、

「雪解けと共に、景虎様の実家の小田原北条《ほうじよう》家から再び救援の大軍が来る」

という噂《うわさ》も絶えない。そんなことが重なり、越後の城主の三割ほどは態度未定だ。

一方、景勝の周辺にも、

「ここまで来れば、敢《あ》えて危険を冒さず、有利な妥協を考えるのが得策」

という意見も出はじめた。

正月元日の夕方、参賀の客が一段落すると、景勝はこの城の本丸実城《みじよう》に住む母の仙《せん》桃《とう》院《いん》を訪ねた。

「景勝は、武田の息女菊姫と婚約した由《よし》、めでたいことじゃ」

景勝がいうより前に、仙桃院が切り出した。

「菊姫様は類稀《たぐいまれ》な美しさとか。甲斐《かい》や信濃では、誰が娶《めと》るか評判だったそうな」

「私はまだ菊姫とやらを見ておりませぬ」

景勝は嬉《うれ》しさを隠して苦笑したが、仙桃院は無表情で続けた。

「武田の先代信玄様は、『わが甲斐武田家は新羅《しんら》三郎義光を祖とする清和《せいわ》源氏の嫡流、越後の地侍が膨れて関東管領《かんれい》を偽称する長尾上杉家とは格が違う』と申されたそうな」

「そんな話は、私も聞いたことがありますが」

母親の持って回った話に、景勝は苛立《いらだ》った。

「その武田家がわが家に、それも戦の最中に、美貌《びぼう》の姫様を下さるのはなぜか分かるかな」

「それは、一万両の金と東上野の領地……」

景勝は飛び出しそうになった言葉を呑《の》み込んだ。と、仙桃院は自らずばりと応えた。

「武田も弱くなったからじゃ。今の世では、甲斐の武田など弱者です」

「武田は弱者……。わが上杉は……」

景勝は母の白髪頭を睨んで訊ねた。

「なおさらの弱者じゃわ」

仙桃院は気負いもなしに応えた。

「確かに武田勝頼殿は三河《みかわ》の長篠《ながしの》で織田信長殿に敗れ、老臣士卒を数多く失われました。しかし、それは四年前のこと、爾来《じらい》勝頼殿は臥薪嘗胆《がしんしょうたん》、兵馬を鍛え、鉄砲を揃《そろ》え、新府に居城を築いておられる。勝利した織田殿や徳川殿らも武田家の剛健を恐れて、敢《あ》えて城地を奪いに来ませぬ。やっぱり武田は強者なのでは」

景勝は、母仙桃院に反撥《はんぱつ》した。母親が、息子の嫁に難癖をつけるのは、昔も今もありふれたことだ。

「おほほほ……、景勝は、兵馬を鍛え鉄砲を揃えれば強くなれると思うているのか」

仙桃院は、白髪を撫《な》で付けていった。

「私も近頃囲碁を嗜《たしな》むので、旅の碁打ちが世間のことを報せてくれる。武田家のこともな」

「いや、確かに武田勝頼殿は財政が窮乏、年貢の先取りやら足軽《あしがる》の給金切りやらで評判を落としておられるようですが」

「それは表に現れたこと。腫《は》れ物がいくつも出るのは内臓を病んでいるからじゃ」

「はて……」

景勝は首をひねった。母の意向を測りかねた。日は暮れ、春日山の山頂は冷え込んだ。

「甲斐の武田も、わが越後上杉も弱者となると、強い者は誰ですか。関東の北条ですか」

「北条も弱者、だから弟の景虎様を援《たす》けにも来ぬ」

仙桃院は物分かりの悪いわが子を睨んだ。

「村の壮丁《そうてい》を集めて猫額の土地を奪《と》ったり奪られたりしているようでは弱者。真の強者は、土地よりも天下を奪るもの」

仙桃院は、行灯《あんどん》の炎を切れ長の目に映して低く囁いた。

「真の強者はただ一人、織田信長様ですよ」

「織田信長……、でも義父《ちち》謙信公は先年、加賀《かが》の手取川《てどりがわ》で織田の軍を破られたではありませんか。景勝も従軍しておりました」

「そう、お勝ちになりました。織田の軍勢を追い散らし、何百もの首を取られました。けれど、それはそれだけ……」

仙桃院は、過去を思い浮かべるように天井を仰いだ。煤《すす》に汚れた木組みの見える粗末な建物だ。

「あの後、弟は、謙信公は申された。越後は兵馬で優《まさ》り、俺は策で勝った。しかし、安土《あづち》や京に至る力はない。仕組みが違う、と」

正月二日、越後春日山には、遅ればせの参賀の客が何組か訪ねて来た。

上杉景勝は、客たちの述べる口上を聞き流して決まり文句を返しながら、ただ一つのことを考えていた。昨夜、母の仙桃院から聞いた先代謙信のことを、である。

越後には、上杉謙信を毘沙門天《びしゃもんてん》のように崇《あが》める武将が多い。甥《おい》で養子の景勝自身もその一人だ。ところがその謙信が、手取川の戦勝を、

「越後は兵馬に優り、俺は策で勝ったが、安土や京まで行く力はない。仕組みが違う」

と語ったというのは驚きだった。「不犯《ふぼん》の義将」といわれる上杉謙信は、生前から「神話」だったが、心を許す女人、実姉の仙桃院には意外な本音を漏らしていたのだ。

「義父謙信は神でも鬼でもない。やっぱり人であった……」

そんな思いは、景勝に安堵《あんど》と自信を与えた。その反面、

「兵馬に優れ、策で勝っても、仕組みが違う」

という言葉はひどく気になる。

「兵馬とは仕方だ」

と景勝は考えた。兵が勇猛に駆け、馬が乱れず走る。それは日頃鍛えた仕方だ。

「策とは仕掛けである」

と景勝は思う。時を選び地を調べ、兵を配り将を置く。敵を誘いわが術で破る。それは一連の仕掛けだろう。

だが、仕組みは違う。人を役割に応じて分け、それぞれの意識を高めて励ます。それを実行する組織と評価基準を創《つく》ることだ。

永禄《えいろく》四年（一五六一）義父謙信は北条を破って関東を縦断、小田原に至った。だが、そこで兵糧が尽き、将兵は飢えに苦しみながら引き返した。ところが、織田には兵糧運搬を専門にする荷駄者《にだもの》がいる。濠《ほり》を掘り砦《とりで》を築く黒鍬者《くろくわもの》がいる。巨大な安宅船《あたけぶね》や高層の天守櫓《やぐら》を造る技者《わざもの》もいる。それぞれの専門家が、農耕を離れて養われているのだ。

そういえば謙信公がお倒れになった昨年の三月九日、家中第一の囲碁の打ち手、山崎秀仙をいとも容易《たやす》く連破した旅の小坊主、彼奴《あいつ》もそのために訓練された者に違いない。

景勝はそこまで考えて身震いした。

「やがて、そんな仕組みが越後を襲って来る。俺は、越後を治める者は、それに負けない仕組みを創らねばならない」

「雪解け次第、御館《おたて》を攻め、景虎殿に引導を渡す」

上杉景勝のこの言葉で、景勝を取り囲む十ほどの顔に不安と緊張の影が走った。正月四日の朝、春日山城本丸屋敷でのことだ。

例年、この地方の雪解けは正月末から二月はじめ、その頃に総攻撃を開始するとなれば、今日からすぐに準備にかからねばならない。各地の城主が支配下の村々から壮丁を徴発、組を編制して軍を成す越後の体制では、動員から出陣までにかなりの日数がかかる。このため、上杉軍の出陣は三月に入ってから、というのが謙信以来の慣例である。

「殿は、何故《なにゆえ》さほどに急がれるのですかな」

髭面《ひげづら》の大男栗林政頼《くりばやしまさより》が訊ねた。景勝の直属軍団上田衆を代表する武将だ。

「そうよな、そう急がずとも……」

そんな囁きがいくつか聞こえた。

今はお城方（景勝方）と御館方（景虎方）に分かれていても、みな同じ越後の武士、親類縁者も少なくない。それだけに激しい戦いは避けたいのが本音だ。

「家督を巡って分裂抗争するなど、真《まこと》に見苦しい。他国の侮《あなど》りを受け、義将であられた謙信公にも申し訳ない。このような事態は早く終わらさねばならない」

景勝はまず一般論を語り、そして続けた。

「これが長引けば、他国の介入や侵略を招きかねない。既に能登《のと》や越中《えっちゅう》では、織田の意向を受けた連中の動きもある」

景勝はここで、介入を恐れる相手は、関東北条家ではなく、京畿《けいき》を支配する織田信長であることを明言した。これには、意外の表情を見せる者もいた。越後の武将の間では、先年の手取川での戦勝で、織田の軍勢を軽く見る風潮があったからだ。

「そしてもう一つ」

と景勝は指を立てた。

「この乱を起こしたのは景虎殿にあらず。それを煽《あお》った北条景広《きたじょう》ら三、四の者だ。此奴《こやつ》らが先代謙信公の遺命に叛《そむ》き、我利我欲を通さんとして景虎殿を煽り立てた。かくなることは断じて許せぬ。必ず誅殺《ちゅうさつ》する」

「えっ」という驚きの声が上がった。景勝は、越後を城主たちの連合体から、大名独裁の集権体制に変える、と宣言したのである。

それぞれの春——晴天の近江《おうみ》で

「上様のお呼びです。急ぎ御登城下さい」

囲碁の名手、本行院日海《ほんこういんにっかい》（のちの本因坊算砂《ほんいんぼうさんさ》）が、安土《あづち》城からの使者を受けたのは、天正《てんしょう》七年（一五七九）正月十三日の辰《たつ》の刻（午前八時頃）だ。

「何事か……」

日海は驚き慌てて衣服を整え、相方の仙也《せんや》と共に寺を出た。寺の近くで泥田を埋め立てる工事が行われている。二ヵ月前、織田信長が、高山右近《うこん》に建立を約束したキリシタン寺セミナリオの建設用地を整備しているのだ。

「今年の正月は静かだなあ」

と、日海は思った。

去年の正月元日には、織田信長が織田家の最高幹部十二人を招いて茶会を催した。丹波《たんば》攻めに当たる明智光秀、中山道《なかせんどう》を担当する滝川一益《かずます》、堺政所《さかいまんどころ》の松井友閑《ゆうかん》らがきらびやかな行列を作って乗り込んできた。

中でも中国攻め総大将の羽柴《はしば》秀吉は、信長への献上品の長い行列を作って、人々を驚かせた。城下の者は喝采《かっさい》し、信長は歓《よろこ》んだ。だが、明智光秀や滝川一益には腹立たしい胡麻《ごま》擂《す》りだったに違いない。

それに比べて今年は、去年招かれた幹部の一人、荒木村重《むらしげ》が叛逆《はんぎゃく》、各地に緊迫した状況が生じたため、諸将の正月参賀はない。それにもかかわらず、気分は明るい。晴天が続いたこともあるが、戦況の好転が何よりだ。

去年十月、荒木村重が叛逆した時には安土の城下も緊張したが、その直後に木津川《きづがわ》口《ぐち》の海戦で織田方が勝利、荒木に属した高槻《たかつき》城の高山右近や茨木城の中川瀬《せ》兵衛《ひょうえ》が投降、摂津《せっつ》の東半分は回復した。

機敏な信長は、それを機会に兵を摂津の西部と播磨《はりま》に入れ、大坂《おおざか》の本願寺、伊丹《いたみ》の荒木、三木の別所長治《ながはる》、御着《ごちゃく》の小寺政職《まさもと》の四つの敵を分断、兵糧攻めの網を完成させた。

戦況好転の功労者として、正月五日に安土城に招かれたのは九鬼嘉隆《くきよしたか》、大安宅船《あたけぶね》を操って毛利水軍を撃破した海将である。

次いで、一昨十一日には堺の豪商、天王寺屋津田宗及《そうきゅう》が招かれた。大安宅船に堺の港を提供し、四貫目大砲《おおづつ》を装備させた政商だ。

この二人を正月の賓客としたのは、戦勝の報奨と共に、木津川口海戦の勝利を世間に印象付ける示威行為でもある。

「その次に呼ばれたは拙僧か……」

日海は皮肉交じりに呟《つぶや》いた。

四半刻（約三〇分）後、本行院日海と仙也は安土城の本丸御殿に着き、下書院に入った。だが、そこに碁盤がない。

「日海殿、上書院に参られよ」

やがて小姓頭の森蘭丸《らんまる》が呼びに来た。

「本日は上様自身が囲碁を楽しまれる。心してお相手するように」

織田信長とは、これまでにも何度か打ったことがあり、手腕も分かっている。素人《しろうと》としては相当な上手、現代風にいえばアマ五段くらいに当たるだろうか。

上書院では、既に信長が碁盤の前に座って黒石を握っていた。

「五目置く、力一杯打て」

前回までは四目置いて細かい勝負に終わらせていたが、信長は日海が手心を加えているのに気付いていたのだ。

「ならば遠慮なく……」

日海はそういいながら右手を伸ばして向こう側の隅（棋譜なら左下）の桂馬《けいま》に掛かった。信長はすぐ一間《いっけん》に挟んだ。そこで日海は反対側の隅に掛かった。日海の狙《ねら》いは、碁盤の上に目下の天下を描くこと、つまりあらゆるところに争い戦《おのの》く状況を作ることだ。

百手を打った頃、日海の思い通りの局面ができ上がった。四つの隅と左の辺に互いに活《い》き死にの分からぬ石の群れが散らばり、一手毎《ごと》に信長は考え込むようになった。信長は戯れの囲碁でも打つ時は真剣なのだ。

「うん、この碁は勝てぬ。考え方が違った」

一刻（約二時間）ほど経《た》ち、盤面が二百近い黒白の石で埋まった時、信長が低く呟いた。

「いえ、まだ勝負はこれから……」

日海は慰めをいった。ここからは相手の石を殺さず、細かな寄《よ》せの勝負にするつもりだった。貴人と打つ時は大抵そうする。

「いや、これでは勝てぬ」

信長はそう繰り返すと盤上の石を押し崩し、改めて五目を置いて打ち手を再現し出した。そして先刻、考え込んだ百手ほどのところで手を変えた。日海の打ち手を追うのではなく、最も弱い白石だけを攻めに来た。

「上様、それが最善手でしょう」

思わず日海は唸《うな》った。

「うん、分かった。今は機動よりも集中が大事な時なのだ」

織田信長が、満足気に微笑《ほほえ》んだ。

「流石《さすが》の日海も、これを取られては敵《かな》うまい」

織田信長は、左上の一群の白石を仕留めて上機嫌にいった。

「確かに苦しい局面ではありますが……」

日海はそういいながらも投了はしない。信長は嵩《かさ》にかかって攻め立て、左辺に黒地を拡《ひろ》げてにやりとした。

だが、次に日海が白石を置くと表情が変わった。日海の狙い澄ました一石で、中央の黒の大石《たいせき》が頓死《とんし》型になっている。

日海は、あと二、三手、信長が打ち続ければ、大石を活かして勝ちを譲るつもりでいた。だが、信長は打たなかった。千を数えるほどの間碁盤を睨《にら》んだ末、

「是非もない」

と呟いて石を崩した。

「今日は日海によいことを教わった。褒美にいいものを見せてやろう」

信長はそういって、庭の向こうに聳《そび》える天守閣を指差した。外構は完成、足場も外されたが、内造りはまだ続いている。信長が天守閣の内部を見せるのは、一昨日の津田宗及に続いて二人目だ。

「あまりに、あまりに畏《おそ》れ多うございます」

日海は平伏したが、信長は庭先から草履をつっかけて天守閣の方に向かっていた。

天守閣に入った日海は、目が眩《くら》み身が縮んだ。黒塗りの柱の間に金碧《きんぺき》障壁画が何百も続く。当代随一の絵師、狩野永徳《かのうえいとく》とその一門が描いた名作ぞろいで、各層毎に画題が違う。

一層目は遠寺晩鐘《えんじばんしよう》、二層目は瓢簞《ひようたん》から駒《こま》の逸話、三層目は竜虎《りゆうこ》と鳳凰《ほうおう》、それぞれに光の具合や空間の広狭を考え抜いた構図だ。四層目には絵がない。「何故《なぜ》か」と考える間もなく、五層目に上がった日海は仰天した。

朱塗りの八角形の八面に描かれているのは釈尊と十大弟子、中央に据えられた信長の座は八方の仏たちから拝まれる位置にある。

「信長様とは、英傑なのか、魔王なのか」

日海はこの時、織田信長に対する脅《おび》えを感じた。

　この日、日海が安土城を出たのは、夕暮れ近い時刻だった。織田信長との二刻にわたる対局に加えて、安土城天守閣の異常な空間を見せられたことで、二十一歳の日海も疲れ果てていた。それでも、自分の寺に帰る途《みち》では、

「この思いは叔父《おじ》に伝えねば……」

と考えていた。日海の叔父久遠院日淵《くおんいんにちえん》は、日蓮宗《にちれん》の大幹部である。

　今のところ、日蓮宗と織田信長の関係は良好だ。信長が京都に滞在する時は、妙覚寺《みょうかくじ》や本圀寺《ほんこくじ》などの日蓮宗の寺を使うことが多い。日蓮僧には信長と顔見知りとなり、

「私が頼めば許される」と思い上がる者もいる。久遠院日淵もその一人だ。しかし、今日見せられた安土城天守閣五層目の造りは凄《すさ》まじい。

「神も仏も信じぬ信長様の考えを具現化したものに違いない。信長様はあくまでも現世的。わが日蓮宗も道具の一つであろう」

　日海は、そんな思いを叔父日淵に書き送ろうと考えていた。

　だが、寺に帰ると客がいた。見知らぬ青年、長身で精悍《せいかん》、総髪《そうはつ》を結い上げた顔は彫りが深い。

「私、堺に本店を置く薬屋、小西隆佐《りゅうさ》の息子で、弥九郎《やくろう》といいますねん」

長身の青年は礼儀正しく名を告げた。

「ほう、薬屋の小西はんなら、この寺にも置き薬の行商が来てますわ」

日海は警戒を解くことなく応じた。

「へえ、そのような者から日海様のお噂《うわさ》を聞いて、播磨から来ましてん」

「ほう播磨から、囲碁の対局をお望みかな」

日海は警戒を深めた。日海を打ち負かして「天下一」の称号を奪おうとする「道場破り」は珍しくない。大抵は、仙也ら同居の碁打ちに相手をさせるが、破られたことはない。

「いえいえ、囲碁はとんと……」

小西弥九郎は苦笑して手を振った。

「日海様は将棋も名手とか」

「うん、将棋でも拙僧と対等に指せるのは、京の大橋宗桂《そうけい》殿ぐらいやろうな」

日海は、裏芸を褒められていい気分だった。そこを衝《つ》くように小西弥九郎が詰め寄った。

「ならば、お願いがございます……」

「はて、薬屋の御子息が何の願いで……」

日海は、長身の青年、小西弥九郎に問うた。

「水無瀬《みなせ》様直筆の将棋の駒《こま》が欲しゅうて」

小西弥九郎は、彫りの深い顔を綻《ほころ》ばせた。

摂津《せっつ》国の水無瀬神宮の宮司、水無瀬兼成《かねなり》（一五一四〜一六〇二）は、将棋の駒銘の文字の形態を定め、世の絶賛を浴びた。兼成直筆の駒は貴重な宝物である。

「水無瀬家はお公家《くげ》様やから、私ら商人の注文は受けつけて下さりまへん」

小西弥九郎はそういって、脇《わき》の布袋から五十匁《もんめ》もありそうな銀塊を三つ出した。通常の値の三倍にも当たる金額だ。

「なるほど、御尤《ごもっと》もなことで……」

日海は内心でほくそ笑んだ。

「小将棋でよろしいかな」

「へえ、私らの腕前では小将棋でないと」

と弥九郎は応じた。

将棋の原型はインドで生まれて、世界に広まったともいわれるが、各地で駒の形も指し方も異なる。日本には吉備真備《きびのまきび》（六九五〜七七五）が唐から持ち帰った、とも伝わる。

現代の日本将棋の特色は、五角形の木片に漢字二文字を墨書した駒の形状と、相手の駒を奪《と》れば自由に使える奪り駒使いにある。将棋の駒形は室町時代初期には完成していたが、奪り駒使いの規則は、天正年間にはまだ一般化していなかった。

このため、互いに駒を奪り合えば盤面が単純化して興味を削《そ》ぐ。それを補うために様々な機能と名称を持つ駒を追加した大将棋が生まれた。遂《つい》には盤面十七路十七経、駒数二百枚近い巨大な将棋もできた。

これに対して小将棋は今日と同じ。盤面九路九経。敵味方各二十枚の駒で戦う。

「駒ができたらどこへお報《しら》せすれば」

日海はそれを訊《たず》ねた。

「へえ、備前《びぜん》福岡の薬屋小西の店に」

弥九郎は軽く応えた。

「何、備前の福岡、播磨やのうて」

日海は意外な答えに戸惑った。

「今は播磨の縄張りを委《まか》されて羽柴様の陣屋にも出入りしてますけど、去年の秋までは備前福岡の店を担当してましたんで。備前の店に報せてもろたらすぐ繋《つな》がります」

弥九郎は軽くいったが、その意味は重大だ。

「播磨の羽柴秀吉と備前の宇喜多直家の間には連絡がある」とも受け取れる言葉である。

それぞれの春——曇天の安芸《あき》で

「何、何ということか……」

書状を一読した小肥《こぶと》りのお館《やかた》、毛利輝元《てるもと》が驚愕《きょうがく》とも悲鳴ともとれる叫びを上げた。天正《てんしょう》七年（一五七九）正月十七日昼下がり、安芸吉田《よしだ》の郡山《こおりやま》城麓の居館でのことだ。

「蓑島《みのしま》に渡った杉重良《しげよし》が寝返っただと。大友《おおとも》の兵と共に長門《ながと》に攻め寄せる恐れがあるので備えねばならぬとは……」

輝元は、顔を朱に染めて声を荒らげ、左手に握った書状を右手の指で何度も弾《はじ》いた。

「いやはや、福原様も見込み違いで……」

補佐役の二宮就辰《なりとき》は、小柄な身体を一段と縮めて平伏した。

「憶《おぼ》えておろうが、就辰殿。私は重良を豊前《ぶぜん》に出すのは反対だった。今は東に進んで播磨《はりま》摂津《せっつ》を制するのが先決と申したはずだ」

輝元は腹立ちを抑え切れずに喚《わめ》き続けた。

昨年十一月末、毛利輝元は大決断の末、

「全軍を率いて東上、播磨摂津の味方と共闘して織田信長と天下を競う」

と決定、出陣の期日を、はじめは正月十六日に、やがては吉川《きっかわ》元春の意向を汲《く》んで二月五日と定めた。

ところが、その直後、長門の山口に駐する九州方面担当の福原貞俊《さだとし》から注進が入った。

「豊前筑前《ちくぜん》の城主たちが大友家から離れ、わが方に帰順したいと申し越した。今、五千ほどの兵を豊前に出してこの動きを援《たす》ければ、労せずして豊前筑前の大半を傘下に収めることができる」

というのである。これに輝元は反対した。

「今は東進して織田信長と対決するのが第一、九州に兵を割いている時期ではない」

ところが、吉川元春も、小早川隆景《たかかげ》も、福原貞俊の案に賛成した。当の福原貞俊は、早々と長門の兵五千を揃《そろ》え、指揮官には自らの妹婿杉重良を指名して来た。

こうなっては、輝元も反対し辛《づら》い。結局、

「東への出陣に遅れないように戻れ」

という条件付きで重良の出陣を許した。

ところが、今届いた書状では、正月五日に長門馬関《ばかん》（下関）の対岸の小島、蓑島に渡った杉重良は、すぐ大友方に寝返り、大友方の軍勢と共に長門に逆上陸しようとしている、という。

「毛利の全軍が東に進めば、その留守を狙《ねら》って長門周防《すおう》を奪うのも簡単」

と考えたのである。

「杉重良は福原貞俊殿の妹婿、それに五千もの兵を与えて蓑島に渡したのは貞俊殿。いかにわが家の重鎮とはいえ、貞俊殿にはこの責任を取ってもらわねばならぬぞ」

毛利輝元は、悔しさを隠さずにいった。

「御尤《ごもっと》も……」

補佐役の叔父二宮就辰は、身を縮めた。

「福原貞俊様からも、重々お詫《わ》びするとの使者が参っております」

「詫び言ならこの書状にも書いてあるわ」

輝元は軽くあしらわれているような気がして、ますます腹が立った。それを抑えるように二宮就辰が低く訴えた。

「詫び言だけではありますまい。知恵者の福原様のこと、様々な手を打っておられましょうが、まずはこの際……」

「まずは何かな」

輝元は気忙《きぜわ》しく聞き咎《とが》めた。

「東への出陣を暫時延期なさることです」

「何、東への出陣を延期、この大事な時に」

輝元は、また腹が立った。

「誰も彼も私の決定を無視してやがる」

という思いが込み上げて来た。

「杉重良殿の寝返りは、わが家の全軍が東に向かう隙《すき》を衝《つ》くのが狙い。ここで出陣延期をお触れになれば、杉殿の周囲も大友の輩《やから》も謀叛《むほん》の失敗を知って失望落胆、お味方の城主たちは勇気百倍となることでしょう」

「ふーん、そうなるかのお……」

輝元は不愉快ながらも、二宮就辰の論理は認めざるを得なかった。

「それもまた、見込み違いではあるまいな」

輝元は精一杯の皮肉をいって座を立ち、濡《ぬ》れ縁まで出た。そこで輝元は百を数えるほどの間考えた。

「どうせみなに出陣の気はないのだ。ならばここで意地を張って無視されるよりは、進んで命令を変えた方が、まだしも私の権威は残る」

冷えた風が、そんな打算を生み出した。

「よし、分かった。東への出陣は四月まで延期する。その間に謀叛者の杉重良を退治し、進んで大友の輩を豊前筑前から追い払う。これに役立った城主たちは厚く遇し、天下制覇の後は大いに賞するであろう。そう触れよ」

輝元は最後の部分に意地を残して、灰色の雲に蔽《おお》われた空に向かって叫んだ。


毛利家第三の実力者、福原貞俊の妹婿杉重良の謀叛は、はじまりと同じくらいばかばかしく終わった。

二月に入る頃、杉重良は、毛利家が東方への出陣を四月まで延期、長門の馬関に大軍を集めていることを知った。毛利軍が東へ向かった隙に、豊後の大友家と組んで長門や周防を掠《かす》め取ろうとした重良の謀略は見破られたのだ。

重良はがっくりと項垂《うなだ》れた。

「長門周防を奪《と》れば郡の一つを与える」

などといわれて同調した部下の面々も、愚かな上司に乗せられた軽率さを悔いた。

だが、誰よりも事態を恥じたのは福原貞俊の妹、つまり杉重良の妻である。

「わが夫は何という阿呆《あほう》な男《ひと》か。自らの名を貶《おとし》めたばかりか、兄の面にも泥を塗った」

と怒り、一子松千代丸を連れて豊前に渡り、杉家の郎党などに離反を説き回った。

それを見て、大友方の援軍を指揮する田原親宏《たわらちかひろ》らも、

「部下にも女房にも見捨てられるような男では、援け甲斐《がい》もあるまい」

とうそぶいて引き揚げてしまった。

結局、杉重良は、毛利方に加担した小倉の城主高橋鑑種《あきたね》らに攻撃され、三月三日には蓑島で自殺して果てた。

結果だけを見ると、毛利家は兵を損じることもなく反逆者を討伐したばかりか、高橋鑑種ら北九州の城主たち十余名を傘下に収めることができた。

福原貞俊からは、事件の顚末《てんまつ》を知らせる書状と共に、

「わが妹の働きに免じて、その子松千代丸に杉家の名跡と領土を継がせて欲しい」

という願いが送られて来た。

「何と、福原殿の厚かましさよ。自分で播《ま》いた種を自分で刈り取っただけではないか」

毛利輝元はそう毒づきながらも、松千代丸の継承を許した。

それにしても、この小さな事件の与えた影響は大きい。輝元が決定した東への出陣は延期になった。一応は「四月まで延期」としたが、事実上は無期延期である。

この春、輝元は悶々《もんもん》として楽しまなかった。播磨や摂津の味方の期待に応じられなかっただけではない。お館の決断が無視されたことが、空を閉ざす灰色の雨雲のように心を塞《ふさ》いでいた。

それぞれの春――風の舞う備前《びぜん》で

「やっぱりのお……」

初老の男はそう呟《つぶや》いて痩《こ》けた頬《ほお》を緩め、手にした書状を火鉢の向かい側の女に渡した。

「へえ、毛利家の御出陣は四月まで延びるんですか、御殿様の見込み通りや」

女は受け取った書状を読んで微笑《ほほえ》んだ。天正七年正月末、備前岡山城の本丸、春風が障子を震わす奥座敷でのことだ。

「ここには、四月出陣と書いてあるが、まあ、それもあるまい」

初老の男、宇喜多直家は、妻のお福から戻された書状を突《つ》きながらいった。

「毛利家の御出陣は早くとも稲刈り後の九月、それまでは兵も糧も集まるまい」

「真《まこと》に、そうお思いなら……」

お福は、上目遣いに大きな瞳《ひとみ》を輝かせて、いたずらっぽく微笑んで続けた。

「そのことを、小西の弥九郎《やくろう》はんにもお伝えしといた方がええやないですか」

「弥九郎は、安土《あづち》から書写山《しょしゃざん》に戻ったかな」

直家は火鉢の上で指を折り日日《ひにち》を数えながら呟いた。書写山とは、織田方の中国攻略軍司令官羽柴《はしば》秀吉の陣するところだ。

「竹中半兵衛様の病が重いよって、薬屋の弥九郎はんは急いで戻ったはりますよ」

「なるほど、目敏《めざと》い秀吉殿のこと故、既に御存じかも知れぬが、まあ義理貸しにはなるな」

直家は薄く笑った。

と、その時、廊下でバタバタと足音がして子犬を抱いた幼児《おさなご》が飛び込んで来た。直家とお福の間に生まれた一人息子の八郎である。

「僕は『もも』の子を他所《よそ》にやるのは厭《いや》だ。全部僕が飼うよ」

八郎は抱きかかえた豊かな毛並みの子犬を撫《な》でながら叫んだ。「もも」は二年ほど前から八郎が飼い出した牝犬《めすいぬ》、世にも珍しい唐《から》渡りの狆《ちん》だ。それが二十日ほど前に五匹の子を生んだ。

「八郎、我《わ》が儘《まま》をいうてはなりません。一番好きなのを一匹だけ残して、他の四匹は御家来衆に貰《もろ》うてもらいなさい」

お福は厳しく命じた。

「ま、子犬の四、五匹ぐらいいいではないか」

直家は、八郎の泣き顔を見てそういったが、お福は「いえ」と首を振った。

「八郎には選ぶことと捨てることを教えねばなりません。もう七歳になったんやから」


「毛利軍出陣延期」

この報《しら》せは、播磨や摂津の反織田勢力に大きな衝撃を与えた。

播磨三木《みき》城の城主、二十二歳の別所長治《ながはる》は、

「毛利家は、われらの苦労を何と心得ておられるのか」

と怒り嘆いた。

大坂《おおざか》本願寺の座主顕如《けんによ》は、落胆の余り食も細り、数日は督戦の意欲も見せなかった。

備後《びんご》の鞆《とも》に寓居《ぐうきょ》している前将軍《さきの》足利義昭は、出雲富田《いずもとだ》城の吉川元春に家臣を遣《や》り、

「毛利の一族や重臣が、安芸吉田に会して東上の儀を談合されるのが肝心である。万一本願寺以下が織田信長に降《くだ》れば、毛利家が一身に気遣いを引き受けねばならぬことになる」

と語らせた。二代目お館毛利輝元の統率力の弱さを露骨に指摘したのである。

中でも、落胆が大きかったのは荒木村重《むらしげ》だ。村重は、前年十月、織田信長の重臣でありながら、毛利や本願寺と結んで叛旗《はんき》を掲げた。この時点では、村重に必勝の算段があった。

「俺の支配地は高槻《たかつき》から三田《さんだ》まで。西の三木城や南の本願寺と結べば織田の諸軍を分断できる。持久戦ともなれば毛利の水軍から補給を受けて粘ればよい。大和信貴山城《やまとしぎさん》に孤立して滅亡した松永久秀とは違う」

ところが、村重叛乱の直後、木津川口《きづがわぐち》の海戦で毛利水軍は織田方の大安宅船《あたけぶね》に敗れた。信頼していた高槻城の高山右近《うこん》や茨木《いばらき》城の中川瀬兵衛《せひょうえ》が信長に降《くだ》り、摂津の東半分は失われた。十二月になると、織田信長自身が伊丹《いたみ》城（有岡城）の間近に現れ、いくつもの付け城を築いた。

摂津の豪族池田氏の家臣から足利将軍の直参となり、さらに織田信長へと主君を替えながら出世して来た村重には、世の流れを読む自信があった。それが今度ばかりはすべて外れた。その上、約束されていた毛利の援軍さえ延期となったのだから、がっくりとした。張り詰めた気分が一気に萎《な》え、伊丹城の本丸櫓《やぐら》に引き籠《こも》って塞ぎ込んでしまった。

そんな村重を励ましたのは後妻の千代だ。同時代人の立入《たてり》宗継《むねつぐ》（一五二八〜一六二二）の記述によれば、「今楊貴妃」と呼ばれるほどの美人で、和歌も書道もよくしたという。千代は闘志の萎えた村重に代わって最前線の出丸に立って将兵を督戦した。

だが、それも戦国の徒花《あだばな》、時の流れははっきりと織田信長に傾いていた。

天下の形勢――越後《えちご》の決着

「雪もあらかた消えた。堪忍袋の緒も切れた。明朝辰《たつ》の刻（午前八時頃）を期して出撃、御館《おたて》に総攻撃を掛ける。いよいよ決着の時、みな心して出陣するように」

長身の青年、上杉景勝《かげかつ》は、春の晴天にふさわしい澄んだ声を張り上げた。

時は天正《てんしょう》七年（一五七九）正月晦日《みそか》（三〇日）の真昼、所は越後春日山《かすがやま》城本丸櫓《やぐら》に入る石段の上。前の空き地には百余の顔が並ぶ。この城に集まった三千人の将兵を率いる城主や地侍の頭達だ。

上杉謙信の死から十ヵ月余、その跡目を争う戦いはいよいよ煮詰まっている。

ここ春日山城を拠点とする上杉景勝は、長尾上杉家の血筋を訴えて多数の支持を得、先代謙信の残した金蔵を押さえて優位に立った。また昨年末には甲斐《かい》の武田家息女と婚約、外交でも得点を上げた。

正月に入ると、景勝は紛争の決着を目指して自派の城主たちに動員を呼び掛けた。

「各々の郷村での境界争いや土地争奪を中止して春日山に参集せよ。まずは敵対する景虎《かげとら》勢の籠《こも》る御館を攻略、その際の手柄次第で恩賞を取らせ、領地争いにも手心を加える」

　そんな触れを、越後全域に発した。

　これに応じて集まった城主や地侍の頭は百人余、率いる将兵は合計三千人を超える。勾配《こうばい》がきつくて平地の少ない春日山城では収まり切らない。この時期に景勝が御館総攻撃を決意したのには、生活苦で将兵の士気が萎《な》えるのを恐れたこともある。

　それでも、一里（約四キロ）東北の御館に籠る景虎方よりはずっとましだ。

　御館は、足利幕府の関東管領《かんれい》の名跡を長尾景虎（上杉謙信）に譲った上杉憲政《のりまさ》の居住用に建てられた邸《やしき》で、この時も憲政一家とその使用人が居住していた。

　東西七十六間（約一三五メートル）、南北八十四間（約一五〇メートル）の地を堀と塀で囲ってはいるが、場所は直江津《なおえつ》港に近い平地、周囲には寺も民家も多い。要害でもなければ、大軍の立て籠れる施設でもない。

　景虎とそれを支持する城主たちは、ここに二千人近い将兵を集めたが、暮らしは窮屈。寝起きや飲食にも不便だ。その上、薪柴《しんさい》の調達や糞尿《ふんにょう》の処理にも窮した。このため、冬の積雪期には周囲の寺や民家に棲《す》まい、昼だけは御館に入る「通い」の将兵が増えている。

「与六……」

短い出陣の宣言を終えた上杉景勝は、崩れ出した人の輪の右後方の男を手招いた。眉目《びもく》の整った二十歳の青年、樋口《ひぐち》与六、のちの直江兼続《かねつぐ》である。

「聞いての通り、明日は辰の刻に出撃する。御館に達するのは昼前だろう」

景勝は、石段を登って来た与六を本丸櫓に誘い込んで続けた。

「出陣にしては遅い時刻だ。早朝はまだ雪が凍って馬が滑る恐れがあるからだが、このことはすぐ御館にも伝わるに違いない」

景勝はひとり言のようにいった。

今は御城方と御館方とに分かれているが、いずれも越後の武士、親類縁者も多いから情報が流れるのは止めようがない。

「だから、敵方もわが方の攻撃時刻に合わせて動くだろう」

景勝はそこまでいうと、鋭い視線で与六の瞳《ひとみ》を覗《のぞ》き込んで囁《ささや》いた。

「度胸と腕力のある若いのを十人ほど選んでくれ。先回りして敵の大物が御館に入る道を襲うのだ。大勢はいらぬ、一人倒せばよい」

つい先刻、百人余に出陣を告げた時と同じ人とは思えぬ暗く密《ひそ》やかな話し方だ。

「分かりました。必ず……」

与六は頷《うなず》いた。この仕事に適した者の顔を思い浮かべ、自分より年下の者を選ぶことにした。若い者ほど一途《いちず》に考える。二十歳の与六には年下の方が使い易《やす》い。

樋口与六が本丸櫓を出た時には、各陣屋から炊飯の煙が上がっていた。出撃時の腰兵糧に握り飯や焼き米を作っているのだ。

先代上杉謙信は、永禄《えいろく》四年（一五六一）の最も名高い川中島の合戦の際、敵陣に昇る炊飯の煙がいつもより多いのを見て、敵が明朝出撃して来るのを見抜いた、という。米飯は軍事には適《む》かない食糧なのだ。

先代謙信の話を知る景勝は、敢《あ》えて出陣の日時を敵に報《しら》せることで裏をかく手に出た。景虎方は「敵が攻め寄せるのは明日の昼前」と見込んで迎戦の用意をした。

景虎方きっての闘将、北条丹後守景広《きたじょうたんごのかみかげひろ》も、いつもの通り、夜は宿舎にしている近くの寺に戻って休み、翌朝は卯《う》の刻（日の出の時刻、午前六時頃）に馬に跨《また》がって寺を出た。御館の門までは一丁（約一一〇メートル）余り、通い慣れた道だ。

「待て、北条丹後……」

北条丹後守景広の行列が宿舎の寺を出て数十歩、寺の土塀が終わる地点に来た時、そんな声がして、溝《みぞ》の中から十人ほどの群れが現れた。

馬上の北条景広も、その供回りの二十人ほどの武者も、一瞬何事か分からなかっ

た。出て来た者は野良着姿でみな小柄、悪戯《いたずら》な子供のように見えた。北条景広は、

「鎮《しず》まれ、悪童《わっぱ》ども」

と怒鳴って馬を止めた。供の者もきょとんとして立ち止まった。だが、現れた群れは組織的に動いた。それぞれに名乗り、四、五人が矢を放ち、三、四人が槍《やり》を投げた。その一人、「荻田《おぎた》孫十郎」と名乗った十七歳の少年の手槍が馬上の景広の後ろ脇《わき》に刺さった。

「何の、これしき」

豪気な景広は怒声と共に槍を引き抜き、馬を煽《あお》って御館の門内に駆け込んだ。その間に一群の悪童たちは弓も刀も捨てて逃げ出した。北条景広の供も御館の警備も瞬時のでき事に呆然《ぼうぜん》、悪童どもを追い駆け出すまで十を数えるほどもかかった。

「何、北条丹後守景広を刺しただと……」

半刻後、息を弾ませた少年たちから話を聞いた上杉景勝は、怪訝《けげん》そうに首を傾《かし》げた。

北条城《きたじょう》（柏崎市）の主《あるじ》の北条景広は、景虎方の最有力武将だ。各城主の自治権を強調する割拠主義者で、今次の跡目争いでは当初から景虎を支持した。越後に根のない

景虎の方が各城主の自治権が守れる、と考えたのだ。昨年五月、景虎が御館に籠ると、兵を率いて駆け付け作戦指導にも戦闘指揮にも当たった。

その北条景広を討ち取ったとすれば、戦況を左右する大手柄だが、それだけに信じ難い。景勝だけではなく、周囲の重臣も、少年たちを派遣した樋口与六さえもが信じかねた。

この日の午後からはじまった景勝勢の総攻撃にも、景虎勢は勇敢に抗戦、士気の衰えは見えなかった。ところが、その夜、御館から抜け出して来た投降者が告げた。

「北条景広様は腸《はらわた》から肺まで抉《えぐ》られる重傷で夕刻息を引きとられました。御館の一同は意気消沈、逃げ出す者が多く出ています」

景勝はそれを聞いて、高らかに宣言した。

「勝利は目前である。明日は一層の猛攻を加える」

翌二月二日、上杉景勝は全力を挙げて御館を攻めた。闘将北条景広を失った景虎勢は、意気消沈しているのですぐにも陥《おと》せる、と楽観していたのだが、実際は違った。御館の景虎軍は城門を開いて討って出、一時は景勝勢を押しまくった。景勝は直属の精鋭「上田五十騎」を投入して押し返したが、景虎勢はなお戦意旺盛《おうせい》なのだ。

こうなると、力攻めでは難しい。鉄砲が普及したこの時期、堀と塀で守られた城砦《じようさい》を力攻めで陥すのは、二倍三倍の兵力を以《もっ》てしても難しい。

景勝は城攻めの常道に戻った。まず御館周辺を焼き払わせた。直江津の港で栄えた町だけに民家が密集、六千戸が燃え、名刹《めいさつ》安国寺や至徳寺《しとくじ》も灰燼《かいじん》に帰した。続いて二月十七日、景虎側の島《しま》の塁《るい》（上越市）を陥し、御館の糧道を断った。決定的だったのは三月二日、琵琶島城《びわじま》（柏崎市）から御館に兵糧を運んでいた船七隻を取り押さえ、水夫《かこ》も船頭も斬首《ざんしゅ》したことだ。

水陸の糧道が絶えた御館は兵糧不足になり脱走を企てる者も増えた。

三月十七日、景虎は妻子と前《さきの》管領の上杉憲政を御館に残し、自らは三百人の兵と共に脱出、実家のある小田原を目指した。

まずは南に三里（約一二キロ）の鮫《さめ》ヶ尾《お》城に入る。城主の堀江駿河守《するがのかみ》は景虎派だったので迎え入れはしたが、翌十八日には景勝勢から内通寝返りを勧《すす》められて、これに応じた。ところが、その事情が城兵には伝わっていなかったので、城兵たちはなお数日間奮戦した。

頼りの鮫ヶ尾城主にも裏切られた景虎は、三月二十四日正午、自刃《じじん》して果てた。享年二十六。景勝の姉で景虎の妻の華《はな》は、同じ頃に御館で自殺したらしい。景虎の脱出に同行した気配はないが、場所を違《たが》えて夫を追ったとすれば、また哀れである。

その間にもう一つの悲劇があった。御館に残された前管領上杉憲政は、景虎の長男で九歳の道満丸《どうまんまる》を伴って和議仲裁のために春日山城に向かった。景勝に逆らったつもりのない前管領は、降伏ではなく和議を求めた。

だが、この理屈は一般の兵士には難し過ぎたのか、春日山への途中で雑兵によって道満丸共々に斬られてしまった。これを知った景勝は大いに嘆き、憲政の菩提《ぼだい》を手厚く弔った。憲政の墓は今、山形県米沢市の照陽寺《しょうようじ》にある。

「母上、すべて終わりました」

上杉景勝が、越後春日山城本丸の屋敷に実母の仙桃院《せんとういん》を訪ねたのは、三月晦日の夕刻である。

「景虎殿ばかりか、前関東管領上杉憲政様まで死なせたのは景勝の失敗。その上、姉華もその子道満丸までをも救えなんだは真《まこと》に残念、深くお詫《わ》び申し上げます」

景勝は長身を折り曲げて母に詫びた。

「憲政様を亡くしたのは大きな手ぬかり、その御霊《みたま》には深く詫びねばなりません」

仙桃院は、遠くを見詰めながらいった。

「華のことは、あの子の選んだ道故、そなたが詫びることも悔いることもありません」

仙桃院はふた呼吸ほど間を置いた。娘の死を悼《いた》んでか、微《かす》かにのどの辺りが震えたが、顔の表情は変えずに視線を息子景勝の顔に戻した。

「謙信公が亡くなり、華も道満丸も死に、長尾上杉家は私とそなただけになりました。そなたに叛《そむ》いた者は、上杉に叛いた者です。どう決着しますか、このあとは」

「はあ、まだそこまでは……」

景勝は、母の気迫に押されて口ごもった。

「何と悠長な。織田の息のかかった輩《やから》が加賀《かが》、能登《のと》、越中《えっちゅう》で蠢《うごめ》いておるというのに」

仙桃院は、視線を外して薄い唇を歪《ゆが》めた。

「この一年、そなたの戦い振りは見事でした。でも世間は、越後の衆も他国の人も、偉大な謙信の跡を運良く継いだ男としか見ないでしょう。謙信公がきちんと治められたのはせいぜい六十万石、それをそなたが二倍になされても、謙信公ほどには尊ばれますまい」

「確かに……」

景勝は頷いた。この一年の戦いでは三割近くの城主が敵方に走り、別の三割は自分の殻に籠って動かなかった。景勝に加担した四割の者でさえ、みなが景勝の命令を忠実かつ迅速に実行したとは限らない。勝機を逸したこともあれば、情報を聞き逃したこともある。

そんな時に必ず出るのが、「謙信公なら」である。

「どうすればいいのですか、景勝は……」

景勝は、母の方に膝《ひざ》を進めて訊《たず》ねた。

「まずは謙信公そっくりになりなさい」

仙桃院は白い髪の中で薄く笑って続けた。

「そして、謙信公よりも強く、賢く、厳しくなるのです」

天下の形勢——信長の決断

「ほう、越後《えちご》の騒動は、景勝《かげかつ》の勝利で終わったか。意外と早かったのお……」

越前《えちぜん》北ノ庄に駐する柴田勝家の使者から、景勝の勝利と景虎《かげとら》敗死の経緯《いきさつ》を聞かされた織田信長は、そう呟《つぶや》いた。天正《てんしょう》七年（一五七九）四月はじめ、摂津《せっつ》の古池田の砦《とりで》、謀叛《むほん》人荒木村重《むらしげ》の伊丹《いたみ》城（有岡城）を攻めるために築いた付け城でのことだ。

「それで、勝った景勝はどうしておる」

信長は越前から来た使者に問うた。

「さらば、敵方の城主、戦死した北条景広《きたじょうかげひろ》の跡取りなどを討伐すべく策を練っておられるとか」

「ふん、次は家中統一じゃな」

信長は深く頷《うなず》き、誰にともなく語った。

「俺も二十四歳の時に弟の信行《のぶゆき》を誅《ちゅう》した。それから二十二年、まだ謀叛を起こす痴《し》れ者がおる。景勝もこれからが苦労よ」

信長は少しの間、物思いにふけるかのように右側の夕日を見詰めていたが、やがてきっぱりといった。

「柴田勝家に申せ。北国《ほっこく》は当面、謀《はかりごと》を主とし武を従とする。前田利家や佐々《さっさ》成政《なりまさ》らの諸将を傘下の将兵共々ここ摂津に送れと」

柴田の使者は、「えっ」と一瞬驚きと不満の表情を示したが、信長は構わずに続けた。

「今は、そこと」

といって正面の伊丹城を指し、

「あっちと」

と右側、つまり西の播磨《はりま》を指し、

「そして向こうだ」

と肩越しに北の方、丹波《たんば》を指した。攻撃目標を伊丹の荒木村重と播磨の別所長治《ながはる》、丹波の波多野《はたの》秀治《ひではる》の三つに絞ったのだ。

この決定により、各方面から大軍がやって来た。北国の前田利家、佐々成政、伊勢《いせ》の滝川一益《かずます》、近江《おうみ》の丹羽《にわ》長秀、大和《やまと》の筒井順慶《じゅんけい》らが、それぞれ万余の兵を連れて来た。

信長は、丹羽長秀を播磨に派遣して羽柴《はしば》秀吉を応援させ、前田、佐々らには荒木を攻める織田信忠《のぶただ》らを援助させた。

その成果はすぐに出た。羽柴秀吉は別所に属する丹生山《にぶやま》城や海蔵寺《かいぞうじ》城を陥《おと》したし、織田信忠らは荒木方の能勢《のせ》と三田《さんだ》の城を奪った。中でも最大の成果をあげたのは丹波攻めの明智光秀だ。信長はそこで決断を下した。

「全軍、丹波に援軍を出せ。まず波多野を倒す」

丹波総攻撃の情況を作り上げた織田信長は、五月朔日《ついたち》、摂津古池田の砦を出発、鷹《たか》狩《が》りを楽しみながら京に向かい、山中越えの道を辿《たど》って近江坂本経由で安土《あづち》に帰還した。


その間にも、丹波では大掃討戦が進行している。

天正三年六月、明智光秀が丹波攻略に乗り出してから既に三年と十ヵ月、双方に勝敗はあったが、結局は光秀の生真面目な平定作戦が奏効、波多野一族を八上《やかみ》城周辺の小地域に追い詰めている。

そこに四方から織田方の大軍が雪崩《なだ》れ込んで来た。織田信忠と丹羽長秀は南から、北畠信雄《きたばたけのぶかつ》（信長の次男）らは東から、羽柴秀吉の弟秀長らは西から、丹波の山間《やまあい》に侵攻した。

明智光秀配下の二万人と合わせて総計五万の大軍が、残り少ない波多野方の城砦《じょうさい》を攻め立てたのだから次々と陥落、八上城一つを残すのみとなった。

この情勢に織田信長は大いに満足、吉日に当たる五月十一日に安土城天守閣に移った。正しく「仏たちに拝まれる位置」についたのである。

ところが、その直後、織田信長は「怪《け》しからぬこと」を耳にした。

「関東より上って来ました浄土宗の僧、霊誉玉念《れいよぎょくねん》なる者がこの城下で法談をいたしましたところ、日蓮宗《にちれん》徒の建部紹智《たけべしょうち》と大脇伝介《おおわきでんすけ》が議論を吹き掛けた由《よし》にございます」

朝の政務のあとの雑談で、そんな話を披露したのは奉行衆の一人、菅屋九右衛門《すがやきゅうえもん》だ。

好奇心旺盛《おうせい》な信長は、巷《ちまた》の噂《うわさ》を聞きたがる。怒る時は烈火のように激しい信長だが、笑い楽しむ時は実に陽気、賤《しず》の屋の夫婦喧嘩《げんか》から奇談怪談の類《たぐい》までを熱心に聞く。戦国の有名大名で信長ほど世故に通じた者は他にいない。

菅屋九右衛門が、遠来の浄土僧と在家の日蓮宗徒の論争を信長の耳に入れたのも、信長の好奇心に応えた世間話の一つだ。

ところが信長は、この話に膝《ひざ》を乗り出した。

「それでその浄土僧の玉念とやらはどう応じたかな、建部と大脇に」

「『君たち修行も積まぬ若い者にお答えしても耳に入るまい。然《しか》るべき法華の僧がお出ましになればお相手しよう』と申されたとか」

菅屋九右衛門が笑いを交えて応えた時、織田信長の切れ長の眼《め》が鋭く光った。


「これは……、危うい……」

書状を読み進むほどに、本行院日海《ほんこういんにっかい》の顔は青ざめ手は震えた。書状は、叔父久遠院《くおんいん》日淵《にちえん》からのものだ。

「建部紹智殿と大脇伝介殿の願いにより安土に赴き、浄土僧の玉念様と宗論を行う。これには常光院日諦《じょうこういんにったい》様、頂妙寺日珖《にちこう》様らも同行、浄土僧を必ず論破するであろう」

とある。

約三百年前に日蓮(一二二二~八二)によって開かれた日蓮宗は厳格な教義を持つ宗派だが、その厳格さ故に商工業者を中心に信者を拡《ひろ》げた。日淵の書状に見える建部紹智は塩問屋、大脇伝介は油屋、いずれも堺《さかい》を本拠とする大店《おおだな》の息子だ。

関東から来た浄土宗の僧、霊誉玉念に議論を吹き掛けた二人は、いとも簡単にいなされた。悔しい二人は、堺の妙国寺《みょうこくじ》の住持でもある頂妙寺日珖に訴えた。

有力な檀家《だんか》を失いたくない日珖は、長老の常光院日諦や碩学《せきがく》の久遠院日淵にも協力を求めた。日諦や日淵は戸惑ったが、結局は受けた。受けざるを得ない事情があったのだ。

この時期、日蓮宗の中では、京都の宿舎を提供するなどして織田信長に擦り寄る日淵らの聖俗協調派と、法華経を信じない者からは何も受け取らず何も施さないという過激な不受不施派とが対立していた。日淵ら協調派は、

「ここで浄土宗との論争を避けては、不受不施派からの非難が激しくなる」

と恐れた。この段階では、日蓮宗幹部は織田信長が介入するとは思ってもいなかった。ただ漠然と、「親しい仲の信長様が悪い様にはなさるまい」と思い込んでいただけである。

しかし、囲碁を通じて信長を知る日海は、

「それは甘い。信長様は天下を騒がす者は、武将であれ宗派であれ、お許しになるまい」

と脅《おび》えた。正月に見せられた安土城天守閣の八方から仏たちが信長を拝む仕掛けが思い出された。あの日、信長に抱いた戦《おのの》きを叔父日淵に書き送ろうと思いながら、来客などに妨げられて果たせなかったことを、日海は悔やんだ。

「既に石は打たれた。現実の世に『待った』はないのだ」

「何、日蓮宗の高僧たちが、浄土僧の玉念と宗論を闘わすために、この安土に来るだと」

織田信長が怪訝《けげん》そうに呟いた。天正七年五月半ば、完成したばかりの安土城天守閣の五層目、床も柱も朱塗り、八方には釈尊と十大弟子が金泥地の濃絵《だみえ》で描かれている。

「はい。常光院日諦殿、久遠院日淵殿ら六人の高僧が、緋《ひ》の衣に金襴《きんらん》の袈裟《けさ》という見事な装束で朱塗りの輿《こし》に乗り、昨日京を出発された由。今夕にも安土に着かれましょう」

下座に並ぶ者の中から、奉行の菅屋九右衛門が応えた。

「ふーん、たかが宗論をするのに、六人もが輿を連ねて来るとは……」

信長は呻《うめ》きながら周囲の襖《ふすま》に描かれた釈尊と十大弟子を見回した末に訊《たず》ねた。

「それで、浄土の方はどうしておる」

「関東より参った霊誉玉念殿と、当地西光寺《さいこうじ》の聖誉貞安《せいよていあん》殿のお二人でお相手なさるとか」

「ふーん、たった二人か……」

信長はおかしそうにいった。

「はい、知恩院《ちおんいん》など名のある大寺は、騒ぎを恐れて見て見ぬ振りをしておるのです」

九右衛門が応えると、信長の背後に控える小姓頭の森蘭丸《らんまる》が口を出した。

「玉念殿、貞安殿のお二人は、覚悟を決めて西光寺に籠《こも》り、念仏一途《いちず》に勤めておられるとか。当地の浄土宗徒も心配しております」

「なるほど、それぞれに信徒がおるわな」

信長は二度三度頷いてから高い声でいった。

「この宗論、騒ぎが大きくなっては天下の迷惑じゃ。九右衛門、双方につまらぬことで騒ぎを起こさず和解せよ、と諭《さと》して来い」

「そ、それは……」

菅屋九右衛門は口籠った。宗論は、信長には「つまらぬこと」でも、宗教者にとっては命懸けの大事、特に派手派手しく高僧を揃《そろ》えて京を発《た》った日蓮宗の側は引っ込みがつかないだろう。それを知る菅屋九右衛門は、この使いを渋った。だが、信長は、

「九右衛門が惑うこともあるまい。弁の立つのを連れて、双方に諭して参ればよい」

と促した。

菅屋九右衛門は、長谷川秀一《ひでかず》や堀秀政らを誘って双方に宗論の中止と和解を申し入れた。だが、予想通り日蓮宗側は拒否した。

「上様の意を体して、日蓮、浄土の双方を諭しましたところ、浄土宗の側は『和解するに吝《やぶさ》かではない』と応じましたが、日蓮宗側は容易に聞き入れませぬ」

五月も下旬に入った日、菅屋九右衛門は、信長の前に平伏してそう報告した。安土城天守閣の二層目、「瓢簞《ひようたん》から駒《こま》」の逸話を描いた襖絵の大書院でのことだ。

「ほう、日蓮宗の輩《やから》は、俺の意向に従えぬと申すのか」

信長が不機嫌そうに呟《つぶや》いたのに、九右衛門は慌てて訂正した。

「いえ、そういうわけではございません。日蓮宗側の申しますのは、そもそもこの論争は、浄土僧の玉念殿が、日蓮信者の建部と大脇に、論を闘わすなら然《しか》るべき日蓮僧を出せと申されたことが発端、ここで宗論を中止し和解するのなら玉念殿に公開の場で詫《わ》びてもらわねばならぬ、と主張しておるのです」

九右衛門は丁寧に説明した。信長はこれを、

「要するに、是非とも宗論を闘わせたい、今さら引っ込みがつかぬということだわ」

と纏《まと》めた。そして十を数えるほどの間を置いて、冷ややかな笑いと共に語った。

「ならば、存分の宗論を行わそう。俺が日時と場所と規則、それに判者《はんじや》を決めてや

る」

旅の布教僧と在家の信徒との議論からはじまった宗論が、かくして世俗の権力者織田信長の主宰する公的裁判へと姿を変えた。そのことの意味を、日蓮宗の僧たちは理解していなかった。

やがて、宗論の奉行（実施責任者）になった菅屋九右衛門と津田信澄《のぶずみ》から実施規則が発表された。

日時は五月二十七日朝から時間無制限。場所は安土城下の浄土宗寺院の浄厳院《じょうごんいん》仏殿。形式は一問一答とし、双方論者のみが対座する。判者としては京都南禅寺《なんぜんじ》の長老景秀《けいしゅう》と因果居士《いんがこじ》、そして聴衆は事前に許可された者に限り、武器や飲食物は持ち込み禁止、紙筆、扇子、経典の類のみ許す、というものだ。

一見は公平な公開討論に見える。日諦や日淵など日蓮宗側の僧たちは、そう思ったが、日と共に不安は募った。

判者の南禅寺景秀は京都五山を代表する善知識だが、既に八十四歳で耳も遠いという。場所が浄土宗の寺院なのも意外だ。それでもなお、日淵らは信長の善意を信じていた。

五月二十七日卯《う》の下刻（午前七時頃）、日諦、日淵ら日蓮宗側の高僧六人は、緋の衣に金襴の袈裟というきらびやかな装束で、輿を連ねて宗論会場の浄厳院に向かった。日蓮宗側は、この時点では必勝の自信を持っていた。

だが、行列の後尾を歩く碁打ちの本行院日海は、悪い予想をしていた。

「信長様が、京の宿舎に日蓮宗の寺を使われるからというても、わが宗派を贔屓《ひいき》になさるとは限らない。信長様には宗教も現世統治の道具、利用できれば使い、邪魔になれば捨てる。ただそれだけのことではないのか」

日海は、そう考えた。

「そうだとすれば、急成長する京や堺の町人衆から信心を受ける日蓮宗は、邪魔になりかけているのかも知れない」

と日海は脅えた。この脅えは、会場の浄厳院に入るとより強くなった。超満員の聴衆のほとんどは、南無阿弥陀仏《なむあみだぶつ》を唱える浄土宗徒だ。

仏殿に入った日蓮宗側の六人は、緋の衣を連ねて座り背後に法華経八巻の文言を記した軸を掛けた。

対する浄土宗側は玉念と貞安の二人、どちらも地味な墨染めの衣だ。見た目には日蓮宗側の数と気迫が圧倒的に見えた。

ここで日海ら供の若僧たちは、仏殿から出され、庫裡《くり》の小部屋に移された。そこからは仏殿で行われる宗論は見えも聞こえもしない。ただ勝利を祈願しているしかない。

宗論がはじまって半刻（約一時間）ほど経《た》った時、突然わっと人々の叫びが上がり、悲鳴が響いた。

「何事か……」

控えの部屋から首を出した日海の目に映ったのは、仏殿が喧騒《けんそう》の場となり、緋の衣がいくつか床に転がっている有り様だ。暴徒と化した聴衆が「勝った、勝った」と叫びながら、緋衣の日蓮僧を打ち倒し蹴《け》り転がしている。

「叔父を、日蓮宗の幹部を、援《たす》けねば」

日海はそう思ったが、警護の兵に止められた。その目前に、緋の衣が一人二人と叩《たた》き出されて来た。叔父日淵も衣を破られ、頭から血を流していた。警護の兵は、そんな日蓮僧を、日海らの居た控えの小部屋に押し込んだ。崇高なはずの宗論は、下劣な暴力沙汰《ざた》で終わったのである。

「浄土宗が勝ちました」

織田信長が、菅屋九右衛門からその報告を受けたのは五月二十七日の昼前、安土城天守閣の二層目大書院でのことだ。

「早いな、どのようであったか」

信長は身を乗り出して訊ねた。

「まず、宗論がはじまって互いに二、三の問答があり、やがて浄土宗の聖誉貞安殿が『妙』の字の解釈を問われたところ、日蓮の者共は顔を見合わすばかり。そこで判者の因果居士が浄土の勝ちを宣せられ、浄土の二僧は雀躍して歓《よろこ》びました」

「ほう、それで……」

信長は先を急がせた。

「はい、それからが大変で」

と九右衛門が続けた。

「日蓮宗側に加わっていた八宗兼学を自称する普伝《ふでん》なる者が浄土僧の雀躍を止めようと摑《つか》み掛かったのに聴衆が激高、日蓮の僧に襲い掛かって衣を裂き袈裟を千切《ちぎ》り、殴る蹴るの騒ぎとなりました」

「ふーん、やっぱりのお」

信長は満足気に頷き、

「日蓮宗の輩に詫び状を書かせたか」

と訊ねた。

「はい、日蓮宗の者は浄厳院の庫裡に閉じ込めておりますれば、今頃は津田信澄殿が申し付けておられるはずでございます」

九右衛門は相方の奉行の名を挙げた。

「建部紹智と大脇伝介は捕らえたな」

信長は騒動の元を作った二人を指名した。

「大脇伝介は傍聴の席で捕らえましたが、建部紹智は既に姿をくらましてございます」

九右衛門がそこまでいうと、信長は、

「大脇を浄厳院の庫裡の前に座らせておけ、すぐ俺が行って指示する」

といって、九右衛門を浄厳院に戻らせた。しかし、信長はすぐには行かなかった。

「まずは飯じゃ」

といって、鮎《あゆ》の焼き物と味噌《みそ》汁の付いた膳《ぜん》をゆっくりと喰《く》った。その間にも森蘭丸らの小姓たちが伝える本願寺攻めの戦況などを楽しそうに聞いた。

織田信長は、狭い庫裡の一室に閉じ込められた日蓮宗の高僧たちが、心身の痛みと真夏の暑さと渇死の不安に戦《おのの》き、いい訳を見つけて屈伏するまでの間を計っていたのである。

昼下がりの未《ひつじ》の刻（午後二時頃）、宗論が暴力沙汰で終わってから二刻（約四時間）が経ったが、久遠院日淵ら日蓮宗の僧たちは、庫裡の一室に閉じ込められたままでいた。

六人の高僧はみな、緋の衣を引き裂かれ、頭や顔には血糊《ちのり》が付いている。部屋は二間四方（八畳の間に相当）の板張り粗壁、そこに日諦、日淵らの高僧六人と日海ら伴僧六人の計十二人が押し込められたのだからきわめて窮屈、その上、真夏の暑さも厳しい。茶菓はもちろん、水一杯の差し入れもない。

一刻ほど前、奉行の一人、津田信澄が、

「その方共、宗論に負けた上は、それを認めた書状を書き、向後は他宗を誹謗《ひぼう》しないとの誓いも添えよ」

といって、紙筆を置いていっただけだ。

「このようなことが宗論といえるか。負けを認める書状など書くものか」

はじめはみなそう思っていた。だが今は、

「ここで座して死ぬのも詰まらない。宗論の虚構はみな分かるはず」

といった考えが頭を擡《もた》げている。

そんな時、高い足音が響いて板戸が開き、織田信長の長身が見えた。『信長公記《しんちょうこうき》』によれば、この時信長はまず、

「大脇伝介を斬《き》れ。騒ぎを起こした張本人だ」

と命じ、次には普伝を引き出させた。

「その方、日蓮宗の僧でもないのに宗論に加わり、銭と地位を求めるとは許さぬ」

として首を刎《は》ねさせた。

目前で行われた二人の処刑に、日蓮宗の僧たちは衝撃を受けた。そこで信長は話題を変え、日珖や日諦の顔を改めた。特に日蓮宗事務局長に当たる大蔵坊《だいぞうぼう》には、

「堺の油屋大脇の弟だな。兄貴の伝介ともよく似ておる」

などといった。そして最後に、

「若僧のいる寺の坊主は誰か」

と訊ねた。信長がわざわざ訊ねる若僧とは、囲碁を以《もっ》て接する本行院日海のことに違いない。これに久遠院日淵が「私です」と答えた。信長の脅しと賺《すか》しの技が分かる。

結局、日蓮宗の高僧たちは信長の要求通り、

「宗論に負けた故、向後は他宗を誹謗しない」

旨の証文を三通書かされた。一通は織田信長に、一通は浄土宗に、そしてもう一通は自ら保存するためである。

天下の形勢——備前《びぜん》の決心

「掃部《かもん》よ、毛利勢に何ぞ動きがあるかな」

宇喜多直家が、近頃側近に加えた明石《あかし》掃部頭全登《かみてるずみ》に訊《たず》ねた。天正《てんしょう》七年（一五七九）六月十五日の昼過ぎ、備前岡山城の本丸奥座敷でのことだ。

「いえ、まだ何の動きも……」

明石掃部頭は、たくましい上半身を前に傾けて応えた。

「毛利のお館輝元《やかたてるもと》様は、二月に出陣するの、四月には必ずのと申し越されたが、もう今日は六月半ば。それなのに出陣の気配もないのか」

直家は心配そうに眉根《まゆね》を寄せたが、口元は蔑《さげす》みの笑いで歪《ゆが》んでいた。

「それにしても、荒木村重《むらしげ》殿や別所長治《ながはる》殿ら毛利の援《たす》けを当てにして戦《たたこ》うている方々は、口惜《くや》しい限りであろうな」

直家はそういって溜《た》め息をついたが、最早《もはや》他人事《ひとごと》だ。毛利同盟軍の一員という心情は失われている。そんな時、

「小西弥九郎《やくろう》様がお見えになりました」

という奏者の声が響いた。

「おお、小西の弥九郎、久し振りじゃ。すぐここに通せ」

直家は、部屋の隅で手習いをしていた妻のお福と息子の八郎にも「来い、来い」と手招いた。

入って来た長身の青年小西弥九郎は、まず直家に平伏し、次いでお福と八郎に笑顔でお辞儀をし、三つめには明石掃部頭に、

「御一緒させてもろて、よろしあすか」

と頭を下げた。

「ええとも、ええとも。掃部には何を聞かせてもよい。身内同然じゃ」

直家は精一杯の笑顔でいうと、掃部頭と弥九郎は、互いに胸に下がる十字架を見合ってにやりとした。共に熱心なキリシタンなのだ。

「弥九郎はんは播磨《はりま》の書写山《しょしゃざん》にいてはると思うてたのに、何でここへ……」

そう訊ねたのは、お福だった。

「実は私、先月暮れから安土《あづち》へ行っとりまして、六日前に出発して堺《さかい》に至り、父ジョアチン隆佐《りゅうさ》の船で今朝方そこの児島《こじま》の浦へ着きましたんで」

小西弥九郎は旅程を几帳面《きちようめん》に語った。

「何でまた安土に……」

というお福の問いに、弥九郎は、

「これを頂きに本行院日海《ほんこういんにつかい》様のとこへ」

といって、懐《ふところ》から錦《にしき》の小袋を取り出した。

「まあ、きれいな……」

お福が歓声を上げた。小西弥九郎が錦の小袋から取り出したのは将棋の駒《こま》。見事な黄楊《つげ》の木地に黒漆《うるし》の文字が躍っている。

「これが水無瀬兼成《みなせかねなり》様の駒ですか、八郎の手習いの手本にもなりそうな」

「ははは、これればかりは八郎様にも差し上げられまへん。弥九郎の宝ですよってに」

弥九郎はにやりとした。嘘《うそ》ではない。現存する水無瀬家の受注帳には、「弥九郎」小西行長《ゆきなが》が、生涯にわたり毎年水無瀬家の駒を買い続けていたことが記されている。

「ところで、弥九郎……」

ひとしきりの駒遊びが終わったあとで、宇喜多直家が訊ねた。

「その時期に安土の本行院日海殿を訪ねたとすれば、日蓮《にちれん》と浄土の宗論に出会《でお》うたであろうが」

ここ備前は日蓮宗の盛んな地、宇喜多家も日蓮宗だ。そこに最近、南蛮《なんばん》渡来のキリシタンが入り、時に議論が起こる。直家は、安土宗論の噂《うわさ》が広まり、わが領内でも騒動になるのを警戒していた。

「いえそれが、私が安土に着いたのは宗論から三日目の先月晦日《みそか》、日海様も叔父の日《にち》淵《えん》様の供で京都に帰られたとか。留守居の者がこの駒だけ渡してくれたんですわ」

弥九郎は、宗論を詳しく語るのを避け、居住まいを改めて語り出した。

「安土は恐ろしいとこです。あんなに大騒ぎやった宗論も、七日も経《た》ったら古い話、その次の凄《すご》いことが起こりました」

「何、宗論のあとに凄いこと……」

宇喜多直家は、脅《おび》えたように呟《つぶや》いた。

「はい、今月四日、丹波《たんば》を攻略しておられる惟任日向守《これとうひゅうがのかみ》こと明智光秀様が、八上《やかみ》城主の波多野秀治《はたのひではる》様、秀尚《ひでなお》様の御兄弟を降《くだ》して、安土の城に送って来られました」

「ほお、丹波八上城の波多野秀治殿が織田勢の兵糧攻めに耐えかねて降られたという噂は聞いたが、やっぱり真《まこと》だったか」

宇喜多直家はそう呻《うめ》いて、明石掃部頭とお福、そして八郎の顔を順に見た。

「いや、それが……」

　小西弥九郎は身を乗り出した。

「明智様の桔梗《ききょう》の紋の旗幟《きし》に囲まれた輿《こし》に、波多野の御兄弟が乗せられて行くのをこの目で見ました。けど、それからが大騒動です。明智様は、八上城の波多野秀治様、秀尚様の御兄弟に、御本人はもちろん城兵全員の生命を救う故、降伏して安土に参られよ。わが言葉の保証《あかし》として、わが母親をば人質に預けよう、と申されたそうです」

　小西弥九郎は、安土で見聞きしたことを、詳しく語り出した。

「わが母親を人質に出すとは、明智光秀殿も八上の城を攻めあぐねたのかのお……」

　宇喜多直家は小首を傾《かし》げて呟いた。

「いえ、勝負はついた、これ以上の殺生はしとうない、と考えはったんと違いますか」

　前夫三浦貞勝と共に落城の悲惨を体験したお福は、そんな解釈を口にした。

「はい、安土にも二つの見方がありますねん。一つは、光秀様は敵の城を攻めあぐね、わが母親を人質にして敵将を誘い出した不孝者というもの。もう一つは、無用な殺生を避けて追い詰めた敵を許された、力も情もある名将というもの。中には光秀様の御母堂様が、わが子の手柄と多くの生命のために進んで人質にならはったという噂もあります」

「わが子のために進んで人質になあ」

お福は呟いてわが子八郎の顔を覗《のぞ》いた。色白の頬《ほお》は優しく緩んでいたが、黒い瞳《ひとみ》には、

「この子のためなら私もします」

と語っているように見えた。

「まあ、それで八上城は陥《お》ちたわけか」

宇喜多直家は、二呼吸置いて呟いたが、小西弥九郎は目を伏せていった。

「織田信長様は、長年俺に逆らい、敵味方の将兵多数を殺傷した罪は許し難いということで、波多野の御兄弟を安土の御門前で磔《はりつけ》にしてしまわれたんですわ、今月八日に……」

「何と……」

直家は絶句し、同席の明石掃部頭は、

「それは無体な……」

と叫んでいた。

「ほんなら人質にならはった光秀様の御母堂様は……」

とお福も喘《あえ》ぎながら訊ねた。

「多分。確かなことは聞いてまへんけど」

弥九郎はゆっくりと首を振りながらいった。

「信長様は厳しいお方。波多野の御兄弟は生かしといても使い道がない。むしろ騒動の源になると見はったんですなあ」

「信長様は厳しい。流石《さすが》は天下を奪《と》るお人、世の中を変える男子《おとこ》じゃ。それに比べれば、わしは甘い。まるで無邪気な子供よ」

宇喜多直家はそんな呟きを繰り返した。

小西弥九郎や明石掃部頭が去ったあとも、直家は同じ部屋の同じ場所に座り続けていた。

「殿様、もうお休みになられた方が……」

妻のお福は同じ言葉を繰り返した。時刻は既に亥《い》の刻（午後一〇時頃）に近い。廊下の向こうに見える枯山水の庭は満月に照らされて白いが、部屋の中は黒々としている。

「わしは、備前と美作《みまさか》の領地と一万五千の兵を持つわが宇喜多家が織田方に味方すると申せば、信長様は大歓《おおよろこ》び、取り次ぎをした羽柴《はしば》秀吉殿は覚えめでたく大出世、織田家第一の武将になられる、と信じておった。信長様に褒められ、秀吉様に恩を売って、わが家は安泰、八郎の将来も守られる、と思うておった」

宇喜多直家は口説くが如く嘆くが如《ごと》くに語り続けた。

「わしの独り決めではない。秀吉様にも弥九郎や明石掃部を通じて内々には伝えている。秀吉様は大歓び、とも聞いていた。だが、先刻の弥九郎の話、八上の城と二千の兵を連れて降《くだ》られた波多野の御兄弟は磔、明智光秀殿が実の母親を差し出しての御約束すら信長様には通じなんだ。わしの読みとは違う」

「殿様、お嘆きになるのはまだ早いのでは」

お福は、行灯《あんどん》の火の映る黒い瞳で夫を睨《にら》んだ。

「殿様と波多野の御兄弟とは違います。殿様の方がずっと大きくずっとお強いんやから」

「それはそうだが……」

そう呟いてお福を見返した直家の眼《め》は、老いと疲れで翳《かす》んでいた。

「信長様は、波多野の御兄弟を許せば災いの種になるといわれたそうな。それならわしはもっと危ないと見られるだろう。天下布武《ふぶ》とは、信長様が天下を独りで治めることじゃ」

直家は脇息《きょうそく》に身を凭《もた》せ掛けて呟いた。

「わしは十五の歳から戦《いくさ》を続け謀《はかりごと》を重ね、やっと備前美作の五十万石を得た。それでも、八郎の身一つ守れぬとしたら……」

と、その時、ぱしっと膝《ひざ》を打つ音と共にお福の声がした。

「宇喜多直家は、そんなに弱い御仁《おひと》ですか。備前の宇喜多直家という御仁は……」

お福の低いが張り詰めた声が続いた。

「狩りに誘ってお人好《ひとよ》しの舅《しゅうと》を討たれた。偽の烽火《のろし》を上げて援《たす》けに来た隣の城主を射殺した。野郎好みの城主には美童を送り込んで寝首を掻《か》かせた。大軍を率いて攻めて来た敵将は銃砲の名人に撃《う》ち殺させた。月見の宴に誘った城主に、古い罪を穿《ほじく》り出して詰め腹を切らせお城を奪った。そんなことを積み上げて大きな領国を築かれた凄いお方と聞いとります」

お福は、わが夫が生涯に行った謀略暗殺の数々を語ったあとで続けた。

「何でそないに凄いことができたのか。惚《ほ》れてくれた城主の寝首を、なんで美童が掻いたのか。敵の本陣に忍び込んで大将を討ち殺す、そんな危ない仕事をする者がなんでおったのか。それは宇喜多直家という御仁が、天下一品の頭脳《おつむ》と口説き上手の口舌《こうぜつ》と功に報いるお心を持ったはったからですやろ。その御仁が、何で織田信長様を怖がりはるんですか」

「ははは、お福。ようい ってくれたわ」

直家は鋭さの甦《よみがえ》った視線をお福に返した。

「弱気はわしの気質《かたぎ》、怖がりはわしの性分、だから今日まで生き延びたのかも知れぬ」

そういってから直家は問い返した。

「ならば、毛利と組んで信長様を阻んで見せるか。まだまだ策謀の余地もあろうで」

「またそんな……」

お福は笑顔を作りながらも眼を光らせた。

「出口のない入り口に入ろうとなさるんですか。宇喜多の家と八郎の身を保つ道は、備前美作をまとめて織田方に加わり、羽柴秀吉様を八郎の守り本尊にする他はない、と決めたやないですか。そんなら、その出口に繋《つな》がる入り口を探さなあきまへん」

「そうか。決めた出口に繋がる入り口を探すのか、入り易い入り口に入らずに……」

宇喜多直家は、お福の顔をまじまじと見た。淡い行灯の光に照らされた顔には怒りも力みもなく、いつものように美しかった。

「ならば明朝、改めて明石掃部と遠藤弥八郎《やはちろう》をここに呼べ、密《ひそ》かにじゃ」

そういって直家は立ち上がり、脇《わき》を支えるお福に笑顔を返して囁《ささや》いた。

「それから、小西弥九郎に、もう一度、あの将棋の駒《こま》を見せてくれと頼め」

六月の短い夜は、もう白みかけていた。

天下の形勢——安芸《あき》の決意

「何と、織田信長という御仁《ごじん》は、忠実一途の盟友徳川家康殿に正室と長男を斬《き》れ、と申されたか」

小肥《こぶと》りのお館《やかた》毛利輝元《てるもと》は、驚きと戦《おのの》きと怒りの混じった表情で叫んだ。

「ま、縮めていえばそうなりまするが……」

向かい側に胡座《あぐら》をかいた僧形の鉢頭《はちあたま》、安国寺恵瓊《えけい》が頷《うなず》いた。

天正《てんしよう》七年（一五七九）八月はじめ、仲秋とは思えぬ暑い曇天の夕方、安芸吉田《よしだ》の郡《こおり》山《やま》城麓《ふもと》の居館の座敷でのことだ。

「これには長い筋道がございましてな」

恵瓊は、自らの杯に酒を満たしていった。

「そもそも徳川家康様の御正室、築山《つきやま》殿と申す女人は、今川義元公の姪御《めいご》、三河《みかわ》の松平、今の徳川家より臣従の証《あかし》として人質に来ていた家康様に下されたお方にございます」

「なるほど、その後で今川義元公は織田信長様に桶狭間《おけはざま》で討ち取られた……」

ややや先走った間《あい》の手を入れたのは、輝元の右側に控える小柄な補佐役、二宮就辰《なりとき》だ。

「左様、そしてその信長様と夫の家康様が同盟を結んで、築山殿の御実家の今川家を攻め滅ぼしたのだから、気に喰《く》いませぬわな」

恵瓊は「まだ先がある」とばかりに続けた。

「織田と徳川は同盟の証として、家康様の御長男信康《のぶやす》殿と信長様の娘五徳《ごとく》姫とを結婚させた。婚約は永禄《えいろく》六年（一五六三）だが、実際の婚儀は同十年、信長様が御上洛《じょうらく》になる前の年とか」

「なるほど、政治には役立ったわけだ」

輝元は、納得して頷いた。

「仰せの通り。しかし嫁と姑《しゅうとめ》の争いは酷《ひど》かった。流石《さすが》の家康様もこれには閉口、三河岡崎の本拠を出て遠江《とおとうみ》浜松城に移られた。元亀《げんき》元年（一五七〇）六月、姉川《あねがわ》の合戦の直前でした」

恵瓊は物知り顔で語った。

「残された岡崎城では女の戦い。五徳姫が憎い築山殿は、美女を探して息子の側室に勧めましたが、これが宿敵武田家の家臣の娘だったから、問題が大きくなってしもうたのです」

「それでは、信康殿が気の毒じゃ……」

輝元は小肥りの身体を捩《よじ》って呻《うめ》いた。輝元自身も結婚して十年余、未《いま》だ子ができない。そのため、側室を勧める母親の妙寿《みようじゆ》と気の強い妻南の大方《おかた》との間で苦労した経験がある。

「徳川家康様の御長男、たまたま側室にした美女が宿敵武田の家臣の娘であったとは、運が悪いというか脇《わき》が甘いというのか」

二宮就辰はそう呟《つぶや》いて、主君の毛利輝元の方をそっと見た。

「たまたまなのか、武田が仕掛けた罠《わな》だったのか……」

安国寺恵瓊は、鉢頭を傾《かし》げて語り続けた。

「とにかく、五徳姫はそれに気付き、姑の築山殿と夫の信康殿が武田方に内通している、と父親の信長様に書き送ってしまわれた」

「ほお、五徳姫は、自分の父親がどれほど恐ろしい男か、お分かりでなかったのかなあ」

信康に同情的な輝元は、哀《かな》しげに呟いた。

「その様で……。信長様は敵にも部下にも厳しいが、馬や鷹《たか》には情が深いと申しますからな、愛娘《まなむすめ》には優しく見えたのでしょう」

恵瓊はそんな言葉を挟んでから、続けた。

「それより不思議なのは徳川家。信長様に呼び出された徳川の重臣の酒井忠次《ただつぐ》殿が、五徳姫の書状を見て『その通りです』と答えたそうです。主君の御正室と御長男が、敵方に通じていると認めてしもうたんですわ」

「何でまた……」

輝元と就辰が同時にいって顔を見合わせた。

「いや拙僧も、それを聞いた時、あるいは徳川家、織田との同盟を絶って武田や北《ほう》条《じょう》と結ぶのではないかと期待しましたがな」

恵瓊は上目遣いに輝元を睨《にら》んでいった。

「今や武田はがたがた。家臣は互いに反目し、民の心は離れております。北条は事を決める者がおらず、越後《えちご》の騒動でも御舎弟を見殺しにする有り様。越後で勝利なされた上杉景勝《かげかつ》様も、戦《いくさ》の後始末に追われて動けず、加賀《かが》や能登《のと》では信長様の命令を受けた柴田勝家様が自在に工作しておられます」

安国寺恵瓊はそう語った末に、ごくりと杯を干してから呻くようにいった。

「織田家には敵《かな》わぬと覚悟なされた家康様は、築山殿を遠江の佐鳴《さなる》湖畔の富塚に、また信康殿をば遠江の二俣《ふたまた》城にと離して幽閉、遠からず処刑なさる由《よし》にございます。御正室はもちろん、御長男信康殿についても命乞《いのちご》いなどなさらず、御自身の判断で斬る、自立の誇りを示されたのです」

「織田信長様は、明智光秀殿が御母堂様を人質にして助命を約束された波多野《はたの》の御兄弟を磔《はりつけ》に処された。ために光秀殿の御母堂は、怒れる波多野の家臣たちに殺されたと聞く」

輝元は、飲食の手を止めて呻くようにいった。

「今また、長年の盟友徳川家康殿に、妻と長男を斬れと迫っておられる。母を殺された光秀殿と、妻と子を殺さねばならぬ家康殿、それでみなの士気は萎《な》えぬものかのお……」

「実は逆。明智光秀様は、母を殺した憎き仇《かたき》とばかりに波多野の残兵に襲いかかり、八上《やかみ》の城も本丸だけに追い詰めておられる。多分、今月中に丹波《たんば》の戦は終わるでしょう」

安国寺恵瓊が、暗い口調でいった。これに就辰が続けた。

「そればかりではございません。光秀殿は次の働き場所を求めて伯耆《ほうき》の南条元続《もとつぐ》殿に手を伸ばしておられるとか。出雲《いずも》富田《とだ》の吉川《きっかわ》元春様が警戒しておられます」

「南条元続殿といえば、二年前にも織田方と内通の疑いがあったが……」

お館輝元は厭《あ》き厭きした表情でいった。

「あの折は、新付の尼子《あまこ》浪人の独断とかで当人一人の処刑で許し、元春殿の家来の山田とやらを付け家老に送り込んだはずだが」

「その山田重直殿が問題で……」

就辰が顔を振りながら呟いた。

「与えた城地で苛斂誅求《かれんちゆうきゆう》が酷く、一揆《いっき》が起こり、南条家から苦情が出ております。他方では、一揆は山田攻めの口実、背後で糸を引いているのは明智光秀殿との説もあります」

「ふーん、吉川元春殿がいつまでも出陣を渋っておられるのは、そのためか」

輝元は吐き捨てるように呟いた。

「そんなことではまずい」

安国寺恵瓊は膝《ひざ》を叩《たた》いて叫んだ。

「左様な些事《さじ》に囚《とら》われて、いつまでも御出陣を先送りにしていたのでは、摂津《せっつ》播磨《はりま》のお味方は総崩れになりまするぞ。徳川家康様の忠誠が分かれば、信長様にとって東は安泰。最早《もはや》、武田ごときは徳川勢の攻略と、滝川一益《かずます》様の調略で十分と見ておられる」

恵瓊は激しい口調でしゃべり出した。

「北国《ほっこく》とて上杉景勝様はなお動けず、柴田勝家様が加賀能登から越中《えっちゅう》までを窺《うかが》う勢い。となれば、織田の大勢力がこぞって西に、わが毛利家に襲いかかって来ますぞ。前《さきの》将軍足利義昭様の御心配通りじゃ」

恵瓊はそういいながら、三枚の皿と杯一つを床に並べてから、

「丹波の戦は終わったも同然」

と、手前に置いた杯を取り除いた。

「これで織田勢は北からの補給が自在になりますでな。次の狙《ねら》いはここ、荒木村重《むらしげ》様ですわい」

恵瓊は中の皿を指差した。

「ここには信長様の御長男の信忠《のぶただ》様を総大将に、次男の信雄《のぶかつ》様、三男信孝《のぶたか》様、近江《おうみ》の丹羽《にわ》長秀様、美濃《みの》の池田恒興《つねおき》様ら五万の大軍が群がっております。信長様は、先の安土宗論で日蓮《にちれん》宗より取り上げた黄金二百枚を荒木攻めの諸将に配り、士気を鼓舞されました。それに比べれば光秀様の南条工作などほんの目眩《めくら》まし、それにたじろいでい

恵瓊は溜《たま》ったものを吐き出すように語った。言葉遣いがぞんざいになったのは、酒の酔いよりも煮え切らない毛利家への苛立《いらだ》ちのためだろう。

「恵瓊殿の申される通りだが……」

就辰が口を挟んだ。

「摂津や播磨のことは笠岡《かさおか》の小早川隆景《たかかげ》様がようく見ておられるはず……」

「それは拙僧も存じておる」

恵瓊は鉢頭を上下に揺らした。

「しかし、小早川様では話が小さい。夜陰に紛れて水軍を送り兵糧を上げるぐらいでは形勢は変えられませぬ。ここでお館輝元様が出張られれば、世間の目が変わりまするぞ」

「ま、その辺は隆景様の御意向も伺い……」

就辰が宥《なだ》めるようにいいかけた時、

「小早川様よりお使いです」

という奏者の声がした。

「通せ、ここで聞く」

輝元は不安を振り払うような大声を上げた。使者の差し出した書状を一見した輝元は、素《す》っ頓狂《とんきよう》な叫びを上げた。

「まさか、宇喜多直家が羽柴に通じるなど」

「実は、薬売りの風体で岡山と書写山《しよしやざん》の間を往来する一行に、宇喜多の側近、明石《あかし》掃部頭《かもんのかみ》が交じっておりました」

「時を置いたのは、間違いだったぞ」

輝元は虚空を睨《にら》んだ。

「叔父たちは考え過ぎじゃ。断固、出陣する」

天秤《てんびん》傾く――秋の奔流

天正《てんしょう》七年（一五七九）八月晦日《みそか》（三〇日）は、現代の太陽暦では一五七九年九月三十日に当たる。真《まこと》に秋本番、米の収穫がはじまる時季だ。

「八月は大したこともなかったのお。台風は来なかったし、大きな戦《いくさ》もなかった。まあ明智光秀様が波多野《はたの》の残兵を皆殺しにして丹波《たんば》をあらかた平定されたのと、織田方の大軍が荒木村重《むらしげ》様への締め付けを一段と強めたことぐらいかな、目に付くのは……」

京や安土《あづち》の「政治評論家」たちは、そんなことを語り合っていた。

だが、その頃、やがては天下を揺さ振る事件の小さな予兆が進んでいた。備前《びぜん》岡山を発した二組の使者が、北と東に走っていたのだ。

岡山から真北に二十五里（約一〇〇キロ）、南条元続《もとつぐ》の本拠伯耆《ほうき》羽衣石《うえし》城に向かったのは遠藤弥八郎《やはちろう》。中肉中背の目立たぬ風貌ながら、かつて大軍を率いて侵攻して来た敵将を、敵本陣に忍び込んで撃ち殺した軍功を持つ宇喜多直家の側近である。

「何、遠藤弥八郎殿が宇喜多直家様の書状と誓紙を持って来られただと」

南条元続は驚いた。

「何でまた、遠藤弥八郎殿ほどの大物がここまで……」

という思いがした。だが、弥八郎が差し出した宇喜多直家の書状を見た時にはもっと驚き、わっと歓《よろこ》んだ。

「わが宇喜多家は毛利家との同盟を絶ち、織田家の将、羽柴《はしば》秀吉殿と結ぶことにした。南条元続殿も目障りな毛利の付け家老、山田重直殿を討ちたまえ。宇喜多家と羽柴秀吉殿の大軍が必ず御支援させて頂く。これに相違ないことを愛宕《あたご》権現に誓う」

「これは有り難い。目障りな山田重直を討つ覚悟はできておる」

もともと南条家は尼子《あまこ》に臣従、毛利嫌いの気風がある。はるかに遠い丹波の明智光秀とでも結んで毛利に叛《そむ》こうとしていたのだから、南隣の有力大名宇喜多直家の誘いには直《す》ぐに飛び付いた。

一方、岡山城から東へ十八里（約七二キロ）、播磨《はりま》書写山《しよしやざん》の羽柴秀吉の陣屋には、明石掃部頭全登《あかしかもんのかみてるずみ》が、宇喜多直家の誓紙と書状を携えて来た。

明石掃部はもともと浦上宗景《うらがみむねかげ》の家臣だったが、主君宗景と仲違《なかたが》いし、浦上と宇喜多の戦いでは宇喜多直家に加担して、その勝利に貢献した若き西播磨の城主である。

備前の古くからの家老たちの権勢を削《そ》いで宇喜多家の主導権を強化したい直家は、明石掃部を側近に取り立てた。幸い明石掃部はキリスト教徒で、同信の薬屋小西弥九郎《やくろう》と息が合う。羽柴秀吉との交渉は、秀吉側近の増田長盛《ましたながもり》や石田佐吉に繋《つな》がった小西弥九郎が、明石掃部と図ってまとめたものだ。

八月晦日の午後、明石掃部が差し出した宇喜多直家の書状を読み聞かされた羽柴秀吉は、

「な、な、なんと……」

と叫び、小さな身体を跳び上がらせた。

「何と、何と、宇喜多直家様は、一粒種の御子息八郎君を、わしの、この秀吉の養子に差し出すと申されるのか。それに御内儀、備前一の美人といわれるお福様共々に、ここに来て人質にもなろうと申されるのか」

秀吉はそういいながらも立ち上がって全身で驚きと歓びを表現した。

「羽柴様のお取りなしで織田信長公のお許しを頂きますれば、主君直家、直ちに兵馬を調え、毛利家が据えました美作《みまさか》境の高田城と備前を睨《にら》む祝山《いおうやま》城を陥《おと》し、さらに進んで備中《びっちゅう》における毛利の拠点、清水宗治《むねはる》様の高松城をば攻め取る覚悟にございます」

「何々、備前美作の毛利の備えを陥し、備中高松城までも攻め込むとな。それは真

か、もうわしの出番はのうなってしまうぞ」

秀吉は、明石掃部の話にいちいち表情を変え姿勢を改めて驚き歓んで見せた。

「真も真。明朝にはわが殿の指示により伯耆の南条元続様が決起、毛利家の寄越した付け家老山田重直殿を討ち取ることになっております。お疑いなら、その報《しら》せを受けてからでもよろしいのでは」

明石掃部頭は、直家の指示通りに述べた。

「いや、それには及ばぬ。わしは明朝ここを発《た》って安土に急行、信長様に宇喜多家の所領安堵《あんど》と八郎君の家督相続のお許しを頂いて参る。長盛、佐吉、それに弥九郎、用意用意」

秀吉は軽く明るく自信満々に応じた。こうして、宇喜多直家が仕組んだ計画は実行された。

翌九月朔日《ついたち》深夜、南条方の千余人が、毛利家が送った付け家老山田重直の居城、堤城を包囲、

「重直のみが自刃《じじん》すれば城兵家族は赦《ゆる》す」

と申し込んだ。あくまでもこの戦を重直個人の失政による領民の訴えによるものと

いう形を作ったのだ。

　ところが、山田重直は、四の五のと条件を並べてまる一日ほど粘り、闇夜《やみよ》に紛れて城を脱け出した。南条方は、重直が西の出雲《いずも》に逃げるとみて警戒していたが、実は東に走り、因幡《いなば》の漁村に隠れて出雲の吉川《きっかわ》元春に救いを求めた。元春がすぐ船を出して重直を出雲に連れ帰ったのはいうまでもない。

　南条元続には手違いだった。重直を殺せば「死人に口なし」、自在に弁解して時を稼げると見ていたが、重直が生きて証言するのではそうもできない。

　それでも南条は重臣を遣《や》って弁解に努め、毛利家への忠誠を誓う誓紙を何枚も書いた。だが、「母親を人質に出せ」という吉川元春の要求には、言を左右にして応じなかった。

　こうなれば、吉川元春を将とする毛利軍の攻撃を覚悟しなければならない。単独では抗し切れない南条は、宇喜多直家を誘った。

「貴方でも反毛利の動きを示し、毛利勢を引きつけて頂きたい。さもなくば、今回のことはすべて宇喜多様の御指示であったと申し開くであろう」

「よかろう。われらも既に毛利家には敵対行動に入っている。遠からず戦を始める」

　宇喜多直家は、珍しくはっきりしたことをいい、改めて誓紙を送った。九月四日、羽柴秀吉が織田信長と面会する予定の日のことである。

その頃、安土城天守閣五層目の朱塗り八角の部屋に座した織田信長のもとには、素晴らしい捷報《しょうほう》が届いていた。

九月二日夜、荒木村重が、部下も妻妾《さいしょう》も置き去りにして、近臣数名だけを連れて伊《い》丹《たみ》城（有岡城）を脱出、二里（約八キロ）ほど南の尼崎《あまがさき》城に走った、というのである。

尼崎城は海に臨み港を抱える利便性がある。ここには毛利水軍が出没、兵糧弾薬を運んで来る。荒木村重は、ここに拠点を据えて毛利の援軍を待つつもりだった。しかし、世間では村重の脱出は包囲された本拠の伊丹を捨てた「敵前逃亡」との印象が強い。

「ほう、村重奴《め》は伊丹を捨てて尼崎に走ったか。俺を裏切った割には度胸がないのお。松永弾正《だんじょう》久秀にも劣るわ」

信長はおかしそうに呟《つぶや》いた。

松永久秀は、阿波《あわ》の三好《みよし》家の家臣から主君の跡取りを殺して自立、時の足利将軍義輝をも殺害して京畿《けいき》の政権を握ったこともある梟雄《きょうゆう》だが、一旦《いったん》は織田信長に降《くだ》りながらすぐまた反抗、大和信貴山城《やまとしぎさん》に立て籠《こも》った。

しかし、たちまち織田方の大軍に包囲され、名物茶器「平蜘蛛《ひらぐも》の茶釜《ちゃがま》」に火薬を詰めて爆死した。二年前の十月のことだ。信長が、ここで松永久秀の名を出したのは、荒木村重もまた茶道の愛好者だったからかも知れない。

「それで、伊丹の城は陥《お》ちそうか」

織田信長は、報せを伝えに来た長男信忠《のぶただ》の使者に訊《たず》ねた。

「いえ、未《いま》だ頑強に抵抗しております」

中年の使者は低く呟いて項垂《うなだ》れた。

「ふん、村重奴の脱けた伊丹城は、誰が守っておるのか」

信長は退屈そうに訊ねた。

「はい、村重殿の室の千代なる者が、荒木久左衛門らと共に留《とど》まっております」

「何、女子《おなご》か……」

信長は切れ長の目を斜めにして使者を睨《にら》んだ。南から差し込む秋の陽《ひ》が朱塗りの床に照り返って信長の尖《とが》った顎《あご》を赤く染めている。

「その女子、いくつか」

「二十二とも二十四とも」

「村重の女房は和歌を詠み、書をよくする美人と聞いたが、その女子か」

信長は肉の薄い頬《ほお》を緩めて訊ねた。

「いかにも。北河原三河守《みかわのかみ》の娘にして色白の美人とか」

「ほう、早く城を陥《おと》してその女子を捕らえよ」

信長は少し微笑《ほほえ》み、正面の釈尊像の方を見ながら呟いた。

「打ち首にするのが楽しみじゃわ」

そんな時、梯子《はしご》段の下から奏者の声がした。

「播磨書写山の陣より、羽柴筑前守《ちくぜんのかみ》秀吉様、至急の用にて御来城」

「何、秀吉が……」

信長は怪訝《けげん》な表情で首だけを回した。


「上様、やりましてございます。この秀吉が手柄にございます」

九月四日、秋の陽が西に傾きかけた頃、安土城天守閣五層目の朱塗り八角の部屋に駆け上がった羽柴秀吉は、赤い床に両手をつくと同時に叫んだ。

「何の手柄か……」

信長は横目で秀吉を見た。先刻、長男信忠の使者から荒木村重の伊丹城脱出の報告を受けた時と同じ表情、同じ姿勢だ。
「はい、備前岡山の宇喜多直家殿をば寝返らせて参りました。直家殿が毛利を捨てて
わが方に、織田方に味方して中国攻めに加わって下さることになりました。これも上
様の御威光、はい、これに宇喜多直家殿の誓紙がございます。この通り……」
秀吉は痩《や》せた小さな身体を、何度も折り曲げながら、懐《ふところ》から赤地に金の紋様のある
紙束を取り出した。愛宕権現の社紙に直家が書き込んだ織田家への忠誠を誓う誓紙で
ある。
「ふん」
信長は、秀吉の差し出した誓紙を横目で見ただけで、正面の釈尊像に視線を戻し
た。
「宇喜多直家殿が味方となれば、わが方の戦線は一気に備中境までも進みます。上様
から、宇喜多家の所領安堵と直家殿が一子八郎君への跡継ぎ許すの御一筆を頂ければ
有り難き幸せで……」
秀吉は上体を折り曲げながら、上目遣いに信長を見上げた。だが、信長は正面を見
たまま、秀吉には目も向けない。やがて信長は、
「ならぬ」

とひと言を発した。

「へえ、ならぬとは何故《なにゆえ》に……」

秀吉は驚き慌てて叫んだ。

「宇喜多直家の如《ごと》き薄汚い者を許すわけにはいかぬ」

「何と、直家殿は薄汚き者ながら、備前美作五十万石の所領を持ち、三十の城と一万五千の兵を擁しております。これがお味方になれば……」

「秀吉よ、宇喜多直家がどれほどの城と兵を持っておるのか、俺が知らぬと思うておるのか」

信長ははじめて顔を秀吉に向けた。

「小城の二つ三つならともかく、備前美作五十万石の大領を許すわけにはいかぬ。余計な策など練らず、早々に立ち返って戦に励め」

天秤《てんびん》傾く──運と勇気

「えらいことになったぞ、これは……」

天正《てんしょう》七年（一五七九）九月四日の夜、安土《あづち》城下の己《おの》が屋敷に入った羽柴《はしば》秀吉は、左右に並ぶ家臣を見回して語り掛けた。

「上様は、宇喜多直家殿の降伏を許さぬと申された。わしは、直家殿ほどの実力者が味方になれば、毛利との戦《いくさ》は一気に有利となり、中国の平定、延《ひ》いては天下制覇の大業が進むと思うたが、上様はもっとどえらいことをお考えじゃ。『天下布武《ふぶ》とは、天《あめ》が下《した》の仕置きをすべて武家の統領たる俺が仕切ることだ。足利幕府のような管領《かんれい》や守護が割拠するものではない』と申された……」

秀吉は、行灯《あんどん》の淡い光に浮かぶ家臣の顔を順に覗《のぞ》き見たが、どれも無表情に黙している。

この時期、羽柴秀吉の周囲には人材が乏しい。「名参謀」といわれた竹中半兵衛重《しげ》治《はる》は、三ヵ月ほど前に播磨《はりま》書写山《しょしゃざん》の陣で病歿《びょうぼつ》した。

策士の黒田官兵衛孝高《よしたか》は、昨年十一月、荒木村重《むらしげ》に叛逆《はんぎやく》を思い留《とど》まるよう口説きに行って捕らえられ、伊丹《いたみ》城（有岡城）に監禁されている。

この安土の屋敷を預かる木下家定は、秀吉の正室ねねの兄というだけで、特別の才も能もない。奉行の浅野長政はねねの妹婿、人事周旋には熱心だが、それ以上の知恵はない。

播磨に残した侍大将たち、神子田《みこだ》正治、尾藤知宣《びとうとものぶ》、谷大膳《だいぜん》、加藤光泰《みつやす》という連中は、もとはただの足軽頭《あしがるがしら》、秀吉が乞《こ》うて家来にし一軍の将に就けた者たちだ。小者から成り上がった秀吉の家来になってくれる者は少ない。他所《よそ》では昇進の見込みのない連中を寄せ集めざるを得なかったのだ。

「上様はわしに『余計な策など練らずに、戦専一に励め』と申された……」

秀吉は天井を向いて独り呟《つぶや》いた。

「やっぱりわしはその程度なのか」

という思いで涙が滲《にじ》んだ。と、その時、

「ならば、殿」

と叫ぶ者が出た。末席から躙《にじ》り出て来た白面の小男、小姓上がりの石田佐吉、のちの三成だ。

「直ちに播磨に立ち戻り、三木《みき》の城を攻め陥《おと》し、殿のお力を上様に御覧頂きましょうぞ」

佐吉は小さい身体に似合わぬ大声で叫んだ。それに釣られて、

「そうじゃ、戦じゃ。三木の城を陥して、わが殿の実力を天下に示すのじゃ」

そんな声が次々に出た。加藤虎之助《とらのすけ》、福島市松ら、佐吉の同僚の若者たちである。

「殿、ただ戦に励むだけでは足りませぬ」

加藤虎之助や福島市松らの腕自慢が盛り上がるのを制して、石田佐吉が続けた。

「大事なのは宇喜多直家様の処遇、直家様が薄汚い者ではないことを、昔はともかくこの度は、誠の心で織田家に仕えようとしておられることを、上様に見せねばなりますまい」

「ならば、どうする……」

羽柴秀吉は身を乗り出した。

「宇喜多家を戦わすのです」

佐吉は力みもなく応えた。

「宇喜多直家様の寝返りは既に明白、毛利方でも知らぬはずがありません。もちろん、伯耆《ほうき》の南条元続《もとつぐ》様の動きも、宇喜多直家様の差し金と知れておるでしょう。宇喜

多様はもう後戻りも立ち止まりもできぬのです」

佐吉は、語る程に座をずらし、座敷の中央に進み出ていた。

「よって、直家様にこう告げるのです。ここで宇喜多家が毛利方の城を二つ三つ攻め陥されれば、信長様の覚えもめでたく、子息八郎君の行く末も万々歳であろう、と」

「なるほど、後に退《ひ》けぬ宇喜多の弱み、いやいや覚悟を活《い》かして、まずは勝ちを取ってから上様を説くというのか……」

秀吉は自らの言葉を嚙《か》みしめるように呟いた。だが、佐吉の尻《しり》を拝する格好になった虎之助や市松は不機嫌そうに顔を見合わせている。そんな中で、

「佐吉の申すことはもっとも」

と応じる者が出た。佐吉と同じ近江《おうみ》出身の奏者、増田長盛《ましたながもり》である。

「宇喜多直家様の気掛かりは幼少の一人息子八郎君の将来でございましょう。つまりは二十年の先までも思いを巡らしておられるのです。それ故、国持ち大名が幾多犇《ひしめ》く織田家中で、宇喜多家がひと際高く輝くためには、直家様が今この時に、手柄を立て武威を示されることが必要です。それを説けば……」

「分かった、よう分かった。だが、それを説ける者がおるかな」

秀吉は増田長盛を途中で遮《さえぎ》って、実施の人選を求めた。

「やっぱり薬屋の小西弥九郎《やくろう》さんです」

佐吉と長盛が声を揃《そろ》えて答えた。

「あの薬屋の小倅《こせがれ》にわしの運を任すのか」

秀吉は心中で呟き、唇を噛んだ。

やることが決まれば、秀吉の行動は速い。
翌九月五日のうちに安土の要路への挨拶《あいさつ》回りを済ませた。織田信長の周辺、奉行は
もちろん、小姓や女中の主《おも》だった者の勝手口を回り、領地長浜の薬草に銀子や布地を
添えて配る。そんな手配は、正室ねねの妹婿、浅野長政が得意とするところだ。
「ああ疲れた。一日に三十軒も回って頭を下げまくったんじゃからな、首も腰も凝り
凝りじゃ。虎之助、肩を揉《も》め」
秀吉はそんなことをいいながらも、夜は長浜城から呼び寄せた愛妾《あいしょう》南殿と同衾《どうきん》する
ことも忘れない。
翌六日、未明のうちに床を出た秀吉は、足速の者を選んで二方向に使者を放った。
一方は、但馬《たじま》出石《いずし》城の弟小一郎秀長宛《あて》に、
「可及的速やかに可能な限りの兵を三木城攻めの戦線に送れ」

というものだ。秀吉の数少ない親類縁者の中で、弟の秀長は唯一役立つ人物だ。今も少ない兵力で但馬一国を治め、秀吉の軍に兵糧と補充兵を送り続けている。

他方は、堺《さかい》にいる薬屋小西弥九郎宛で、

「二日後の九月八日、摂津《せっつ》古池田の旅宿で待つように」

と指示するものだ。

「御尊父ジョアチン隆佐《りゅうさ》殿、御母堂マグダレーナ様にもよろしく」

と書き添えたのは政治献金のおねだりだ。

それだけのことを為《な》し終えると、秀吉は、山盛りの飯と鮒《ふな》の焼き物をばりばりと喰《く》い、濃い味噌《みそ》汁三杯を啜《すす》ってすぐ出発した。従う供は、奉行の浅野長政、奏者の増田長盛、小姓上がりの石田佐吉、加藤虎之助、福島市松、その後輩の寺沢忠二郎（広高）、加藤孫六《まごろく》（嘉明《よしあき》）ら百人足らず。その夜は京都で一泊、翌朝は公家《くげ》や寺社を十軒ほど回り、その日のうちに摂津に入った。

旅程三日目の九月八日には、予定通り古池田の旅宿に入り、堺から駆け付けた小西弥九郎と会った。秀吉から、

「織田家に降《くだ》る前に、毛利と戦い、覚悟と実力を示すのが宇喜多の得策と説け」

といわれた弥九郎は、

「それならお福様にいうてみまひょ」

と応えて、彫りの深い顔を少し綻《ほころ》ばせた。

「お福様にか、直家殿ではのうて……」

秀吉は一瞬首を捻《ひね》ったが、すぐ笑い出した。

翌九月九日。

羽柴秀吉は未明の寅《とら》の刻（午前四時頃）に起き出し、飯と魚と汁を腹一杯に詰め込むと、すぐ馬に跨《また》がった。この日のうちに西へ十六里（約六四キロ）、三木城攻めの本拠地平井山の砦《とりで》に着く予定だ。

ところが、歩み出して二刻（約四時間）、五里ほど進んで有馬《ありま》の湯にさしかかった時、馬も倒れよとばかり鞭打《むちう》つ急使に出合った。

「本日未明丑《うし》の刻（午前二時頃）、毛利の水軍二百隻ほどが魚住《うおずみ》に来襲しました。大勢の兵と強力《ごうりき》を伴っており、三木城への兵糧搬入を企《くわだ》てるものと見られます」

目前で横倒しになった馬から転がり降りた使者は、息を弾ませて叫んだ。

「何、毛利の水軍が魚住の警戒線を突破しただと。大勢の兵と強力を連れておるのか」

秀吉は使者の言葉を繰り返しながら、頭の中で西播磨の地図を思い浮かべていた。

魚住から三木城は東北三里半だが、まずは北へ三里樫山《かしやま》の船着き場まで加古川《かこ》を遡《さかのぼ》る。大量の兵糧を運ぶには、この水路を使うしかない。そこには羽柴方の見張り台があり、水面には妨害の綱を張り巡らせている。

「毛利勢はまだ、樫山の渡し場にも至っておるまい」

秀吉は朝日の角度を確かめてそう思った。

樫山からは東へ陸路を二里余り、強力に兵糧を背負わせて歩く。三木城は南に山を背負った配置だから、毛利勢は北側を迂回《うかい》して入るはずだ。その道筋には谷大膳の守る平田砦がある。

「大膳のことだ、簡単には敵勢力を通すまい。毛利の兵が大膳を追い払うに二、三刻はかかるだろう。奴《やつ》らが三木城に達するのは今日の午後、いや夕方になる」

秀吉は、そんな計算をすると叫んだ。

「間に合うぞ、ここから三木城まで十里半、三刻で駆け抜けよ。未《ひつじ》の刻（午後二時頃）までには平井山の本陣に至り、兵糧運びで疲れた毛利の兵を攻撃する。この一戦にこそ羽柴秀吉の生命とお前らの出世が掛かっていると思え」

秀吉は高らかに叫ぶと、馬を煽《あお》って駆け出した。そしてその馬上からも命令を発した。

「誰でもよい、足自慢は先に行け。平井山の本陣に着けば、わしが来ると告げ兵を整えさせよ」

羽柴秀吉が有馬から三木へと急行し出した九月九日辰《たつ》の刻（午前八時頃）——。

毛利の上陸軍を指揮する生石中務少輔《おいしなかつかさしようゆう》は、予想以上の難航に苛立《いらだ》っていた。

この日の丑の刻、二百隻の毛利水軍が加古川河口の魚住に侵入、二千の兵と紀伊《きい》の一向一揆《いっこういっき》から集めた八千の強力が上陸して羽柴方の砦を制圧、百隻の小型運搬船を加古川水路に入れた。

舟は八千俵の米を積んでいる。魚住から三木城に入るには、まず樫山の渡しまで加古川の水路三里を遡る。加古川を遡る舟は、水夫《かこ》が舟の両脇《りようわき》から川底に竿《さお》を突き立て押すことで進む。速度は一刻（約二時間）一里、時速二キロだ。

川岸には羽柴方の見張り台がいくつもあり、川面《かわも》には妨害の綱が何ヵ所も張られている。川の両岸を進む兵士が、見張り台を制し綱を切るのには手間がかかる。

それを知って生石中務は決断した。二千人の兵を二手に分け、自ら主力の千五百人を率いて先行、通り道に当たる羽柴方の平田砦を奇襲制圧して強力たちの来るのを待つ。残りの五百人は、三木城から来た案内役の百人と共に舟を守り、強力たちを護衛する。

この作戦は当たった。生石の率いる先行千五百人は夜明け頃に平田砦に到着、すぐ猛攻をはじめた。

砦の守将谷大膳は不意を衝《つ》かれたが、すぐ事態を把握した。

「この砦に籠《こも》って敵を防ぐのは容易《たやす》いが、それでは敵の兵糧運びを許すことになる。寡兵《かへい》といえども討って出ることこそわが務めだ」

と千人の守兵を率いて出撃した。だが、準備不足が祟《たた》り、守将の大膳以下数百人が討ち取られた。

しかし、肝心の毛利方の生石中務少輔には心地よい勝利だった。

しかし、肝心の強力はなかなか到着しない。障碍物を排除して、加古川を三里遡るのに四刻（約八時間）もかかった。樫山の船着き場で米俵を陸揚げし強力に背負わせるのにも予想以上の手間がかかった。

さらにそこから東へ二里半。稲刈りを終えたばかりの田畑の間を縫う道は、二人並んで進むのがやっと。秋の陽《ひ》を浴びた強力の列は、長々と伸びた。四斗俵（約六〇キロ）を背負った強力の歩みは遅い。狭い道では、一人が躓《つまず》けば全部が止まってしまう。

加古川を遡った毛利勢が樫山の船着き場に達したのは九月九日の未の刻（午後二時

頃）、半刻（約一時間）ほどかかってやっと二千人ほどの強力が米俵を背負って列をなした。残り六千人はまだうろうろしている。ここで生石は、先行隊を東一里（約四キロ）の大村に走らせ烽火《のろし》を上げさせた。

これを見て、三木城内に待機していた別所勢三千人余を、別所長治《ながはる》の叔父別所賀相《よしすけ》が指揮して討って出た。目指すは西北一里十五町（約五・五キロ）の大村、ここで毛利勢と合流、八千俵の兵糧を城内に運び込む予定だ。

一方、辰の刻に有馬で急使を受けた羽柴秀吉の一行が、十里半の道を駆け抜けて三木城攻めの本拠平井山の砦に到着したのも未の刻である。

平井山の本陣には、既に毛利勢の攻撃で平田砦が陥落、守将谷大膳が討ち死にしたことが伝わっており、将兵は出撃準備を整えていた。前日に着いた小一郎秀長からの援軍三百を加えても二千人。三木城を囲む多数の付け城に配置した将兵が集まって来るにはなお一刻はかかる。それでも秀吉は即断した。

「直ちに出撃じゃ。目指すは大村、川から来る毛利勢と城から出て来る別所の輩《やから》を交わらしてはならぬ」

そう叫ぶと秀吉は、握り飯二つを頬張《ほおば》り、手摑《てづか》みで味噌《みそ》を嘗《な》め、柄杓《ひしやく》で水を飲んだ。その間にも小姓たちに具足を着けさせる。すべてが百を数える間で済む早技である。

申《さる》の刻（午後四時頃）、東から来る別所勢と西から進む毛利勢の間は十五、六町（約一・六〜一・七キロ）。その間に秀吉の率いる羽柴勢が割り込んだ。

秀吉はまず東側の別所勢に銃撃を浴びせた。兵糧運びが目的と考えていた別所勢には戦闘準備が乏しい。銃の火縄も点《とも》さず、弾除《よ》けの竹束も持っていない。このため、羽柴勢の突然の銃撃に驚き、隊伍《たいご》を崩して後退した。

だが秀吉は別所勢を追撃せず、西側の毛利勢に向かった。こちらは戦闘準備十分、盾を並べて防ぎ、槍《やり》を出して反撃して来る。そこで秀吉は叫んだ。

「毛利の兵に構うな。後ろの強力を斬《き》れ」

強力は具足も着けていないし、武器も杖《つえ》代わりの竹槍ぐらいだ。敵の隊伍を回り込んだ秀吉の兵の一隊は、そんな強力を斬りまくった。

それを見た毛利軍指揮官の生石中務少輔は叫んだ。

「強力を守れ、大事なのは兵糧運搬だぞ」

毛利勢の前衛千五百人の軍列を迂回した秀吉の兵が、無防備な強力を斬り倒すのを見て、生石中務が「強力を守れ」と叫んだのは、現場の衝動としては当然だ。強力が斬殺《ざんさつ》されるのを放置するのは情においても忍びない。だが、この場合には決定的な失敗だった。

背後に回り込んだ何十人かの羽柴の兵を追い回すうちに、毛利勢の注意が後ろに向かい、前面防衛の隊伍が緩《ゆる》んだ。そこを透かさず、羽柴勢が突撃して来た。

毛利の陣形が乱れ、後退がはじまった。だが後ろには数千人の強力が道を塞《ふさ》いでいる。やがて強力は米俵を投げ捨てて逃げ出した。それが兵を躓かせ、恐怖を誘った。

半刻ほどの戦闘で、毛利勢は兵三百人と強力千人を失い、運び込んだ八千俵の大半を置き去りにする結果になった。

その頃になって、別所勢は態勢を立て直して反転、再び西に進み出していたが、累々と並ぶ強力の屍体《したい》と投げ捨てられた米俵の列を遠望しただけで戦意を失ってしまった。

三木の城兵にとっては、兵糧が運び込まれるのでなければ戦う意味が乏しい。毛利勢を追い落とした羽柴勢が反転して来ると、早々と城内に撤退、城門を閉ざしてしまった。

毛利軍指揮官の生石中務少輔は、口惜《くや》しさの余り、加古川辺りで一夜を明かし、翌十日にも突入を企てようとしたが、失望落胆した三木の城兵は、協力出撃に応じなかった。

結局、この指揮官は、混乱に乗じて百人ほどの強力が三木城に潜り込んだことを以《もっ》て、「兵糧運搬一部成功」と報告した。

これを受けて毛利のお館輝元《やかたてるもと》は備中《びっちゅう》高松城にいた井原小四郎に、

「三木兵糧の儀、去る九日に無事差し入れ候」

と報じている。輝元には、悪い報《しら》せは入り難《にく》くなっていたのかも知れない。

この合戦「大村の戦い」は、小さな戦だったが、それが生み出した効果は大きい。

これによって、三木城への兵糧搬入は不可能と知れ渡ったばかりか、毛利水軍の効用も疑われるようになった。そのことが、西隣、宇喜多直家の決意を強くし、行動を早めた。

もしこの時、秀吉の到着が一刻遅れ、毛利方の兵糧搬入が成功していれば、のちの豊臣秀吉の天下はなかったかも知れない。

天秤《てんびん》傾く――決すれば脅《おび》えず

「ほう、織田信長様は、わしの返り忠を拒まれたか……」

宇喜多直家は、少なくなった白鬚《しらひげ》を撫《な》でながら呟《つぶや》いた。天正《てんしょう》七年（一五七九）九月十日の午後。播磨《はりま》の三木《みき》で激戦が行われてから丸一日が経《た》っているが、二十五里（約一〇〇キロ）西の備前《びぜん》岡山城には、まだその報《しら》せは届いていない。今、宇喜多家筆頭家老の戸川秀安がもたらした報せは、六日前の安土《あづち》城でのでき事である。

「いかにも。羽柴《はしば》秀吉様は何度も平伏して宇喜多家の所領安堵《あんど》を願われましたが、信長様はお容《い》れにならず、『戦《いくさ》専一に励めよ』と命じて播磨に追い返された由《よし》にございます」

「ほう、それはまたお厳しい……」

直家は痩《や》せこけた頬《ほお》を歪《ゆが》めた。それに戸川秀安は、苛立《いらだ》ちを露《あらわ》にした。

「信長様は、松永久秀様に続く荒木村重《むらしげ》様の謀叛《むほん》で、人間不信に陥っておられるのでは……」

直家が乙子《おとご》の小城を得た時から三十五年、忠実に仕えて来た秀安は、無念七分揶揄《やゆ》三分の表情で語った。

「秀安殿、信長様の御言葉は、秀吉殿を試しておられるのよ。秀吉よ、真《まこと》に宇喜多を信じるのなら西側に心配はなかろうほどに、全力を挙げて三木の城を陥《おと》せよとの督促よ」

宇喜多直家は、いつになく明るい見方を披露した。かねて、このようなこともあろうかと危惧《きぐ》して対応を用意していたのだ。

「なるほど、そういう見方もございますな」

秀安は、少し安心したように頷《うなず》いた。その瞬間を捉《とら》えて直家は顔を突き出した。

「わしは跡取りを得るのが遅かったが、秀安殿も割と遅かったよなあ」

「はい、拙者の場合は女子《おなご》ばかりが続き、長男助七郎ができたのは三十五の時です」

「そうか、それでは助七郎は今年十三になるか」

直家が感慨深そうに呟いた時、奥の襖《ふすま》が開いて七歳の八郎が駆け込んで来た。

「なあ、秀安殿。この子と助七郎は、わしとお前のように生かしたいでな、助七郎をここに小姓として出してはくれぬか。八郎は助七郎を兄と慕い、宇喜多と戸川の仲は安泰じゃ」

「なるほど、早速に……」

戸川秀安はそう応えざるを得ない。直家は、二万五千六百石の大領を持つ筆頭家老の戸川秀安から、人質を取ったのである。

戸川秀安が、四十七歳にしてなお頑健な身体を揺すって出て行ってから小半刻（一時間弱）、夕暮れの迫った岡山城奥座敷では、二基の燭《しょく》が点《とも》り、膳《ぜん》が並んだ。宇喜多直家とその妻お福、一子八郎の親子三人の夕餉《ゆうげ》である。

「殿様のお話し様、流石《さすが》ですなあ……」

お福は赤いぶどう酒を夫の盃《さかずき》に注ぎながら片頰を歪めた。

「織田方への返り忠に首を傾《かし》げてはった戸川様、鼻息荒くお越しやったのに、お帰りの折には足音高く御満悦でしたわ」

「秀安はな、早々と妹婿の石原新太郎を跡継ぎと決めた後に、愛妾に長男助七郎が生まれたので困っておる。わしに助七郎の烏帽子《えぼし》親になって、戸川家の跡はこの子よというて欲しいのだが、御正妻や婿殿を気遣《きづこ》うていえなかったのじゃ」

「それを知りながら殿様は、今日まで抑えてはったんですか」

お福は上目遣いにいって、自らも赤いぶどう酒を呷《あお》った。

「何の、八郎が年上と遊べる時期まで待って、小姓に取れといったのはそなただろうが……」

直家がおかし気に応えると、お福は頷いた。

「それなら明日にも遠藤弥八郎《やはちろう》はんに、助七郎君を迎えに行ってもらいまひょ」

熟慮深考型の宇喜多直家の夜は遅く、夕餉には一刻（約二時間）以上をかける。この日も戌《いぬ》の下刻（午後九時頃）まで宴は続いた。

「さ、そろそろ殿様もお休みに……」

お福がそういった時、慌ただしい足音と共に奏者の声がした。

「明石掃部頭《あかしかもんのかみ》様、急なる用件にて参上されました」

「何、明石掃部が」

直家はそう叫んで妻と顔を見合わせた。

「これに通せ」

直家がそういうのと、明石掃部の逞《たくま》しい身体が奏者の手燭の前に黒々と現れるのは、ほとんど同時だった。

「毛利の軍勢が播磨魚住《うおずみ》に上陸、川舟百隻を押し並べて加古《かこ》川を遡行《そこう》、羽柴方の平田砦《とりで》を攻め陥して守将谷大膳《だいぜん》殿を討ち取った由にございます」

明石掃部は敷居際にへたり込んで叫んだ。

「何、毛利勢が平田砦を陥しただと……」

宇喜多直家は驚き叫んでから訊《たず》ねた。

「して、秀吉殿はどうしておられる」

「それが、安土に行かれて留守とか……」

「左様か。毛利勢はその隙《すき》を衝《つ》いて来たんじゃな。流石は小早川隆景《たかかげ》様、抜け目がない」

宇喜多直家は、そう呟いてから付け加えた。

「毛利家には、御先代元就《もとなり》公が養われた繋《つな》ぎの者の世鬼衆《せきしゆう》がおるでな。わしらの動きも確《しか》と見張られておるわ」

「そういえば、拙者が秀吉様の陣屋の書写山《しよしやざん》に行ったのも見られていたような……」

明石掃部は、脅えたように部屋を見回した。閉め切られた障子には、二基の燭が映し出す男女三人の影が、大きく黒く映っている。

「信長様には返り忠を拒まれた。頼りの秀吉殿は留守中を襲われて敗北、三木の城に兵糧が入れば別所勢ばかりか御着《ごちやく》の小寺や出水《でみず》の宇野らも活気付くであろうな……」

直家は尖《とが》った顎《あご》と疎《まば》らな白鬚を撫でながら愚痴り出した。だが、その次には、

「とはいえ、肝心の毛利の御本家は、いまもって動かぬようじゃのお。お館輝元《やかたてるもと》様は

先月末にも直ちに出陣と触れられたが、動き出したのは口羽通良《くちばみちよし》様の手勢ぐらいでな」

味方の不甲斐《ふがい》なさを嘆く一方で、敵の不活発を蔑《さげす》むのは、宇喜多直家の癖であり術でもある。聞く者は、

「今、俺が飛び出せば突出できる」

という功名心をそそられる。

それを感じ取ってか、お福が口を挟んだ。

「ま、毛利勢が三木の城に兵糧を入れたというても守りの寿命が延びるだけ。三月に毛利勢が荒木村重様のお城に援軍と兵糧を入れはった時にも、大反攻を噂《うわさ》されたけど、結局村重様は伊丹《いたみ》を捨てて尼崎《あまがさき》に逃げはりました。秀吉様が躓《つまず》き、毛利勢がもたついている今、宇喜多に強者《つわもの》がいたら、信長様も毛利のお館もびっくりしやはるほどの働きができますやろうなあ」

お福は、「ものを知らぬ女子《おなご》の戯言《たわごと》」を装って笑顔で囁《ささや》いたが、明石掃部がムッとした表情で厚い胸を突き出した。

「憚《はばか》りながら奥方様。この明石掃部頭全登《てるずみ》も御前におりまするぞ。宇喜多家中に強者は数多い。信長様も毛利様もびっくりさせまするぞ」

「ようてくれた。掃部」

直家の眼《め》が光り、声が弾んだ。

「みなにこう伝えよ。播磨の戦は間もなく終わる。次に備えて明朝、急遽《きゅうきょ》軍議を致すと」

九月十日深夜、宇喜多直家が、「播磨の戦は間もなく終わる故、次に備えて軍議を催す」と触れるよう明石掃部に命じた時には、多分の嘘《うそ》を含んでいた。

「毛利勢力が三木城に兵糧搬入を企て、それを囲む羽柴方の砦を陥し守将を討ち取った」

とまでしか伝わっていなかったからだ。

しかし、それから僅《わず》か二刻（約四時間）、直家の言葉は真実になった。

「安土より御帰《おかえ》りの羽柴秀吉様、短兵急に毛利、別所の勢を襲撃、大勝を博されました。三木城への兵糧搬入は失敗、いよいよ干乾《ひぼ》しの様になりましょう」

との報せが届いたのだ。

浅い眠りの床で報せを聞いた直家は、

「やってくれたわ、秀吉殿……」

と叫んで、傍らのお福を抱き締めた。

「殿様は、最後にお勝ちになるお方です」

お福は、頰を緩めて応じた。

「これまでの戦も、遅くに八郎が生まれたのも、今度の味方選びも……」

「なるほど、ようういうてくれた。お福と結ばれてからなおのことじゃ」

直家は床の上でお福に頰ずりをした。

明けて九月十一日、日の出と共に宇喜多家幹部が岡山城本丸櫓《やぐら》に集まって来た。直家の三弟忠家とその子詮家《あきいえ》らの一門衆、戸川秀安、岡利勝《としかつ》、長船貞親《おさふねさだちか》の三家老、遠藤弥八郎、明石掃部、花房職之《はなぶさもとゆき》らの側近たちが三部屋をぶち抜いた広間に集まった。

みな二日前の夕刻に起こった戦い、毛利と別所の勢に羽柴秀吉が大勝した「大村の戦い」を知って興奮していた。

「既に昨夜、殿は播磨の戦は間もなく終わると仰せであった。やっぱり御心眼じゃ」

明石掃部がいい触らし、戸川秀安も頷いた。そんな気分が盛り上がった頃合いに上の座についた宇喜多直家は、力強くいい出した。

「別所長治《ながはる》殿はもう長くは保《も》つまい。荒木村重殿も既に伊丹城（有岡城）を捨て、尼崎城から花隈《はなくま》城へと走られた。今年中には播磨も摂津《せっつ》も決着する。わが家もそれに対応せねばならぬ」

直家はそこで座を眺め回してから続けた。

「わが領に刺さった毛利方の見張り城、美作津山《みまさかつやま》の祝山《いおうやま》城、美作備中《びっちゅう》境の高田城、備前備中境の忍山《おしやま》城にはお引き取り願いたい」

宇喜多直家は野戦の勇将ではない。直家が兵を率いて奮闘勝利したのは、永禄《えいろく》十年（一五六七）に備中松山城主三村元親《もとちか》の大軍を破った「明禅寺《みょうぜんじ》合戦」ぐらいである。

それでいて直家は、備前美作五十万石の大領を得た。謀殺策略が巧みだっただけではない。周辺城主を口説き、敵対者を孤立させて降《くだ》す術に長《た》けた「布石《ふせき》の名手」でもある。

もちろん、毛利方でも宇喜多直家の来歴と性格を知らぬわけではない。直家が旧主の浦上宗景《うらがみむねかげ》との戦いで助力を求めて来たのを幸いと、宇喜多領内に三つの見張り城を残した。一つは美作中央の祝山城（津山市吉見）、二つ目は美作備中境の高田城（真庭市勝山）、三つ目は南の備前備中境四畝《よつうね》忍山城（岡山市北区上高田）である。

これら三城が宇喜多領に配された毛利の手先とすれば、それを操る根拠地は、宇喜多の本拠岡山城から西へ三里半（約一四キロ）に位置する備中高松城（岡山市）だ。毛利家は忠勇無比の闘将清水宗治《むねはる》をここに置き、山陽道の策源地とした。

毛利から織田に寝返る宇喜多直家が、まずしなければならないのは、毛利の手先、三つの見張り城を取り除くことだ。

直家はまず、花房職之ら美作の部将を津山に走らせて、地場の地侍らを集めて祝山城を囲ませた。次いで三千人を動員して高田城の三方に付け城を築かせ、備中や伯耆《ほうき》の毛利勢との連絡を遮る策にでた。

一方、南の忍山城には三家老らの兵を派遣して攻撃態勢をとった。九月十三日早朝からのことである。

毛利方もこれに対応、北方では出雲富田《いずもとだ》城の吉川《きっかわ》元春が、毛利四人衆の一人、口羽《くちば》通良《みちよし》と共に高田城救援に動き出した。南では小早川隆景が、笠岡《かさおか》から水軍を出し忍山城攻めを牽制《けんせい》した。

毛利家が始祖元就の死後も、北では尼子《あまこ》、南では三村を倒して領地を拡大できたのは、北（山陰）は吉川、南（山陽）は小早川という分担が均衡よく働いたからだ。

しかし、この軍事編制こそ、宇喜多直家が衝かんとする弱点でもあった。直家は、北と南で攻勢に出て毛利の軍を二分すると、宇喜多家直属軍のすべてを一族の宇喜多信濃守《しなののかみ》に与えて、高松城を直撃させたのである。

天秤《てんびん》傾く——苦境で奮発

天正《てんしょう》七年（一五七九）九月十五日酉《とり》の下刻（午後七時頃）、安芸吉田《あきよしだ》の郡山《こおりやま》城本丸櫓《やぐら》は、満月の光と沢山の燭《しょく》で輝いていた。

四間四方の広間の上手、一段高い主座では、小肥《こぶと》りのお館《やかた》毛利輝元《てるもと》が上機嫌だった。頬《ほお》は酒気に赤らみ、二重の瞼《まぶた》は満足気に緩《ゆる》んでいる。居並ぶ近臣や小姓も朗らかだ。

この日は、よい報《しら》せが相次いだ。

その一つは、備中笠岡《びっちゅうかさおか》の小早川隆景《たかかげ》から。

「今月九日、わが水軍は、織田方の羽柴《はしば》秀吉勢に包囲されている播磨三木《はりまみき》城に兵糧搬入を企《くわだ》てて激戦、敵将谷大膳《だいぜん》を討ち取った」

というものだ。

もっとも、これには兵糧運びの難渋を匂《にお》わす文言もちりばめられていたが、「敵将を討ち取った」の一句が勝利を印象付けていた。

「水軍による兵糧補給さえ続けば、別所長治《ながはる》殿の三木城も、荒木村重《むらしげ》殿の尼崎《あまがさき》や花隈《はなくま》の城も簡単には陥《お》ちるまい」

そんな甘い見通しが、この座を蔽《おお》っていた。

もう一つの朗報は、京都に駐する毛利家の使僧安国寺恵瓊《えけい》からもたらされた。

「九月四日、羽柴秀吉殿が安土《あづち》に来て、織田信長様に宇喜多直家殿の寝返り意志を伝えたが、信長様はこれを許さず、秀吉殿を播磨に追い返された」

というものだ。

宇喜多直家の行動が怪しいことは、先月から報されている。直家の側近が秀吉の本拠書写山《しよしやざん》を訪れたことも、備前《びぜん》備中境の忍山《おしやま》城の前に砦《とりで》を築いているのも分かっていた。

宇喜多家は、毛利配下最大の大名、これが織田方に寝返れば敵兵力は倍増し、戦線は二十五里（約一〇〇キロ）も西に迫って来る。毛利の諸将は、そんな事態を恐れていた。

だが、織田信長が宇喜多家の降伏を受け入れず、丹波《たんば》の波多野《はたの》同様に攻め滅ぼせ、と命じたのなら事情が異なる。

「直家殿は行き場がなくなり、わが方に泣きを入れて来る。さすれば一子八郎君を人質にとり、播磨への出陣を申し付ければよい」

そんな「仮定の話」に座が沸いた。

だが、それも戌《いぬ》の刻（午後八時頃）まで、そろそろ宴《うたげ》も終わろうとする間際に来た小早川隆景からの使者で、座は一気に暗転した。

「宇喜多勢が、わが方の見張り城、備中忍山城に攻撃を仕掛けて来ました」

というのである。

「宇喜多直家殿はなぜそんなに強気なのか。織田信長様に降伏を拒まれたというのに」

お館輝元は、叔父の隆景の使者に訊《たず》ねた。

「わが主《あるじ》の推測では……」

使者がそう断ったのは、いい難《にく》い答えの前触れだ。

「去る九月九日、わが水軍による播磨三木城への兵糧運搬が羽柴勢に阻まれたのを知り、一段と寝返りの意志を固めたものと思われます。宇喜多家が兵を動かしたのは、織田信長様に実力と決意を示すためではないかと」

「何、兵糧搬入はできなんだのか。敵将を討ち取ったと報されたが……」

そう問い返した時、輝元の顔は酒気を帯びた朱色から不安に戦《おのの》く青色に変わっていた。

「確かに生石《おいし》中務《なかつかさ》少輔《しょうゆう》殿らは、敵将谷大膳殿を討ち取りましたが、米俵の陸揚げや運搬に手間取る間に羽柴秀吉殿の率いる軍勢が駆け付け、三木の城兵を退け、わが前衛を押し分けて強力《ごうりき》多数を斬《き》り倒しました」

「では、三木城に兵糧は届かなんだのか」

輝元は声を震わせた。

「ま、百俵ぐらいは入れられたかと」

使者の言葉に輝元は声を荒らげた。

「たった百俵しか入れられぬほどの大敗か」

「いえ、わが将兵の死傷は三百余、敵に与えた損害よりも少のうございます」

使者は強がりながらも苦い言葉を続けた。

「一方、兵糧搬入を焦って飛び出した三木の城兵は八百人ほども討ち死にしたとか。何よりの問題は兵糧運びの強力、千人余が斬られ、五百人ほどが捕らわれ、他の大勢も散り散りに逃げ、魚住《うおずみ》に戻ったのは連れて行った半分の四千人ほど、みな脅《おび》え切っております」

「無防備な強力を斬るとは秀吉殿も卑怯《ひきょう》な」

輝元は怒ったが、使者は黙って首を振った。

「もう強力は集まらない。水軍による兵糧搬入はできなくなった」

という意味だ。

「うーん、それでは……」

輝元はあとの言葉を呑《の》み込んだ。

「宇喜多が寝返るのも無理はない」

といいかけたが、それに代えていった。

「やっぱり叔父たちは慎重すぎる。これでは、信長様の果断、秀吉殿の迅速、直家殿の巧知に後《おく》れを取る。集まった兵だけでも率いて、私自ら直ちに出陣するぞ」

戌の刻を過ぎた。郡山城本丸櫓は今も満月に照らされ、多くの燭に輝いている。だが、そこに居並ぶ二十人ほどの表情は、四半刻（半時間）前とはすっかり変わっていた。既に荒木村重は伊丹《いたみ》城（有岡城）から尼崎《あまがさき》城さらに花隈城へと逃げた。別所長治の三木城も危ない。その上、宇喜多直家が寝返って備中前線の忍山城に攻め寄せた。

毛利家も、今や素肌に刃《やいば》を突き付けられた格好だ。この有り様に、二十七歳の二代目お館輝元は兵を率いて飛び出したい気分だ。

「就辰《なりとき》殿よ、どれほどの兵が集まったかな」

輝元は小肥りの上体を前に傾けて小柄な補佐役に訊ねた。先月はじめに早期出陣を決意、兵馬の参集を命じた。あれから間もなく一ヵ月になる。

「お館の御出陣の御意向は、富田《とだ》にも笠岡にも伝えてありますが……」

就辰は、遠回しないい方をした。富田とは山陰を担当する吉川《きっかわ》元春の居城、笠岡とは山陽瀬戸内を受け持つ小早川隆景の拠点だ。二宮就辰は、輝元の出陣意志を二人の叔父に伝えただけで、実際の動員行動には入っていないのだ。これに輝元は苛立《いらだ》った。

「両川《りょうせん》の御意向はともかく、私は決心した。明日にも出陣する」

毛利輝元は、そういって二度床を叩《たた》いたが内心は不安に戦いていた。率いる兵があまりに少ないのでは、大毛利の面目にも関わる。案の定、就辰は、顔を伏せて呟《つぶや》いた。

「今、ここにおりますのはせいぜい二千人、それも大半は留守居の老兵でして……」

「たった……」

輝元の顔は、怒りと失望に歪《ゆが》んだ。その時、

「まず、私どもが参ります」

という甲高い声がした。末席の小姓の群れから這《は》い出した小柄な少年、杉又三郎だ。

「私ども小姓衆が、お馬廻役《うままわり》の方々と共に備中に先行し、お館様御出陣の意志を天下に示しとうございます」

杉又三郎、のちの元宣《もとのぶ》は、この時十七歳、子供っぽい前髪姿ながら声も表情も真剣だ。しかし、背後に群がる同僚の小姓たちは、冷ややかな視線を又三郎の背に注ぐだけだ。

「又三郎よ、話は勇ましいが、子供ばかりを出陣させるわけには参らぬでな……」

就辰が苦笑いで応じた。同時に又三郎の後ろの十人ほどの小姓衆からも引き攣《つ》った笑い声が上がった。

発言した少年杉又三郎が、小柄で細身で色白で、およそ武芸には縁のなさそうな体格だったからだけではない。この少年の本家筋に当たる杉重良《しげよし》が、この年のはじめに豊前蓑島《ぶぜんみのしま》に渡って叛逆《はんぎゃく》、毛利に味方する九州の大名たちに囲まれて自殺するという不様な罪を犯したからでもある。

杉の本家は、当主重良の不始末にもかかわらず、その妻が毛利家重臣の福原貞俊《さだとし》の妹だったお蔭で、息子の松千代丸が家督を継ぐことができた。

毛利家中にはその甘い措置に不満を抱く者もあり、分家筋にも冷たい視線が突き刺さった。又三郎の父杉元相《もとすけ》は、それを苦にしてか、荒木村重救援軍を志願、今年三月に摂津《せっつ》花隈城に入った。それでも口さがない連中は、

「寝返り者の分家なら、裏切り者の荒木村重殿と気が合うだろう。お館の名人事じゃ」

などといい合った。

当然、小姓衆の中でも杉又三郎への視線は厳しい。共同生活で主人の寵《ちょう》を競う小姓の暮らしは、徒党と苛《いじ》めの世界でもある。

だが、しゃしゃり出た小柄な少年又三郎は、重臣の窘《たしな》めにも同僚の冷笑にも怯《ひる》まない。

「越後《えちご》の上杉家跡目争いでは、荻田《おぎた》という十七歳の少年が敵の大将を討ち取る手柄を立てたと聞きます。上杉家の小姓にできるのなら、私ども毛利家の小姓にもできます。私どもを、お館様に先行して備中に行かせて下さい」

又三郎は、色白の顔を真っ赤にしていうと、床板に前髪をつけて平身した。冷笑していた後ろの小姓たちも静まったし、二宮就辰らも黙り込んだ。そしてお館の輝元も、

「案外いいかも知れない」

と思い出していた。小姓や馬廻役の二百人や三百人を遣《や》ったとて、軍事的な戦力にはならないが、毛利のお館が動く意志を示す意味がある、と考えたのだ。

「よかろう、又三郎。そして他の者も」

と輝元はいった。

「馬廻役共々、直ちにこの城を出発、備中に行け。仔細《しさい》は二宮就辰殿が定めよ」

容易に出陣できない毛利のお館輝元に先行して、小姓衆と馬廻役の一群が、安芸吉田の郡山城を出陣したのは、中一日置いた九月十七日である。

小姓衆六十人、馬廻役百人余、それぞれの従者を含めても三百人ほどの小集団だが、装束はきらびやかで旗幟《きし》の数は多い。それだけにこの一群の出陣は、外には、

「いよいよ毛利が動き出した」

との印象を与えたし、内には、

「もう放って置けぬ」

という切迫感を生んだ。輝元本陣の出陣が「十一月十二日」と決まったのは、この直後のことである。

小姓と馬廻役の一群は、二宮就辰の指示に従い、備中の要《かなめ》高松城を目指した。やがてはここに輝元も出張る予定だった。

だが、その間にも事態は急迫する。美作津山《みまさかつやま》の祝山《いおうやま》城は、宇喜多勢の組織した地侍どもに包囲されたし、備中に近い高田城は東と南に付け城を築かれ連絡遮断の危機に陥った。

毛利の軍制では、美作までは山陰側の吉川元春が所管する。元春はこの事態に対応して、寝返り疑惑の南条元続《もとつぐ》への制裁を中断、宇喜多の対応に全力を挙げた。

特に急ぐ高田城の救援には、西の備中から口羽通良《くちばみちよし》が、北の伯耆《ほうき》からは杉原盛重が向かった。

一方、南では、備前備中境の四畝忍山《よつうねおしやま》城前に宇喜多勢が展開した。山陽道を担当する小早川隆景は、水軍を東航させて宇喜多勢を牽制《けんせい》すると共に、備中の中核高松城からも援軍を差し出させた。

だが、これこそ「布石《ふせき》の名手」宇喜多直家の罠《わな》だった。

備中は古くからの毛利領ではない。この地の大名三村家を倒して毛利が占領したのは四年前のことに過ぎない。当然、毛利を恨む三村の遺臣や浪人は多い。世俗領主の強権に反撥《はんぱつ》する寺社もある。直家は、乱輩《らっぱ》(煽動者)を放ってそんな者に銭や米を与えて手懐《てなず》け、騒ぎを起こさせて高松城を囲ませた。その上で、一門切っての勇将宇喜多信濃守《しなののかみ》源五兵衛に直属の主力五千人を与えて高松城を攻めさせた。九月二十日のことだ。安芸吉田から来た小姓衆と馬廻役が、きらびやかな装束でここに到着した直後である。

備中高松城は、のちに羽柴秀吉の水攻めで知られるが、足守川《あしもりがわ》流域の小盆地にある平城《ひらじろ》で、周囲は膝《ひざ》まで沈む深田《ふけだ》に囲まれている。城に近付けるのは何本かの狭い道と泥田を区分けする畦《あぜ》だけだ。

精鋭五千人を率いる宇喜多信濃守は、勝手知った地元の一揆《いっき》衆の案内で前進、葦《あし》や材木を敷いて城攻めの足場を固めた。

対する城方は準備不足、南の忍山城に援軍を出したこともあり、戦える兵は五百人ほどしかいない。そこに安芸の本拠からきらびやかな装束の小姓衆や馬廻役、主従合わせて三百人ほどが来たが、大した戦力とはいえない。城将清水宗治《むねはる》には、兵糧を減らすだけの穀潰《ごくつぶ》しに思えた。

城攻めは持久戦だ。宇喜多勢は一揆衆に土石を運ばせて堀を埋める。城方は時々鉄砲を放つが作業を止めるほどではない。

「お館輝元様の安芸御出発は十一月十二日、これに参られるのは二ヵ月も先でしょう」

そう聞くと、清水宗治も心細くなった。

そんなことが数日続いた九月二十四日夜、小姓の中から、

「未明に討って出て、長く延びた敵陣に斬り込めば勝てます」

という者が出た。小柄で細身で色白の少年杉又三郎である。

「うん、よかろう……」

宗治は、少考の後に頷《うなず》いた。

「土地を知ったわが城兵が先導する。小姓衆や馬廻役はそれについてひたすら前進、向かい側の堤につけば敵陣に斬り込まれよ。一揆の衆を斬っていては間に合わぬ。ただ深田に突き落とせ。敵が乱れ走っても深追いはするな。必ず堤に止《とど》まれ、あとはわが城兵がする」

宗治は諄々《じゅんじゅん》と説き、丑《うし》の下刻（午前三時頃）に討って出た。

この作戦は大成功、宇喜多方の先手の指揮官山川市助はじめ多数を討ち取った。この一戦で宇喜多勢は撤退、高松城は救われた。

二日後の九月二十七日、安芸吉田でこの報せを受けたお館輝元は大いに悦《よろこ》び、

「杉又三郎、ひ弱なようでもなかなかじゃ」

と周囲に語った。

二十七歳の小肥りのお館は、十七歳の痩身《そうしん》色白の小姓に香《かぐわ》しいものさえ感じていた。もちろん、二人の間に生じる十年後の事件など、今は知る由《よし》もない。

天秤《てんびん》傾く——奪《と》り駒《ごま》使い

備前備中境《びぜんびつちゅう》で、毛利と宇喜多の戦いがはじまった天正《てんしょう》七年（一五七九）九月下旬、織田信長は摂津《せっつ》古池田にいた。荒木村重《むらしげ》が脱出した後も抵抗を続ける伊丹《いたみ》城（有岡城）を攻める諸将を督戦激励するためである。

伊丹の城は、既に外構えは陥落、剝《む》き出しになった本丸も荒れ果てていた。村重の叔父久左衛門《きゆうざえもん》と村重の妻千代は、二千人ほどの兵を率いて健気《けなげ》な奮闘を続けているが、兵糧の補給は絶え、兵の脱走も増えている。

「間もなくじゃの、この城の陥落は」

信長は満足気にいうと、九月二十八日に古池田を出発、十月一日には京に戻り、二条第に入った。

その日、京には初冬の風が吹き荒《すさ》んでいた。季節のせいだけではない。織田信長の存在が追い風と向かい風の両方を生んでいるのだ。

永禄《えいろく》十一年（一五六八）、織田信長が上洛《じようらく》した時、数々の権力者の興亡を見て来た京の人々は、「尾張《おわり》の出来星大名も長くは保《も》つまい」と囁《ささや》き合ったものだ。

だが、事実は違った。信長は各地の一揆《いっき》を討伐、比叡山《ひえいざん》を焼き討ち、足利将軍義昭を追放して、浅井《あざい》、朝倉を攻め滅ぼし、十年ほどの間に近畿《きんき》東海など二十ヵ国余の大領を築き上げた。

戦《いくさ》だけではない。道路を築き水路を整え、銭を選んで鐚銭《びたせん》の交換比率を決め、貨幣の流通を促した。各地の関所を廃し、楽市楽座をはじめた。公家《くげ》や寺社の嘆願で京七口の関所は残ったが、安土《あづち》に楽市が開かれると商人は次々と移動し出している。

織田信長の支配は、経済の成長には追い風だが、旧勢力には向かい風だ。宗教界では天台宗《てんだい》（比叡山）や一向宗《いっこう》（本願寺）は信長と対立したが、町人職人を基盤とする日蓮宗《にちれん》は良好な関係を作り上げていた。在京幹部が信長に擦り寄り、京での宿舎も提供していた。

ところが、その日蓮宗も、今は猛烈な向かい風に曝《さら》されている。今年五月、浄土宗との安土宗論で「負け」と判定され、詫《わ》び証文を書かされ、多額の金銀を徴せられた。当然、信長に擦り寄った在京幹部への非難は強い。中でも安土宗論にも参加した久遠院日淵《くおんいんにちえん》は厳しい状況に陥り、自ら開いた京都寂光寺《じゃっこうじ》に、甥《おい》の本行院日海《ほんこういんにっかい》共々蟄居《ちっきょ》している。

十月はじめの冷風の吹く日、枯れ葉の舞う寂光寺を訪ねる長身の青年がいた。冷風が吹き荒ぶ中、寺の耳門《じもん》を潜《くぐ》った青年は、門番の老僧に、

「本行院日海様に御用で来ましたんやけど」

といった。

「今は誰も入れんようにいわれとります」

門番の老僧は、青年の胸に下がる十字架を睨《にら》んで、厳しい口調で応えた。

「薬を届けに来ましたんや」

青年は赤い丸の付いた紙袋を示しながら、永楽銭《えいらくせん》三枚を門番の手に握らせた。門番はためらいながらも、

「日海はんなら、庫裡《くり》の向こうの塔中《たっちゅう》や」

と教えてくれた。のちに本因坊《ほんいんぼう》と名付けられる塔中だが、この時はごく小さな脇寺《わきでら》だ。

「この前、水無瀬《みなせ》様の将棋の駒を分けてもろた薬屋の小西弥九郎《やくろう》ですけど……」

青年は戸板を叩《たた》いて囁いた。

「憶《おぼ》えてますけど、何ぞ御用ですかな」

内から日海の声がしたが、戸は開かない。各地に碁打ちを派遣し、諸大名の情報を

取り次いでいた日海は、若僧ながらも一勢力、日蓮宗が織田信長から罰せられてからは、あらぬ嫌疑を避けて他人には会わないでいる。

「ちょっと薬を届けに来ましたんで」

小西弥九郎がそう答えると、日海もまた、

「そこに置いといてもろたら……」

と応じた。

「いえ、この薬は、お目にかかってお耳に入れんと効かしまへん」

弥九郎がそういうと、日海の笑い声がして戸が開いた。いつもはきれいに剃《そ》り上げている頭に一寸ほども髪が伸びている。

「さて、そのお薬とは……」

練習中の碁石の並んだ碁盤の前に座った日海は、意外と明るい表情だった。

「最近、奪り駒使いの小将棋があるとか」

弥九郎は単刀直入にいった。

「はい、大橋宗桂《そうけい》殿らと練っております。それは面白いもので……」

好きな道を訊《たず》ねられては、日海も口が軽い。

「相手の駒を奪ったらどこにでも打てるんやから、もともとの自分の駒より威力がある。唐土《もろこし》にも朝鮮にも南蛮《なんばん》にもない仕方ですわ」

「その奪り駒使いの将棋を、織田信長様の御前で御披露して頂きたいんですけど」

弥九郎の要望に、日海はしばらく考えてから、ひと言呟《つぶや》いた。

「命懸けでんなあ……」


「碁打ちの本行院日海、将棋指しの大橋宗桂なる者を伴って登城しております」

織田信長が、小姓頭の森蘭丸《らんまる》からそう聞かされたのは、京から安土に帰って四日目、十月十二日の朝のことだ。

「何、碁打ちの日海。あの小坊主か……」

信長は一瞬怪訝《けげん》な表情を見せたが、すぐ和らいで訊ねた。

「大橋宗桂とは、禅宗の入道か」

「名から見て禅宗でしょうが、入道とは思えませぬ。総髪《そうはつ》を垂らした大男です」

蘭丸は丁寧に説明してから続けた。

「二人して上様に、新しい将棋を披露したいと申しております」

「新しい将棋……。面白い、見てやろう」

信長は頷《うなず》いて下書院に向かった。好奇心の強い信長は、新奇なものには誘われ易《やす》い。

「何だ、小将棋ではないか」

下書院に入った信長は、据えられた盤に並んだ四十枚の駒を見下ろして呟いた。

「形は小将棋ながら、仕様が異なります」

平身していた日海は、きれいに剃り上げた頭を少し上げて応えた。

「よし、やって見せよ」

信長は盤側《ばんそく》に胡座《あぐら》をかいた。日海と宗桂はあらかじめ指した棋譜を辿《たど》って十を数えるほどの間で一手ずつ指す。十手、二十手、三十手、宗桂の駒が前進、角が替わり、銀と桂を取り合う。やがて五十手、宗桂の歩が成り込み、飛車が躍り出た。必勝の態勢と思われた時、日海は駒台の角を敵陣に打ち込んだ。それを見て、

「ほお……」

と声を上げたのは将棋好きの茶坊主、針阿弥《しんあみ》だ。事前に頼んでおいた通りである。

「何と、敵の駒を奪えば使えるのか」

信長も身を乗り出した。

「いかにも。敵の駒を奪えばどこにでも打てる。一番の要所で使える。これぞ新工夫の奪り駒使いの将棋にございます」

日海は平伏して応えた。

「面白い……、続けよ」

信長は盤側に身を近付けていった。だが終局すると冷ややかに訊ねた。

「日海、秀吉にでも頼まれて来たのか」

「いえ、われら日蓮宗も上様の奪り駒でございますれば……」

日海は、信長を正面から見返して応えた。

「日海、よう分かった。ならば俺の手中の駒となった日蓮宗をも活《い》かして使おう」

織田信長は、そういって高笑いした。

「俺は来月入京、二条第を朝廷に献上する。よってまた、京では家無しになる故、宿を日蓮宗の妙覚寺《みょうかくじ》に申し付ける」

「そ、それは……」

本行院日海は驚き慌てて平伏した。

信長が、安土宗論で極端な判定を下させて日蓮宗を弾圧したのはつい五ヵ月前のことだ。

「信長様は仏教嫌い。天台宗、一向宗の次は日蓮宗を攻め潰《つぶ》す気でおられる」

という声も世間にはある。日蓮宗内にも、

「もともと法華経を受け入れぬ信長様に擦り寄ったのが間違い。法統の堕落だ」

と、在京幹部を責める不受不施派が勢いを増している。

そんな中で、織田信長の方から関係修復の手を差し伸べた。それも口頭や書状ではない。自ら日蓮宗の具《ぐ》足山《そくさん》妙覚寺に宿泊するという身命を張った行動によってである。

「そういえば、備前の宇喜多直家も大きな奪り駒、要所に使わねば勿体《もったい》ないのお……」

平伏する日海の頭上で、信長の甲高い声が響いた。

「いかにも。宇喜多直家殿は既に毛利勢と交戦。毛利方の備中の拠点、高松城を攻められました」

奉行の菅屋《すがや》九右衛門《きゅうえもん》が応えた。

「それは聞いておる。毛利の小姓組に宇喜多の先鋒《せんぽう》大将が討たれたとか」

信長はおかしそうにいったあとで続けた。

「俺が降伏を許してやるからには、もう負けぬようにせえと申せ。委細は三位中将《さんみのちゅうじょう》信忠《のぶただ》より伝えさせよ」

信長は、菅屋九右衛門にそう命じて立ち上がり、二、三歩廊下の方に向かったが、すぐ身を返して日海の前に立った。先刻までとは違う厳しい表情だ。

「日海、ご苦労だった。褒美を取らす。以前の如《ごと》く碁打ち将棋指しを纏《まと》めて話しに来い」

信長は懐《ふところ》から金三両を出して日海に放り投げ、次いで、

「その方にも」

といって大橋宗桂にも金一両を与えた。そして小姓頭の森蘭丸に命じた。

「秀吉にも褒美を遣《や》ろう。岡本与三郎を呼べ。人手足らずの秀吉には一番の褒美じゃ」

四半刻（半時間）後、「岡本与三郎にござります」と名乗って現れた男を見た時、本行院日海は、息が詰まる思いがした。

茶色の括《くく》り袴《ばかま》に朱色の法被《はっぴ》という異風の装束、長身肥満の巨体に色黒い顔、それでいて笑顔は初々しい。岡本与三郎この時二十歳、日海よりも一つ年下である。

「この者を存じておるか」

床柱に凭《もた》れた身を起こして信長が訊ねた。

「いえ、はじめてお目にかかります」

日海は小柄な身体を竦《すく》めて応えた。

「石落としの与三郎といえば憶えがあろう」

信長がそういったのには、日海も頷いた。

二年前の春、信長の安土築城が難題に突き当たった。大手門から本丸に通す大通りの予定地に五丈（約一五メートル）立方もある巨石が立ち塞《ふさ》がっていたのだ。

安土城は天下城、何としても直道を通したい。だが、この石を運び出すには、そのための道を造るだけでも千人で半年かかる。削り砕くには三百人の石工で一年かかる。思案に暮れる奉行たちを見て、信長は高札を掲げさせた。

「この石を三ヵ月以内に取り除く者には、米千石と銭百貫目を与える」

これに応じたのが十八歳の岡本与三郎。信長に滅ぼされた山城《やましろ》国岡本荘の地侍の倅《せがれ》だ。与三郎は高給で数百人の人夫を集め、巨石のある斜面下側に大穴を掘り、梅雨の長雨で地盤の緩《ゆる》んだ頃を見計らって綱で引き、棒で押して巨石を穴に落として埋め込んだ。

信長はこの奇想に感心し、高禄《こうろく》で召し抱えようとしたが、与三郎は拒み、

「願わくば組を作って土木に務め、米穀を商って天下を富ましとうございます」

といった。今はその言葉通り、安土城下の土地埋め立てや道普請《ぶしん》で稼いでいる。

「この与三郎を羽柴《はしば》秀吉に遣わす。出入り商人として使えば十万石の加増に優《まさ》るぞ」

信長はそういってにやりとした。

岡本与三郎、のちの淀屋《よどや》常安《じょうあん》。信長、秀吉、家康の三代の世に活躍、淀川の水路を整え、大坂《おおざか》中之島の地を埋め立て、天下の台所を築いた。その子三郎右衛門个庵《こあん》は、米市場を開いて世界最初の商品先物取引をはじめた。「文化の偉才」日海に続く「経済の巨豪」淀屋の登場である。


「上様が、宇喜多直家殿の降伏を、お受け入れ下されましたか。それは、それは有り難い。秀吉奴《め》は仕合わせ者にございます」

色黒い小男、羽柴秀吉は、安土から来た使者に平身して大声でいうと、すぐ向きを変えて居並ぶ家臣たちに訊ねた。

「上様のおわします安土はこっちか。何、もう少し北に振っておる。ではこっちじゃな」

秀吉はそんな問答のあとで、音が響くほどの勢いで額を床板に叩き付けて叫んだ。

「上様、有り難うございます。秀吉、身命を賭《と》して戦い、御敵を討ち果たします。宇喜多直家殿も所領安堵《あんど》を頂きましたる上は勇気百倍、織田家の手先となって働きましょう」

秀吉はそういってまた額を擦り付けた。

「羽柴様の御様子、上様に申し上げます」

織田信長の書状を持って上座に立った使者は、苦笑混じりにいった。

秀吉の仕草が大袈裟《おおげさ》なのは、織田家中ではよく知られている。ひと言でいえば露骨《こつ》な胡麻擂《ごます》りだが、態度に衒《てら》いがなく、言葉に飾りがない。そのせいか、厭味《いやみ》よりも滑稽《けい》が先立ち、見る者の保護者意識をそそる。

この時の使者も信長の書状を手渡すと、下座に回って秀吉に語り掛けた。

「羽柴様、備中攻めも大事ですが、まずは播磨《はりま》。別所長治《ながはる》殿の三木《みき》城を陥《おと》すことですぞ」

使者はそんな忠告をした上で、ひと言付け加えた。

「惟任日向守《これとうひゅうがのかみ》こと明智光秀様は、波多野《はたの》の残党をことごとく平らげて丹波《たんば》と丹後《たんご》を見事に平定、来る十月二十四日には安土に戦勝報告に参られます。上様はいたくお歓《よろこ》びですぞ」

「何、光秀様が丹波丹後の平定御報告に」

秀吉は、そこまでいって一瞬言葉を切ったが、すぐ割れるような笑顔で続けた。

「それはめでたい。秀吉も、光秀様の武勲にあやかりたいものです。よき御助言を頂きました」

使者は、はるかに格上の羽柴秀吉に礼をいわれて満足気に立ち去った。それを見送ると秀吉の眼光は変わっていた。

「長盛《ながもり》、今日は何日か、そう十月十七日じゃ。すぐ宇喜多直家殿に使者を出し、摂津に使いを送って信忠様に御礼を申し上げるようにと伝えよ。そして南条元続《もとつぐ》殿に手を廻《まわ》せとも。伯耆《ほうき》攻めで光秀様の先を越すのじゃ」

「よろしあしたなあ、殿様。織田信長様から所領安堵のお許しが出て……」

美貌《びぼう》の妻お福がそういえば、初老の殿様宇喜多直家も微笑《ほほえ》んで応えた。

「そなたの申した通りじゃ。まずは毛利様に戦を挑み、決意と実力の程を示せば信長様も認めざるを得なくなる、とな」

十月二十日夕刻、備前岡山城の本丸奥座敷では、そんな会話が交わされていた。十月下旬にしては暖かい好天、開け放たれた障子の向こうでは七歳の一人息子八郎が、新米の小姓、十三歳の戸川助七郎と共に木刀を振っている。男友達ができたせいか、八郎は幼児《おさなご》から少年になった感じだ。

「ところで、秀吉様からは早速に織田信忠様に使者を送りお礼言上せえとのお達しだが、誰を遣《や》ったものかのお……」

直家は息子を目で追いながら呟いた。

「詮家《あきいえ》様でも基家《もといえ》様でも、御一族のお若い方ならよろしいのでは」

お福が即座に答えたのに、直家は驚いた。

ここで織田信長の長男、今年二十三歳の三位中将信忠にお礼言上に行くのは晴れ晴れしい役目だ。それを一族の若手から選ぶとすれば、候補者は二人、直家の三弟忠家の長男詮家と、直家の従兄弟《いとこ》光利の子基家だ。続柄からいえば詮家だが、家中の人気は基家の方が高い。

老衰の見られる直家が数年のうちにも身罷《みまか》れば、幼少の八郎に代わって実権を握るのは弟の忠家、そのあとの家督はその子詮家に流れ易《やす》い。それを避けて基家を持ち上げれば、これが家督を狙《ねら》うことにもなりかねない。直家は思い悩んだが、お福は当然のように、

「御一族やないと失礼になるから」

と答え、上目遣いに微笑んで付け加えた。

「それより秀吉様にお礼に行かんと。それには八郎を行かすのがよろしあす」

直家は痩《や》せ曲がった身を伸ばして叫んだ。

「何、八郎を……」

「はい、私と遠藤弥《や》八郎《はちろう》はんが付いて、小西弥九郎はんに手引きしてもろたら行けます」

「ふーん、大事なのは遠い三位中将信忠様よりも、近くの筑前守《ちくぜんのかみ》秀吉殿か……」

宇喜多直家は、庭で木刀を振る七歳の息子を睨んで唇を噛《か》んだ。そこにお福がいった。

「それまでに殿様は、全力で勝っとくなはれ。毛利の忍山《おしやま》城を今月中に陥《おと》しますね」

新たな戦局——お館《やかた》踏ん張る

小肥《こぶと》りのお館毛利輝元《てるもと》は、叔父で補佐役の二宮就辰《なりとき》が差し出した書状を見て叫んだ。

「何、備中《びっちゅう》の四畝忍山《よつうねおしやま》城が陥されただと」

天正《てんしょう》七年（一五七九）十一月はじめの曇天の朝、安芸吉田《あきよしだ》の郡山《こおりやま》城麓《ふもと》の居館は寒々しい。小姓や馬廻《うままわり》の多くを備中に加勢に出したので輝元の周囲は人も少ない。

「申し訳ございません。備中高松城に攻め寄せた宇喜多信濃守《しなののかみ》の軍勢を、小姓衆らの活躍で撃退してひと息ついておりましたら、その信濃守、直《す》ぐ方向を変えて忍山城に攻め寄せて参ったとのこと。これには羽柴《はしば》秀吉殿の手勢も加わっておったとか」

「ふーん、信長様は宇喜多直家殿の寝返りを許されたのか」

輝元は唇を噛《か》んだ。

「はい。去る十月晦日《みそか》（三〇日）、宇喜多御一族の基家《もといえ》殿が、摂津昆陽野《せっつこやの》（伊丹《いたみ》市）の陣で三位中将《さんみのちゅうじょう》信忠《のぶただ》様にお礼言上をされた由《よし》で……」

補佐役の二宮就辰は苦い表情で語った。これまでの希望的な観測はすべて外れた。

「先の兵糧搬入の失敗で、三木《みき》城の別所はすっかり萎縮《いしゅく》、羽柴勢は城壁際三町（約三三〇メートル）ほどまで進み、高さ一丈（約三メートル）の柵《さく》を結び、櫓《やぐら》を建てております」

「三木の落城も近いか。摂津の荒木村重《むらしげ》殿も伊丹から尼崎《あまがさき》へ逃げ出されたし……」

輝元は苛立《いらだ》たしく呟《つぶや》いてから訊《たず》ねた。

「美作《みまさか》はどうかな」

「はい。津山《つやま》の祝山《いおうやま》城は宇喜多勢に囲まれ、西側つまり備中から高田城を経る糧道は断たれております。祝山城を保つためにも、宇喜多の築いた高田の付け城を陥さねばなりません。小早川隆景《たかかげ》様は福原貞俊《さだとし》様や口羽《くちば》通良《みちよし》様を備中井原に集めて軍議を催される予定です」

「これから軍議か……」

輝元は忙《せわ》しく頰《ほお》を掻《か》きながら続けた。

「伯耆《ほうき》はどうした、南条元続《もとつぐ》殿の寝返りは……」

「吉川《きっかわ》元春様は微弱な南条より強大な宇喜多が危険と見て、美作に兵を回されるとか」

就辰の声音には事態の急迫が感じられた。

十一月十二日、寒風の吹く曇天の下、お館輝元は郡山城を出陣した。率いるのは三千人余り、十ヵ月も出陣を引き延ばしたにもかかわらず、集まった兵の数は少ない。

「吉川元春様、小早川隆景様の御両川《りょうせん》はもとより、福原貞俊様や口羽通良様らが備中で待機しております故、先方では二万人の大軍と成りましょう」

二宮就辰が慰めを語った。

「いい加減なことをいうな。みな合わせても一万二、三千人であろうが」

輝元はそう思ったが、口には出せない。ただでさえ兵が少ないのに、総大将が脅《おび》えているように見えては士気を減じる。ここは強気で押し通し、必勝の信念を示さねばならない。

出陣を前に輝元は厳島《いつくしま》神社に必勝祈願をし、長門《ながと》の馬関《ばかん》（下関）に停泊中の冷泉《れいぜい》元満の長門水軍にも東航し備中に至るように命じた。小早川隆景の水軍は、大坂《おおざか》本願寺や荒木村重の尼崎城への連絡拠点、淡路《あわじ》岩屋《いわや》の防衛に忙しい。毛利軍は手一杯。これがかえって全軍の気を引き締めた。

「お館も本気。九州や伊予《いよ》には見向きもせず、備前と美作に勝負を賭《か》けておられる」

との見方が広まった。そのせいか、輝元が進軍する道々で従軍を願い出る城主や地侍が多い。有り難いことだが、進軍は手間取る。部隊の再編制や行軍順序、宿舎の割り当てまで、補佐役の二宮就辰と右筆の佐世元嘉《させもとよし》が走り回らねばならない。

その間に「悪い報《しら》せ」が入った。

荒木村重が尼崎城に脱出したあとの伊丹城（有岡城）を守っていた叔父の荒木久左衛門《きゅうざえもん》が、

「村重様に降伏するように説く」

と称して、村重の妻子を伊丹に残して尼崎城に走った。ところが、村重は断固抗戦を主張して譲らず、行き場に窮した久左衛門は、毛利の船で淡路岩屋に逃亡してしまった。

「最後まで伊丹城を守っていた村重の女房の千代は『夫にも叔父にも逃げられては致し方がない』と申して沐浴《もくよく》を済ませ衣服を改め、自ら城門を出て縛《ばく》につきました」

「その千代という女子《おなご》、わが家には随分と役に立った。和歌をよくする美女と聞くが、一度は会ってみたかったぞ」

二代目お館輝元は、つい本音を漏らした。

十一月十二日に安芸吉田を発した毛利のお館輝元の軍は、途中での参軍者を含めて五千人余に膨れ上がり、十二月十六日には備中川面《かわも》（岡山県高梁《たかはし》市川面町）に到着した。ここからは東南に六里（約二四キロ）行くと宇喜多勢に攻め陥された四畝忍山城、六里北へ進むと宇喜多が築いた付け城に囲われた高田城に至る。

「南を攻めるべきか、北を救うべきか」

輝元はすぐ軍議を開いて訊ねた。

「もちろん北の高田城を救うべきです。宇喜多の付け城を攻略して高田城の勢いを回復、さらにその東八里の津山祝山城を救援、宇喜多の領地を南北に分断して伯耆の南条との連絡も断つべきです」

福原貞俊や口羽通良から送られて来た参謀たちは口々にいった。補佐役の二宮就辰も、

「忍山城は既に陥落、救うべき味方はおりません。やはりお館の来援を待つ高田と祝山に急ぐことでしょう」

と説いた。ところが、その後現れた小早川隆景の意見は違った。

「今の毛利に大切なのは速やかな一勝です。高田城を取り巻く宇喜多の付け城はそれなりに堅固、祝山城はさらに八里も東です。それに比べて忍山城は先頃の戦《いくさ》で破損、敵もまだ存分には補修ができておりますまい」

隆景は面長の顔を引きつらせて説いた。

「この際、お館の直属五千人、某《それがし》の軍三千五百、それに福原殿の三千と冷泉殿の水軍二千、合わせて一万三千五百で忍山城を急襲、勝ち誇っておる宇喜多信濃守を討ち取りましょうぞ」

「流石《さすが》は叔父貴……」

毛利輝元は深く頷《うなず》き、速やかな出陣を命じた。

この作戦は成功した。宇喜多側でも、毛利はまず高田城周辺の掃討に当たると見て身構えていたが、占領してしまった忍山城の方にはさほどの備えがなかった。そこに十二月二十四日、毛利の大軍が押し寄せ、息もつかせぬ猛攻を加えた。この城を奪《と》って心地よくなっていた宇喜多信濃守は不意を衝《つ》かれた。兵力でも毛利勢の五分の一以下とあっては防ぎようがない。二ヵ月前の戦勝将軍、宇喜多信濃守源五兵衛も乱戦の中で戦死した。

十二月二十五日、輝元の率いる大軍は、僅《わず》か二日の力攻めで、宇喜多方に奪われていた備中南部の忍山城を奪回、宇喜多一門第一の勇将といわれた信濃守以下五百三十余の首級をあげた。毛利方には久しぶりの勝利である。

だが、毛利輝元には、勝利の美酒に酔っている暇《いとま》はない。この陣屋にも、大局が不利になっていることを伝える情報が次々と入った。

十二月十三日、織田信長は伊丹城で捕らえた荒木家の下僕や女中など五百余人を一軒の納屋に押し込んで焼き殺した。また十六日には、京都六条河原で千代以下幹部の妻妾《さいしょう》十六人を斬首《ざんしゅ》に処した。

「村重の女房千代は髪を整え衣服も改め、斬首の前には自らの着物の襟を下げて長い項《うなじ》を開いて見せました。その度胸と気品は抜群で、見る者の涙を誘いました」

この情報を持って来た安国寺恵瓊《えけい》配下の僧侶《そうりよ》は、そんな情景描写までしてのけた。

続いて来た播磨《はりま》三木城からの使者は、

「十二月十七日をもって兵糧まったく尽き、今は乗馬を屠《ほふ》って喰《く》い繋《つな》ぐ有り様。今年中に兵糧補給がなくば全員飢え死にです」

と語った。話の通り、使者当人も著しく痩《や》せ衰え、唇までもが縮んでいた。

第三の報せは大坂本願寺の出城、木津砦《きづとりで》にいる毛利の家臣桂元将《もとまさ》からのもの。

「既に三年、大坂木津に滞陣するが、さしてお役にも立てないので交替させて欲しい」

というものだ。最早《もはや》本願寺にも反撃力はないので逃げ帰らせてくれ、というのである。

これに対して輝元は、

「才覚といい人柄といい貴殿ほどの者はいない。いましばらく大坂に留《とど》まってくれ」

と答えた。それには、

「備前《びぜん》美作のことが落着すれば、備中で三百貫の知行を加増する」

とも付け加えた。

「四辺みな大変な折、この度の戦勝の勢いを以《もっ》て、いずれに進軍すべきであろうか」

毛利輝元がそう問い掛けたのは、忍山城を奪回してから三日目の十二月二十七日だ。

「お館、今こそ北に向かって高田城を取り巻く宇喜多の付け城を潰《つぶ》すべきです」

ほぼ全員の意見が一致した。この期に及んでは毛利家も、備前美作戦線以外はすべてを放棄せざるを得なかったのである。

新たな戦局——遠謀深慮

天正《てんしょう》八年（一五八〇）は、三木城《みき》の陥落ではじまる。

前年暮れ、兵糧のまったく尽きた三木城では、武士は乗馬を屠《ほふ》って食し、足軽人夫《あしがるにんぷ》は死人の屍《しかばね》に喰《く》い付く地獄絵がはじまっていた。

城兵から反撃の体力気力が失《う》せたのを知った羽柴《はしば》秀吉は、正月十一日には城南の曲輪《くるわ》に兵力を集中、但馬出石《たじまいずし》から呼び寄せた弟の秀長共々城内に突入した。城兵は痩《や》せ衰えて具足もずれ下がって着けられず、諸肩脱《もろかたぬ》ぎで斬《き》りかかった。だが、心は勇めど手足は動かず、羽柴の兵にたちまちにして斬り倒された。老兵の中には城門に並んで切腹する者もいた。

この有り様に、城主別所長治《ながはる》も覚悟を定めた。正月十五日、長治は別所一族の主な者が自刃することで城兵の助命を嘆願、秀吉はこれを聞き入れて離別の酒肴《しゅこう》を贈った。

翌々十七日、別所長治は、妻子を刺し殺し、弟の友之《ともゆき》や叔父の賀相《よしすけ》と共に自刃して果てた。長治二十三歳、友之二十一歳である。

天正六年三月以来一年十一ヵ月に及んだ播磨《はりま》三木城の戦いは終わった。それに伴って、別所に味方した諸城も次々と降伏した。高砂《たかさご》、端谷《はしたに》、魚住《うおずみ》の各城である。

御着《ごちゃく》の城主小寺政職《まさもと》もこれに続いた。小寺家の家老で姫路城主の黒田官兵衛孝高《よしたか》が早くから秀吉の手先となって働いていたので、政職は真っ先に織田方に与《くみ》したが、別所が反織田になったので、これに同調した。もちろん、別所が滅んだ今となっては支えようがなく、城を捨てて西方二里半（約一〇キロ）の英賀《あが》城に退いた。英賀本徳寺の一揆《いっき》衆に支えられた城である。

御着城を出る小寺政職を見送る者の中には、かつての家臣黒田官兵衛孝高の姿もあった。自信過剰の黒田孝高は、荒木村重《むらしげ》の叛逆《はんぎゃく》を思い止《とど》まるよう口説きに行って捕えられ、約一年間、伊丹《いたみ》城（有岡城）の牢獄《ろうごく》に入れられていた。その牢が脚を伸ばせぬほどに狭かったので、助け出された時には片脚の膝《ひざ》が伸びない障害を背負っていた。

黒田孝高は、自らの居城のある姫路に、播磨経営の拠点となる城郭を築くことを秀吉に勧めた。秀吉は大いに歓《よろこ》び、早速にその用意にかかった。

そんな時、西から戦勝祝いの使者が来た。宇喜多直家の名代、八歳の八郎である。

「何、宇喜多直家殿の名代として、御子息八郎君が来られたと。まだ子供であろうに」

姫路の北、書写山《しょしゃざん》の陣屋で、新築する姫路城の縄張り図面を覗《のぞ》いていた羽柴秀吉は、驚きの声を上げた。天正八年正月末のことだ。

「はい、明けて八歳と聞いております」

奏者の増田長盛《ましたながもり》が応えた。

「そんな幼少の者が、どうやってここに」

秀吉は皺《しわ》深い顔をしかめて訊《たず》ねた。

「直家殿御側近の遠藤弥八郎《やはちろう》なる武士と」

増田はそこでひと息入れて続けた。

「御母堂様が付いて」

「何、八郎君の母といえば直家殿の妻女、美人の誉れ高いお福様がご一緒か……」

秀吉の眼《め》が色黒い顔の中で光った。

「すぐにお通しせよ。そう茶室がよい。信長様から頂いた名物茶器を並べよ」

秀吉はそう命じると、石田佐吉を呼んで衣服を着替えた。作業用の括り袴《くくりばかま》を脱いで、京都西陣の派手な絹衣装に替えた。

「宇喜多直家の息子八郎にござります。よろしくお願いします」

四半刻（半時間）後、四畳半の茶室に増田長盛と石田佐吉を連れて入った秀吉は、正面に正座した八歳の少年からそんな挨拶《あいさつ》を受けた。教え込まれた通りのことを繰り返しているにしても歯切れがよく、声の響きも心地よい。

「この度の御戦勝、真《まこと》におめでたく存じます。それに引き替えわが宇喜多家は、一度は奪った忍山《おしやま》城を、僅《わず》かな油断で毛利方に奪い返され面目次第もありません。向後は油断なく兵を整え、羽柴秀吉様のお役に立つ所存です」

八郎は、身を起こして秀吉を見つめながら、長い口上を淀《よど》みなく語った。

「愛《う》い奴《やつ》じゃ……」

秀吉はそう思ったが、その視線は既に背後の御母堂お福に注がれている。痩身《そうしん》面長で色白、鼻筋が通り唇が紅梅のようだ。伏し目がちに控えているが、時々見上げる瞳《ひとみ》は黒く潤んで見える。

「直家奴《め》、いい女房を持ってやがる。四十歳を過ぎて子が生まれたのももっともじゃわ」

自身も四十を過ぎて子がない秀吉は、直家が羨《うらや》ましくもあり腹立たしくも感じた。

それを見て取ってか、お福が口を開いた。

「夫の直家は病気がち故、羽柴様にわが家の全軍を指揮して頂きたく存じます」

　羽柴秀吉は、面食らった。

　これまでにもいろんな人物に会った。勇敢な武将も、利巧な参謀も、言葉巧みな僧《そう》侶《りょ》もいた。だが初対面の相手に、

「わが家の全軍を指揮して頂きたい」

と申し出た者はいない。それほどの大胆な提案が、触れるのも惜しいほどの美貌《びぼう》の女性から出たのだから、流石《さすが》の秀吉も慌てた。

「お福様とやら、それは真か……」

　秀吉は膝を躙《にじ》らせて問うた。

「はい。真にございます。夫直家とも重々打ち合わせて参っております」

　お福は、そういって深く頭を下げた。

「夫直家には二人の弟がおりましたが、次弟春家様は一昨年急死されて子がなく、三弟忠家様は諸事に通じたお方ながら、この乱世を勝ち抜くにはやや気弱、その御子様の詮家《あきいえ》様は勇敢なお方ながらまだ若年。これから大敵毛利様と戦うのには心許《こころもと》のうございます」

お福がすらすらと語るのを、脇《わき》に控えた直家の側近、遠藤弥八郎が盛んに頷《うなず》いている。大軍を率いて攻め寄せた大敵三村家親《いえちか》を、敵の本陣に忍び込んで撃《う》ち殺した勇士として遠藤弥八郎の名は世に知られている。当然、宇喜多直家も厚く遇して側近中の側近にした。それほどの勇士が頷くとあれば、一時の戯《ざ》れ言ではあるまい。秀吉は、次第にお福の黒い瞳の中に引き込まれるのを感じた。

「とはいえ、宇喜多家には、戸川、岡、長船《おさふね》の三家老はじめ、有力な御家臣も多いと聞いておるがな」

秀吉は懸命に踏み止《とど》まった。

「仰《おお》せの通り、みな忠義の心の強い方々で、この度の毛利様との戦《いくさ》でも乱れることなくそれぞれのお城をお守りにございます」

お福の言葉は選ばれてはいる。そこには三家老らが必ずしも積極的に戦っていないことが暗示されている。

「それ故、夫直家が元気なれば御心配はお掛けいたしませぬが……」

「なるほど、直家の病はかなり重いのだな」

秀吉はそれに気付いた。そこにお福の強烈な一言が飛んできた。

「羽柴様がお望みで、信長様がお許し下さるならば、この子八郎を羽柴様にお預けしてもよろしいのですが……」

「いやいやもったいない。大切なお子を」

秀吉は思わず両手を合わせた。


その日の夕刻、宇喜多直家の子八郎とその母お福を送り出した羽柴秀吉は、直ちに知謀の家臣を呼び集めた。奉行の浅野長政、奏者の増田長盛、小姓上がりの近習《きんじゅう》石田佐吉、そして二ヵ月前に伊丹城から助け出された謀臣黒田官兵衛孝高らである。

「それは、よくよくお考えにならねば……」

まず口を開いたのは浅野長政だ。

「殿は先年、織田信長様の御四男於《お》次丸《つぎまる》秀勝様を御養子になされました。ここで宇喜多直家様の倅《せがれ》も手元に置かれては、秀勝様にあらぬ気遣いをさせることにもなりかねませぬ」

秀吉の正妻ねねの妹を妻とする浅野長政は、人事周旋に長《た》け人心の妙を見抜ける男だ。言葉は穏やかだが、織田信長の猜疑《さいぎ》心を巧みに警告している。

これに続いたのが、奏者の増田長盛だ。

「宇喜多家を取り込み、殿の指揮下に入れるのは良きこととは存じますが……」

法規にも土木の技にも通じる奏者は、まずは総論では賛成した。だが、すぐ続けた。

「とはいえ、まだ播磨の平定が完了してはおりませぬ。南には英賀《あが》本徳寺の一揆衆がおり、北には上月《こうづき》城も預かる長水山《ちようずいさん》城の宇野政頼《まさより》殿がおります。まずはこれらを平らげるのが先決かと存じます」

「なるほど……」

秀吉は頷いたが、顔には惜しそうな表情が出ていた。それを見てとってか、片脚を投げ出して座る黒田孝高が首を伸ばした。

「増田殿の申す通り、ここはまず全力を挙げて英賀の一揆と長水山城の宇野を退治、しかるのちに美作《みまさか》に進攻して津山《つやま》の祝山《いおうやま》城を陥《おと》す。まずそれだけの実力を見せつけるのが先でござるわ」

「ふん、長水山城を陥せば、津山の祝山城も遠くはないわな」

秀吉がそういうと、増田長盛が、

「西へ約八里（約三二キロ）、毛利の繋《つな》ぎ城高田城からと同じほどかと存じます」

と応えた。数字にも地理にも詳しい男だ。

「左様、その八里を突き進むほどの武威を示されてこそ宇喜多家の奴等《やつら》も殿に従うというもの。まずしばらくは、宇喜多家に毛利との戦で汗と血を流させるがよろしかろう。直家様にもせいぜい長く達者でいてもろうてな」

黒田孝高は丸い目を剝《む》いてそういった。

「みなの申すこと、よう分かった。お福様には、なおしばらく時を頂くと申し上げよう」

一刻（約二時間）ほどの協議の末、羽柴秀吉はそういって立ち上がり、脇の石田佐吉に、

「さ、もう一度着替えをするぞ」

と促した。石田佐吉は明けて二十一歳、既に一昨年前髪を落としたが、諸事に器用で機転が利くので、身の回りの世話をする近習として重宝されている。その佐吉が今日はひと言も発しなかったのは、他とは異なる考えがあるからに違いない。果たして着替え部屋に入ると、「殿」と訴え掛けて来た。

「先程の宇喜多家の申し出、真に神妙。察するに直家殿は不治の病。跡継ぎを巡ってお福様や側近衆は切羽詰まっているのでは……」

「うん、そうかも知れんが……」

秀吉は羽織袴を脱ぎながら頷いた。夜のことを考えると下帯までも仕替えたい。

「ここは慎重にことを運ばねばなりません。まずは宇喜多家中の反感を買わぬよう下《した》手《て》に出るべきでしょう」

「それにはどうする」

下帯を締め直しながら秀吉は問うた。

「まず足軽《あしがる》大将ほどの者に槍《やり》働きの衆二千人を付けて宇喜多の指揮下に送るのです」

「今度は、こっちが槍働きか」

秀吉は絹の下着を纏《まと》いながら腹立たしく呟《つぶや》いた。

二年前、黒田孝高の手引きで播磨に入った秀吉は、

「指揮命令はわしが出す。播磨の衆は前線での槍働きにのみ努められよ」

といった。これが反撥《はんぱつ》を買い、別所長治以下地元の武将が敵方に回る結果を招いた。石田佐吉は、今度は逆に、羽柴の方から槍働きの前線兵士を送って宇喜多家の指揮下に入れる、というのである。

「これから急いで英賀の一揆や長水山城の宇野政頼を攻め陥さねばならぬ時に、二千人もの槍働きを宇喜多に与える余裕はないわ」

秀吉は不快気に呟いた。

「いえ、戦よりも築城、姫路の城を大きく造り、城下の町割りをいたしますれば、英

賀の門前町の町人共が移り住み、英賀の一揆も弱まりましょう」

「なるほど、それで長水山の宇野殿は……」

「宇喜多と南条が寝返った今、立ち枯れ同然、手間はかかりますまい」

「お福様は、既に備前《びぜん》に向けて出発しておられたぞ、その方らが長談義をしておるうちに」

その日の酉《とり》の下刻（午後七時頃）、陣屋に戻った羽柴秀吉は、不機嫌な叫びを上げた。

「まだ寒さの残る季節なので、幼少の八郎君に風邪でも引かせてはと御用心なされて、早めに出発なされたのでしょう」

陣屋で待ち受けていた増田長盛、石田佐吉らがおかしさを噛《か》み殺した表情で答えた。

「そう、寒い季節故、一献差し上げて温まってもらおうと用意しておったのに……」

秀吉はそういいながらも陣屋の様子を窺《うかが》い、すぐに背を伸ばして表情を引き締めた。陣屋には見知らぬ男がいた。長身肥満の大男、色黒い顔に眼光鋭い大きな目、茶色の括り袴に朱色の法被《はっぴ》という衣装だから嫌でも目立つ。

「織田信長様に申しつかって参りました岡本与三郎にございます」

青年はやんわりといった。

「ああ、『石落としの与三郎』か……」

秀吉は、青年をまじまじと見た。

「その方、ここで何ができる……」

「はい。安土《あづち》にてはお城造りの手伝いから城下の町割りなどを手掛けさせて頂いとりましたよって、こちらでもまずは姫路の城造りや城下の町造りでお役に立てるやろうと……」

それを聞くと秀吉は、何故《なぜ》か敵愾《てきがい》心が湧《わ》き妙な反感を抱いた。

「城造りなら手は足りておるが」

秀吉は三倍もありそうな与三郎を睨《にら》んだ。

「行く行くは米の出入りや相場を決める身となりたいと思うております」

与三郎は、力《りき》むことも臆《おく》することもなく続けた。

「例えば、殿様が東から、宇喜多様が西からお攻めになる毛利勢の籠《こも》る美作祝山《いおうやま》城。ここに私共が北の因幡《いなば》から兵糧を入れさせて頂くのはどないですやろ。結構お高く買《こ》うて頂けるんやないかと……」

「何と、敵を利しても銭を儲《もう》けるのか」

秀吉は怒気を露《あらわ》にして叫んだ。

「いやいや、それは毛利を援《たす》けるのやあらしまへん。祝山の、つまり美作の戦を、因幡伯耆《ほうき》に拡《ひろ》げる手立てですねん。羽柴様には因幡から淡路《あわじ》まで、広う勝って頂きとうございます。明智光秀様よか先に……」

新たな戦局——勝っても勝っても

「最早《もはや》、誰も頼りにならぬ。毛利は毛利で守るしかない」

天正《てんしょう》八年（一五八〇）一月下旬、毛利のお館輝元《やかたてるもと》は、備中《びっちゅう》から美作《みまさか》へ北上する途中の砦《とりで》で、そう呟《つぶや》いていた。

前年十一月十二日に集められる限りの兵を率いて出陣、寝返り者の宇喜多直家に奪われた備中最前線の忍山《おしやま》城を奪い返し、敵の勇将宇喜多信濃守《しなののかみ》以下五百三十余の首級をあげた。戦術的には大勝利、並の武将なら広く武名が轟《とどろ》くほどの巧みな作戦である。

しかし、中国地方八ヵ国のお館毛利輝元がやったとなれば、頬《ほお》の蚊を潰《つぶ》した程にしか評価されない。誰もが圧倒的な大軍を率いていると思うからだ。

しかも直後の天正八年一月、二年近くも毛利の前衛を成していた別所長治《ながはる》の三木《みき》城が陥落、摂津《せっつ》の荒木村重《むらしげ》も尼崎《あまがさき》と花隈《はなくま》の二城に追い詰められて反撃能力を失ってしまった。

何よりの恐怖は「大坂《おおざか》本願寺の降伏も近い」という噂《うわさ》だ。織田信長は、またしても正親町《おおぎまち》天皇に勅使を乞《こ》い、

「本願寺は、大坂石山の地を織田方に引き渡して紀伊《きい》雑賀《さいが》辺りに退き、法灯を維持する」

という条件で交渉をまとめようとしている。軍事的には全面降伏を強いているのだ。

それがいえるほど織田は優勢、「鉄砲と兵糧を持って救済に参れ」という本願寺顕《けん》如《にょ》の呼び掛けにも、最早応じる者がいない。出城の木津《きづ》に駐する毛利の将も「居る価値なし」といわれるほどに、兵糧補給が細っている。毛利輝元がなお家臣桂元将《もとまさ》らを留《とど》めたのは、「まだ見放さぬ」の象徴でしかない。

こうした状況下で、忍山城奪回の「小さな一勝」を得た毛利輝元が、次に成すべきは北上して備前《びぜん》の諸城を降《くだ》し、織田勢が西進する前に宇喜多の勢力を撃滅することだ。

この方針に従い、輝元は猛然進軍すると共に、備前の諸城主にも寝返り工作を進めた。これに応じて、備前中部の高《たか》城城主の竹内為能が宇喜多に背いて降って来た。

一方、毛利方の高松城主清水宗治《むねはる》は、

「毛利を見切り織田に与《くみ》すれば備中一国を与える」

という信長の朱印状を以《もっ》ての誘いをも断固はねつけた。二十八歳の毛利輝元は燃えた。

「今こそ反攻の時だ。これからはお館の私が陣頭に立とう」

天正八年二月、毛利輝元は、吉川《きっかわ》元春、小早川隆景《たかかげ》の両川《りょうせん》と談じ、

「断固、津山《つやま》の祝山《いおうやま》城を救済する」

と決した。祝山城は美作のど真ん中にあり、美作備中境の毛利の拠点高田城から八里半（約三四キロ）、播磨《はりま》最西端の宇野政頼《まさより》の長水山《ちょうずいさん》城から約八里、そして北方、因幡《いなば》の拠点智頭《ちず》からは物見峠の難路を辿《たど》って約八里である。毛利家は、宇喜多領深くに打ち込んだ楔《くさび》の祝山城に、出雲《いずも》の部将の湯原春綱《はるつな》らを入れた。毛利への忠義を第一で選んだ人事である。

これに対して宇喜多方は、花房職之《はなぶさもとゆき》ら美作の豪族を派遣して地侍らを組織し、やんわりと城を囲わせた。

「祝山城を救い、美作を南北に分けて宇喜多と南条の提携を断つ。それには備中からの入り口にある高田城周囲の宇喜多の付け城を掃討するのが先決」

毛利輝元は、真正面からこの大作戦に挑んだ。まずは北上途上にある加茂三原の城

を陥《おと》した。続いて、その付近の小城鹿田城を陥して兵站《へいたん》拠点とし、高田城東南の月田城へと進んだ。ここは城兵から内通者が出て短期間で陥せた。

毛利軍は、二月から三月までの二ヵ月ほどの間に備中東部の忍山城から美作境の高田城まで十里余を、幾つもの敵城を降しながら前進した。戦いは勝利の連続である。だが、それで大勢が毛利に有利になったわけではない。毛利軍が救わねばならない津山の祝山城は東方八里半も先、守将の湯原春綱らからは兵糧窮乏を訴える使者が相次いだ。

その一方、播磨に残った最後の毛利方、長水山城主の宇野政頼は、羽柴《はしば》秀吉の大軍に囲まれて逃亡、その途上で討ち死にしてしまった。

「ここは宇喜多の本拠岡山を直接攻撃して宇喜多軍を南に引かすしかない」

と考えた毛利方は、小早川隆景の主導で岡山の西一里半の辛川《からかわ》に攻め込んだ。

ところがこの時、宇喜多方には多数の鉄砲を持つ二千人の羽柴勢が増援されていた。直家はこれを辛川に投入、攻め寄せた毛利勢を撃退した。八郎の年上の友達、十四歳の戸川助七郎が達安《みちやす》と名を改めて初陣《ういじん》したのもこの時だ。一説には、八歳の八郎も、遠藤弥八郎《やはちろう》に連れられてこの戦《いくさ》を見たという。宇喜多八郎には厳しい二代目教育がはじめられていたのだ。

天正八年も閏《うるう》三月に入った。

樹々《きぎ》は新芽を吹き、空にはほの暖かい春風が舞う。だが毛利の二代目お館輝元の陣屋は憂色に包まれていた。

先月、備前南部の辛川攻めは失敗だった。羽柴の援軍が想定外の働きをしたからだ。

「羽柴の奴《やつ》らは雑兵の群れ。鉄砲衆と槍《やり》の衆がそれぞれひと固まりでおる。鉄砲衆は前に並んで鉄砲を撃ちまくり、わが兵が近づくと逃げ出す。代わって槍組が出て来るが、危なくなれば柵《さく》に逃げ込んでまた鉄砲。まともな手合わせもしおらん、卑怯《ひきょう》千万じゃ」

辛川で敗れた小早川の将はそう罵《ののし》った。

「羽柴に限らず、織田方の軍は仕組みも仕方も違う。五年前、武田勝頼《かつより》様が三河長篠《みかわながしの》で惨敗されたのもこれであろうか……」

毛利輝元はそれを考えた。

その頃、武田勝頼は長篠の惨敗を取り戻そうと盲動を続けている。鉄砲の購入や巨城の建設に大金を費やす一方、敗者の汚名を返上しようとして四辺に兵を動かした。

このため近隣諸大名とも不和になっている。家臣の意見は分かれ、領民の心は離れている。

昨年正月五日、輝元が武田に出した書状が勝頼に届いたのは四月四日、翌四月五日付の書状が毛利家に届いたのは六月末だ。勝頼の苛立《いらだ》ちと家中の連絡の悪さが察せられる。

「このままではわが毛利家も武田の二の舞、戦線を縮小して鉄壁の守りを築くことだ」

毛利の二代目輝元はそう考え出していた。具体的には瀬戸内に面した備中笠岡《かさおか》、山陽道の要衝の備中高松、美作の高田、そして出雲の月山富田《がっさんとだ》城を結ぶ線に堅固な要塞《ようさい》群を築き、織田方の侵攻を食い止める。

「これで二年も頑張れば、宇喜多直家が死に形勢が変わる」

そんな思いを吹き込んだのは、使僧の安国寺恵瓊《えけい》だ。

これに対して吉川元春は真っ向反対、

「美作の拠点祝山城は死守すべし。さすれば因幡の守護山名豊国を口説いて味方に引き入れることもできる」

と強気を示した。続いて小早川隆景も、

「正月より囲んでいる敵の加茂小倉は落城寸前、これを陥せば高城から祝山城への糧道が開ける。辛川の一敗で気弱になるな」

と叱《しか》り付けるような書状を寄越した。

「両川は、私を一人前とは見ておられぬわ」

二十八歳のお館輝元は腹立たしく呻《うめ》いた。

天正八年四月——事態は急迫している。

辛川の戦いで勝利した宇喜多勢は、羽柴秀吉からの援軍を加えて備前中部に進み、毛利側に寝返った竹内為能の高城を囲んだ。これには、直家自身も病身を押して出馬、大いに士気を奮い立たせた。

これに対して毛利勢は、備中と美作の境にある高田城の機能を強化すべく宇喜多方が築いた二つの付け城、東南二里(約八キロ)余の月田城と東北二里にある寺畑城を攻め落とした。また、山陰の因幡から津山の祝山城に至る糧道を開くべく祝山城北方に桝形《ますかた》城を築き出していた。

毛利方は忍山城の奪回で「南は優勝、勝負は美作」と見ていたのだが、辛川合戦以降は南の形勢も混沌《こんとん》としている。

「私はいつも勝っている。それなのに形勢がよくならないのは、後手後手になるからだ」

毛利輝元は、小肥《こぶと》りの顔をひきつらせた。

「大軍の移動は手間がかかります。ここは先例の如《ごと》く小姓衆や馬廻役《うままわり》を先行させて、正月以来囲んでいる加茂小倉城を陥すべきです」

補佐役の二宮就辰《なりとき》が提案した。

加茂小倉城を陥せば、備前中部の形勢は好転する。高城は救われ祝山城への道も開ける。確かに大きい。それだけに輝元は危惧《きぐ》した。

前に、備中高松城に小姓や馬廻役を遣《や》って成功したのは、地元の地理に詳しい清水宗治麾下《きか》の城兵がいたからだが、今度の加茂小倉攻めは逆、地理に明るいのは敵方だ。輝元はそんなことを指摘したが、勇み立った小姓らの熱気を抑え切れない。結局輝元は「よくよく用心して戦え」という訓辞を付けて許した。

四月十四日、増援を得た加茂小倉城攻めの毛利軍は総攻撃に出た。だが、敵の誘導に引っかかり谷間に誘われて大損害を受けた。名門の子弟四十余人を含む五百人余が討ち取られた。「加茂崩れ」と呼ばれる大敗である。

「前回、真っ先に名乗りを上げた杉又三郎、今度はどうしたかな」

敗報を聞いた輝元は、気になる名を訊《たず》ねた。

「死傷者にも敢闘者にも入っておりません」

就辰はそう答えたあとで続けた。

「その杉又三郎の父親の杉元相《もとすけ》殿、つい先頃、摂津花隈より戻り、お館様にお目通りを願っております」

どこか蔑《さげす》みの風が見えるいい方だった。

天正八年四月末、細かい雨の滴《したた》る午後、備前北部の毛利輝元の陣屋に、二人の男が現れた。一人は青黒い顔色の痩《や》せた中年男、他は小柄な色白の少年である。

「杉元相殿、その長男又三郎殿にござります」

二宮就辰が告げた。お館輝元は、まずは父親の杉元相をまじまじと見た。前にも会ってはいるはずだが記憶がない。それでも、「ひどく痩せた」と分かる顔容《かおかたち》だ。

杉元相は、昨年三月、織田信長を裏切って毛利方に加担した荒木村重を支援するため、その支城の花隈城に派遣された。だが、杉元相が花隈城に入った時には、既に東の高槻《たかつき》や茨木《いばらき》の城は織田方に降り、本願寺との繋《つな》ぎの要衝大和田城も織田方に寝返っていた。その上、木津川口《きづがわぐち》の海戦では、織田方の鉄貼《くろがねば》り巨船に毛利水軍が敗退している。

杉元相は「負け戦」に参加しただけだ。荒木の将兵には毛利の来援がないのを罵られ、毛利本国からは「荒木を働かせよ」と怠惰を責められた。食糧不足と気苦労で身体は痩せ細り、顔色は青黒く萎《な》えた。だが、その苦労は何の成果も生まなかった。

「杉元相殿よ、ご苦労であった」

急造の陣屋の板の間に平伏した杉元相に、輝元は短く声を掛けた。

「過分のお言葉、畏《おそ》れ入ってございます」

元相は枯れた腕で床板を掻《か》いて感涙を零《こぼ》した。このひと言で家中の批判は半減する。

「ところで、殿にお願いがございます」

やや間を置いて涙を拭《ぬぐ》った元相がいった。

「尼崎と花隈の城が刀折れ矢尽き糧も絶えますれば、荒木村重殿は城を脱けて安芸《あき》に移り、毛利家に仕えたいと願っておられます」

「何、村重殿はまだ逃げ延びるおつもりか」

輝元は驚き、やがて顔をしかめた。

「村重殿が逃げ出した伊丹《いたみ》城（有岡城）で御内室の千代殿はじめ大勢が捕らわれ、斬《き》られたと聞く。さらに敗戦を重ねれば村重殿も討ち死にか自刃《じじん》なさるのが筋であろう」

「村重殿の考えは違います」

杉元相は激しく首を振った。

「村重殿は、最悪最低の負けは死、次悪は捕らわれ、三の負けは逃亡、生命ある限り何かを成せる。それが死者への供養だと……」

「ほう、それはまた……」

輝元は「未練な」といいかけて、「壮絶なことよ」に変えた。

新たな戦局――勝者の苦しみ

「負けるのは辛《つら》いが、勝っても楽ではない」

毛利の二代目お館輝元《やかたてるもと》が、備前美作《びぜんみまさか》を転戦していた天正《てんしょう》八年（一五八〇）三月はじめ、百二十里（約四八〇キロ）ほど東北の越後《えちご》春日山《かすがやま》城では、上杉の二代目となった景勝《かげかつ》が、そんな呟《つぶや》きを漏らしていた。

養父上杉謙信の跡目を、もう一人の養子景虎《かげとら》と争って勝利してから一年が経《た》つ。

「景虎様、御自害」

この報《しら》せを聞いた時、景勝は、

「遂《つい》に勝った。これで終わった……」

と安堵《あんど》したものだ。だが、事実は違っていた。戦《いくさ》の勝利は統治のはじまりでしかない。

「戦は苦しいが、治めるのも難しい」

景勝は、この一年間を振り返ってつくづくとそう思う。

戦勝の直後の十日間は祝勝気分に浸れた。大勢が勝利を祝いに来た。味方の将兵だけではない。日和見《ひよりみ》を決め込んでいた城主も二股《ふたまた》を掛けていた豪族たちも、慌てて来た。寺院の僧侶《そうりょ》も各地の商人もやって来た。景勝自身も祝い酒に酔い、祝言の口上を楽しんだ。

しかし、そんなめでたい雰囲気は長くは続かなかった。十日も経つと、祝勝よりも懲罰の動きが拡《ひろ》まった。郷村や山野に隠れた景虎の近臣や従僕が探し出され、多くはその場で首を斬《き》られた。その数は百人を超えた。

ところが、一ヵ月を過ぎると、また別の動きがはじまった。「御館《おたて》の乱」での戦功武勲を並べ立てて恩賞を求める声が溢《あふ》れ出した。これには、景勝も困った。

「御館の乱」は、一年にわたって双方数千人を動員した大戦だったが、勝者景勝が得たものは少ない。相手の景虎は、先代謙信の身近にいた部屋住みの身、大領を与えられていたわけではない。景虎から奪える領地はないに等しい。

景勝はまた、先代謙信の蓄えた金三万両を手に入れたが、それも武田勝頼《かつより》を味方にするのに費やしたり、各地の城主にばら撒《ま》いたりして激減。今は一万両ほどしか残っていない。武田との同盟で、景勝は美貌《びぼう》の菊姫と結ばれる個人的な幸せを得た。越後が南からの侵入を防ぐ外交的成功も得た。だが、財政的には、どちらも支出を増すものだ。

加えて景勝を困らせたのは、この年（天正七年）の凶作だ。越後の各地で戦があったので、耕作に身が入らなかったからである。

「雪が解ければ、また戦じゃ。景虎様に与《くみ》した奴《やつ》らを攻め滅ぼして、その領地を奪おう」

冬の間に、上杉景勝の周囲ではそんな声が高まった。

「御館の乱」で景虎方に兵力を提供したのは、主として越後中郡《なかごおり》（中越）の城主たちだ。中でも強大なのは栃尾《とちお》城（長岡市）の本庄《ほんじょう》秀綱、三条城（三条市）の神余親綱《かなまりちかつな》、北条《きたじょう》城（柏崎市）の北条景広《きたじょうかげひろ》である。

「敵方に回った中郡の城主ども、中でもあの三つの城を征伐せねば、戦功あった者に恩賞を与えられず、殿のお館としての権威も成り立ちませぬ」

景勝の周囲はみなそういった。先代謙信が支配した能登《のと》や越中《えっちゅう》に、織田信長の命を受けた柴田勝家の配下が侵入しているのは知っていたが、今はそれに構ってはいられない。

「では、どこからどのように攻めるか」

新緑も眩《まばゆ》い春日山城本丸では、二代目お館となった景勝が十人ほどの近臣を集めて問うた。

「もちろん、北条城でしょう」

すぐに応えたのは、景勝直属の精鋭上田衆を代表する栗林政頼《くりばやしまさより》だ。

「北条城主の北条景広殿は、誰よりも強く景虎様を推した御敵、しかもその景広殿は御館で戦死、今は隠居の高広殿や支族の輔広《すけひろ》殿がいるだけ。最も陥《おと》し易《やす》いでしょう」

これには与板《よいた》城主直江信綱《のぶつな》らが賛成、衆議一決するかに見えた。ところが、末席から、

「自分は違います」

という声が出た。二十一歳になったばかりの若武者樋口《ひぐち》与六《よろく》である。

「自分はまず、本庄秀綱殿の栃尾城を攻め陥すべきだと思います」

「何をいうか、若造が」

栗林政頼が肩を怒らせて叫んだ。

「本庄秀綱殿は、わが上杉家中でも最大の軍役を担う強豪の一人、しかも栃尾の城は高い山頂にある要塞《ようさい》だぞ」

だが、樋口与六は怯《ひる》まない。

「確かに本庄秀綱殿は強敵、御先代謙信公からは槍《やり》百五十、鉄砲十五、馬上三十騎な

ど合計二百四十人の軍役を仰《おお》せつかっております。栃尾の城は七十五丈（約二三〇メートル）の山頂に建つ要塞です。しかし、三千の兵を集めて四方より攻めれば一ヵ月で陥せます。最強の敵を降《くだ》してこそ国が治まるのです」

二十一歳の「若造」与六は具体的な数字をあげて説いた。だが、政頼や信綱は納得しない。

「与六の申すは戦知らずの空論。三千もの兵を集めるのには手間と費用がかかる。まずは陥し易い北条城から手掛けるのが筋じゃ」

政頼はそう反論したが語気は衰えていた。そこに与六がさらに続けた。

「政頼様の申されるのは御尤《ごもっと》も。三千人の兵を集めるのには手間も費用もかかります。だが、それを敢《あ》えてすることでお館景勝様の強い意志と越後武士の固い結束を示し、内では不服従の分子をなくし、外では越後侮《あなど》り難しの気運を高めることができるのです」

与六は懸命に説いた。だが、政頼らも譲らず、やがて議論は膠着《こうちゃく》し、座は白けた。

とその時、下座の戸板を「コン、コン、ココン」と調子を付けて叩《たた》く音がして、直江信綱が席を立った。

「某、外の風に当たって考えたが……」

百を数えるほどの間で座に戻った直江信綱が、おだやかに語り出した。

「政頼殿の申されるのはわれら大方の考えだが、与六の申すのにも一理ある。ここはお館様の権威を高め、鮫《さめ》ヶ尾《お》城の堀江宗親《むねちか》殿ら寝返り組の忠義を試す機会でもある。多少の手間と費用を掛けても大軍を催し、一気に栃尾城を攻め陥すのがよろしいのでは」

「何、信綱殿はお考えが変わったのか」

栗林政頼は渋い表情で呟いた。

「いやいや、気が付いたのでござるよ」

信綱は笑顔で応えた。

「政頼殿ら上田衆が大手から、われら与板衆が搦《から》め手から攻め込めば、栃尾の城も難なく陥せると……」

信綱は、何とか政頼らの顔を立てながら口説きにかかった。それを見て、景勝側近の儒学者山崎秀仙《しゅうせん》が、樋口与六に囁《ささや》いた。

「どうやら、お舟様効果ですな」

お舟様とは、前の与板城主直江大和守《やまとのかみ》景綱の娘、現城主の信綱はその婿養子なの

だ。お舟は、景勝の母親仙桃院《せんとういん》の信頼も厚く、春日山城本丸にも出入りする才媛《さいえん》である。謙信が倒れた時、

「跡取りは景勝様ですな、と叫んだら謙信公は頷《うなず》かれた」

という話を流したのもお舟である。

与板城主直江信綱の翻意は、評議の流れを変えた。その機を捉《とら》えて、新お館の上杉景勝が口を開いた。

「只今《ただいま》の直江信綱殿の提案はいかがかな」

「賛成です」

そう応えたのは山崎秀仙だ。

山崎秀仙は、最早《もはや》ただの儒学説きの右筆ではない。景勝景虎との戦の最中《さなか》、景虎方の要請で越後に侵入して来た武田勝頼の軍勢を金一万両の支払いで撤退させ、景勝と勝頼の妹菊姫との結婚をとりまとめた。その外交手腕が高く評価され、今や景勝の側近として重用されている。

「西方、摂津《せっつ》や丹波《たんば》、播磨《はりま》の戦は織田方に有利に展開しています。それと競って織田家の北国《ほっこく》担当の柴田勝家様も活発に動き、能登には前田利家殿を、加賀《かが》には佐久間盛政《さくまもりまさ》殿を差し入れ、越中にも佐々成政《さっさなりまさ》殿が入り込んでいます。有り難いことにわが方の

魚津《うおづ》城主河田長親《ながちか》殿は忠勇この上なく、信長様の誘いも佐々殿の攻撃もはね付けておられますが、油断はなりません。つまり、ことは急ぐのです」

山崎秀仙はまず、「国際情勢」から説き起こした。そして「そうであれば」と続けた。

「そうであれば、ここは上田、与板の衆を先頭に、上郡《かみごおり》（上越）の諸将や下郡《しもごおり》（下越）の揚北《あがきた》衆（阿賀野《あがの》川以北の将兵）をも動員、一気に強敵栃尾城を攻め陥すべきです」

「うん……」

景勝は低く呟いて頷き、栗林政頼を見た。こうなっては、政頼も反対できない。

「われら上田衆は栃尾城など恐れはせぬ。お館の御命令とあらば、あの山城も一気に攻め陥して見せます」

「では、頼む」

景勝は、短く鋭くいって衆議を終えた。あとは山崎秀仙が触れを書き、栗林政頼と直江信綱とが策戦を練る。

景勝は御殿の奥座敷に入って、事の次第を母親の仙桃院に報告した。そこには「今日の功労者」お舟もいた。

「それはよかった……」

仙桃院は、事の成り行きを既に知っていたのか、短く応えた。そして続けた。

「景虎様と姉の華《はな》を犠牲にして得たお館の座ですよ。努疎《ゆめおろそ》かに考えてはなりませぬ。織田信長様に対抗するためには、そなた直属の鉄砲組千人以上を揃《そろ》えねばなりますまい」


現在、日本で使われている暦《こよみ》は、ローマ帝国を起源とする太陽暦、地球が太陽の周囲をひと回りする期間三百六十五・二四日ほどを一年とし、それを十二ヵ月に分けたものだ。一方、今もイスラム諸国で使われている太陰暦は、月の満ち欠けで一ヵ月を定め、十二ヵ月を一年とする。このため、一年は約三百五十四日となり、新年のはじまる季節が毎年移動、三十五年ほどで元に戻る。

日本で明治五年（一八七二）まで使われていた旧暦は、この双方を組み合わせた太陰太陽暦。月の満ち欠けで一ヵ月を定めて十二ヵ月を一年とし、それで生じる季節のズレは、十九年に七回の閏月《うるうづき》を加えることで調整する。中国を起源とするこの暦は、月の満ち欠けと季節の感覚の双方を示す利点があるが、暦作りは難しい。

天正八年は、三月に閏月が入る。越後上杉家の二代目お館になった景勝は、三月と閏三月の二ヵ月をかけて兵馬を動員、四月はじめから景虎方だった本庄秀綱の栃尾城を攻撃した。

戦いは景勝方の圧勝だった。景勝側には、土壇場で景虎方から寝返った鮫ヶ尾城主堀江宗親から揚北衆の新発田《しばた》重家まで五千人ほども集まった。

これに対して本庄方は約五百人、他の景虎方の城主たちとの連繋《れんけい》もない孤立無援の有り様だ。これでは山頂に建つ要塞も長くは保《も》たない。戦いがはじまって半月ほど経った四月二十二日、栃尾城は陥落、城主の本庄秀綱は会津《あいづ》方面に逃亡した。

景虎方残党の中で最強と見られた栃尾城が瞬く間に陥落したのを見て、中郡の諸城は戦わずして次々と降伏、第二の強敵と見られた神余親綱の三条城も七月には陥落、城主の親綱は殺されてしまった。残る景虎方は北条輔広らの籠《こも》る北条城だけとなったが、景勝はもう急がなかった。それよりも、秋の農繁期を迎えて将兵を郷村に帰し、戦乱で荒れ果てた農耕を回復するのが先だ。

景勝はまた、諸将に対する恩賞も急がなかった。内乱と凶作で空っぽになった財政を建て直すと共に、直属鉄砲組の強化など軍備の刷新も急務だ。景勝の脳裡《のうり》には母仙桃院のいった「自前の鉄砲千挺《ちょう》」の言葉がこびり付いていた。

改革は難しい――承《う》け継ぐ重み

「お館《やかた》。ここは一旦《いったん》御帰国して、兵を休めるべきです。みな田を植えねばなりません」

天正《てんしょう》八年（一五八〇）五月朔日《ついたち》、備中《びっちゅう》竹ノ荘の陣屋で、補佐役の二宮就辰《なりとき》と右筆の佐世元嘉《させもとよし》が顔を揃《そろ》えて申し出た。

「何、この有り様で退《ひ》くのか……」

毛利輝元《てるもと》は、怒りで顔を赤らめた。

昨年十一月に安芸吉田《あきよしだ》を発してから約半年、各地を転戦したが、戦況は必ずしも有利ではない。緒戦の急襲で忍山《おしやま》城を奪い返し、備前《びぜん》中部では敵将を寝返らせて高《たか》城を得た。

だが、織田方の援軍を得た宇喜多の動きは活発になり、高城は逆包囲された。毛利勢はこれを解こうとして宇喜多方の加茂小倉城を攻めたが大敗、高城は厳しく囲まれたままだ。

「ここで退くとすれば、高城はどうする」

輝元は、眉間《みけん》に縦皺《たてじわ》を刻んで問うた。

「止《や》むを得ませぬ。高城に兵糧を入れ続けるのは無理にございます」

就辰は、小さい身体を縮めて応えた。

「では、美作津山《みまさかつやま》の祝山《いおうやま》城は……」

輝元はもう一つの囲われた拠点を訊《たず》ねた。

「こちらは銀子にて持ちこたえます」

銭勘定にも長《た》けた元嘉が応えた。

「幸い、因幡《いなば》の鳥取城が守護職の山名豊国様のもとにわが方の味方になりました。そこから祝山城まで十三里半（約五四キロ）、物見峠を越える難路ながら、米八百俵を銀十貫目で運ぶことを請け負う商人がおります」

「それでは安芸の値の三倍ではないか」

輝元が声高にいったが、元嘉は首を振った。

「兵を派遣して祝山城に兵糧を入れるとすれば、その何倍も費用がかかります」

「その商人、何と申す。信じられるのか」

輝元はなおも首をひねった。

「はい。姓は岡本、名は与三郎、生まれは山城国《やましろのくに》岡本荘、織田に滅ぼされた地侍の息子にして、安土城《あづちじょう》の普請《ふしん》でも名をあげたとか」

「何、安土で。織田の回し者かも知れぬぞ」

輝元の言葉に就辰と元嘉は首を振った。

「鳥取の守護、山名豊国様のご推挙です。六月までに米八百俵を祝山城に届ければ、銀十貫目の賞金を渡す約束です」

「確かに、それなら安上がりかも知れぬが……」

輝元も頷《うなず》き、断固とした口調で続けた。

「一旦は退くとして、すぐまた出陣、宇喜多や南条を退治せねばならぬ。八百俵の米で祝山の城兵が喰《く》い繋《つな》げるのはせいぜい六ヵ月だぞ」

五月五日、毛利輝元は竹ノ荘の陣屋を引き払い、東南四里（約一六キロ）の備中高松城に引き揚げた。

「疲れた……」

小雨の中を深田《ふけだ》に囲まれた高松城に入った輝元は、深い溜め息をついた。昨年十二月にこの城を出撃してから五ヵ月、備前各地を転戦する間に、天下の情況は著しく悪化した。

　まず、今年の正月には、播磨《はりま》の三木《みき》城が陥落、別所一族が滅ぼされた。それに続いて、高砂《たかさご》、端谷《はしたに》、魚住《うおずみ》、御着《ごちやく》の諸城も降伏、織田方への不服従を決め込んでいた英賀《あが》の本徳寺の一揆《いっき》も勢いを失ってしまった。

　三月になると、播磨西端の長水山《ちようずいさん》城主の宇野政頼《まさより》も、羽柴《はしば》秀吉に攻められ、城を捨てて逃げ出した。二年前に山中鹿之助《しかのすけ》らを降《くだ》して奪った上月《こうづき》城を与えた土豪である。

　だが、何よりの衝撃は、大坂《おおざか》本願寺の門主顕如光佐《けんによこうさ》が織田信長に降伏、四月九日に大坂を退去して紀伊雑賀《きいさいが》に移動したことだ。もっとも、大坂本願寺には顕如の息子教如《きようによ》が何千人かの一揆衆に担がれて「徹底抗戦」を叫んでいる。備後《びんご》の鞆《とも》に仮寓《かぐう》する前将軍《さきの》の足利義昭は、

「教如猊下《げいか》こそ本筋、確《しつか》り支援すべし」

　と申し込んで来たが、毛利の使僧の安国寺恵瓊《えけい》からは、

「妻子共々住み着いた行き場のない輩《やから》の喰《く》い扶持《ぶち》探し、信じるに値しませぬ」

　と報《しら》せて来た。輝元はこちらを採り、大坂に派遣していた繋ぎ役の桂元将《もとまさ》を引き揚げさせた。毛利の前衛をなした摂津《せつつ》播磨の味方はほぼ壊滅したのである。

　織田方の優勢は、そこだけではない。東海道では織田方の徳川家康が三月から武田

方の高天神城《たかてんじん》を包囲している。中山道《なかせんどう》では、織田の将滝川一益《かずます》が信濃《しなの》の木曾《きそ》を脅かしている。北国《ほっこく》では、柴田勝家が上杉家の内紛に付け込んで能登《のと》と加賀《かが》を占領、越中《えっちゅう》にまでも躙《にじ》り込んでいる。

「武田も上杉も危ない。なぜ、織田はそれほどに強いのか。その理由《わけ》を知りたい」

そう思った輝元は、一年余にわたって荒木村重《むらしげ》方の花隈《はなくま》城に籠《こも》り、織田勢の戦いを見て来た杉元相《もとすけ》に訊ねることにした。

「杉元相とその息子の又三郎を呼べ」

輝元は、思わず「気になる小姓」の名を加えていた。

翌五月六日午前、息子の又三郎を連れて現れた杉元相は、頬《ほお》の肉付きは幾分か回復したものの顔色は未《ま》だ青黒い。それだけに、後ろに控える又三郎の色の白さが一段と目立つ。

「元相よ。その方は一年余も荒木方の花隈城に籠り、織田勢と戦ってきた」

毛利輝元は、小肥《こぶと》りの身体を乗り出すようにしていった。

「そこで訊ねたい。織田は手強《てごわ》い相手だが、わが毛利勢と比べて違いがあるかな」

「もちろん違います。基《もと》が違います」

杉元相は「よくぞお訊ね下された」というように力を込めて応えた。

「一に兵の質《たち》が違います。二に組の造《つく》りが違います。三には武器の配《くば》りが違います」

「ほお、兵の質とは……」

輝元はそれを問うた。

「はい。わが毛利家の兵は、ほとんどが各村の壮丁、つまり農民です。織田方の兵の中核は銭で雇った戦《いくさ》専業の者です。日雇いや闇《やみ》商人、滅んだ武家の残党らがほとんどです」

「そんな輩がなぜ強い……」

脇に控えた二宮就辰が不満気に訊ねた。

「いつでも、どこでも、いつまでも、戦場に居られる利点があります。だから、織田勢の出陣は速く、滞陣は長く、ここぞと思うところに集中することができます」

杉元相は懐《ふところ》から出した書き付けを睨《にら》んで続けた。

「それが、組の造りにもかかわります。わが毛利家の軍は、各村を支配しておられる御城主方が率いる小軍団の集まりですが、織田勢の中核は銭で雇うた直属軍団。各組から鉄砲だけを引き出して前線に並べることも、長槍《ながやり》を揃えて突撃することも難なくできます」

「なるほど。それ故に、長篠設楽ケ原《ながしのしたらがはら》の合戦では鉄砲三千挺《ちょう》が前線に並んだのか

輝元は分かったつもりで頷いたが、元相は、

「その上、この組の造りなら普請専門の黒鍬者《くろくわもの》、輸送専門の荷駄者《にだもの》もできます」

といい出した。説明が長くなりそうなので輝元がそれを遮《さえぎ》るように訊ねた。

「では、三の武器の配りが違うとは……」

「それは、鉄砲の多さです」

元相は肝心の説明ができぬままに先を問われたのに失望しながらも懸命に答えた。

「信長様配下の鉄砲をすべて合わせれば一万挺にもなるでしょう」

「ほお、織田家には一万挺も鉄砲があるか」

輝元は身を仰《の》け反《ぞ》らして呻《うめ》いた。杉元相が強調した「兵の質」や「組の造り」の違いはよく分からなかったが、「織田家の鉄砲一万挺」は脳天にがつんと響いた。それが事実なら、毛利家の十倍にもなる。

もともと毛利家は、鉄砲の採用では他に先んじていた。毛利家の戦傷記録によると、弘治《こうじ》年間（一五五五～五八）までは矢傷や礫《つぶて》（投石）の傷が多いが、永禄《えいろく》年間（一五五八～七〇）になると鉄砲傷が急増する。鉄砲が有力な武器であることは、中国地方では早くから知られていた。

だが、その普及には難点があった。生産技術が難しく産地が紀伊の根来《ねごろ》か和泉《いずみ》の堺《さかい》に限られていることだ。当然価格は高く、一挺が銀百匁《もんめ》、米にすれば十石にも相当する。これに鉛の弾丸や弾薬（火薬）、火縄を揃えると、足軽十人を養うほどの費用がかかる。

戦国時代には、配下の城主や地侍には、石高百石に付き三人の軍役を課した。一万石の城主なら三百人、毛利家の場合はうち十五人ほどが騎馬、三十人ほどが鉄砲になっている。

もっともこれは努力目標、検地も行われていないから石高も大雑把なら人数もおおよそである。その上、軍役を全部実行することは滅多になく、多くて七割、普通は五割までだ。現に今回もお館輝元自身の出陣にもかかわらず動員できたのはやっと一万二千人、鉄砲の数は五、六百挺に過ぎない。

「就辰殿よ、お聞きか、織田家の鉄砲のこと」

輝元は、二宮就辰に声を掛けた。

「宇喜多勢を援《たす》けに来た羽柴勢にも鉄砲が多い。わが家でも直属の鉄砲組が要《い》るのお」

輝元がそういうと就辰は、

「はい、みなとよく相談して……」

と曖昧《あいまい》に頷いた。そしてすぐ続けた。

「杉元相殿は花隈籠城で、御苦労されました。ここは御領地の周防《すおう》野上城に父子共に戻られ、御休養なさるがよろしいかと」

と提案した。元相が織田勢の強さを吹聴《ふいちょう》すれば味方の士気にも関わる、と心配したのだ。

「元相はともかく、又三郎は身近に置きたい」

と輝元は思ったが、就辰の表情は厳しい。未《いま》だ子のないお館輝元に今更美童趣味にふけられては困る、といいたいらしい。

「お館直属の鉄砲組を創《つく》るとすれば、いかほどの数をお考えでしょうか」

杉元相と又三郎の父子が去るのを待って、右筆の佐世元嘉が怯《おび》えた表情で訊ねた。

「織田家に一万挺の鉄砲があるとすれば、わが配下にも千挺は欲しいな」

毛利輝元は、当たり前のつもりで応えたが、元嘉は隣の二宮就辰と顔を見合わせた。

「鉄砲千挺となれば銀百貫、今は到底……」

就辰が項垂《うなだ》れた格好でいった。

「織田家が一万挺を揃えたのに、わが毛利は千挺も買えぬと申すのか……」

輝元は不機嫌に呻いた。

「いや、毛利と織田では仕組みが違います。織田は四隣を平らげると領土の多くを信長様の直轄領として年貢を集め、その米や銭で兵を雇います。わが家は御先代元就《もとなり》様以来、配下の城主や地侍に領地を与え、兵馬を持ち寄る仕組みになっています」

就辰がそういうと、元嘉があとを続けた。

「その上、織田家は京や堺を押さえて、商人にも職人にも矢銭《やせん》を課しております。楽市楽座と称して座に属さぬ闇商人どもにも商いを許す反面、矢銭は確りとお取りになる。堺の鉄砲は誰にでも売らせることで、鉄砲鍛冶《かじ》は利益を、織田家は矢銭を得る仕組みです」

「なるほど……」

輝元は心中に不愉快を感じつつも頷いた。それを就辰は「納得した」と見たのか、次の課題を持ち出した。

「吉川《きっかわ》元春様と小早川隆景《たかかげ》様から、この度の戦で敢闘した者やこれから苦労させる将には御加増あるようにとの願いが来ています」

「なんと……」

輝元は腹を立てた。

「この度の戦では、わが方は少しも領地を得ていない。それでみなに加増していたのでは毛利本家の直轄領は減るばかりではないか」

「それはそうですが……」

就辰は低く呟《つぶや》いて元嘉と顔を見合わせた。そして次には元嘉の方がいった。

「ここで御加増がまったくなければ、次の動員に応じない者が増えるでしょう」

「そんなことは許さぬ。戦に兵を出すのは武士の掟《おきて》だ」

輝元がそう叫んだが、その声は不安に震えていた。先代元就から引き継いだ仕組みが、今や重荷になっているのだ。


五月七日。毛利輝元は備中高松城を出発、安芸吉田に向かった。道は三日続きの小雨にぬかるみ、輝元の肩は笠《かさ》から滴《したた》る雫《しずく》に濡《ぬ》れた。ここ五ヵ月余りの戦で毛利勢は千人近い戦死者を出した。傷付いた者の数はそれをも上回る。敵に与えた損害も大きいが、領地の獲得も、寝返り者の宇喜多直家や南条元続《もとつぐ》を成敗することもできなかった。表面で勝利の凱旋《がいせん》を装っても、心中には敗北感が濃い。

「動員を速くし、鉄砲を増やさねば」

と輝元は思う。だが、現実には毛利本家の身を削っても、味方の城主や地侍を繋ぎ止める重しは不可欠だ。二宮就辰や佐世元嘉らと様々に考えた挙げ句、

「備美落着の上（備前や美作の戦いが決着すれば）」の条件を付して、祝山城を守る湯原春綱《はるつな》とその繋ぎ城として新設した桝形城《ますかた》に籠る宇山久信には各二百貫（約二〇〇〇石）を加増、それ以外の者には、

「当面のこと」

として、太刀《たち》に銀子二枚を付して贈った。銀が豊富なのは石見《いわみ》銀山を持つ毛利家の強みだが、今はそれも余裕がない。

前将軍足利義昭は、面子《メンツ》の維持や政治工作の費用を要求して来るし、使僧安国寺恵瓊の外交活動にもかなりを費やした。その上、一昨年の木津川口《きづがわぐち》の海戦で敗れた水軍の再建のため船大工に何十貫も支払った。また祝山城への兵糧搬入を請け負う商人、岡本与三郎にも十貫目を与えねばならない。

「お館直属の鉄砲組を作るとしても、千挺はとても無理です」

帳合い勘定に長けた二宮就辰は、そういい続ける。

「当家の財政が厳しい上、堺の製造元でも値上がりしております。武田家からも上杉

家からも、徳川や北条《ほうじょう》からも注文が多いそうで」

「財政が苦しいのは分かっておるが、鉄砲は必要だ。私の衣食を削っても揃えたい」

輝元はそう命じた。

毛利輝元の一行が安芸吉田に帰り着いて間もない七月はじめ、備前の高城は宇喜多勢に攻め陥《おと》された。そして同じ頃、荒木村重が近臣数人だけを連れて尼崎《あまがさき》と花隈の城を捨てて安芸に逃れて来た。織田勢との直接対決が刻々と迫っている。

改革は難しい——蜘蛛《くも》の糸を辿《たど》って

天正《てんしよう》八年（一五八〇）五月八日。備中《びつちゆう》高松城を出発した毛利輝元《てるもと》の一行を濡《ぬ》らした温《ぬる》い小雨は、六里（約二四キロ）東北の備前《びぜん》の加茂小倉城をも濡らしていた。

この日の午後、本丸櫓《やぐら》というには小さ過ぎる単層の櫓で、軍議が開かれていた。正面の主座に座るのは宇喜多直家、一昨年秋に西播磨《はりま》竜野に出陣して以来、一年半振りに戦場に出た五十二歳の御殿《おんとの》である。

「備中高松城に引き下がった毛利輝元様、尻尾《しつぽ》を巻いて安芸《あき》に逃げ帰るようです」

高松城周辺に配置した乱輩《らつぱ》からの報《しら》せを得意顔で披露したのは、「宇喜多家三家老」の一人、戸川秀安だ。

「何、毛利のお館《やかた》が逃げ出したか」

大声で叫んで身を乗り出したのは宇喜多詮家《あきいえ》、直家の三弟忠家の一人息子だ。

「それならすぐ追撃じゃ。拙者に騎馬三百と徒歩《かち》二千人ほどをお預け下され、さすれば明朝にも敵の首を並べて御覧に入れます」

「待たれよ、詮家様」

もう一人の家老、長船貞親《おさふねさだちか》が制した。

「毛利勢とて追撃される可能性は百も承知、様々に罠《わな》を仕掛けておるでしょう」

詮家はムッとした表情になったが、それを宥《なだ》めるように直家側近の遠藤弥八郎《やはちろう》が口を挟んだ。

「流石《さすが》に詮家様。勇気溢《あふ》れるお考えではありますが、今はまず目前の高城《たか》を奪い返し、裏切り者の竹内為能殿を討つのが先でしょう」

「それもそうだ。わが領内に敵の城があったのでは、外に強くは出られぬわな」

そんなことを呟《つぶや》いたのは詮家の父親の忠家だ。騒々しいほど積極的な息子の詮家とは逆に、存在感の薄い人物である。

「ならばこうしよう」

正面主座の直家が締め括《くく》った。

「わが軍を三分、その一つを忠家、詮家が率いて高城を陥《おと》し、進んで祝山《いおうやま》城を攻める。その二は基家《もといえ》が指揮して備中南部に展開、忍山《おしやま》城を再度奪い備前児島《こじま》方向への侵攻を狙《ねら》う。その三は、このわしが率いて岡山に帰り、何方《いずかた》にも撃って出られるように備えておく。それでよいかな、みなの衆……」

直家はすらすらと語り、早々に軍議を終えた。忠家、詮家父子と、遠縁ながらも家中で評判のよい基家との釣り合いをとり、幼いわが子八郎の生き残る道を創《つく》ろうとしたのだ。


二日後、夏の日の射《さ》す朝、宇喜多直家は黒馬に跨《またが》り加茂小倉城を出発した。率いるは遠藤弥八郎、明石全登《あかしてるずみ》の側近衆ら約二千人、「兒」の字を白く抜いた紺色の旗幟《きし》が夏風にはためく様子は勇壮だ。これを見れば、

「宇喜多の御殿御健在」

と信じる者が多かったに違いない。

だが、そんな演技ができたのも城門から十町（約一キロ）余り、すぐに木立に隠れて馬を下り、用意した幌《ほろ》付きの輿《こし》に乗り替えて横たわった。直家が下りた馬の鞍《くら》には血糊《ちのり》が滲《にじ》んでいた。数日前から下血が続いているのだ。

「いやはや、久し振りで馬に乗って戦場を駆け回ったでな、いささか疲れた。四、五日も養生すれば治るであろう」

その日、長い五月の日が暮れる頃、岡山城に着いた直家は、出迎えた妻のお福にそう語った。嘘《うそ》をついたわけではない。本人もそう信じていたし、「そうであって欲し

い」と願う気持ちが自らの症状を軽く考えさせてもいた。しかし、妻のお福には、「今度ばかりは只《ただ》ならぬ病状」と分かった。岡山に戻って二、三日で下血は止まったが、しばしば脇腹《わきばら》の痛みを訴え、食欲は衰えた。身体は枯れ木のように痩《や》せ細り、皮膚は黄ばんだ。

お福は、できる限りの医師を呼んだ。常駐の御殿医の他に、京の名のある医師を招いたし、奈良の鍼灸《しんきゅう》師も呼んだ。薬屋の小西弥九郎《やくろう》は南蛮《なんばん》医術に通じたバテレンを連れて来た。

薬は数限りなく届いた。お福は、それを自ら服用、害のないことを確かめてから夫に勧めた。そんな養生の甲斐《かい》あってか、六月末には、幾分か快方に向かうようにも見えた。

時を同じくして戦況も進展、七月はじめには宇喜多忠家、詮家の父子が高城を陥し、裏切り者の竹内為能を成敗することができた。

「おめでたい。盛大に戦勝祝いをせんと」

お福は大袈裟《おおげさ》過ぎるほどに歓《よろこ》んで見せた。「直家健在」を内外に示すためだ。

七月十五日、宇喜多直家は、備前高城を陥した三弟の忠家とその子詮家のために、岡山城の本丸で盛大な祝勝の宴を張った。

宴は夕刻よりはじまったが、夕陽《ゆうひ》の射す西側の軒には黄色い日除《ひよ》けの幕が張られていた。直家の顔色の変化を隠すためだ。

この宴の目的は、約二ヵ月も人前に姿を見せなかった直家の健在を誇示することだ。

「わしは生来の出不精でな、ついつい引き籠《こも》りになるが、御覧の通りまだまだ達者じゃ」

直家はそんなことを繰り返しながら何杯か杯を空け、料理を突《つつ》き、満月が輝く頃まで席に着いていた。

その効果は幾分かはあったが、

「それにしても、やはりお跡が……」

との噂話《うわさばなし》を止めることはできない。

宇喜多の一族は多くない。直家の男子は今年八歳の八郎だけ。弟は二人いたが、次弟の春家は子を残さぬまま一昨年急死した。三弟の忠家も男子は二十四歳の詮家だけだ。

直家の従兄弟《いとこ》は何人かいたが、多くは死んだり他家を継いだりで消えた。永年直家を援《たす》けて「宇喜多家随一の勇将」といわれた信濃守《しなののかみ》源五兵衛も、昨年暮れに備中忍山城の戦いで戦死してしまった。残るは別の従兄弟の子の基家だけである。

「忠家様は構想も決断もできぬお方。その御子息の詮家様ははしゃぎ過ぎのお調子者。それに比べて基家様はかなりの出来物。幼少の八郎君を支えるのなら、縁は遠くとも基家様であろうか」

そんな評判もある。直家もそれを感じて、織田信長の長男、三位中将信忠《さんみのちゅうじょうのぶただ》への御礼言上の使者には基家を選んだ。だが、その基家にも複雑な宇喜多家中をまとめる力はない。忠家、詮家は反撥《はんぱつ》するだろうし、毛利側の工作も予想される。基家はまだ子がないが、二十五歳だからこれからできる可能性は高い。その際はまた、八郎の立場は怪しくなる。

「今、御殿様が亡くなれば、幼君八郎君が宇喜多の家とその大領をお継ぎになる道は蜘蛛の糸ほどにか細い」

そんな雰囲気は、祝勝の宴のあとも消えない。その上、宇喜多直家の病状は、翌日からまた悪化した。下血が再発し、下腹部が腫《は》れ上がり出した。

「羽柴《はしば》秀吉様にも高城攻略のことはお伝えせせなりませんなあ」

祝勝の宴から数日を経た秋晴れの朝、宇喜多直家が薬湯を啜《すす》り終えるのを待って、お福がそんなことをいった。

「それもそうじゃが、誰を使いに出すかな」

直家は寝床に座って呟いた。

「それは、やっぱり基家様でしょう」

お福は意外な名をあげた。

「忠家様と詮家様には北に進んで美作津山《みまさかつやま》の祝山城を陥してもらわななりません。これと並んで南では基家様に忍山城を奪い返してもろて備前児島に乗り込んで頂く。宇喜多の強さを見せるのが御殿様の元気な証《あかし》でっせ」

「ふーん、そうかのお……」

直家は尖《とが》った顎《あご》を震わせた。

「基家様が行かはる前には、存分な根回しが要《い》ります。羽柴様から援軍を増やしてもろて備中を攻めると共に、事の分かったお人をここに派遣してもらわんと……」

お福は世間話のようにいったが、直家にはその意味の重大さがよく分かった。お福は、

「忠家、詮家の父子は北に、基家は南にやって戦わせ、この岡山の本拠は直家側近と羽柴の援軍で固めよう」

といっているのだ。それは直家に万一のことがあった場合、速やかに羽柴秀吉がこ

の城に乗り込み、幼弱な八郎を援ける体制を整えるためだ。そのことを事前に根回しして、秀吉の口から基家にいわせる。備中攻略という勇ましい課題を付けてである。

「それほどの難題、羽柴秀吉殿に説ける者がおるかな……」

直家は不安になった。

「それは、八郎でしょう」

お福はすらりと応えた。

「この正月に行った時と同じように、私と遠藤弥八郎はんが付いて八郎が伺《うかご》うたら、必ず秀吉様御自身が会《お》うてくれはります」

「なるほど、そういうことか……」

宇喜多直家は黄色くなった唇を嚙《か》んだ。

直家は、病に疲れた目で部屋の中を見回した。火鉢には薬缶《やかん》が煮え、室内には薬湯の臭《にお》いが漂う。隅には尿瓶《しびん》があり下血を拭《ぬぐ》う紙が積んである。備前美作の領主宇喜多直家の居室は、今や老人の病室だ。その光景が、直家の覚悟を促した。

「基家よ、聞いたか。毛利のお館輝元様が今月中には安芸を御出陣、美作の祝山城の救援に来られるそうじゃ……」

祝勝の宴から半月あまり経《た》った八月はじめ、政務の表座敷に出た宇喜多直家が、一族の基家に語りかけた。

「昨日、遠藤弥八郎殿が報せてくれました」

基家は、若者らしい素直さで応えた。

「忠家、詮家の父子も祝山城攻めには苦戦しておる。城主の湯原春綱《はるつな》殿はなかなかの武将。わが方の誘いに乗った寝返り者を手早く見出して成敗なされたそうな」

直家は、老いも病も感じさせぬ勢いで北部の情勢を説いた。

「加えて岡本与三郎なる商人が、兵糧八百俵を因幡《いなば》より祝山城に運び込んだとか」

「聞いております。何でも安土《あづち》から羽柴様の陣屋に遣わされた商人とか」

基家も怒りを露《あらわ》にした。

「そうらしい。それが毛利の手援けをするとはのお……」

直家は深い溜め息をついた。

「この状況で毛利の大軍が後詰《ごづ》めに来ては忠家父子も危ない。そこで基家、そなたには姫路の羽柴秀吉殿を訪ねて情勢を説き、岡本与三郎の不埒《ふらち》な行いを糺《ただ》すと共に、秀吉殿にもう二、三千人の援軍を頼み、備中忍山城辺りを攻めて欲しい」

「はい、全力をあげて」

基家は緊張した表情で両手を突いた。三位中将織田信忠への御礼言上以来、次々と大役を与えてくれる御殿直家の厚意に感激しているのだ。

「供には遠藤弥八郎を、案内には薬屋の小西弥九郎を付けてやる」

「はい。数々の御配慮、有り難うございます」

基家は繰り返し平伏して出て行った。するとすぐお福が現れた。

「御苦労様でした。さぞお疲れでしょう」

「そなたが八郎を連れて姫路まで行ってくれたお陰で、筋書き通りに進みそうじゃ」

直家は痩《や》せた頰《ほお》を歪《ゆが》めて妻を見返した。

「この度は八郎が自ら申し上げたのです。僕を秀吉様の猶子《ゆうし》にして下さい、と」

お福は笑顔で応えた。

「まあ、姫路に三泊した甲斐があったかな」

直家は抑え切れぬ嫉妬《しっと》をそんな言葉で表現した。蜘蛛の糸を渡るには、男の情も捨てねばならない。

改革は難しい――利の流れ

天正《てんしよう》八年（一五八〇）八月下旬、宇喜多基家《もといえ》は、新築成った羽柴《はしば》秀吉の本拠姫路城の本丸、三層櫓《やぐら》の最上階に入った。

「これは、わが殿様御自慢の岡山城よりもはるかに立派だ」

基家は櫓の大きさと豪華さに驚いた。両側に居並ぶ家臣たちの衣装もきらびやかだ。

待つほどもなく、一段高い主座に三人の小姓を従えた羽柴秀吉が現れた。色黒で小柄、額は禿《は》げ上がり、顎《あご》が小さく尖《とが》っている。全身を金襴《きんらん》の衣装で包んでいるのは、身体を大きく見せるためだろうか。

「宇喜多基家殿か、よう来られた。わしと汝《なんじ》が主君直家殿とは、会《お》うたことはないが親友じゃ。居場所は離れておっても心は繋《つな》がっておる。よってその方も身内のように思える。ま、ま、この城はまだ手直しが多くてむさ苦しいが、ゆるりと楽しまれよ。何ぞ頼み事でもあれば遠慮のう申されよ。わしはな、ものを頼まれるのが大好きでな、親友の直家殿から頼まれ事でもあればほんとに嬉《うれ》しい」

秀吉は、小さな身体に似ぬ大声でしゃべり、高笑いした。

「有り難いお言葉、感じ入ります」

基家は、秀吉の声と言葉に圧倒されて平身した。

「まず第一は戦《いくさ》のこと。毛利のお館《やかた》輝元《てるもと》様が大軍を率いて再度攻め寄せられるとか。わが方が囲む祝山《いおうやま》城を救援する意図と思えます」

「そうじゃ。武勇で知られた宇喜多の忠家殿詮家《あきいえ》殿御父子に攻められては耐えられぬでな。安芸《あき》のお館に援《たす》けを求めておるのじゃ」

秀吉は煽《おだ》て上げるようにいった。

「つきましては二つのお願いがございます」

基家は何度も復唱したせりふをいった。

「その一は、この基家が指揮して備中《びっちゅう》南部、忍山《おしやま》城を再度奪取して児島《こじま》に攻め入り、毛利勢を南に引き付けて撃ち破ります。そのために鉄砲四、五百を含む二千人ほどの援軍をお借りしとうございます」

「なるほど、なるほど」

秀吉は大きく頷《うなず》いたが、それに応えず、

「今一つは……」

と訊《たず》ねた。

「今一つは、毛利方の祝山城に兵糧八百俵を運び込んだる商人、岡本与三郎を糾弾して頂きたいのです」

「宇喜多基家殿よ、二つの願いはよう分かった。まずは即答できることから片付けよう」

羽柴秀吉は、小さく凋《しぼ》んだ顔一杯に笑いを浮かべていたが、眼《め》は鋭く光り出していた。

「宇喜多家には既に二千人を送っている。鉄砲も三百はおる。この者共は辛川《からかわ》の合戦でも加茂小倉の戦いでもお役に立ったと聞く」

秀吉はまず、宇喜多家に対して現に行っている手助けを述べた。

「親友の直家殿が大敵毛利と戦うにはこれでは足りぬと申されるのなら、二陣、三陣を送るのも吝《やぶさ》かではない。気掛かりなのは宇喜多家の受け入れ。兵糧の調達、弾薬や火縄の手当てには、わが方から気の利いた者を遣わさねばならぬだろうな」

「有り難きことで……」

基家はわけも分からぬままに頭を下げた。

「ならば平馬《ひょうま》、大谷平馬がよい」

秀吉は小さな身体を片膝《かたひざ》立ちにして居並ぶ家臣の左列後方の青年を指差した。それに応じて色白で透き通るような目の青年が躙《にじ》り出た。大谷平馬、のちの大谷刑部少輔吉継《ぎょうぶのしょうゆうよしつぐ》、この時二十二歳。秀吉に仕えて日は浅いが、播磨《はりま》各地の検地や姫路の町割普請《ふしん》で実績をあげた俊英である。

「平馬、両三日のうちに二千人の兵を抜き出し備前《びぜん》に遣《や》れ。その方も岡山に出張り、兵糧や弾薬の調達配分に当たれ。但しじゃ」

秀吉は平馬を睨《にら》んで続けた。

「これからの戦はあくまでも宇喜多家の戦。指揮はうちの援兵も含めて基家殿にお任せせよ。勇将の素質のある基家殿じゃ。その方は岡山の城に留《とど》まり、石田佐吉と連絡を取り合《お》うて兵糧弾薬の調達に努めよ」

秀吉は大声早口でいった。

宇喜多基家はますます感激した。戦勝すれば名誉は自分に来る。面倒な兵糧調達などは大谷平馬がしてくれる。

「これで備中忍山城を陥《おと》し、児島方面で戦果を挙げれば、俺の名は忠家、詮家父子を上回る。八郎君の傅役《もりやく》はこの俺だぞ」

基家はそんな気になった。これが数日前、八郎を連れてこの地を訪れたお福が秀吉に願い出た案だとは思いもしなかった。

「さて、岡本与三郎のことは、明日、本人を呼んで糾明するといたそう」

秀吉はそういって破顔すると席を立った。

翌朝、宇喜多基家は小姓の声で起こされた。

昨夜は石田佐吉と大谷平馬が、基家と供の遠藤弥八郎《やはちろう》、案内役の小西弥九郎《やくろう》の三人を饗応《きようおう》してくれた。上等の酒と山海の珍味が存分に振る舞われたが、話題は主として近江《おうみ》のこと、佐吉も平馬も近江の出身、近江商人の帳付けの法を心得ているという。

「茶室にお運び下さい」

間もなく、基家と遠藤弥八郎は茶室に案内された。控えの間には薬屋の小西弥九郎が先着しており、二日酔いに効く丸薬をくれた。

通された茶室には羽柴秀吉、石田佐吉、大谷平馬の三人がいた。部屋は四畳半の畳敷き、竹の柱に粗壁、基家には貧相な造《つく》りに見えたが、それが風流なのだと弥九郎が教えてくれた。

「与三郎をこれへ」

ひと通りの挨拶《あいさつ》が終わると、秀吉は炉に掛かった茶釜《ちゃがま》を掻《か》き混ぜながら背後に向かって呼び掛けた。

それに応じて、庭側の壁に切った狭い穴から大男が入って来た。大きな頭、黒い顔、広い肩、太い腰が、小さな壁の穴を器用にくぐり抜けた。近頃の茶道ではじまった躙り上がりである。

「岡本与三郎にござります。よろしゅうに」

大男はそういって平身すると、躙り口近くで正座した。四畳半の茶室には窮屈な巨体だ。

「与三郎殿。その方は毛利家に頼まれて美作《みまさか》祝山城に兵糧を運んだそうじゃな」

茶の回し飲みが一巡すると、秀吉が問うた。

「頼まれたわけではございまへん。米八百俵を祝山城に持っていったら銀十貫目を下さるというで、やりましたまでで」

「祝山城は宇喜多家が、羽柴様と同盟するわが宇喜多家が兵糧攻めにしておるところだぞ」

宇喜多基家は、眉間《みけん》に縦皺《たてじわ》を刻んで叫んだ。

「それは伺《うかご》うとります。そんなことでもないと、米八百俵に銀十貫目も払《はろ》うてくれはるはずがございまへん」

与三郎は悠然とした口調でいって、茶菓子の一片を口に運んだ。

「何と、その方。織田信長様のお申し付けで姫路に参り、羽柴秀吉様にお仕えしながら、利があれば敵方にも与《くみ》するのか」

基家は腰を浮かせて叫んだが、岡本与三郎は笑顔でゆっくりと手を振った。

「宇喜多の若様」

岡本与三郎は、宇喜多基家をそう呼んだ。

「商いは善悪ではございまへん、損得でございます。例えば、永楽銭《えいらくせん》を十枚持って来やはったら、どなたにでも米一斗をお売りします。お客はんに、この銭はどこで稼がはったのか、この米はどこで召し上がるのかなどお訊ねしまへん。信長様は楽市楽座でそれを徹底させはりました。そやから世の中は富み栄え、織田様の勢いが強うなっとりますねん……」

「何のかんのと屁理屈《へりくつ》を申しおって……」

基家は膝の上で掌《てのひら》を震わせた。手元に刀があれば斬《き》り掛かったかも知れないが、茶室は帯刀禁止だ。そこへ小西弥九郎が割って入った。

「与三郎はんのいわはるのはごもっとも。私らも敵味方の分け隔《へだ》てなしに薬を売っとります」

「詳しゅう申せば、祝山城への米の搬入はこんな勘定になりますねん」

与三郎は微笑を湛《たた》えながら説明した。

「私どもは因幡《いなば》で米千俵を銀子三貫八百匁《もんめ》で買い揃《そろ》え、強力《ごうりき》を雇いました。祝山城まで十三里半（約五四キロ）を五日で往復でけると見て、手当ては米なら四升、銀子なら三匁、延べ千人とすれば銀子三貫目だす。米の仕入れと合わせて七貫目弱。これで十貫目を頂けるのなら、私がやらんでも誰ぞがやります」

「それで与三郎殿。米千俵を買《こ》うて八百俵を祝山城に入れたと申したな」

そう問い質《ただ》したのは、基家の供として来た遠藤弥八郎だ。

「残りの二百俵はどうしたのか」

「それは様々。宇喜多方の御検問で取り上げられたもの、不良強力が掠《かす》めたもの、怪《け》我《が》をした強力の見舞いに与えたのも二十俵。けどほとんどは見張りの御要所の方々に、お目溢《こぼ》しの御礼に差し上げたんで……」

「ほう、二割の賄《まいない》で通れたわけか」

秀吉が茶筅《ちゃせん》の手を止めて問い返した。

「はい。祝山城の場合は見張りのほとんどが地場の方々、阿吽《あうん》の呼吸があるもので」

岡本与三郎はそういってから独り呟《つぶや》いた。

「御検問が厳重で取り上げられたり捨てて逃げなならんのが増え、持って行った米の五割以下しか運び込めぬようなら、誰もやらしまへん」

「ほう、取り上げられる分が五割を超えると誰もやらぬか」

秀吉は手元の茶碗《ちゃわん》から目を上げて、岡本与三郎を睨んだ。細めた瞼《まぶた》、鋭い眼光、への字に結んだ唇、羽柴秀吉が真剣に考える時の表情だ。

「はい。取り上げられるのが五割を超えると、怪我する強力も増え、見舞いの費用と脅《おび》えの気持ちが高まるので、いくら頂いても引き合いまへん」

与三郎はさらに詳しく語った。

「囲みを破って兵糧を入れるには様々な手がおます。隠し道を行くとか、見張りの交代時を狙《ねら》うとか、騒ぎを起こして隙《すき》がでけた時に突破するとか。けど一番はお目溢《めこぼ》し、つまりは賄賂《わいろ》だす。一揆《いっき》の衆の集まりの祝山城の囲みは、扱い易《やす》い方ですねん」

「与三郎、その意味で厳しいと評判なのはどこどこか」

「まずは羽柴様の三木《みき》城と明智光秀様の囲われた丹波《たんば》の八上《やかみ》城、それにこの三月から徳川家康様が囲んだはる遠州《えんしゅう》の高天神《たかてんじん》城も厳しいとの評判です」

「ほう、わしと光秀様と家康様か」

秀吉はゆっくりと茶筅を置いて訊ねた。

「緩やかだったのは……」

「やっぱり大坂《おおざか》本願寺でっしゃろ。地形も複雑やし、それに……」

「それに……」

与三郎が最後の言葉を呑《の》み込んだのを、秀吉は鋭く聞き咎《とが》めた。

「それに、本願寺をお囲いの佐久間《さくま》信盛《のぶもり》様がおおらかな質《たち》で、組の気分も長年の滞陣で弛《ゆる》んどりました……」

与三郎はいいたくないことをいわされたのか、気色悪そうに口を拭《ぬぐ》った。それを見た秀吉は、いつもの多弁声高に戻った。

「与三郎の申すことよう分かった。祝山城への兵糧運び入れを止めるのは難しいとあれば、どんな手があるかな」

「一番確かなのは、因幡から余分な米を無《の》うすることですわ」

与三郎は自信たっぷりに応えた。

「この秋の出来米をごそっと買い占めてしもたら、祝山城に入る兵糧は無うなります。私らが買《こ》うた値、千俵銀三貫八百匁にもう一貫目を足したら、農民も地主もあるだけの米を売りますやろ。後になって買おうとしても、地元では買えへん」

「与三郎は流石《さすが》にええことをいう」

羽柴秀吉が黄色い歯を見せて笑った。

「米千俵を強力に運ばせるけちな商売は止《や》めて、万俵を買い占めて船で若狭《わかさ》に送れ。馬背《ばはい》で峠を越えて琵琶《びわ》湖に浮かべれば京や安土《あづち》で高値で売れる。多少の損は補ってやる」

「それは有り難いことで」

岡本与三郎が巨体を二つ折りにした。

「千俵につき銀五貫目というたら、農民地侍ばかりか、お城の兵糧までも持ち出して来ますやろ。祝山城に運ぶ米は無《の》うなります」

「いやいや、事は祝山だけではないぞ」

秀吉はにやりとした。

「分かっとります。因幡や伯耆《ほうき》を羽柴様の戦場に巻き込むことで……」

岡本与三郎は低く呟いた。それに秀吉は満足気に頷き、口元だけの笑顔を宇喜多基家の方に突き出した。

「基家殿、納得されたかな、これで」

「は、はい。何とか」

基家は全身を強張《こわば》らせて頷いた。この時、秀吉の禿げ上がった頭の中では、基家の想像を絶する大構想が蠢《うごめ》いていた。山陰に興味を持つ明智光秀を出し抜いて中国戦線を一手に握ることだ。

この年（天正八年）正月、羽柴秀吉は播磨の三木城を攻め陥し、兵力には余裕ができた。それを秀吉は、弟の小一郎秀長に与え、但馬《たじま》を完全制圧させた。

この頃、山陰は荒れている。伯耆の南条元続《もとつぐ》が毛利から離反して緊張が高まった。その隙間を縫って素早く但馬を平らげたのだ。

秀吉の占拠地には生野《いくの》銀山がある。毛利家の支配する石見《いわみ》銀山ほどではないが、日本有数の大銀鉱だ。しかもこの頃、堺《さかい》で蘇我理右衛門《そがりえもん》が、南蛮《なんばん》人白水《はくすい》なる者から、「南蛮吹き」と呼ばれる銀を粗銅から分離する術を習得、銀の精錬効率を高めた。

蘇我理右衛門は恩師白水の名を縮めて「泉屋」と号して精錬所を営み、その子の理兵衛は母の実家の住友姓を名乗り、江戸時代を通じて銅座総元締を務める住友家の祖となった。

生野銀山の占領が技術開発と時期を同じくしていたのは羽柴秀吉の好運だが、それを直《す》ぐ応用できたのはこの男の勤勉さと見通しのよさである。

「急ぎ安土に行く。宇喜多の八郎を猶子《ゆうし》とするにも、因幡の米を買い占めるにも、信長様のお許しを得ねばならぬでな」

茶室を出た羽柴秀吉は、石田佐吉や大谷平馬に旅の準備を急がせた。

だが、この旅は実現しなかった。この頃、織田信長はすべてを吹き飛ばすほどの改革をはじめていたのである。

鬼が出た——嵐《あらし》の後

天正《てんしよう》八年（一五八〇）八月。近畿《きんき》の西半分、丹波《たんば》、摂津《せつつ》、播磨《はりま》は「嵐の後」の状態だ。

丹波の八上《やかみ》、摂津の伊丹《いたみ》、尼崎《あまがさき》、花隈《はなくま》、三田《さんだ》、播磨の三木《みき》や御着《ごちやく》、長水山《ちようずいさん》と敗亡の城が並ぶ。それぞれの城主は滅亡、君主を失った落ち武者がうようよ、中には野盗と化する者もいる。

そんな荒廃の止《とど》めは、大坂《おおざか》本願寺の炎上である。

本願寺は、織田信長と交戦五年、刀折れ矢尽きる様で講和を受け入れ、四月に門主顕如光佐《けんによこうさ》は紀伊雑賀《きいさいが》へと退去した。

それでも何千人かの門徒は退去を肯《がえん》じず、息子の教如光寿《きようによこうじゆ》を擁して立て籠《こも》った。しかし、織田の大軍には抗すべくもなく、八月二日には、教如もまた紀伊雑賀に向かった。そしてその夜、故意か過失か、火災が発生した。

火は、豪壮な伽藍《がらん》を焼き尽くすまで三日三晩も燃え続けた。

本願寺の燃える炎は、古い時代の送り火だ。宗門が土地を押さえ槍《やり》鉄砲を備えて世俗の政治の一大勢力であり続ける日は終わった。武士の社会の人事も変わった。

同じ八月二日、安土《あづち》では、織田信長が明智光秀に丹波一国を、その組下大名の細川藤孝《ふじたか》に丹後《たんご》の国を与えた。いずれもそれぞれの土地には縁のない武将、江戸時代の言葉なら「鉢植え大名」、今日風にいえば「落下傘政治家」である。

当然ながらこの人事は、京や安土の「評論家」たちの好個の話題になった。

「明智様は、御母堂をも人質にして波多野《はたの》一族を倒された。その武略と忠義を、信長様が評価されたのは当然であろう。功ある者には禄《ろく》にて報いる合理的な人事じゃ」

という者がいた。その反面、

「明智様は万事に上品を心掛け、学問詩経の道にも励んでおられるが、素性《もと》はといえば素浪人。前《さきの》将軍足利義昭公の放浪時代に取り入り、細川藤孝様に繋《つな》がったのが出世の糸口、それが足利義昭公から信長様に乗り替え、藤孝様を組下に従える。何とも冷酷な這《は》い上がり者じゃ」

と、皮肉混じりの解説をする者もいる。

実際、この時点では織田信長の真の意図を見抜けた者は少ない。巷《ちまた》の評論家はもちろん、諸侯の参謀も宮中の情報通も分かっていなかった。当事者の明智光秀さえ、十分には理解していなかっただろう。

天正八年八月。混乱していたのは近畿だけではない。備前《びぜん》や越後《えちご》でも、主君を失った武士たちが、巣から追われた蜂《はち》のように彷徨《さまよ》っている。

不満と怒りを抱いて遠国に去る者も、武士をやめて農民、商人になる者もいたが、大半は領地を拡《ひろ》げた織田家諸将の下に、お抱えを願って集まっていた。丹波一国を得た明智光秀、播磨と但馬《たじま》を占領した羽柴《はしば》秀吉、加賀《かが》や能登《のと》に領地を拡げた柴田勝家とその組下の前田利家や佐々《さっさ》成政《なりまさ》らである。

そんな中でも、織田信長は、政務と趣味の双方を楽しんでいた。本願寺に加担した寺を罰して堂塔寺領を奪ったり、近衛《このえ》前久《さきひさ》をして九州の島津と大友の調停を図らしめたりもした。豊後《ぶんご》の大友に、当面の敵毛利の背後を脅《おびや》かさせるためだ。

この間にも信長は、何度か囲碁を楽しみ、本行院日海《ほんこういんにっかい》が各地各大名家に配置した碁打ち将棋指しが報《しら》せて来た情況を聞いたりもした。

「武田家は極度に疲弊、この秋の収穫も悪い。徳川家康に包囲された遠江《とおとうみ》の高天神《たかてんじん》城を救援するどころか、滝川一益《かずます》に脅かされている木曾《きそ》の城主たちを繋ぎ止める手も打てない」

「越後の上杉家の二代目となった景勝《かげかつ》は、財政再建を優先して論功行賞を先延ばしにしているので、諸将に不満が鬱積《うっせき》している」

「山陰の因幡《いなば》は微妙な情況。鳥取城主の山名豊国は腰の据わらぬ男。今は毛利の付け家老に人質を取られて身動きならず。御不満の日々である」

などなどだ。それは信長の諜報《ちようほう》機関が手に入れた情報や堺《さかい》の商人たちがもたらす噂《うわさ》とも一致している。

だが、織田信長が何よりも注目したのは、「わが配下」。とりわけ大坂本願寺攻めに当たっていた佐久間《さくま》信盛《のぶもり》、信栄《のぶひで》父子の陣の堕落振りである。

「滞陣五年、多くの砦《とりで》は定着した城と化して城下町ができ、芸人女郎が群がっています。賭《か》け事も盛んで、賭け碁のために尾張《おわり》の領地を担保に銭を借りる者もいると聞きます」

そんな話を聞き貯《た》めた信長は、

「断固、大改革が必要である」

と決意。八月十二日に安土を発し、宇治から船で大坂に向かった。そしてその途上で、天下を揺るがす書状を書いた。

「何のことか……」

二日後の八月十四日、本願寺攻めの拠点天王寺砦で織田信長の使者を迎えた時、佐久間信盛は、その口上が理解できなかった。

この日の朝、「上使来訪」の予告を受けた信盛が予想したのは「本願寺攻略のお褒め」である。丹波丹後を平定した明智光秀同様、河内《かわち》か和泉《いずみ》かの一国ぐらいは頂けるとさえ思った。

佐久間信盛は、永禄《えいろく》年間（一五五八〜七〇）以来二十年余、織田信長に仕えて重用され、数々の戦いに参加した。特に元亀《げんき》年間（一五七〇〜七三）には織田軍主力の一角として近江《おうみ》の一向一揆《いっこういっき》や浅井《あざい》・朝倉の軍と戦った。

もっとも、武田信玄の攻撃に曝《さら》された徳川家康の援助に赴いた三方ヶ原《みかたはら》の戦い（元亀三年／一五七二）では戦わずして逃げ帰ったし、朝倉義景《よしかげ》を追撃した刀根《とね》越えの戦いでは主君信長よりも遅れるなどの失態もあった。

とはいえ、織田家累代の重臣の中では柴田勝家と並ぶ重鎮である。五年前（天正三年）、織田信長は、信盛の多年の功労を賞して水野信元の旧領を与え、尾張や三河など七ヵ国の武将を組下に付けて大坂本願寺攻めの総大将にした。

佐久間信盛が、あれこれ苦情をいわれてはいても「本願寺攻略」という結果を出したのだから、褒められて当然、と考えたのも不思議ではあるまい。

ところが、信長の使者が読み上げた上意はまったく逆だ。

「五年にわたる本願寺攻めの間、無為無策で時と銭を空費し、部下を増やさず私腹を肥やした。その間に丹波丹後を平定した明智光秀、播磨、但馬、備前、美作《みまさか》を味方のものにした羽柴秀吉の働きに比べて怠惰と臆病《おくびょう》が著しい」

などと書き連ねている。そして最後には、

「子息の信栄共々高野山に追放する」

との判決が付いていた。

「これはどういう意味で……」

佐久間信盛は、使者に齧《かじ》り付くようにして訊《たず》ねたが、使者はただ、

「お聞きの通り」

と応えるばかりだ。同席した部下にも訊ねたが、みな黙って首を振るだけだった。松永久秀や荒木村重《むらしげ》の叛乱《はんらん》が悲惨な結果に終わったのを見たあとでは、反抗を勧める者もいない。尾張と三河にいくつもの城を持ち、本願寺攻め三万余の総指揮官だった織田家の重臣、佐久間信盛は、一瞬にして地位も家産も名声も失った。

翌八月十五日、大坂天王寺砦を出る信盛、信栄の父子に付き従ったのは、振り分け荷物を肩にした老若二人の従僕だけだ。しかもこの二人さえ、その日の夜には金銀の

詰まった荷物と共に消えていた。この親子に残されたのは、自ら運んだ笠《かさ》と合羽《かっぱ》、それに十両余りの金子だけである。

それだけではない。十七日の夜に高野山に着いた父子を待っていたのは、

「高野山にも留《とど》めるべからず」

との厳命だった。

止《や》むなく佐久間父子は、大和《やまと》十津川の山中を彷徨《さまよ》うことになる。

織田信長の過酷な懲罰は、佐久間父子に止《とど》まらない。十七日には、織田家累代の家老、林佐渡守秀貞《さどのかみひでさだ》と美濃《みの》の城主安藤範俊《のりとし》父子にも追放令が出された。

林秀貞の罪状は、二十四年前、信長が織田家の家督を弟の信行《のぶゆき》と争った時、柴田勝家らと共に信行を担いで信長に反抗した、というものだ。安藤範俊に至っては理由も不明、ただ「お前が気に喰《く》わぬ」というに等しい。

織田家中は震え上がった。二十四年も前の反抗を持ち出されれば思い当たる節のある者も多い。無為や怠惰を責められたのでは気を緩《ゆる》めることができない。相次ぐ戦勝で緩みがちだった家中の雰囲気は引き締まった。

しかし信長は、恐ろしいばかりではなかった。林秀貞や安藤父子を追放した翌日の八月十八日。荒木村重の攻略に功労のあった尾張犬山の城主、池田恒興《つねおき》に、伊丹、尼

崎、花隈の諸城を与え、摂津の西半分の領主とした。そして摂津の東側、高槻《たかつき》城の高山右近《うこん》や茨木《いばらき》城の中川瀬《せ》兵衛《ひょうえ》は本領安堵《あんど》の上、明智光秀の組下に付けた。

続いて大和郡山《こおりやま》城の筒井順慶《じゅんけい》に、郡山城以外の大和の城はすべて破却するように命じた。その上に、明智光秀と滝川一益に命じて、大和国すべての指し出し検地を行わせた。

ここにおいて、織田信長の目指す政体「天下布武《ふぶ》」の実態が見えて来た。

信長は、すべての土地と民は公の、つまり織田政権のものとし、大名であれ寺社であれ、所領は政権（国家）から与えられるもの、としたのである。

「何々、大和国中指し出し検地。御担当は明智光秀殿と滝川一益殿か。御両所共に文武両道、織田家には大事なお方じゃなあ」

八月末の午後、姫路城の座敷で安土からの報せ《しら》を見た羽柴秀吉は、笑顔を作ってそういった。しかし、その胸中では嫉妬《しっと》と焦りが燃えている。

明智光秀、滝川一益は、羽柴秀吉と並ぶ織田家中の出世頭。いずれも出自さえ不詳の身で信長に仕え、大軍を指揮する「軍団長」に成り上がっている。それだけに互いに競争意識が強い。

今回の人事と領地再編では、明智光秀の発展が目立つ。自身が平定した丹波一国を与えられた上、荒木村重の配下から寝返った高槻城主の高山右近や茨木城主の中川瀬兵衛も与力する組下大名に加えた。

さらに、丹後一国を与えられた細川藤孝と、大和の国主と認められた筒井順慶は、共に光秀の娘を息子の嫁にした組下大名だ。そしてその大和の指し出し検地に、光秀自身が滝川一益と共に乗り込むという。

「光秀殿の支配地は北の海に面した丹後から南の山に突き当たる大和まで近畿を貫く。織田家中第一の勢力じゃわな」

そう呟《つぶや》いた秀吉の胸中は、嫉妬の炎で焦げ付くほどに熱くなっていた。

「ここはわれらもひと働きせねばなるまい」

秀吉は近臣たちを見回して囁《ささや》いた。いつもの大声とは打って変わった暗い表情だ。

「既に手は打っておりまするぞ」

得意顔でそういったのは、片脚を投げ出した黒田官兵衛孝高《よしたか》である。

「殿の御指示で岡本与三郎が因幡の米を高値で買い漁《あさ》っております。それに釣られて鹿野《しかの》城を預かる三吉三郎左衛門が、城内蓄えの兵糧米を売り出しておりました」

「ほう、鹿野城は毛利方の目付の城。鳥取城の山名豊国様らの人質も預かっておるはずだが」

秀吉は身を乗り出して囁いた。

「そこですぞ、そこ……」

黒田孝高も秀吉に顔を寄せた。

「大事な城を預かる者が、兵糧米を売って私腹を肥やしたと知れれば只《ただ》では済まぬ。それを種に強請《ゆす》りをかけますのじゃ。山名豊国様らの人質を渡してわが方に寝返れと……」

鬼が出た――普通の人

戦国乱世といえども、勇将豪傑ばかりがいたわけではない。ほとんどは「普通の人」、臆病《おくびょう》で怠惰でわが身の可愛《かわい》い凡人である。

大抵の場合、そんな人々は歴史に残らない。だが中には、先祖譲りの地位や城地を持ったばかりに強大勢力の争いの坩堝《るつぼ》に投げ込まれ、欲と力の渦に翻弄《ほんろう》された人物もいる。因幡《いなば》鳥取の城主、山名豊国は、そんな人物の一人である。

山名豊国は、室町時代の山陰地方の守護、山名家の血統に天文《てんぶん》十七年（一五四八）に生まれ、父親と兄とが死ぬと、十三歳で因幡の国主となった。永禄《えいろく》三年（一五六〇）、桶狭間《おけはざま》の合戦の年だ。二年後には家臣の武田某《なにがし》の謀叛《むほん》で城地を奪われたが、十年ほど後（一五七三年）には、出雲《いずも》の尼子《あまこ》氏の後ろ盾で領地を取り戻し、鳥取城に居住した。

やがて尼子氏は滅亡、毛利の武将吉川《きっかわ》元春が攻め寄せると、豊国はすぐに膝《ひざ》を屈した。

天正《てんしょう》六年（一五七八）末には播磨《はりま》に侵攻した織田の武将羽柴《はしば》秀吉が押し寄せた。豊国はこれにもすぐ降伏する。地位と身命を保つために、常に身近な強者に従ったのだ。

ところが、天正八年、情況が俄然《がぜん》緊迫する。西隣の伯耆《ほうき》で南条元続《もとつぐ》が、南側の美作《みまさか》備前《びぜん》では宇喜多直家が、毛利に反抗する。これに対して毛利の山陰担当吉川元春は、北の海から三吉三郎左衛門らの軍を送り込み、伯耆との国境に位置する鹿野《しかの》城を強化、地侍らを組織して支配体制を整えた。

西の鹿野城、南の美作祝山《いおうやま》城、それに北の海からの水軍勢力の三方から圧迫された鳥取城主の山名豊国は、いつものように「近くの強者」毛利に加担した。

だが、この度は、それまでのように気楽ではなかった。毛利の武将三吉三郎左衛門は忠義の証《あかし》として山名豊国とその重臣、森下通興《みちおき》や中村春続《はるつぐ》らに人質の提供を求めた。豊国は愛娘《まなむすめ》を、森下や中村も妹や息子を、毛利の拠点鹿野城に預けた。この時点での力関係では当然のことだった。

だが、その「当然」が悲劇を生んだ。同年八月、岡本与三郎なる商人が「千俵銀五貫目」の高値で米を買い集め出した。これに釣られて因幡の領主は米を売った。山名豊国らだけではない。鹿野城を預かる三吉三郎左衛門までもが、城内に貯《たくわ》え置くべき兵糧米を売り払った。すぐ来月にも新米が収穫され、年貢が入る、と見ていた。

ところが、年貢が入る前の九月はじめ、羽柴秀吉の派遣した織田方三千余が但馬《たじま》から因幡に侵攻して来た。

先鋒《せんぽう》を務めるのは亀井新十郎茲矩《これのり》、二年前に山中鹿之助《しかのすけ》の息子新六《しんろく》を連れて上月城《こうづき》を脱出した青年である。茲矩は、旧知の尼子遺臣を口説いて味方にし、鹿野城を孤立させた。

城主の三吉三郎左衛門は困った。城は堅く兵は二千人を数えるが兵糧が少ない。その上、城内には、城主が兵糧米を売り払って私腹を肥やした、という醜聞が流れた。

「これでは勝っても負けても殺される」

と考えた三吉は、主要幹部に兵糧闇《やみ》売りで得た銀子を分配して降伏、鳥取城から預かった山名豊国らの人質を織田方に引き渡してしまった。

九月十日、亀井茲矩を先鋒とする羽柴勢は鳥取城の門前に迫り、山名豊国の幼い娘ら数人の人質を磔《はりつけ》にして降伏を迫った。

山名家伝来の甲冑《かっちゅう》に身を包んだ豊国は、大手門の櫓《やぐら》に立ってこれを見た。秋の陽《ひ》に照らされた亀井らの派手派手しい旗幟《きし》が、室町以来の山名家の家門を誇る豊国には、いかにも下劣に見えて腹立たしかった。

「たとえ人質の娘の身が粉々にされようとも、下郎の羽柴秀吉の家来どもには降《くだ》らぬ、今度ばかりは毛利家に忠義を尽くすぞ」

山名豊国はそう宣言、重臣たちもいつにない主君の覚悟に感激して同調した。

「ならば止《や》むを得ぬ。武士の作法じゃ」

亀井茲矩はまず、重臣たちの妹や幼い息子らを刺し殺した。悲鳴は大手門の櫓にも届き血飛沫《ちしぶき》の散るのがはっきりと見えた。

続いて刑吏は血糊《ちのり》のついた槍《やり》を、ひと際間近に立てた柱に縛った豊国の娘に向けた。その瞬間、豊国が喚《わめ》いた。

「待て、待ってくれ。開城する故、娘は助けてくれ」

豊国は、先祖伝来の兜《かぶと》を脱ぎ捨て、梯子段《はしごだん》を滑り降り、大手門の閂《かんぬき》を自ら外して城門を開いた。城兵も攻め手の将兵も、髪を乱して飛び出して来た城主を啞然《あぜん》と見守るばかり。そんな中を山名豊国は、娘の縛られた十字架に取りすがって泣きじゃくっていた。

こうして鳥取城は陥落、羽柴方の占領するところとなった。だが、これでこの城の命運が定まったわけではない。

鳥取城を占拠した頃、羽柴秀吉の手勢は目一杯の仕事を抱えていた。

毛利輝元《てるもと》が再度出陣して来るという情報が伝わり、備前美作戦線は緊張、宇喜多勢の援護のために四千人を派遣していた他、岡山城には大谷平馬《ひょうま》（のちの吉継《よしつぐ》）を頭とする兵糧方一千人を置いている。

一方、播磨では、織田信長の指示で指し出し検地をはじめたが、その実施と護衛にもかなりの人数が必要だ。秀吉は検地の成果を活《い》かして、黒田孝高《よしたか》や加藤虎之助《とらのすけ》らに播磨の領地を与えた。

秀吉が因幡平定に充てた兵力は、亀井茲矩、宮部継潤《けいじゅん》らの三千人。大部分が伯耆境の鹿野城に集まった。鳥取城は従来通り、山名豊国とその家臣たちに守らせていたのである。

ところが、鳥取城の内情は険悪だ。何しろ城主の山名豊国は、人質になっていた重臣たちの子女は殺されるに委《まか》せながら、わが娘ばかりを救わんとして城を開いて降伏したのだから、指導者としての権威も同志としての結束も保てるはずがない。

「われわれの妹や息子は、何のために誰に殺されたのか」

そんな怒りが溢《あふ》れ、「裏切り者」の城主に対する憎しみが日々に高まった。

九月二十一日、山名豊国は森下、中村以下の城兵の憎しみに堪えかね、家族と従僕、愛馬一頭を連れて鳥取城を脱出、羽柴方の拠点鹿野城に逃げ込んだ。

だが、その鹿野城もまた万全ではない。この城の城主になった亀井茲矩は今年二十四歳、尼子勝久が因幡を追われた頃には十四、五歳の少年に過ぎない。それが「尼子の遺臣」と自称したのでは、因幡の地侍が嫌気を感じたのも不思議はない。

山名豊国が鹿野城に逃げ込んだ直後、この城に居た地場の武士数十人が脱走、野に隠れた地侍を引き出して鹿野城の西側に新城を築き出した。

因幡の情勢は一転、毛利方有利に変わった。

こうした情況を見て取った吉川元春は、鳥取城に五、六百人の部下を送ったが、鳥取城を乗っ取った森下や中村らは、より強力な指揮官の派遣を求めた。

季節は既に冬、山陰は雪に閉ざされる時季を迎えていた。


鳥取城主の山名豊国が、哀《かな》しくも滑稽《こっけい》な寝返りを繰り返していた天正八年九月、毛利家二代目お館《やかた》の輝元は、辛《つら》い戦旅《いくさたび》の途上にいた。

この年五月、輝元は備中《びっちゅう》から安芸《あき》に戻った。

五ヵ月に及ぶ備前での戦いは十分な戦果をあげられなかった。宇喜多領に打ち込んだ毛利の「三本の楔《くさび》」のうち、南の忍山《おしやま》城は奪い返し、北の高田城も周辺の敵城を降して機能を取り戻した。しかし、西北の美作祝山城を宇喜多勢の包囲から救うことはできなかった。加茂小倉の敗戦で祝山城に達せぬまま、田植えの季節を迎えて帰郷せざるを得なかったのだ。

その上、天下の情勢は毛利に不利になっている。播磨の別所長治《ながはる》、摂津《せっつ》の荒木村《むら》重《しげ》、大坂《おおざか》の本願寺など、毛利の前衛を成した味方が次々と織田信長に攻め滅ぼされた。

そんな中で唯一の成功は、鳥取城主山名豊国を織田方から毛利方に寝返らせたことだ。毛利方は、ここから祝山城へ、米八百俵を商人に運ばせることに成功したが、宇喜多勢の包囲が解けたわけではない。

「八百俵の米で二千人の城兵が喰《く》い繋《つな》げるのは精々半年。山陰が雪に閉ざされる前に祝山城を救わねばならぬ。忠義な城将湯原春綱《はるつな》殿を見殺しにしては、わが家の威信は地に堕《お》ち、各地の城主も従わなくなる」

毛利輝元は焦った。一度は八月二日に出陣と決めたが兵が集まらず、一ヵ月ほど延期した。ようやく五千の兵を集めて安芸吉田《よしだ》を出陣したのは九月三日。九月八日には早くも高田城の手前まで来た。ここで出雲から来る吉川元春と合流、東八里半（約三四キロ）の祝山城を目指す予定だった。

ところが九月十日、鳥取城主山名豊国が、羽柴秀吉の部将亀井茲矩の「人質の娘を殺す」という脅しに屈してまた寝返った。

このため、吉川元春は出雲に留《とど》まり、豊国追放の工作に励んだ。これは見事に成功、山名豊国は家臣の憎しみを買って自分の城から逃げ出さざるを得なくなる。元春はすぐ鳥取城に部下を送ったが、山陰地方は至極不安定。元春は出雲を離れ難い情況になった。

九月末、毛利輝元は、吉川軍を欠いたまま高田城を発して祝山城救援に向かった。だが、その前途には宇喜多方の宮山城が立ちはだかっている。

「お館様。この人数で、あの城を陥《おと》すのは無理です」

補佐役の二宮就辰《なりとき》がそういい出したのは十月下旬の夕刻。毛利輝元が五千ほどの兵力で宇喜多方の宮山城を攻め出してから十日余りが経《た》った頃だ。

「何故《なぜ》か。たかが山中の小城ではないか」

輝元は不機嫌に返した。谷を挟んで見る宮山城は貧弱な山城。土を掻《か》き上げた土手の上の銃眼を備えた塀が目立つ程度だ。

「諜者《ちょうじゃ》の報告では、あの城には宇喜多忠家の勢千人に加え、羽柴の援軍が五、六百人、鉄砲多数を携えて籠《こも》っているとか。力攻めではわが方の損害が増えるばかりで

　就辰は、小さな体を縮めて呻《うめ》いた。

「それに……」

　と、右筆兼勘定方の佐世《させ》元嘉《もとよし》が続けた。

「間もなくこの辺りは雪になります。兵の暮らしも兵糧の運搬も困難です」

「それでは、祝山城はどうするのか。また銀子を出して商人に米を運ばせるか」

「それも難しいようで……」

　元嘉は項垂《うなだ》れた。

「羽柴の肝煎《きもい》りで宇喜多勢の見張りも厳しくなったとかで、請け負う者がおりません」

「この前の岡本与三郎は……」

　輝元は思い出した名を挙げたが、元嘉は首を振った。

「この秋、仰山な米を買って若狭《わかさ》に運んだとか。今はそれを京や安土《あづち》で売っておるようです」

「ふーん、では祝山城はどうなる」

　輝元は苛立《いらだ》った。

「止《や》むを得ません。湯原春綱《はるつな》殿には、精一杯頑張って、堪《たま》らぬ時には桝形《ますかた》城に脱出するよう伝えるしかありますまい」

二宮就辰がそういってから付け加えた。

「これには吉川元春様も、小早川隆景《たかかげ》様も、御同意です」

「また両川《りようせん》か……」

輝元はそう呻いて唇を嚙《か》んだ。そんな輝元に就辰が囁《ささや》いた。

「隆景様は、祝山《いおうやま》城にこだわらず、南の児島《こじま》で勝利をあげるべきだ、と申しておられます。宇喜多勢を誘い込んで討ち取るのです」

「なるほど、児島なら隆景様の水軍も存分に働けるわな」

輝元は感心と皮肉を交じえていった。

鬼が出た――九歳の殿様

「忠家様のお手柄にございます。美作《みまさか》の毛利方の拠点、祝山城を陥《おと》されました」

天正《てんしよう》八年（一五八〇）も暮れに近い十二月二十四日の午後、岡山城奥座敷にそっと入って来た遠藤弥八郎《やはちろう》が、興奮を抑えた低い声で囁《ささや》いた。

「ほう、祝山城を陥したか……」

真綿の入った分厚い布団にくるまった宇喜多直家は、微笑《ほほえ》み、枕《まくら》元に侍《はべ》る妻のお福に身を起こすように合図した。

「それで、毛利方の祝山城主、湯原春綱殿はどうなされたかな」

寝床に身を起こした直家は、そう訊《たず》ねた。

「忠家様の使者の話では……」

弥八郎は、直家の凋《しぼ》んだ顔に語った。

「去る二十日は激しい雪が降り、忠家様らわが方の寄せ手の兵もみな陣屋に籠《こも》っておりました。その雪が止《や》んだのは翌二十一日夕刻、物見を出したところ、祝山城は蛻《もぬけ》の殻、城将湯原春綱殿ら主だった者は西北二里（約八キロ）の桝形城《ますかた》に移られたものと思われます」

「ほう、桝形城は急造の繋《つな》ぎの城、長くは保《も》ち堪《こた》えられまい」

直家は瘦《こ》けた頰《ほお》を綻《ほころ》ばせた。顔色は渋紙のように黄ばんでいるが、眼光は鋭く記憶は正確だ。

「左様、雪の解けるのを待って因幡《いなば》に引き揚げるものと見られます。宮山城まで押し寄せていた毛利勢も西の高田城に引き揚げました」

弥八郎は最近の戦況を伝えた。

「なるほど、それは忠家の大手柄じゃ」

直家が嗄《か》れた声でいうと、お福が、

「そんならお祝いをせなりませんなあ」

と微笑み掛けた。

「そうじゃ。年明け早々にも戦勝祝いをしよう。わしも久しくみなの顔を見てないでな、忠家、詮家《あきいえ》、基家《もといえ》、それに戸川、岡、長船《おさふね》の三家老御父子らを招いてな」

直家がそういったのには、弥八郎も思わず、

「大丈夫ですか」

と訊ねた。それに応えたのはお福の方だ。

「殿様はこの頃は快方に向かっています。春には外にも出られると医師もいうてます」

そこでお福は話題を変えた。

「それより弥八郎はん、三の丸の大谷平馬《ひょうま》はんにも祝山城のことを報《しら》せて、羽柴《はしば》秀吉様に伝えてもらいなはれ。因幡を攻めはるのなら美作の道が使えると」

「直《す》ぐ、今夜のうちにも大谷平馬殿に……」

遠藤弥八郎は頷《うなず》いて座敷を出て行った。

大谷平馬は、羽柴秀吉からの援軍四千に兵糧、火縄、弾薬を供給する奉行として備《び》前《ぜん》に入り、岡山城三の丸に駐屯している。色白の顔に澄んだ目を持つ平馬は如才ない若者で、戸川秀安らの家老たちには礼を尽くし贈り物を欠かさない。その一方で、遠藤弥八郎や明石全登《あかしてるずみ》ら宇喜多直家側近とも屈託なく付き合い、酒食を共にすることも多い。何よりの便利は、千人近い人数と二百頭ほどの馬匹《ばひつ》を擁する荷駄者《にだもの》を連れていることだ。銭で雇う兵だからこそできる織田家特有の輸送専門の部隊である。

そのせいで、北の宇喜多忠家の軍も、南の基家勢も、次第に兵糧輸送は大谷平馬に頼るようになっている。平馬は面倒な兵糧の配分や荷駄者のやり繰りを齟齬《そご》なくやれる。帳合い勘定の術に長《た》けているのだ。

のちに浮田河内守《うきたかわちのかみ》を名乗って備前の検地奉行を務める弥八郎は、この頃から帳合いの術を学び出す。その手解《てほど》きをしたのは大谷平馬、のちの刑部少輔吉継《ぎょうぶのしょうゆうよしつぐ》であったろう。要するに、大谷平馬は、会って不愉快な相手ではない。殊にこの時は戦勝報告、弥八郎はいそいそと出て行った。

それを待って、お福は夫直家の上体をそっと寝かせた。侍女のお久仁《くに》と医師の琢庵《たくあん》が入って来て燭《しょく》を点《とも》し、真綿の布団を剝《は》いだ。お福が寝間着を開けると、直家の身体が露出する。肋骨《ろっこつ》が浮き上がるほどに痩《や》せ枯れているのに右腹《はだ》だけが腫《は》れている。そして股《また》を包む下帯には、べっとりと血膿《ちうみ》が付いている。お福は、お久仁の持って来た桶《おけ》の湯で直家の身体を丁寧に拭《ぬぐ》い、下帯を着け替え、血膿の付いた方は湯桶に入れた。

それからの一刻（約二時間）、医師琢庵の調合した薬湯と侍女の煮立てた粥《かゆ》や魚鳥の汁を、直家は懸命に啜《すす》った。今や朝晩二回の飲食は、宇喜多直家の生きるための闘いである。

飲食を終えると、直家は眠り出した。それを見届けたお福は湯桶を抱えて本丸東側の潜《くぐ》り戸を出た。風は冷たく月もない。切り立った石垣の下には水量豊かな旭川《あさひ》が流れる。人の気配のないのを確かめたお福は、湯桶から血膿の付いた下帯を出して旭川に投げ捨てた。直家の下血を家中の者にも知らせぬために、夜毎《よごと》繰り返す苦行である。


「来《きた》る正月十五日、岡山城本丸御殿で、年賀を兼ねて祝山城攻略戦勝祝賀会を行う」

そんな触れが宇喜多家中に流されたのは、祝山城攻略の捷報《しょうほう》が入った翌々日の十二月二十六日のことだ。

「何、祝勝会。殿様のお体は祝宴に出られるほどに回復したということか」

たちまちにして、それが話題になった。

宇喜多直家は、七月十五日に備前の高《たか》城攻略の祝宴に出てから五ヵ月余も、人前には出ていない。戸川秀安や長船貞親《さだちか》らの家老たちでも顔を見たのは二ヵ月前、直家の意向は遠藤弥八郎や明石全登らの側近か、奥方のお福を通して語られるだけだ。

このため、直家重態説が何度も流れたし、「既に死んでいる」との噂《うわさ》も出た。祝勝会の開催は、そんな噂を否定するためでもある。

同じ日の午後、岡山城内の本丸奥座敷では、この行事の準備が進められていた。

「これは加減がいい。これなら二刻（約四時間）でも座っておられるわ」

寝床に座った宇喜多直家は、痩けた頰を綻ばせた。直家の体の裏には、背を凭《もた》せ掛ける板が立っている。今日ならありふれた座椅子《ざいす》だが、当時は珍しい仕掛けだ。

「そういって頂ければ……」

総髪《そうはつ》の頭を深く下げた医師の啄庵が、安堵《あんど》の溜め息をついて上目遣いにお福を見上げた。

「まあこれに座ればよいが、そこに行くまではどうする。両脇《りょうわき》を支えられてよたよたでは余計に心配をさせるぞ」

直家は駄々をこねるように呻《うめ》いたが、お福は笑いながら応えた。

「そないに細かいことは私らに委《まか》せて、殿様は大きなことだけお考え下さい」

「大きなこととは……」

直家は不満気に問い返した。

「年が明けてからの戦略とか……」

お福はまずそういい、少し間を置いて付け足した。

「八郎の元服のこととか」

「何、八郎の元服……」

思い掛けない言葉に直家は目を見張った。

「はい。八郎も年が明ければ九歳……」

お福は鋭い視線を夫の顔に注いで囁いたが、直家は悲し気に首を振った。

「元服は普通十二、三歳。九歳では早過ぎるのでは……」

「八郎なら九歳でも元服できます。それだけのことは仕込んでます」

お福は、美女の笑顔から厳母の表情に変わっていた。

「この頃は背丈も伸びたし、刀も持てます。文字もよう憶《おぼ》えるし、足し算引き算もでける」

「ふーん、そなたの仕込みは厳しいからの」

直家は気圧《けお》されたように呟《つぶや》いた。

実際、お福は八郎に様々な課題を与えて日々鍛練をさせる。朝には戸川助七郎らと木刀を打ち合わせるし、真剣も振らせる。午前中には文字を習わせ、漢字も追い追いに憶えさせている。午後には足し算引き算を教え、習字と絵図も習わせる。中でも力を入れたのは花押《かおう》の書き方。この時代の上層有産者には欠かせぬ技だ。お福は八歳の八郎に毎日百回は花押を書かせる。その間、自分も机を並べて同じことをする。

もう一つ、この頃お福が教えているのは、感情をそのまま表に出さぬことだ。

「八郎は大国の領主になる身です。怒りを直《じか》に出してはいけません。家来の心が離れます。喜びを顕《あらわ》にするのも抑えなさい。喜びを表に出すと、それに付け込んで気に入られようとする者が現れます。でも一番大事なのは悲しみを人前で見せないことです」

お福が、わが子にそう教えたのは、間もなく訪れるであろう父直家の死を秘す思惑があってのことだ。

「八郎なら九歳でも元服はでけます。それだけのことは教えてるし、自覚も出てるし」

お福はそう繰り返したあとで付け加えた。

「ええ烏帽子親《えぼしおや》もいてくれるし……」

烏帽子親とは元服の行事を司《つかさど》り、幼名に代えて成人の名を付ける人物のことだ。

「そ、それは……」

直家は興奮に掠《かす》れた声で問い返した。

「もちろん、羽柴秀吉様」

お福はじれったそうに身を捩《よじ》った。

「秀吉殿をどうやってこの城に呼ぶのか」

直家は不安気にいった。今や四千の援軍と千人近い荷駄者を派遣する同盟軍とはいえ、他家の大将を本拠の城に招き入れるのには宇喜多家中に抵抗感が強い。特にそれは、備前高城や美作祝山城を陥した実績で強まっている。だが、お福は小さく首を振った。

「それを考えるのが、殿様のお仕事でっせ」

天正九年正月十五日の日暮れ時、備前岡山城の本丸御殿、いつも軍議の開かれる三室をぶち抜いた広間に導き入れられた宇喜多家の一族や重臣たちは驚いた。正面上座には既に御殿様の直家が座っていたからだ。

「許せ、みな。年を取るとせっかちになってな。みなが座るのを待ち切れなんだ」

直家は力の籠った声でいい、高笑いした。

「御殿様には、いつもながらの御壮健、祝着《しゆうちやく》に存じます」

座が定まると、一族を代表して弟の忠家が言上した。

「いやいや、いつもながらではない。先月は少々体調を崩してな、十日余りも寝込んでしもうた。今は快方、忠家が美作の祝山城を陥してくれたので、身も心も軽うなったわ」

直家は声高に語ると、小姓たちに用意した贈り物を運ばせた。

攻略軍総大将を務めた弟の忠家には備前一文字の太刀《たち》と銀子十枚を、その子詮家にも太刀と銀子五枚を与えた。さらに忠家の軍に従軍した家老の息子、岡家利《いえとし》や長船綱直などにも脇差《わきざ》しや時服を与えた。勝利に随喜しての大盤振る舞いに思える。しかし、南に駐屯して戦功のない一族の基家には声も掛けない。それに焦ったのか、表彰が一段落すると基家が躙《にじ》り出た。

「祝山城を陥したのは祝着至極ではありますが、近頃は南の児島《こじま》に毛利の水軍が出没、様々に工作しております。もし児島一郡が毛利勢に占拠されれば、この岡山城も脅威を受けるでしょう」

児島は、岡山の南にある岬だが、当時は児島湾が広く深く喰《く》い込んでおり、「狭い海を挟んだ島」と認識されていた。もともとここは浦上宗景《うらがみむねかげ》の領地だったが、数年前からは宗景を破った宇喜多家が領有している。とはいえ、支配力は弱く、不服従の城主も、毛利贔屓《びいき》の地侍もいる。

こんな状況に目を付けた毛利方は、昨年末から盛んに水軍を送り、児島の城主たちを懐柔、宇喜多攻めの拠点を築く気配がある。

「御殿様のお許しがあればこの基家、お預かりしている三千人の兵を以《もつ》て児島に渡り、わが支配を確実にしたい、と存じます」

確かに要点をいい当てた提言だ。すぐ賛同したのは、北の勝利で昂《たかぶ》っていた宇喜多詮家である。

「基家殿一人に苦労はさせぬ。拙者が敵城を陥した強兵を率いて児島に駆け付け、戦《いくさ》の仕方を御覧に入れよう」

左側の一族の席の二番目にいる宇喜多詮家が大声でいい、意味もなく高笑いした。

これにはその隣、三番目の基家が反撥《はんぱつ》した。

「もともと南は私の担当。詮家殿の手を借りるまでもありませぬ」

家中では「常識人」といわれる基家には珍しい強い口調だ。宇喜多直家から見ると、詮家は甥《おい》だが、基家は早くに亡くなった従兄弟《いとこ》の子。縁は遠いが身近で育てた可《か》愛《わい》さがあり、家中の評判も悪くはない。このため直家は、詮家よりも基家を重用する。一歳違いの両者の競争心は強い。この時も、基家の反撥に詮家の狂騒癖が爆発した。

「何と、基家殿はわれらを無用といわれるか。われらが備前の高城を陥し、美作の祝山城を平らげる間、ろくな戦もしなかった基家殿には真《まこと》の戦が分かっておられるかな」

詮家は隣席の基家を睨《にら》んで大声早口に喚《わめ》いた。これには基家も怒り、腰を浮かせた。戸川秀安や長船貞親ら老練な家老たちも驚き慌てた。

「静まれい、みな」

と、直家が叫んだ。かつて戦場を圧した怒号が甦《よみがえ》ったかに思えたほどだ。

「児島では必ず勝たねばならぬ。それ故基家を先鋒《せんぽう》とし、忠家が後詰《ごづ》めをせよ。詮家は美作に留《とど》まり敵の高田城や枡形城に備えよ」

直家はそう命じた。忠家勢の主力は動員するが、騒動を起こした詮家は外したのだ。

「有り難き御命令で……」

忠家と基家は頭を下げたが詮家は不満顔だ。そんな気まずい雰囲気を破る高く幼い声がした。

「戦勝を祈願して僕が剣舞をやります」

下手の廊下に現れた少年がそういった。九歳になったばかりの八郎である。これには誰もが驚き、座は静まった。

「年上の友人」戸川助七郎らが燭を加減して下手に光を集めた。その光の中で、身丈四尺（約一二〇センチ）の八郎は二尺（約六〇センチ）の真剣を巧みに操って見事に舞った。

誰もがそれに注目、先刻までの論争を忘れる気分になれた。そして八郎の舞が終わった時、上座からは宇喜多直家の姿も消えていた。

「八郎、偉かったな。ようやった……」

お福は、二尺の太刀を抱き抱えて奥座敷に戻って来た息子の八郎を抱きしめて頰ずりをした。

「僕、ちゃんとできたよ」

九歳の八郎は、上気した頰を膨らませた。この半月ほど休みなく猛練習した剣舞が、大人たちの前で上手《うま》くできたのだから、九歳の少年が興奮するのも無理はない。

「偉かった、偉かった、八郎。お父上にもちゃんと御報告しなはれ」

お福は、そういって襖《ふすま》を開いた。奥座敷の中の間には、祝宴の行われた表の広間から、座椅子に凭れたまま床板ごと運び込まれた宇喜多直家が、金襴《きんらん》の羽織袴《はかま》から白絹の寝間着に着替えて真綿の布団に横たわっていた。

「御殿様は大丈夫です。熱も低いし脈も正常、血膿は少々出ておりますが……」

医師の啄庵が診断結果を報せた。

「そら、よろしあした」

お福は頷くと、脇に八郎を座らせた。

「父上。八郎は上手にできました」

八郎は直家の枕辺に両手をついていった。

「うん、御苦労じゃった。争いかけておった詮家も基家も、八郎の声で鎮《しず》まったわ」

直家は嬉《うれ》しそうに笑顔を作ったが、頭は枕から上がらない。

「八郎も疲れたやろ。お風呂《ふろ》に入って寝なはれ」

お福はそっと囁き、八郎を廊下に出した。お福には夫直家の下帯を取り替え、血膿を隠して川に流す仕事がある。お福がそれを終えて奥座敷に戻ると、直家は寝ていた。豚庵の調合する薬湯には眠り薬が混じっている。

お福が直家の安眠を確かめた時、廊下にばたばたと駆ける足音がして泣き声がした。

「ももが死んでる。血を吐いて死んでるよ」

「もも」とは八郎の愛犬、唐《から》渡りの狆《ちん》だ。

「母上、ももが……」

月光に照らされた廊下で八郎は泣き叫んだが、お福は息子の身体を後ろから抱えて手の平で口を押さえた。

「悲しみを表に出したらあかんと教えたでしょ。ももは八郎にそれができるかどうか試すために、神様が召されたんです。八郎は今年、九歳で殿様になる身やからね」

「う、うん」と頷いた八郎は、必死に歯を喰いしばって涙を堪《こら》えた。

鬼が出た——貴重な一勝

「宇喜多勢が大挙して児島《こじま》に渡りました。先鋒《せんぽう》は宇喜多基家《もといえ》様の三千、後詰《ごづ》めは同忠家様の三千五百。わが方の築いた小串《こぐし》の城を攻める気配にございます」

天正《てんしよう》九年（一五八一）二月八日の夕刻、小早川隆景《たかかげ》の使者から、そんな報《しら》せを受けた時、毛利輝元《てるもと》は、

「しめた」

という思いで頰《ほお》が緩《ゆる》んだ。小串は児島東北端、狭い海を挟んで宇喜多の本拠岡山城を睨《にら》む位置にある漁村だ。そこの地侍を、小早川隆景は銀子の誘いと水軍の脅しで寝返らせ小城を築いた。いわば囮《おとり》城である。

この一年余、苦戦続きの毛利家では、敗因を調べ戦力を点検。大勢挽回《ばんかい》には「速やかな一勝」が必要と判断した。そしてそのためには、優勢な水軍を活用できる戦場を選ぶのが大事という結論になった。そこで選ばれたのが岡山の南に位置する児島である。

「児島に来た敵勢には羽柴《はしば》の軍勢はどれくらいおるかな」

輝元は、気になる点を訊《たず》ねた。

「それが、羽柴の瓢箪《ひょうたん》印は見当たらぬとか。一部は美作《みまさか》に留《とど》まる宇喜多詮家《あきいえ》様らに属し、他は岡山城にいるようです」

小早川の使者がそう答えたのに、輝元は嬉《うれ》しそうに頷《うなず》いた。

「それでは、かねての手筈《てはず》通り、穂田《ほいだ》元清殿に児島に渡るように申し付けよ。陸側の天城《あまき》に連絡拠点を置いて慎重に進め、とな」

輝元は、傍《かたわ》らの補佐役二宮就辰《なりとき》に命じた。

穂田元清は輝元の叔父、祖父毛利元就《もとなり》が作った四番目の男子だが、歳《とし》は三十一歳。輝元はこれに五千の兵を与えて児島に進攻させ、小早川隆景指揮下の水軍二百隻にも援《たす》けさせている。

「はい。この度は読み筋通りで……」

二宮就辰も嬉しそうな笑顔で頷いた。

「いよいよ、そなた自身が育てた鉄砲組の出撃じゃ。鉄砲は十分に修練したかな」

「はい、お館《やかた》の肝煎《きもい》り五百六十挺《ちょう》ほどが揃《そろ》いました。堺《さかい》より師匠を招いて訓練させておりますれば、射撃の腕も上がっております」

「そうか。それはよい。六日後の二月十四日には児島に渡り、穂田元清殿と合流せよ。宇喜多の者共は、それほどの鉄砲がわが家にあるとは思っておるまい」

輝元は久しぶりに満足気な笑顔になった。

毛利勢の主力、穂田元清の率いる五千人が児島の西北部に上陸したのは二月十四日早朝。同日午後にはお館輝元直属の鉄砲組を率いる二宮就辰が合流した。

対する宇喜多勢は基家の率いる三千と、美作から転進して来た忠家の三千五百。数では宇喜多勢が優《まさ》っていたが、両将の感情的な対立は解けていない。小串の小城を陥《おと》すと忠家は西進して麦飯山《むぎいいやま》城を占領したが、基家は南下して地侍たちの服従を取り付けていた。

「毛利軍上陸」の報せを受けると、忠家は麦飯山城に立て籠《こも》るつもりだったが、基家から、

「救援に行くから籠城《ろうじょう》しているように」

との使者が来ると、気が変わった。

「何の、基家如《ごと》きの救援など要《い》るものか。野戦で迎え撃って毛利勢を退けて見せるわ」

忠家はそう喚《わめ》くと出陣、麦飯山南方に陣を張った。泥湿地に濠《ほり》を掘り柵《さく》を植え、土《ど》

嚢《のう》を積んだ。味方の基家も、敵の穂田元清も、予想しない行動だった。

合戦は天正九年二月十八日正午頃からはじまった。緒戦は宇喜多勢が優勢だった。予期せぬ戦いに戸惑う敵勢に突撃、たちまちにして穂田元清の本陣に迫った。この戦いでは元清自身も手傷を負ったほどだ。

それでも半刻（約一時間）ほどして、二宮就辰の率いる鉄砲組が参戦すると形勢逆転、宇喜多忠家勢は敗走した。毛利勢は麦飯山城を占領、これを改修する一方、三日後には東一里（約四キロ）の八浜《はちはま》に宇喜多基家勢を襲撃した。

今度は宇喜多勢が不意を衝《つ》かれた。敵は城の修理に忙しく撃って出ることはあるまいと思い込んでいたからだ。縦列の態勢で行軍中に鉄砲五百六十挺の一斉射撃を浴びた宇喜多勢は総崩れ、われ先に逃げ走った。

「逃げるな、戦え。踏み止《とど》まって戦え」

基家は逃げ走る味方の兵を引き留めようとして叫んでいるうちに敵中に孤立、雑兵の群れに刺し殺されてしまった。

二度の敗戦で宇喜多勢は大打撃を蒙《こうむ》った。総兵力の四割が壊滅、岡山城に間近い児島全体が敵地になった。忠家の権威は地に墜《お》ち、家臣に評判のよかった基家は戦死した。

さらに、基家敗北の報を聞いた直後、御殿《おんとの》直家は意識混濁に陥った。肝を患う者の末期症状である。

「殿様、御殿様……」

お福は、低いが力の籠った声で、何度も呼び掛けた。だが、夫の宇喜多直家からは何の反応もない。半目を開いた眼《め》は虚空を見上げ、口を僅《わず》かに開き、全身の力が抜けている。痩《や》せ枯れた胸の伸縮で呼吸が続いているのは分かるが、「生き物」らしい動きはない。

二月二十一日日暮れ時の岡山城奥座敷。三里（約一二キロ）南の児島の八浜から、宇喜多基家の敗死が伝えられた直後のことだ。

「流石《さすが》の御殿様も、基家様の戦死には余程驚かれたのか。忠家様に続く敗戦では……」

床の脇《わき》一間（約一八〇センチ）ほどまで躙《にじ》り寄った遠藤弥八郎《やはちろう》が心配顔で呟《つぶや》いた。

これにお福はきりっとした声でいった。

「弥八郎はん、やわなことをいわんといて。殿様は千軍万馬。勝っても負けても肝を潰《つぶ》すお方やあらしません。これは御病気です」

「はい、分かりました……」

と弥八郎は頷いたが、すぐ続けた。

「私はこれより美作に走り、詮家様に兵を連れてこの岡山に急行するようにお願いします」

「何でまた、詮家様をここに……」

お福は鋭い視線を返し、大きくゆっくりと首を振った。

「奥方様。三里南の児島には六千人の毛利勢が来ております。そしてその間にはわが方の守りはほとんどおりません。児島に渡った忠家様と基家様の軍勢は壊滅、今、毛利勢が押し寄せれば、この城さえ守り切れませぬぞ」

遠藤弥八郎は、身を揉《も》み声を震わせて力説した。有力な水軍を擁する毛利軍なら、児島湾の横断も楽々、三里の道など一日で来られる。だが、お福は白い歯を見せて朗らかに笑った。

「今直《す》ぐ毛利勢が来るやなんて。毛利はんにそれができるなら、三木《みき》の別所も、摂津《せっつ》の荒木も、大坂《おおざか》の本願寺も滅んでいませんし」

お福の凛《りん》とした声は説得力があった。

「それよか弥八郎はんには、明石全登《あかしてるずみ》はんと一緒に殿様の書状を持って姫路へ走ってもらわなりません」

「何、姫路へ」

遠藤弥八郎は驚いたが、お福は明言した。

「羽柴秀吉様に来てもらうのです。宇喜多八郎の烏帽子親《えぼしおや》になって頂くのです」

岡山から姫路まで二十里（約八〇キロ）。この日、遠藤弥八郎と明石全登は、数人の警護役と共に一夜のうちにこの間を馬で駆け抜けた。

新築の姫路城に着いたのは卯《う》の刻（日の出時）、旧暦二月下旬ならほぼ午前六時だ。

羽柴秀吉は、朝食中に宇喜多家家臣の到着を聞いたが、児島での戦況は既に知っていた。備前《びぜん》に放った諜者《ちょうじゃ》からも、岡山城三の丸に駐屯する大谷平馬《ひょうま》からも、「宇喜多軍敗北」の報せは来ていた。羽柴秀吉は情報重視の織田家の中でも、最も情報集めに長《た》けている。

だが、その秀吉ですら、この朝見せられた宇喜多直家の書状には驚いた。

「直ちに岡山城に来て、愚息八郎の元服儀式をとり行い、烏帽子親になって頂きたい」

とあったからだ。

秀吉は、宇喜多直家の書状を珍しくじっくりと読んだ。文面は右筆の書いたものだが、花押《かおう》は本人の筆、勢いも締まりも衰えていない。

「直家殿は、御無事か」

秀吉はそう訊ねた。これほどの筆勢のある花押は健康体でなければ書けない。

「無事ではありますが、寄る年波で……」

遠藤弥八郎はそう応えてから、明石全登と顔を見合わせた。意識混濁の病状を知る二人にはそれ以上応えようがない。

「奥方様は……」

秀吉は次いでそう問い、すぐに、

「お福様は」

といい換えた。お福を「宇喜多直家夫人」だけではなく、自立した人物と認めたのだ。

「はい。奥方様はすこぶる元気。八郎様の鍛練にも立ち会っておられます」

弥八郎がそう応えると、秀吉は嬉しそうな笑顔になった。

「そうかそうか。直家殿は御無事でお福殿が張り切っておられる。そうと知れば直家殿の頼みを聞かざるを得まい。それも急いでな」

秀吉はそういうと大きな身振りで、脇に並ぶ家臣たちに命じた。

急げ」

「みなの者、聞いたか。わしの親友宇喜多直家殿が御子息八郎君の元服に当たり、わしに烏帽子親を務めさせて下さる。そのためには明日にも、いやいや今日中に出発する。奉行は増田《ました》長盛《ながもり》と石田佐吉、先駆けは加藤虎之助《とらのすけ》と堀尾茂助《もすけ》。兵は二千、仕度を急げ」

羽柴秀吉が備前岡山城に入ったのは、二月二十四日（一説には十四日）。

宇喜多直家は意識混濁から回復、薬湯と果実の汁を啜《すす》れるほどにはなっていたが、身を起こすことはできない。

「羽柴筑前守《ちくぜんのかみ》秀吉でござるぞ、直家殿。お目にかかるのははじめてじゃが、心は強く結ばれた親友じゃよ。お分かりかな、直家殿」

秀吉は、直家の枯れ木のような手を取ってそんな言葉を繰り返した。脇には、直家の妻お福と息子八郎がいた。どちらも悲しみを抑えて笑顔を作っている。

「秀吉殿、はじめてお目にかかって、最後のお願いをいたします」

直家は、尖《とが》った顎《あご》を震わせて懸命にいった。

「八郎君のことであろう。よう分かっておる。お福様には二度もわが陣に来てもろうて、よう伺《うかご》うております」

秀吉は、常とは違った小声で話した。

「八郎君には本日元服、この秀吉が烏帽子親を務め、わしの名の一字を付して『秀家』と名乗って頂く。宇喜多秀家、必ずや天下の軍を指揮する大将に育てて見せまするぞ」

「忝《かたじけな》い……」

直家は、そういって黄ばんだ目に涙を浮かべた。そして苦しい息の中で、

「なお二つの願いがあります」

と続けた。

「一つは秀吉殿には可愛い養女がいると聞く」

「おお、豪《ごう》姫じゃ、前田利家殿の息女の……」

秀吉が頷くと直家は、

「それを……」

といって八郎を指差した。

「なるほど、それは良縁。御両人が見合ってよければ必ずそうする。お福様にも約束する」

秀吉はお福の方にも頷いて見せた。それを見て直家は、「今一つ」と続けた。

「明智光秀殿には御用心あるように。必ずやわしらの頭越しに、織田と毛利の講和を

企てなさるであろう……」

戦《いくさ》に是非なし――和戦緩急

「この度はお招き頂き有り難うございます」

本行院日海《ほんこういんにっかい》（のちの本因坊算砂《ほんいんぼうさんさ》）は、青々と剃《そ》り上げた頭を床に擦《こす》り付けた。そして、

「これなるは堺《さかい》の仙也《せんや》、拙僧の囲碁の師匠にございます」

と、脇《わき》の中年男を紹介した。天正《てんしょう》九年（一五八一）五月はじめの曇天の午後。近江《おうみ》は湖西の坂本城本丸座敷でのことだ。

「大儀、痛み入る。某《それがし》、惟任日向守《これとうひゅうがのかみ》光秀です」

正面に座った男が短くいった。中肉中背。頭は赤く禿《は》げ上がり、顔には縦皺《たてじわ》が深い。見た目には初老だが、眼差《まなざ》しは鋭い。

「その方は天下一の碁打ちと聞く。信長様の御前でもしばしば妙技を披露しておるとか」

「時偶《ときたま》は……」

日海は短く応えた。

「某も昔、鹿塩《かしお》利斉殿より囲碁の手解《てほど》きを受けたので、少しは筋が読める」

光秀がそういったのに日海は驚いた。鹿塩利斉はかつての幕府お抱え碁打ち、日海は七年前に鹿塩を破って天下一の称号を得た。

「今日は御両人で、思うところを打たれよ」

光秀はそんな注文を付けた。「思うところ」とは意味深長な言葉だ。日海はそれを、

「時局に適《あわ》せて」と解釈、仙也に、

「では最前《さいぜん》の三の譜で」

と囁《ささや》いた。貴人の前では予《あらかじ》め打った碁譜を並べる。長く考えると嫌がられるからだ。

この日は仙也が黒（先手）を持ち、布石では先行した。これに日海の白が攻勢、仙也の黒を追い詰めた。だが黒も反撃、上辺と下辺の両方で利を稼いだ。そこで白は中央から左辺に猛攻、激しい劫《こう》争いが生じた。対局をはじめてから一刻（約二時間）、百五十手ほど進んだ時だ。

日海はここで手を止めて、光秀の顔を見た。勝負を続ければ時間がかかる。あくまでも勝ちを求めて劫争いを続けるか、この辺で妥協して細かい勝負にするか。それを

目顔で訊《たず》ねたのだ。光秀もそれを感じてか、

「そこで劫を接《つ》いだら、どうなるかな」

と呟《つぶや》いた。日海は劫を接ぎ、仙也は代償を得た。あとはさらさらと寄せ合って終局。黒地白地がぴったり同数の持碁《じご》（引き分け）となった。それを確かめて光秀は満足気に頷《うなず》き、低く囁いた。

「これほどの名局、是非とも上様にも御披露してもらいたい」

その夜、本行院日海と相方の仙也は、光秀の娘婿明智左馬助秀満《さまのすけひでみつ》から丁重な饗応《きようおう》を受けた。

光秀は愛妻家だが、生まれる子は女子《おなご》ばかり。それを巧みに政略に使った。娘の一人は細川藤孝《ふじたか》の長男忠興《ただおき》に嫁がせ、もう一人は大和《やまと》の国主筒井順慶《じゆんけい》の息子定次と結婚させた。

三人目の娘は織田信長の甥《おい》（津田）信澄《のぶすみ》に嫁いだ。信澄は、信長と織田家の家督を争って戦い敗れた弟信行《のぶゆき》の子という微妙な立場だが、なかなかの器用人で信長の憶《おぼ》えも悪くない。安土《あづち》宗論の際は奉行の一人にもなっている。光秀にとっては、織田家に繋《つな》がる良縁である。

四人目の娘は荒木村重《むらしげ》の息子に嫁いでいたが、村重叛逆《はんぎやく》の際に取り返し、一族の明

智左馬助秀満と再婚させた。結果として光秀は、娘の一人を身近に置くことができた。

「殿様は、私の息子の十重郎をほんとに可愛がって下さります」

左馬助は厚い胸板を揺すって笑った。

翌朝、日海と仙也は、それぞれに銀三枚の褒美を頂き、坂本城下から安土に向かう舟に乗った。幅一間（約一・八メートル）長さ四間の十石舟、相客は薬売りの三人組だけだ。

「光秀様、ちょっと焦ったはるのでは……」

舟が穏やかな湖面に滑り出すと、仙也が顔を寄せてきて囁いた。

「うーん、五十四歳にならはるからなあ」

と、日海も呟いた。人生五十年時代の五十四歳は既に老境、平成の世なら六十代末の感じだろう。そろそろ人生の終局を考えたとしてもおかしくない。

「光秀様は、信長様の天下統一が早く完成するのを望んだはる。そしたら、婿の左馬助様から孫の十重郎君へと安泰に繋がるから」

そう考えると、劫争いを打ち切って持碁に終わった碁を名局と讃え、「信長様に披露してもらいたい」といったのも頷ける。

「だが、どうやって天下統一を早期に……」

と考えた時、日海は身震いした。毛利と和睦《わぼく》し、相共に四国九州を治めることだ、と気付いたからだ。

「そういえば、前将軍《さきの》義昭様お抱えの碁打ち鹿塩利斉の名を出さはった。光秀様は毛利の庇護《ひご》下にある義昭様と今も繋がってるのか……」

日海は恐ろしい気がして仙也に訊ねた。

「あの碁、劫を最後まで争うたらどうなる」

「恐らく白の三目勝ちでっしゃろ」


「去年と同じように水無瀬《みなせ》様の将棋の駒《こま》を」

長身の青年が、そういって銀塊三つを床に置いた。天正九年五月三日、本行院日海が惟任（明智）光秀の近江坂本城から戻った翌日の昼前のことだ。

「ほう、弥九郎《やくろう》はんは商売御繁盛のようで」

日海はそういってほくそ笑んだ。堺の薬屋小西弥九郎が、水無瀬兼成《かねなり》の筆になる将棋の駒を買い出して三年目、いつも日海が水無瀬家から仕入れる三倍ほどの銀を支払う。懐《ふところ》具合がよくなければできないことだ。

「へえ、羽柴《はしば》様のお口添えで、摂津《せっつ》や丹波《たんば》でも商いをさせて頂いとりますよってに」

弥九郎は彫りの深い顔を綻《ほころ》ばせた。

「摂津、丹波といえば光秀様の領域、よう羽柴様の推す薬屋を入れはったな、光秀様が」

日海は思いつくままにいってみた。

「光秀様は、薬売りがそないに利を生むとは思うてはらへんかったようで」

弥九郎は唇の端に薄い笑いを浮かべた。

「けど、この頃はお気付きになったらしく、献銀を求めて来はりました。それもどかんと銀十貫目ですわ」

「銀十貫目、そらまた大きいなあ……」

日海が呆《あき》れてみせると、弥九郎は続けた。

「そら私らは言い値でお納めしまへん。何でも宮内少輔《くないのしょうゆう》の朝山久綱《あさやまひさつな》様とやらをお使いに出すので、急な入り用がでけたとか」

「何、宮内少輔朝山久綱様ですと」

日海は首を傾《かし》げた。朝山久綱は織田信長の使僧だった日蓮《にちれん》宗僧朝山日乗《にちじょう》の息子。外交使節としては高級の方だが、使節の駄賃ならせいぜい銀百匁《もんめ》、何貫もの銀を要するとは重大な工作含みに違いない。

「ひょっとしたら光秀様、織田家と毛利家の和平を取り持つおつもりでは……」

日海は思い当たるところを告げた。

「え、織田家と毛利家との和平ですて」

弥九郎が驚きの声を上げた。弥九郎が出入りする羽柴秀吉と宇喜多直家にとって、頭越しの和平は迷惑至極だ。戦場で血を流して稼いだ領地を、茶室でのひと言で失うこともあり得る。

「いやいや、これはただの推測やけど、そう考えたら、すべて辻褄《つじつま》が合いますねん」

日海は、坂本城でのことを弥九郎に語った。劫争いを中止して持碁になった碁を光秀が名局と誉《ほ》め上げたことを、である。

「北の因幡《いなば》では鳥取城がお味方になり、南の備前《びぜん》では児島《こじま》の戦で宇喜多勢を撃ち破りました。流石《さすが》の織田信長様も、わが毛利家の武略戦力に舌を巻いておられまするぞ」

剃り上げた鉢頭《はちあたま》を突き出して、安国寺恵瓊《えけい》が力説した。天正九年五月十日、安芸吉田《あきよしだ》の郡山《こおりやま》城本丸櫓《やぐら》でのことだ。

正面主座には小肥《こぶと》りの二代目毛利輝元《てるもと》が座り、右には小早川隆景《たかかげ》らの一門衆が、左には福原貞俊《さだとし》をはじめとする重臣たちが居並ぶ。児島での戦勝を受けて、今後の方針を議する重要会議だ。

「今、拙僧のもとには、信長様の意を体した和平の提案が二つも来ております。一つは、前関白近衛前久《このえさきひさ》公や庭田大納言ら公家《くげ》様方からのお話。もう一つは、惟任日向守光秀殿が遣わされた宮内少輔朝山久綱様のお話」

恵瓊はきらびやかな名を並べた。

「それとは別にもう一つ……」

恵瓊の隣の座から佐世元嘉《させもとよし》が声を上げた。

「宇喜多直家様も使僧を寄越して和平を願い出ております。そのため、宇喜多勢は、美作《みまさか》にあるわが方の拠点桝形《ますかた》城への包囲を解きました」

元嘉はそういって、直家の書状を輝元に差し出した。それを見た輝元は、

「宇喜多直家殿は重病と聞いていたが、この花押《かおう》は勢いがよい。御本復かな」

と呟き、右側の小早川隆景に手渡した。

「確かに。児島を返せば高田城には手を付けず、伯耆《ほうき》の南条元続《もとつぐ》殿を援《たす》けもせぬとある」

小早川隆景は書状の内容を要約して頷いた。一瞬、宇喜多との和平に前向きな雰囲

気が座に流れた。だが、その時、

「それはなりませぬぞ、お館《やかた》」

という恵瓊の大声がした。

「宇喜多直家殿はわが家を裏切って織田方に走った奸物《かんぶつ》、信用できぬ鵺《ぬえ》ですぞ」

安国寺恵瓊は、自分を差し置いて佐世元嘉が話に入ったことへの反感も加わってか、口を極めて宇喜多直家を非難した。これには吉川《きつかわ》元春の意を受けて出席していた重臣の口羽《くちば》通良《みちよし》も同調した。

「宇喜多直家殿は羽柴秀吉殿にしがみついておるが、織田信長様との関係は半熟。ここは秀吉殿を上回る織田家の重鎮惟任光秀殿と結んで、宇喜多の領地を半分けにすべきです」

「口羽通良様の仰《おお》せの通り。山陰で得た鳥取城、山陽で勝ち取った児島、この双方を固く守って羽柴殿の侵攻を止める一方、惟任光秀様の筋より和平を進める。さすれば宇喜多は後ろ楯《だて》を失い、容易に打ち倒せますわ」

恵瓊は自信に満ちた口調で語った。

「近衛前久公らの工作は取るに足らず。その顔触れは三年前の本願寺との講和話の際と同じ、あれも結局は立ち消えになりました」

恵瓊は自分の言葉の反響を測るように一座を見回し、悪くはないと確かめて続けた。

「それに比べて光秀殿は、信長様の信頼も厚く、今や丹後《たんご》、丹波、摂津、大和と京畿《けいき》の西を押さえる実力者。その光秀殿を通じての和平交渉なら信じるに値します。羽柴秀吉殿もなかなかのお方故、話が進めば敢《あ》えて宇喜多家を援けはなさりますまい」

恵瓊はそういうと、さらにひと膝《ひざ》進めて「今一つ」と続けた。

「今一つ、わが毛利家と織田家の絆《きずな》を強めるために、吉川元春様の御子息に、信長様の御息女を迎えられてはいかがですかな」

毛利家は、先代元就《もとなり》と正妻妙玖《みょうきゅう》との間に生まれた三人の兄弟が援け合う仕組みになっている。十八年前に長男隆元《たかもと》が死に、家督は一人息子の輝元が継いだ。

ところが、二代目お館の輝元は二十九歳になった今も子が生まれない。小早川家を継いだ三男の隆景にも実子はいない。三家の中で男子を持つのは吉川家を継いだ次男の元春だけである。恵瓊が「元春の子息に信長の息女を」といったのは、元春の血統が毛利家の本筋になると見てのことだ。

これには輝元が反撥《はんぱつ》した。身内でもない恵瓊如《ごと》きに家系に口出しされたくはない。

「織田様と和平を結んでも、その配下の並び大名では御先代に申し訳ない。せめて西国公方《くぼう》ぐらいの扱いでなければ」

かつて室町幕府では、京都に住まう将軍の補佐として東国を監督する関東公方がいた。その実態は、天文《てんぶん》二十一年（一五五二）に、時の公方の上杉憲政《のりまさ》が小田原の北条《ほうじょう》家に追われて越後に亡命、関東管領《かんれい》の名跡を長尾景虎《かげとら》、のちの上杉謙信に譲ったことで消えている。

輝元が挙げた「西国公方」が、中国以西の大名を監督する準将軍のようなものだとすれば、この二代目の時代感覚は「天下布武《ふぶ》」を目指す織田信長とは大いに違っていたことになる。

この時点では毛利輝元も、なお室町幕府型の三管《さんかん》四職《しき》の割拠体制を考えていたのだ。

戦《いくさ》に是非なし――先手崩し

「角南《すなみ》の御坊から、報《しら》せがあらしまへんか」

備前《びぜん》岡山城本丸の奥座敷、取次の間に出て来たお福が、そこに控える遠藤弥八郎《やはちろう》に訊《たず》ねた。天正《てんしょう》九年（一五八一）五月十日。四十里（約一六〇キロ）西の安芸吉田《あきよしだ》の郡山城《こおりやま》で、毛利家の重要会議が開かれていた頃だ。

「角南の御坊」とは、宇喜多直家が重用した使僧の角南如慶《じょけい》のこと。今は安芸吉田の毛利家に和平の提案を持って使いをしている。

「昨日来た報せでは、毛利のお館輝元《やかたてるもと》様の御右筆佐世元嘉《させもとよし》殿にお目にかかることになったとありましたが、その結果はまだ……」

弥八郎は申し訳なさそうに頭を下げた。

「随分と待たされて、やっとお目にかかれるのが御右筆ではなあ……」

お福は低く呟《つぶや》き、かすかに溜《た》め息をついた。

「それはさて置き奥方様。薬屋の小西弥九郎《やくろう》殿が、急ぎお目通りを願っております」

弥八郎は遠慮気味に囁《ささや》いた。

「小西弥九郎はんの妙薬とやらも、御殿様にはあんまり効かなんだけどなあ」

お福は薄笑いで応えたが、弥八郎はひと膝《ひざ》進めて囁いた。

「薬の話やないようで。安土《あづち》から来たとか」

「へえ、それならここへ通しなはれ」

お福は切れ長の目を輝かせた。

百を数えるほどで現れた小西弥九郎は括《くく》り袴《ばかま》の旅姿、いかにも急いで来た様子だ。

「実は、惟任日向守《これとうひゅうがのかみ》光秀様より、丹波《たんば》や摂津《せっつ》で薬を売らす利権料を納めよとのお達しがありましてな。宮内少輔《くないのしょうゆう》の朝山久綱《あさやまひさつな》様が旅発たれるので、それまでに納めたら銀十貫目のとこを三貫目にしてやるとのことなので、小西一統でお届け致しました。薬屋だけやなしに材木を扱う者にもお達しがあったとか」

小西弥九郎は興奮気味の早口でいった。

「へえ、日向守光秀様、えろう急いで銀子を集めてはるんですな」

お福は少女のような表情でいった。

「それからも一つ。ちょっと後先になりますけど、碁打ちの本行院日海《ほんこういんにっかい》様、今月はじめに光秀様に呼ばれて近江《おうみ》坂本のお城で碁を打たはりました。そしたら光秀様が、劫《こう》を接《つ》いで持碁《じご》（引き分け）にした碁がえらくお気に入られて、『是非とも信長様に御披露せえ』との御注文やったとか」

「何、劫を接いで持碁にした碁を……」

そう呟いた瞬間、お福の瞳《ひとみ》が赤く光った。

「要するに光秀様は、勝てる碁やのに終局を急いで引き分けにさせはった。そしてそれを是非とも信長様に披露せえと仰《おお》せになった……」

お福は小西弥九郎の話をそうまとめた。

「へえ、その通りで」

小西弥九郎は頷《うなず》き、そして続けた。

「それに私らからも銀を集めて、宮内少輔朝山久綱様を使いに出さはった。これを継ぎ合わせて見ると……」

「なるほどなあ……」

お福は少し考えてから遠藤弥八郎に訊ねた。

「今、御殿様の御手元金は何ぼありますか」

「はい。児島《こじま》の戦のあと、基家《もといえ》様の御葬儀や死傷者への見舞い金などで使い果たして、ほとんどございません」

弥八郎は苦し気に首を振った。

「では、お城の御金蔵には……」

とお福は問うた。

「御金蔵には銀が百貫目あまりと小判二千両がありますが、あれを持ち出すのには御殿様の発議でも三家老の御同意が要《い》ります」

弥八郎は済まなさそうにいった。

この頃、備前美作《みまさか》の辺りでは城主や地侍の自立意識が強く、国持ち大名といえども城主連合の組合長程度に過ぎない。直轄領から得た年貢などは御手元金として自由に使えるが、傘下の城主から集めて御金蔵に収めた御蔵金は各城主からの預かり金、使うには家老たちの同意が要る。

最近では今年はじめ、忠家と基家の児島侵攻のために相当額を引き出したが、その戦が不首尾に終わったため、追加支出はいい難い。結果としては、基家の葬儀や死傷者への見舞いに御手元金を叩《はた》く破目になった。

「御殿様の発議で三家老の御同意なあ」

お福は低く呻《うめ》いたが、次には自らの髪に挿した黄金の櫛《くし》と簪《かんざし》を抜いた。

「弥八郎はん、すぐにこれを溶かして延べ棒にしなはれ。三両分の目方はありますす」

お福は黒髪が乱れ落ちるのも構わず続けた。

「弥九郎はんにはその金を持って安土へ走ってもらいまひょ。日海様に、時間をかけても終わりまで戦《たたこ》うて勝つ方がええと、信長様に見せてくれはるように頼んどくなはれ」

お福はそういったあとで声を潜めた。

「私は姫路に行きます。八郎を、いや秀家を連れて」

羽柴《はしば》秀吉は、宇喜多直家の正妻お福とその子八郎改め秀家の一行を迎えると、驚きと歓《よろこ》びを全身で表現した。

「何、岡山からこの姫路まで二十里（約八〇キロ）を一昼夜で来られた。長雨で道もぬかるんでいたであろうに。女子《おなご》の身でよくぞ」

天正九年五月十一日の日暮れ刻《どき》、姫路城本丸座敷でのことだ。

「何、船で来られた。そらその方が速くて楽であろうが、勇気の要ることじゃ。児島辺りには小早川殿の水軍がうようよおるから」

秀吉は大声早口でいうと、近習《きんじゅう》たちに、

「早《はよ》う燭《しょく》を点《とも》せ、料理を運べ、御酒も頼む」

などと矢継ぎ早に命じた。それでもお福が、

「急にお伺いしたのは夫直家の使いです。毛利様との戦は必ず勝たなあかんよってに」

と囁いた瞬間、秀吉の眼は鋭く光った。

「当然のこと。信長様は敵対する者を必ず滅される。美濃《みの》の斎藤、近江の六角《ろっかく》や浅井《あざい》、越前《えちぜん》の朝倉、丹波の波多野、摂津の荒木、そしてわしが倒した播磨《はりま》の別所……」

秀吉は多くの例を並べた末に続けた。

「相手が大敵毛利でも変わるものではないわ」

「それは存じております。夫の直家は結構もの識《し》りですねん」

お福は、秀吉の多言を封じるように声を上げて笑い、そして続けて、

「けど、気にかかるのは惟任光秀様のこと。何でも仰山《ぎょうさん》な銀を朝山久綱卿《きょう》に持たせて使いに出さはったとか……」

と囁いた。これで秀吉は事態の重大性を悟った。

秀吉と光秀は競争相手。前年に織田信長が出した佐久間《さくま》信盛《のぶもり》に対する折檻状《せっかん》でも、「働き者の賢臣」として並び書かれている。

特に山陰攻略での競い合いは凄《すさ》まじい。丹後《たんご》丹波を担当した光秀は、天正のはじめ

から尼子《あまこ》の残党山中鹿之助《しかのすけ》を支援したり、伯耆《ほうき》の南条元続《もとつぐ》に寝返りを唆《そそのか》したりしていた。

これに対して、南の播磨から北上した秀吉は、但馬《たじま》を制して因幡《いなば》攻撃では先んじた。

「ならば和平交渉で先手を」

光秀がそう考えたとしても不思議ではない。光秀は、公家《くげ》や前《さきの》将軍足利義昭の周辺にも広い人脈を持つ。信長の外交僧だった朝山日乗《にちじょう》の子、朝山久綱もその一人だ。

「光秀様の動きを封じて逆転するには……」

秀吉の問いに、お福は薄い笑顔で応えた。

「戦で勝ったら、和平は吹き飛びます」

「確かに。お福様の申される通りじゃ。戦に勝てば和平の話は吹き飛ぶ……」

羽柴秀吉は、赤黒く禿《は》げ上がった頭を上下させながら言葉を嚙《か》みしめるように呟いた。そして、お福の薄い笑顔を睨《にら》んで低い声で訊ねた。

「戦《たたこ》うて勝つとすれば、どこかな」

「うちの御殿様、宇喜多直家は、攻めるのは因幡の鳥取城に限ると申しました」

お福は笑顔を絶やさずに応えた。

「ほう、直家殿は鳥取といわれるか」

秀吉は膝《ひざ》に片肘《ひじ》をついて、上目遣いにお福を見詰めて語った。

「鳥取城はごたごた続き。城主の山名豊国様はわが方に降《くだ》られたのに、家老共が豊国様を追放して毛利方に走った曰《いわ》く付きの城じゃ。されど今は……」

秀吉は、そこまで語って言葉を切った。

「存じてます。吉川経家《きつかわつねいえ》殿が御入城とか」

お福は黒い瞳《ひとみ》を秀吉の顔に向けた。

「左様、毛利家中切っての勇士、吉川経家殿が千二百の精鋭を連れて鳥取に御入城。もともとの城兵四千をも巧みに纏《まと》めておられる。しかも経家殿は民をも慈しみ、城兵たちの米麦掠奪《りやくだつ》を禁じられたそうな。鳥取城を攻めるのは、吉川経家殿の毛利勢にもともとの城兵都合五千二百に加え、数万の因幡の民をも敵に回すことにもなるぞ」

秀吉は、いつになく慎重な思考を口にしたが、お福は声を上げて笑った。

「うちの御殿様と同じことをいわはる。うちの御殿様の政治の基本は、戦で民を苦しめるなですよってに」

「ほう、直家殿がのお……」

秀吉は意外そうにお福を見上げた。

「だから、わしは敵の頭一つを狙《ねら》う。敵将一人を倒して勝負を決するのが上の勝ち。急所の城を囲み陥《おと》して領地を奪うは中の勝ち。山野を駆け合《お》うて双方血を流した末の勝ちは下の勝ちと」

「ほう、それはまた……」

秀吉は絶句した。世間の評判とは正反対の直家の戦争観と勝利の評価には戸惑った。そんな秀吉にお福が笑顔で迫った。

「鳥取城一つを陥して毛利様の急所を握れるのなら、民を苛《いじ》め兵を苦しめるのもなかなかの勝ち方やと、直家は申しておりました」

「ほう、直家殿は、そう申しておられたか」

秀吉は語尾の過去形に力を入れて頷いた。

「碁打ちの本行院日海。昨日より下書院に詰め、上様の御出ましを待っております」

小姓頭の森蘭丸《らんまる》がそう告げたのは、五月十五日、朝の政務が終わった時だ。

「日海奴《め》。このところの長雨で馬責めも鷹狩《たかが》りもできぬと見て、碁を見せに来おったのじゃな、なかなかの心遣いじゃ」

「碁打ちにも様々なことがあるようで……。この月のはじめ、近江坂本に呼ばれていたとか」

　蘭丸は、前髪姿には高くなり過ぎた背丈を屈《かが》めて囁いた。

「何、近江坂本。光秀の城か」

　信長は眉間《みけん》に縦皺《たてじわ》を刻んで問い返したが、蘭丸は首を傾《かし》げて見せただけだった。

　下書院に入った信長は、碁盤の前で平伏する日海と仙也《せんや》に、軽く会釈して碁盤の脇《わき》に胡座《あぐら》をかいた。それに応じて、仙也が黒石を、日海が白石を持って打ちはじめた。

　まず黒が布石で大模様を張り、白が攻め込む展開。半月前に坂本城で打ったのと同じ碁だ。この碁は百五十手ほど進んだところで左辺中央に劫争いが生じる。そこで黒の仙也は、白地に劫立てを打ち込んだ。

　信長は「いよいよ面白い」という表情で盤側《ばんそく》に躙《にじ》り寄って来た。

　日海は、仙也の劫立てに応じて戦いを続けた。ここで光秀は劫を接がせたが、今度は劫を取り合う激闘が続き、結局は日海が劫を接ぎ仙也は上辺の黒石を屠《ほふ》った。戦い終わって地を数えると、白地が三目多い。

「あれほど大きな振り替わりがあったのに、結局は三目の差か」

　信長は、満足と不可解を交えた表情で呟き、しばらく盤側を離れなかった。

「よい碁であった。それぞれに金二両を取らす。日海の叔父の日淵《にちえん》には、京都寂光寺《じゃっこうじ》の増築を許す、と伝えよ」

信長はそういい残して上書院に引き揚げた。そして奉行の福富平左衛門《ふくとみへいざえもん》に命じた。

「羽柴秀吉に、鳥取城攻めを許すと伝えよ」

続けて、菅屋九右衛門《すがやきゅうえもん》にいった。

「狩野永徳《かのうえいとく》に命じよ。配下の絵師を動員して因幡、伯耆、出雲《いずも》、備前、備中《びっちゅう》、およそ戦場になりそうな場所はすべて絵図にせよと」

織田信長は、毛利家との全面戦争に踏み切ったのである。

戦《いくさ》に是非なし——生かす残虐

「織田信長様は、真《まこと》に和平に応じる気かな」

鳥取城本丸櫓《やぐら》に立った長身の武将が、南東の方、但馬《たじま》との境にそびえる扇ノ山《おうぎのせん》を睨《にら》んで呟《つぶや》いた。天正《てんしょう》九年（一五八一）五月末、梅雨の晴れ間の午後のことだ。

武将は吉川経家《きっかわつねいえ》、三十五歳。石見《いわみ》福光《ふくみつ》城主の経家が、鳥取城に入ったのはこの年三月十八日。安芸《あき》の毛利家に嫁いだ伯母妙玖《みょうきゅう》の子で、吉川本家を継いだ吉川元春の要請によってである。

事の起こりは去年の九月、織田方の羽柴《はしば》勢に降参した鳥取城主の山名豊国を、家老の森下通興《みちおき》や中村春続《はるつぐ》が追放、毛利方に加担したことだ。

東の但馬は羽柴勢に、南の備前美作《びぜんみまさか》は宇喜多勢に、西にも羽柴勢の鹿野《しかの》城があり、その先の伯耆《ほうき》の南条元続《もとつぐ》も織田方だ。

そんな中で、毛利方になった森下や中村は、毛利の山陰方面司令官の吉川元春に、援軍と確《しっか》りした指揮官の派遣を求めた。元春が、その任に選んだのが同族の吉川経家である。

経家は、鳥取に入城する時から決死の覚悟を固めていた。三方を敵に囲まれている上、ごたごた続きの鳥取城の兵は当てにならない、と見ていたからだ。そのため、出陣前に石見の所領を息子の亀寿丸に相続させる手続きを終えていた。また、老父に送った書状にも決死の覚悟を書いている。一説には、入城の際、自らの首桶《くびおけ》を携えていた、という。

そんな吉川経家にも、鳥取城の堅固さは心強かった。城は砂丘と平地の間の久松《きゆうしよう》山《ざん》にある。四面は急な斜面、城内の涌《わ》き水も豊富だ。北の海と袋川で繋《つな》がっているのも、水軍の優位を信じる経家には嬉《うれ》しかった。

しかし、間もなく経家は、この城の欠陥に気が付いた。兵糧の備蓄がきわめて少ない。城兵四千人に対して三月末に残る兵糧は米麦各六百俵、通常の兵糧備蓄の半分もない。

「どうしたことか」

と問うと、家老たちは、

「昨年の秋に高値で米を買う者があり、前《さきの》城主の山名豊国様が欲に眩《くら》んで売り払いました」

と答えた。

「これでは戦えぬ。直《ただ》ちに米を買い戻せ」

経家は鳥取城の家老たちに命じたが、思うようには進まなかった。

「経家様。因幡《いなば》には米がありませぬ。みな売り払《はろ》うております」

鳥取城に入った吉川経家が、この城の家老たちからそう聞かされたのは入城間もない三月末のことだ。

「去年の出来秋《できあき》に、近江《おうみ》の岡本与三郎と申す商人が高値で買うというので、城主も農家も競って売ってしまいました。自分の食い扶持《ぶち》が残っている者さえ少ないほどです」

「そんな阿呆《あほう》な……」

吉川経家は腹を立てた。この時期、米は専ら自給自足、遠方まで運ばれるような商品にはなっていない。

「因幡の奴《やつ》らは物惜しみをして、米をどこぞに隠しておるのであろう。地主も農家もよく調べ、見つけ次第没収せよ」

経家は石見から連れて来た兵に、そう命じた。だが、十日経《た》って返って来た報《しら》せは、

「本当に米はありません。高値で買い集めた岡本与三郎が船で若狭《わかさ》に持ち出したといいます」

というものだった。

「ならば仕方がない。この城の金銀を支払って出雲《いずも》で買い集めて送って頂こう」

掠奪《りやくだつ》没収では成果のないのを知った経家は、方針を変えた。村々の地侍や農民は無理な掠奪をしない方針を歓迎、経家を「名将」と讃《たた》えた。だが、この城の家老たちは渋い顔をした。

「この城の金銀は、前城主山名豊国様が持ち去られ、残り少のうございます」

というのだ。

出雲の側にも問題があった。吉川元春配下の出雲の船頭たちが運搬を渋ったのだ。生野《いくの》の銀山から豊富な資金を得る羽柴秀吉は、若狭の船頭たちを買収、二百隻から成る水軍を作り上げている。日本海では最強を誇る出雲の船手《ふなて》も、敢《あ》えて危険を冒したがらない。

吉川元春も鳥取城の窮状を、そこまでとは思わず、敢えて船手に強要しなかった。二度ほどは数百俵の米を送りはしたが、羽柴の水軍と悶着《もんちゃく》が生じると、輸送を止めてしまった。

何よりも、吉川経家自身が当初の緊張感を失いつつあった。「雪解けと同時に」と予想した羽柴勢の攻撃が五月になってもはじまらない。代わって伝わって来たのは、織田と毛利の和平交渉の話である。

「何、羽柴の兵が私部《きさいち》の城に来ただと」

鳥取城を守る吉川経家がそう叫んだのは、六月二十九日。月のない小雨模様の夜のことだ。私部城は鳥取から東南に三里余（約一二キロ）、羽柴方の前線を成す小城だ。

「はい、これは先駆け、他にも宮部継潤《けいじゅん》殿や杉原家次殿の兵が但馬境に来ております。そのあとには羽柴秀長様の但馬勢七千人、そして羽柴筑前守《ちくぜんのかみ》秀吉様の本陣二万人が続いております」

「ほう、都合三万人……、とうとう来たか」

経家はそう呟いて唇を嚙《か》んだ。それでも、

「今夜は戦勝祈願に一杯呑《の》んで、よく眠れ」

と配下一同をあやすほどの余裕があった。

実際、経家には自信があった。入城以来既に百日、堀を拡《ひろ》げ柵《さく》を増やし、櫓には土壁を塗った。兵糧はまだ不十分だったが、時は既に六月末、十月になれば山間部は雪に閉ざされる。但馬や美作《みまさか》からの補給はできなくなり、羽柴軍は撤退する。

「百日の辛抱、その間には必ず吉川元春様の後詰《ごづ》めがあり、毛利水軍の補給がある」

経家はそう考えた。

ところが翌日、意外なことがはじまった。

「但馬の兵に家を焼かれ、田畑を荒らされました。奴らは女房子供まで蹴飛《けと》ばしよります。奴らはほんまに鬼でっせ」

そう訴える農民たちが続々と鳥取城に押し掛けて来た。

「吉川経家様は慈悲深い大将、普請《ふしん》の手伝いでもしますで、お城に入れて下され」

というのである。経家は当初、農民たちを受け入れた。普請の人手を補えるし、竹《たけ》槍《やり》でも持たせれば戦力にもなる、と考えたからだ。だがそれが数千人にもなると、流石《さすが》に危険を感じた。

「当城には兵糧がない。ここに居ても食糧は一切与えられぬ」

経家はそう宣言し、農民たちを追い出そうとしたが、その時には既に羽柴方の包囲網はできつつあった。秀吉は、

「あの城から逃げ出す者は、軍民男女を問わず必ず殺せ。それを城内の者に見えるように高く磔《はりつけ》にしろ」

と命令した。多数の農民を城内で生かすことで、兵糧が減るのを早めたのである。

天正六年には荒木村重《むらしげ》が叛逆《はんぎやく》し、同八年には佐久間信盛《さくまのぶもり》が追放された。この結果、織田信長の配下で大軍を動かす軍団長に当たるのは六人になった。

東海道を担当する徳川家康、主に中山道《なかせんどう》を受け持つ滝川一益《かずます》、北陸方面の柴田勝家、近畿西部を押さえる惟任《これとう》（明智）光秀、中国方面を指揮する羽柴秀吉、それに近江若狭にある戦略予備軍の惟住《これずみ》（丹羽《にわ》）長秀である。激烈な競争社会の織田家中で勝ち上がってきたのだから、いずれも並の人物ではない。特に流浪の身から出世した三人には、それぞれ特技があった。

滝川一益は鉄砲使い。本人も射撃の名手だったが、鉄砲組の組織と運用に長《た》けていた。最新の技術をこなす器用人である。

惟任光秀の得手は人脈根回し。早くから足利将軍義昭に目をつけて織田家に売り込み、次は織田信長のために公家《くげ》や朝廷の間を周旋した。人脈を拡げるための知識もあった。

これに対して羽柴（豊臣）秀吉の得意は土木建設。『絵本太閤記《たいこうき》』には、清洲《きよす》城の石垣修理に持ち場を割り当て作業を競わす「割普請」を導入して成功した話が記されている。これも秀吉の建設上手を表現したものだ。

秀吉の建設工事の才能が最高に発揮された戦が、中国地方での二つの城攻め、天正九年の鳥取城の兵糧攻めと翌一〇年の高松城水攻めである。

秀吉の兵糧攻めの方式は、既に播磨《はりま》三木《みき》城攻めで完成している。鳥取城はそれを一層大規模かつ精巧にしたものだ。

七月十二日、現場に到着した秀吉は、周囲を隈《くま》無く視察、鳥取城の東北十五町（約一・六キロ）ほどの小高い丘、今は「太閤《たいこう》ヶ平《なる》」と呼ばれている地に本陣を据えた。諸将には城の周囲に五、六町の間隔で砦《とりで》を造らせ、その間には濠を掘り柵を結ばせた。

各砦には二層の櫓を建て、鐘や太鼓、法螺《ほら》貝を備えて互いに連絡が取れるようにした。鳥取城の支城の丸山城は弟秀長の但馬勢に囲ませ、中間地点の雁金山《かりがねやま》には宮部継潤の兵二千余を置いた。北の海に繋《つな》がる袋川沿いにも砦を並べ、川底には杭《くい》を打ち、川面《かわも》には網を張った。敵城を攻めるよりも、城兵の反撃に備えて守りを固める、これが秀吉流の城攻めである。

「羽柴勢、鳥取城を囲む」

の報せを受けて、毛利方も救援活動をはじめた。毛利家でこの方面を担当する吉川元春は、八月上旬に伯耆の八橋《やばせ》に着陣した。

二代目お館《やかた》の毛利輝元《てるもと》も、七月二十八日に安芸吉田《よしだ》を出陣。山陽道の小早川隆景《たかかげ》や福原貞俊《さだとし》らも北上、美作に入った。

しかし、鳥取城に達するためには、南条元続の羽衣石《うえし》城と尼子《あまこ》の遺臣亀井茲矩《これのり》の立て籠《こも》る鹿野城を抜かなければならない。羽柴秀吉は、南条と亀井に堅守を命じ、兵糧や弾薬を送って激励した。

この情況を報された織田信長は、

「俺自身が出陣、毛利の息の根を止めてやる」

と熱《いき》り立ち、惟任光秀や細川藤孝《ふじたか》らに船舶兵糧の用意を命じた。また摂津《せっつ》高槻《たかつき》の城主高山右近《うこん》に命じて戦線を視察させた。信長一流の督戦術である。

右近は、狩野《かのう》派の絵師を伴って鳥取城周辺を視察、精巧な絵図を作って包囲攻撃の様子を信長に報告した。九月十一日、包囲攻撃開始から二ヵ月後のことである。

毛利方は、南条元続の羽衣石城の攻略で難渋していた。そこで吉川元春は、石見水軍の鹿足《かのあし》元忠をして、海上から鳥取城への兵糧補給を試みさせた。当然、鳥取沖で警戒に当たっていた織田方の水軍、若狭や丹後《たんご》の船手衆《ふなてしゅう》を率いる松井康之との海戦となった。

百日余に及ぶ鳥取城攻防戦は、圧倒的な兵力を持つ羽柴勢が、砦を築き柵を結び、ひたすら城方の兵糧の尽きるのを待つ戦術を採ったため、華々しく干戈《かんか》を交える戦闘は殆《ほとん》どない。

この戦いでは、敢えて勝敗を決した戦闘を挙げるとすれば、この鳥取沖の海戦だろう。遠路の航海の上、城に運び込む兵糧を満載していたので船足は重く動きは鈍い。このためか、石見水軍は大敗、兵糧補給は失敗に終わった。

もともと乏しかった鳥取城の兵糧はたちまち底を突いた。城兵は木の葉や稲株を齧《かじ》り、「あるいは牛馬を食とし、あるいは人を服す、獄卒阿修羅《あしゅら》・羅刹《らせつ》の呵嘖《かしやく》もかくこそと、目もあてられぬ分野、前代未聞とも中々いうもおろかなり」（吉川家文書）という惨状を呈した。農民までも城内に追い込んで生かしたことが、殺す以上の残虐を生み出したのである。

「こうはしておれぬ。敵を後に残しても因幡に前進、鳥取城を救援せねばならぬ」

九月中旬、鳥取城の兵糧不足が危機的状況に陥っていることを知った吉川元春は、思い切った行動に出た。敵対する南条元続の羽衣石城を残して東進、鳥取城を救おうとしたのである。

だが、吉川軍の途上には、なお亀井茲矩の立て籠る鹿野城がある。羽柴秀吉は、ここに、

「鳥取城は間もなく陥落するので、守りに専念せよ」

と命じ、再び鉄砲と弾薬を与えた。

一方、毛利側では、吉川勢の東進の空白を埋めるべく二代目お館輝元自身が元春の居城出雲富田《とだ》城に入り、小早川隆景らもここに合流した。毛利の総力を挙げての決戦態勢を採った。それでも動員できた総兵力はやっと二万人、羽柴秀吉の軍勢にも劣っていた。

「織田信長とは凄《すさ》まじい者よのお」

出雲富田の城で、輝元はつくづく考えた。

「西国の覇者のわが家も、織田の一軍団にさえ及ばない。信長自身が戦略予備軍や長男信忠《のぶただ》の直属軍団を動員して来れば、到底勝ち目はない。『西国公方《くぼう》』などといわずに和平に応じるべきだったか」

輝元はそれを悔やみ出していた。備後《びんご》の鞆《とも》に仮寓《かぐう》する前将軍足利義昭が、相も変わらず、織田方の弱点や悪評を書き連ねて来るのが、励みよりも煩わしく思える。

十月に入ると、鳥取城は力尽きた。それを見てとった羽柴秀吉は、堀尾茂助《もすけ》らを派

遣して講和を申し入れた。秀吉が示した条件は、

「主君の山名豊国を追放した家老の森下通興と中村春続の切腹、および海賊行為を働いた三人の海将の処刑」

というものだ。そこには毛利家から派遣された城将吉川経家の切腹は入っていない。

これに対して経家は、山名豊国の卑怯《ひきよう》怠惰を並べ、経家が切腹するのに代えて二家老の助命を嘆願したが、秀吉は受け入れない。交渉は三日四日と長引き、その間にも鳥取城の飢餓は深まる。結局、十月二十四日、森下通興と中村春続はそれぞれの持ち場で自刃《じじん》、城将吉川経家も、翌二十五日に切腹した。

武士としては見事な死に方だが、形勢が毛利方に決定的に悪くなったのは事実である。戦に美学はない、勝敗がすべてなのだ。

戦《いくさ》に是非なし——覚悟を習う

「お菊。海の見える眺めもよいだろう……」

長身の城主が、北を指差して背後の妻に語り掛けた。越後《えちご》春日山《かすがやま》城の本丸櫓《やぐら》上層、夫は上杉景勝《かげかつ》二十七歳、妻は武田信玄の六女菊姫十九歳。二人は結婚して一年半、仲睦《むつ》まじい夫婦だが、子の生まれる気配はない。

西の中国地方で、織田、毛利、宇喜多の外交戦が展開されていた天正《てんしょう》九年（一五八一）四月、越後は一瞬の平穏を楽しんでいた。

この二月、上杉景勝は北条城《きたじょう》を降《くだ》し、謙信の跡目を争った「御館《おたて》の乱」で敵方に回った城主に対する制裁を完了した。

「これで越後は一枚岩、これからは発展だ」

景勝には、そんな気負いがある。財政の再建、川と道の普請《ふしん》、軍備とりわけ鉄砲の増強などを急がねばならない。さもなければ、織田信長の勢力に呑《の》み込まれてしまう。

「義兄上《あにうえ》、武田勝頼《かつより》様も苦労しておられる」

景勝はそんな呟《つぶや》きを漏らした。

「よくは存じませぬが……」

突然の話題に菊姫は首を傾《かし》げた。

去る三月二十二日、武田方の遠江《とおとうみ》での拠点高天神《たかてんじん》城が、織田方の徳川家康に陥《おと》された。昨年三月十七日以来一年余りも包囲され、遂《つい》に兵糧が尽き果てたのである。

これには景勝と菊姫の結婚も絡んでいる。武田勝頼は関東北条《ほうじょう》家の勢力が強くなり過ぎるのを恐れ、越後の跡継ぎを争う「御館の乱」で、北条家出身の景虎《かげとら》を見捨てて景勝に加担、妹の菊姫を嫁がせた。このため、北条家は高天神城への兵糧搬入を妨げるようになったのだ。

「勝頼様は、高天神城の後詰《ごづ》めをなさらなんだからなあ」

景勝はひとり言のように呟いた。

この時代、味方の城が敵に囲まれれば、大名たる者、必ず救援の兵を出すことになっている。たとえ力及ばず援《たす》けられなくとも、その意思を示す出兵が最低限の義理である。

ところが、武田勝頼は一年余りに及ぶ攻城戦の間、終《つい》ぞ後詰めの兵を出さなかった。出兵を拒む武将が多くて兵が集まらず、財政難で兵糧も揃《そろ》わない。その上、謀叛《むほん》の噂《うわさ》や農民一揆《いっき》も続発して、動けなかった。

「義兄上の罪ではない。信長様が凄《すさ》まじいのよ」

景勝はそういったあとで付け加えた。

「幸い、わが上杉家では、越中《えっちゅう》代官の河田長親《ながちか》殿が頑張っておるでな」

「お館《やかた》」

上杉景勝が、菊姫と共に本丸櫓の上層から下層に降りると、梯子《はしご》段の陰から呼び掛ける太い声がした。総髪《そうはつ》の大男、儒者で右筆の山崎秀仙《しゅうせん》だ。武田勝頼を味方に引き入れ景勝と菊姫との結婚周旋に成功した秀仙は、外交から情報の分野にも手を拡《ひろ》げている。

秀仙は、菊姫に警戒と気遣いの交じり合った視線を当ててから、景勝の耳元で囁《ささや》いた。

「一昨日、四月八日夜、越中代官河田長親様がお亡くなりになりました」

「何……」

景勝は絶句した。つい先刻、その名を菊姫に誇らしく聞かせたばかりだ。

「どうして」

景勝は、二呼吸置いてから訊《たず》ねた。

「何でも急な病とか」

景勝の胸中には様々な思いが駆け巡った。

河田長親は近江《おうみ》の生まれだが、永禄《えいろく》二年(一五五九)上杉謙信が上洛《じょうらく》した際に召し抱えられて以来、忠勤に励んだ。同十二年からは越中代官として魚津《うおづ》と松倉の城を預かっていた。越中在任十二年、越中一帯の城主や地侍からの信頼はすこぶる厚い。

上杉謙信の死後、織田信長は長親に、

「郷里の近江において大封を与える」

との朱印状を以《もっ》て誘ったが、長親は拒み、「御館の乱」に乗じて侵入しようとする織田勢をよく防いだ。上杉家に忠実であっただけではなく、任地の越中を愛した人物である。

「長親がいなくなれば、越中はどうする」

景勝は不安になった。

「やはり、越後から相当の人数を魚津と松倉の城に入れねばなりますまい」

秀仙は、これまでになく大胆な発言をした。

「そのためにも、家中の不満を解消すべきです。織田方の切り崩しが来るでしょうから」

景勝は重い気分になった。山崎秀仙の示唆したのは「御館の乱」での論功行賞のことだ。

この時期、越後の武士にとっては、戦は一種の経済行為でもある。越後の外では掠《りゃく》奪《だつ》もしたし、捕虜や難民を奴隷同然に売り払うこともあった。もちろん、最大の狙《ねら》いは加増、働きの恩賞として領地を増やすことだ。

「御館の乱」で景勝方に加担した者はみなそれを期待しているが、まだほとんど実施されていない。恩賞を求める者は多く、与えられる土地は少ないのだ。

「仙桃院《せんとういん》様がお待ちです」

上杉景勝が本丸櫓を出ると、樋口《ひぐち》与六（のちの直江兼続《かねつぐ》）が寄って来て囁いた。与六は「御館の乱」でも活躍した二十二歳の若武者、仙桃院付きの侍女にも人気の美男子だ。

「え、今、直《す》ぐにか」

景勝は眉《まゆ》を吊《つ》り上げた。

仙桃院は景勝の実母で先代謙信の姉。坂戸城主の長尾政景《まさかげ》に嫁いで二人の娘と息子の景勝を育てたが、景勝が十歳の時に夫の政景が急死したため実家に戻り、生涯妻《さい》妾《しょう》を持たなかった弟謙信の世話をした。家族の縁の薄い謙信が唯一心を許した肉親である。仙桃院は息子の景勝にも時には厳しい助言をする。景勝にとっては有り難くも煙たくもある存在なのだ。

「河田長親殿が亡くなったそうな」

本丸御殿の奥座敷でひっそりと暮らすようでも、仙桃院は情報に通じている。

「こうなれば、織田方の越中工作は一段と盛んになるでしょうね」

「はい、そう考え、越後の者を相当数送らねばならぬ、と思っています」

「よき御思案」

仙桃院は頭巾《ずきん》をずり下げて白髪交じりの長髪を露《あらわ》にした。

「魚津に人数を送るにも越後の結束が大事です。北条城を陥して五十日、そろそろ『御館の乱』の恩賞を決めねばなりませんね」

仙桃院は菓子を齧《かじ》りながらいった。

「それには景勝も頭を悩ましております。何しろ功を唱える者は多いのに、分けられる土地は少なくて……」

「そうでしょう。謙信公も戦の後では、いつもそれに御苦労されていました」

「え、御先代謙信公でさえ……」

景勝は驚いた。圧倒的な権威と戦歴を誇る謙信でさえ悩んだと聞かされては、ますます自信がなくなる。

「景勝は、どのような方法で決めるつもり」

仙桃院はわが子を試すように訊ねた。

「できるだけ多くの者から、手柄の内容と恩賞の希望を私自身が聞いて……」

「一番下手なやり方ですね」

仙桃院は息子の言葉を遮《さえぎ》った。

「そんなことをすれば、みな手柄を自慢し、恩賞を期待します。それに応じなければ怨《うら》みと不満が残ります。そもそも恩賞というのは、これまでのお手柄に与えてはなりません。これからの働きに与えるべきです」

仙桃院は用心深く声を潜めていった。

「『御館の乱』で働いてくれた者には、金銀、刀剣、官名、評定《ひょうじょうしゅう》衆の席などをやりなさい。土地や人、本当に政治を行う権限は、これから働かす者に与えるのです」

「はあ、なるほど……」

景勝は、思いもよらぬ母の示唆に呻《うめ》いた。

「では、そのようなやり方で私が案を作り、みなに諮《はか》ってみます」

景勝がそういうと、仙桃院は「そんな阿呆《あほう》な」と声を上げて笑った。

「景勝、あなたはお館《やかた》、上杉家の棟梁《とうりよう》ですよ。お館の言葉は上杉家の意思、誰に諮ることもないし、諮ってはなりません。案は、まさかと思うような若い者に作らせなさい」

「はあ、それを重役たちに揉《も》んでもらって」

景勝は頷《うなず》いて続けたが、仙桃院は首を振った。

「もっともな人から御重役に上申させるのです。それも二人か三人。景勝に従ってくれるような御重役だけに」

「そうすると、その案を出すもっともな人とは、実力のある重役でなくともよろしいので」

景勝が首を傾げて問うた。それに仙桃院はおかし気に笑って答えた。

「実力のない軽役《かるやく》。恩賞には必ず不満が出ます。実力ある御重役では不満な者と喧嘩《けんか》になる、いや戦にもなりかねません。実力のない軽役なら罵倒《ばとう》と殴打ぐらいで済むでしょう。景勝が庇《かば》ってやれば」

「何とも……」

景勝は、何とも凄まじい母の発想に気圧《けお》されて小水を漏らしそうになった。

「ちょっと失礼……」

そういって立ちかけた景勝に、母の鋭い声が飛んだ。

「景勝。そなたは上杉の跡継ぎだけではありません。二代目の謙信です。養子なればなおのこと、謙信公にそっくりといわれることが大事です」

「御先代謙信公にそっくりといわれるためには……」

景勝は座り直して訊ねた。

上杉景勝は、謙信の甥《おい》で養子、幼少期から随分と可愛がられた。謙信が、この甥のために書いた自筆の手習い帳は今も残っている。まるで受験生をあやす慈父のようだ。

しかし、景勝は坂戸城主でもあり、養父謙信と間近に接する機会はさほど多くはなかった。その点、母の仙桃院は、妻妾を持たぬ謙信の日常から内面までも知り尽くしている。

「謙信公にそっくりといわれるためには」

仙桃院は、微《かす》かに微笑《ほほえ》んで語った。

「まず無口になることです。謙信公は無口な方でした。それ以上に口数を減らしなさい。しゃべると違いが際立ちます。談合の席や外の人との面会では、しゃべらないことです」

「なるほど……」

景勝は頷いた。

「表情も抑えなさい。怒ったり泣いたりはもとより、笑いも顰《ひそ》みも止《や》めなさい。姿勢をよくしなさい。背を伸ばし顔を動かさずに目を動かしなさい。心の内を見せぬ道です」

仙桃院は、よほど考え抜いていたのか、すらすらと続けた。

「第三に辛抱づよいことです。暑さ寒さ、渇きや飢え、気に入らぬ人の動きや騒動にも動じないようにしなさい。人間一心不乱になれば、足の痺《しび》れも小水の催しも感じないものです」

確かに戦場では、矢が刺さったり腕が千切《ちぎ》れたりしても気付かずに奮闘する者がいる。景勝自身もそんな場面を実見したことがある。それを仙桃院は、座敷でも歩行中にもできるようにしろ、というのだ。

「そして第四に、一番大切なのは、義によって動きを決めることです」

仙桃院は一段と声に力を入れた。

「御先代謙信公は義将と呼ばれています。すべての判断を、利によってではなく、義によって決める。たとえ不利な戦でも義のある側を援ける。この考えが、複雑でまとまりのない越後を固めて来たのです」

「たとえ不利な戦でも義のある側に立つ。それでわが身は、上杉家は続くでしょうか」

景勝は身を強張《こわば》らせて仙桃院、つまり母親に訊ねた。

「それは」

といって仙桃院はわが子を睨《にら》んだ。

「景勝自身の覚悟次第でしょう」

戦《いくさ》に是非なし――水魚の交わり

上杉家二代目お館《やかた》の景勝《かげかつ》が、母仙桃院《せんとういん》の住み処《か》を出た時には、四月の長い陽《ひ》も西に傾いていた。昼間、菊姫と見た海は青く澄んでいたが、今は夕陽に赤く輝いている。

「菊には秋の青空がふさわしいが、桃には春の夕映えが似合う」

景勝は、妻と母を比べてそんな風に考えた。そして、待ち受けていた樋口《ひぐち》与六を手招いた。

「『御館《おたて》の乱』は終わった。論功行賞を行わねばならない。その方に、案を示してもらいたい」

景勝は天守に与六を誘いながらいった。

「恩賞は二つに分ける。『御館の乱』などこれまでの奉公を賞する分と、これからの働きに期待する分だ。前の方には金銀や刀剣など品物を与え、官名を授ける。議や宴では上座に座らせるが、意見は聞き流せばよい」

天守櫓《やぐら》の人気《ひとけ》のない部屋に入ると、景勝はそっと囁《ささや》いた。考え貯《たくわ》えたことを忘れぬうちに吐き出そうとしているような口調だ。

「これからの働きに期待する者には、土地と人と権限を与える。しかし、与えられる土地は少なく中越に片寄っている。まずは河田長親《ながちか》殿なき後の越中《えっちゅう》守備に当たる者が大事。織田方の切り崩しを撥《は》ね返すように手配せよ」

「流石《さすが》によう考えておられますな」

樋口与六は、低く呟《つぶや》いた。それでも気にかかる点を問うた。

「下越の新発田《しばた》様ら揚北《あがきた》衆はどうしますか。『御館の乱』でも、その後の栃尾《とちお》城攻めや三条城攻めでも働いてくれましたが」

「そこまでは手が回るまい」

景勝はあっさりと切り捨てた。揚北衆とは阿賀野《あがの》川以北の下越の城主や地侍のことだ。当時は越後《えちご》の中でも、越前《えちぜん》、若狭《わかさ》から京に繋《つな》がる春日山《かすがやま》周辺と出羽《でわ》に近い揚北では、随分違った感覚で見られていた。

「織田信長様も、揚北には手が届くまい」

景勝にはそんな安心感があった。それ故、

「揚北には道を普請《ふしん》し港を拡《ひろ》げてやればよいのではないか」

と応えた。そして「それよりも」と続けた。

「それよりも与六、お前の作った案は一切口外するな。俺にもいうな。山崎秀仙《しゅうせん》先生にのみ説明、秀仙先生の口から上田衆の代表格の栗林政頼《くりばやしまさより》殿と与板《よいた》城主の直江信綱《のぶつな》殿に諮《はか》ってもらえ」

戦に勝つのは難しい。だが勝ったあともまた楽ではない。戦後の復興には費用と手間がかかるが、勝利に貢献した者は十分な恩賞を期待する。特に越後の「御館の乱」のような内戦の場合、被害は大きいが、勝ったとて領地や金銀が増えるわけではない。このため、少ない「財源」でみなを納得させる分配を探る、という難題に直面する。

上杉景勝は、この難題の回答作りを、二十二歳の若武者樋口与六と外交で成果をあげた儒者の山崎秀仙に委《ゆだ》ね、出て来た原案を二人の重臣、上田衆代表の栗林政頼と与板城主直江信綱に審議させることにした。

天正《てんしょう》九年（一五八一）四月頃から、それに基づく恩賞の授与がはじまった。所領加増は最大で三百石、大抵は百石程度である。

所領加増に与《あずか》れたのは三十人ほど、それ以外の百人以上は上杉家伝来の刀や脇差《わきざ》しに金一、二枚を付けて与えられた程度である。多くの者は失望し、不満も残った。それでも大抵の者は、「殿様も手元不如意らしい」と考えることで納得した。

しかし、どうにも納得できない者もいた。揚北衆の一人、新発田重家がそれである。

新発田家は、鎌倉幕府創建にも関わった佐々木盛綱を祖とする名門、重家はその家系に天文《てんぶん》十六年（一五四七）に生まれ、最初は同族の五十公野《いじみの》家を継いだ。「御館の乱」ではいち早く景勝側に立って奮戦、景勝から感状を貰《もら》っている。天正八年、兄の長敦《ながあつ》が病死したので新発田家を継ぎ、重家を名乗った。

重家は、右のような経緯から手厚い恩賞を期待していた。だが、待てど暮らせど沙《さ》汰《た》がない。憤懣《ふんまん》やるかたない思いでいる時に、織田信長からの誘いがあった。

「上杉家を倒した暁には越後一国を差し上げる」

というのである。織田信長の外交諜報《ちょうほう》は景勝の予想をはるかに上回っていたのだ。

織田信長の支持と資金援助を得た新発田重家は、一族郎党を誘って大軍を編制、六月十六日には「反上杉」の旗色を鮮明にし、新潟津に入る船からの口銭（入港税）を横領し出した。

景勝にとっては「一難去ってまた一難」。しかも、恩賞を巡る騒擾《そうじょう》はこれだけではなかった。

新発田重家を中心とする揚北衆の叛乱《はんらん》に対する上杉景勝の対応は素早かった。腹心の旗持城《はたもち》（柏崎市）城主蓼沼《たでぬま》友重や三条城（三条市）城主の山吉景長《かげなが》らを木場城（新潟市木場）に入れて正面の守りを固める一方、新発田勢の背後にある平林城（村上市）城主の色部《いろべ》長真《ながざね》らを誘って新発田勢を牽制《けんせい》させた。

また、河田長親亡きあとの越中《えっちゅう》には、小島職鎮《もとしげ》らを送って富山城を攻略させ、魚津《うおづ》城には吉江宗信《むねのぶ》や山本寺《さんぼんじ》景長《かげなが》ら十二人の武将を入れて守りを固めた。

こうした一連の動きの中で、「景勝政権」の実態が見えて来た。蓼沼友重や山本寺景長らが実戦部隊を率いて前線に立つと、景勝側近の重臣としては坂戸城主の栗林政頼と与板城主の直江信綱が浮かび上がって来た。

栗林政頼は、景勝直属の上田衆の代表格、剛直な武将である。直江信綱は、景虎《かげとら》方の多かった中越で、景勝方として奮闘した。

もっとも信綱自身は越後生まれではない。上野《こうずけ》国総社（前橋市）の長尾家の出身だが、与板城主の一人娘お舟《せん》と結婚して城主となった婿養子だ。部下に与えた地権確認状でも夫婦が連署しているくらいだから、相当なカカア天下であったらしい。

この二人の下で目立ち出したのが儒者の山崎秀仙と若者代表の樋口与六である。

今日の企業にたとえれば、上杉景勝社長の下に栗林と直江の二専務がおり、山崎執行役員、樋口社長室長といったところだろう。

この顔触れでは、恩賞の不満と怨《うら》みは山崎秀仙に集まる。

「たまたま武田家との外交に成功しただけの儒者如《ごと》きに、越後の現実とわれらの苦労が分かるものか。恩賞を頂けぬのは奴《やつ》のせいだ」

そんな噂《うわさ》が渦巻いた。ある意味では、上杉景勝とその母仙桃院の狙《ねら》い通りともいえる。

ところがここで、誰も想像だにしなかった大事件が発生する。九月一日、山崎秀仙が、毛利名左衛門秀広という武士に斬殺されたのである。

毛利秀広は、御館の乱以来の働きにもかかわらず、恩賞の沙汰がないのは、山崎の妨害だと邪推してこの凶行に及んだのだが、その時、たまたま山崎と用談中だった直江信綱も、これを止めようとして秀広に斬《き》り殺されてしまった。毛利秀広もその場で居合わせた者たちに斬られた。

越後の大名上杉（長尾）家には一族が少ない。先代の上杉謙信は、宗教的理由か男色のせいか、生涯妻妾《さいしょう》を持たず子も残さなかった。

謙信には兄と姉がいたが、兄の晴景《はるかげ》は病弱で子を残さずに世を去った。姉の仙桃院は七代前に分岐した一族の坂戸城主長尾政景《まさかげ》に嫁ぎ二男二女を生《な》した。しかし長男の義景《よしかげ》は病弱で早世、次女の華《はな》は謙信の養子の景虎と結婚、「御館の乱」で夫が敗死すると、自ら命を絶った。

長女の夫の上条政繁《じょうじょうまさしげ》は「御館の乱」では日和見《ひよりみ》的だった。そのせいか、景勝との仲は冷たく、後には京都に出奔する。その後長女は実家に戻り、仙洞院を名乗って長く景勝の身辺を世話することになる。

「御館の乱」で勝利した景勝の身は、輝かしい二代目に見えるが、その身辺は案外寒々しい。そんな中で重用した二人の家臣、直江信綱と山崎秀仙が不満分子の凶刃に倒れたのだから衝撃だ。

「慌ててはならぬ、驚きを見せてもならぬ。今こそ先代謙信公のそっくりさんにならねばならぬ」

そう考えた景勝は、熟慮十日の末、仰天の「鬼手」を考え出した。

「名門直江家を断絶させるのは何とも無念、ここは未亡人になられた家付き娘のお舟様がわが側近の樋口与六を婿に取られるがよかろう。与六をば直江兼続《かねつぐ》と名乗らせ、与板の城主にさせる」

というのである。この時、樋口与六改め直江兼続は二十二歳、妻お舟は二十五歳である。

景勝は四人の重臣のうち二人、直江信綱と山崎秀仙を一瞬にして失った。その分を若き側近に背負わせたのだ。

二十七歳の上杉景勝は、五歳年下の兼続が気に入っていた。互いに補うところが多い。景勝は生来の無口に加えて、先代謙信のそっくりさんを装うほどに一段と無口になった。

これに対して直江兼続は美男子で雄弁、景勝の意中を察してよく代弁してくれる。斬殺《ざんさつ》事件から一ヵ月余り経《た》った十月はじめには、早くも兼続が景勝の代理人として諸将を指揮するようになった。

この君臣にとって目下の最大の課題は、織田信長と結んで叛旗《はんき》を翻した北の新発田重家の討伐である。ここでもたつくと、越後各地の城主が反抗しかねない。

西の越中も面倒になっていた。織田家の北陸担当軍団長柴田勝家は、組下の前田利家に能登《のと》を攻略させ、佐々成政や佐久間盛政を越中へと侵攻させていた。長年越中を守った河田長親の死に、地元の城主や地侍も動揺している。景勝は、魚津城に送った十二人の武将たちから誓紙を取り、堅守するように要請した。

景勝と兼続は、年が明けて雪が解ければ、まず北の新発田重家を征伐、返す刀で越中を守り抜く方針だった。だが、現実はそれどころではなかった。南で大事件が起こるのである。

天下布武《ふぶ》大戦略――大胆な辛抱

羽柴《はしば》秀吉が、鳥取城を飢《かつ》え殺しにしている間、南の備前美作《びぜんみまさか》では毛利方の優勢が続いた。

鳥取包囲戦がはじまって間もない天正《てんしょう》九年（一五八一）八月、備前中央の加茂小倉城主の伊賀家久が毛利方に寝返った。加茂小倉城は前年四月に毛利軍が大敗した「加茂崩れ」の舞台、毛利軍を破った主役の一人は小倉城主の伊賀久隆であった。

しかし、十分な恩賞も出ず、伊賀久隆は不満のうちに死んだ。跡を継いだ家久は、父の不満を引き継いだ。

そんな時に、聞き捨てならぬ噂《うわさ》が流れ出した。

「宇喜多直家様は既に亡くなっている」

というのだ。噂の源は岡山城下の外れに屯《たむろ》する乞食《こじき》たちだ。

「この旭川《あさひ》には去年の秋から、血膿《ちうみ》の付いた絹の下帯がよう流れて来よったけど、それがしばらく前からのうなった。絹の下帯をするほどのお偉い方が血膿の垂れる病気やった。それが流れて来んようになったのは、そのお偉い方が亡《の》うなったからや」

そんな話が乞食頭から町人に伝わり、やがて武士にも広まった。

「宇喜多は児島《こじま》で敗れ、直家様も亡うなった。後ろ盾の羽柴秀吉様は因幡《いなば》攻めにかまけてこっちを顧みる余裕がない。これは宇喜多に代わる好機じゃぞ」

伊賀家久はそう考えて、毛利方の誘いに乗った。

ところが、意外にも近隣の城主には、宇喜多直家の健在を示す勢いのある花押《かおう》の付いた書状が次々と届いた。備前美作の城主たちは去就に惑ったが、ほとんどは宇喜多の配下に留《とど》まった。

結局、毛利の山陽方面軍、穂田《ほいだ》元清や福原貞俊《さだとし》らがこの好機に上げ得たのは、備中《びっちゅう》境の四畝忍山《よつうねおしやま》城を再び奪《と》り返しただけである。

実際、宇喜多直家がいつ死去したかは分からない。多くの史書は「天正九年二月十四日」としているが、その根拠は百年近くもあとの安永《あんえい》三年（一七七四）に書かれた『備前軍記』の記事ぐらいしかない。

同時代文書では、毛利家は天正九年八月まで直家存命と認めて行動している。織田信長も同年十一月「宇喜多直家の病気が再発、もう回復しないだろう」と書いている。

宇喜多家は最大の危機を、秘密厳守と空芝居で乗り切ったのである。

「御義父上《おちちうえ》、御戦勝おめでとうございます」

九歳の少年、宇喜多八郎秀家が、紅葉《もみじ》のような手を突いて言上した。天正九年十一月八日、播磨姫路《はりまひめじ》城に凱旋《がいせん》した羽柴秀吉は、本丸座敷でそんな挨拶《あいさつ》を受けた。

「おお、八郎、いや秀家。よう来たな。この寒い中を」

秀吉はいつも陽気で多弁で大声だ。

「こちらは八郎の義兄《あに》になる秀勝様、上様、織田信長様の御四男にあらせられる」

秀吉は、自分と同じ一段高い主君の座に座った少年を振り向いていった。秀勝この時十四歳、父信長に似て長身、背丈は既に養父の秀吉と変わらぬほどだ。

「秀勝様は来年初陣《ういじん》、備前美作で八郎の敵を鎮めて下さる」

秀吉は、わが養子に妙な敬語を使った。実父の信長への気遣いだろう。秀家は子供心にも、この義兄を仰《あお》ぎ見て畏怖《いふ》を感じた。

「いやいや、わしが因幡に出張っておる間にも、備前もえらいことじゃったそうな」

秀吉は、八郎秀家の後ろに控える母のお福を見ていった。

「はい。毛利家の穂田元清様が児島での勝ちに乗じて攻めて来はって、備中境の四畝忍山城を奪い返されました。あのお城は宇喜多が二度奪り、毛利方が二度取り返した因縁の城ですねん」

お福はゆったりとした口調で語った。

「そうであった、そうであった……」

秀吉は負け戦《いくさ》と認めたくないお福の心理を測り見て話題を変えた。

「加茂小倉の伊賀家久殿が毛利方に寝返ったとか。気になることであろうな」

秀吉は身を乗り出していった。

「御先代の伊賀久隆様はうちの殿様、直家様に御忠義やったけど、御当代は少々……」

お福は耳元を指した指を回した。「御当代の御城主は阿呆《あほう》」という仕種《しぐさ》だ。それがひどく子供っぽく見えて座をなごませた。

「よいよい、お福様、そして八郎秀家」

羽柴秀吉は身を乗り出した。

「年が明ければ、この秀吉が、秀勝様共々備前美作に参り毛利勢を蹴散《けち》らしてやるでな」

「いいえ、それはまだ御無用です」

お福が断固とした口調でいった。

「秀吉様には、その前にせなあかんもっと急ぐお仕事がありますがな」

「わしに、この秀吉に、備前美作に行くより前に、もっと急ぐ用がある、と申されたか」

秀吉は小首を傾《かし》げて呟《つぶや》くと、大声でいった。

「茶にしよう。座を茶室に移す」

羽柴秀吉は、座を茶室に移すと、お福の耳元にまで口を寄せて囁《ささや》いた。

「先刻申されたもっと急ぐこととは何かな……」

「はい、この度の鳥取攻めで敵にしやはったのは、毛利様の御一統だけやあらしまへん」

お福は、秀吉の赤黒い頭を避けるように身を反《そ》らしながら返した。

「はて、毛利御一統以外の敵……」

秀吉は一瞬身を引き、改めて膝《ひざ》を躙《にじ》らせた。

「惟任《これとう》、明智光秀様……」

お福は口元だけで笑顔を作って秀吉の耳に囁いた。

「うーん、光秀殿か……」

秀吉は二呼吸ほど喘《あえ》いだ。光秀が模索して来た毛利との和平は、秀吉の軍事行動で吹き飛んだ。織田家の外交官として手柄を立て、将来は毛利家との取次としても織田政権で重きを成す、という光秀の野望は崩れた。

光秀は、組下の細川藤孝《ふじたか》と同格で秀吉への兵糧輸送を命じられたのも、自分の組下の摂津《せっつ》高槻《たかつき》城主の高山右近《うこん》が鳥取の戦場視察を命じられたのも、不快に思っているに違いない。

「何故《なぜ》、信長様は、私の組下を秀吉殿の仕事にお使いになるのか」

光秀の心中は波立っているだろう。

「一層のこと、この際には光秀様と質《たち》の違う池田恒興《つねおき》様を誘わはったら……」

お福はいたずらっぽい上目遣いで呟いた。

池田恒興は、母親が織田信長の乳母だったという生粋《きっすい》の尾張《おわり》武者。それに信長が摂津の西半分、荒木村重《むらしげ》の旧領を与えた。丹後《たんご》の細川、大和《やまと》の筒井、叛逆《はんぎゃく》して失脚した荒木村重まで、京畿《けいき》の西側はすべて惟任光秀の娘を息子の嫁に迎えた大名ばかり、文化人ぽい武将という共通点もある。その中に尾張育ちの武人池田恒興を入れたのは信長の警戒心、光秀にとっては背中に虻《あぶ》が止まったような気色悪さだ。お福は、その池田恒興を誘えという。

「池田恒興様を誘うて何をするかのお……」

秀吉は、禿《は》げ上がった頭を傾げた。

「お茶席、お船遊び、いや船戦、殊に淡路《あわじ》……」

お福は明るい笑顔を着物の袂《たもと》で半ば隠して一つ一つ言葉を刻んで囁いた。それに秀吉は、絡繰《からく》り人形のように一つ一つ頷《うなず》いたが、聞き終わると大声で叫んだ。

「増田長盛《ましたながもり》と石田佐吉を呼べ。使いじゃ。安土《あづち》の信長様に、伊丹《いたみ》の池田恒興殿、茨木《いばらき》の中川瀬兵衛《せひようえ》殿にも使いを出すぞ」

淡路は、近畿、中国、四国の間に浮かぶ瀬戸内最大の島である。天正十年頃の石高は四万石だが、海上交通の要衝としての価値はきわめて高い。天正はじめまで、淡路は阿波《あわ》の三好家の支族で由良《ゆら》城主の安宅貴康《あたぎたかやす》が全島をのんびりと支配していたが、戦が進むにつれて、大坂《おおざか》の本願寺、摂津の荒木村重、紀伊《きい》の雑賀《さいが》・根来《ねごろ》の衆など、反織田陣営を結ぶ重要拠点となった。

天正六年以来、毛利方では児玉就英《なりひで》を将とする水軍を淡路島の北端岩屋《いわや》に置き、各方面への援助連絡に当たらせた。本願寺や村重がしぶとく抵抗できた背後には、淡路駐在の毛利水軍の役割が大きい。

だが天正八年、大坂本願寺が信長に降《くだ》って紀伊に退去、荒木村重や別所長治《ながはる》も滅んでしまうと、淡路の利用価値は減少、児玉就英の水軍も安芸《あき》に引き揚げた。

毛利家では、なお淡路の戦略的価値と領主安宅貴康の忠誠を評価して、児玉就英に代えて冷泉《れいぜい》元満の水軍に、淡路に出動を命じた。しかし、大坂湾周辺の味方がことごとく失《う》せた上、備前の宇喜多直家まで織田方になった状況では、毛利水軍も明石《あかし》海峡の東には出難《でにく》い。

そのせいか冷泉元満は、毛利輝元《てるもと》の再三の催促にも拘《かかわ》らず、出動しなかった。輝元もまた、北の鳥取城や備前の児島での戦にかまけて、水軍出動の遅延をさほど深刻に考えてはいなかった。

天正九年十一月八日、鳥取城を陥《おと》して姫路に凱旋した羽柴秀吉は、この状況を宇喜多直家の妻お福から報《しら》され、即座に決心した。

荒木村重の旧領、摂津の伊丹、花隈《はなくま》(神戸市)、尼崎《あまがさき》の諸城を得た池田恒興を誘って、一気に淡路を占領することだ。

鳥取から姫路に凱旋してから僅《わず》か七日、十一月十五日に羽柴秀吉は、池田恒興の息子勝九郎元助と共に淡路に侵攻した。毛利水軍の撤退に不信を抱いていた由良城の安宅貴康はすぐさま降伏し、十七日には岩屋城の菅重勝も池田元助に降伏した。

羽柴秀吉の淡路占領は電光石火の早業、たった三日間の小さな戦だった。しかし、その効果は実に大きい。

効果の第一は軍事的有利。淡路の攻略で備前以東には毛利水軍の拠点がなくなる一方、織田方は中国進撃路の南側面を安泰にして海上補給も可能になった。

第二は、経済的な利点。淡路島自体は四万石程度だが、その占領で播磨、摂津、和泉《いずみ》の海域が織田家の支配下で安全航海ができるようになった商業利便は大きい。これによって、淀《よど》川の水運も利用価値が増し、大坂平野の開発が大いに進むことになる。

第三は、政治的な影響。その一つは羽柴秀吉と池田恒興との連繫《れんけい》ができたことだ。貧しい農村出身の秀吉には、織田家累代の家臣団に通じる手掛かりが欲しかった。このため秀吉は前田利家に接近したが、利家は柴田勝家の組下になって北国《ほっこく》に行く。丹羽《にわ》長秀にも近づき、自らの苗字に「羽」の字を頂いた。しかし、長秀は信長に忠実すぎて依怙《えこ》贔屓《ひいき》してくれない。

そんな中で、「信長の乳母の子」池田恒興の存在は貴重だ。秀吉は抜け目なく、恒興の息子の元助に岩屋城攻略の功を譲ったばかりか、由良城主の安宅貴康を連れて織田信長に謁する光栄も元助に与えた。このことは、秀吉の競争相手惟任（明智）光秀には大打撃だ。

「丹後、丹波《たんば》、大和と共に摂津もわが組下」と考えていた光秀は、摂津高槻の城主高山右近が鳥取攻めの視察に起用されたのにさえ不快を感じていた。そこに摂津の西半分を領有する池田恒興が、羽柴秀吉と協同作戦を演じたとあっては苛立《いらだ》ちを禁じ得ない。

その上、かねて光秀は四国の新興勢力長宗我部元親《ちょうそかべもとちか》と接触、その取次役を自任していたが、秀吉は安宅貴康を通じて旧勢力の三好一族に繋《つな》がる気配を見せている。それを唆《そそのか》しているように見える織田信長の態度にも首を傾げる思いだった。

「信長様は、敢《あ》えて競争を煽《あお》っておられる」

光秀は焦りを感じた。

もっとも羽柴秀吉の大活躍に刺激されたのは、惟任光秀だけではない。中山道《なかせんどう》を主管する滝川一益《かずます》も、北国担当の柴田勝家も、奮い立たざるを得ない。競争社会の織田家中は、煮えたぎる野心と焦燥の坩堝《るつぼ》と化した。

羽柴秀吉は、じっとしておれない性分だ。天正九年十一月十七日に淡路を平定するとすぐ、家臣たちに命じた。

「小袖《こそで》二百枚を揃《そろ》えよ。銭が足りなければ、堺《さかい》の小西からでも近江《おうみ》の岡本からでも借りよ。淡路や因幡で商売をさせる利権料じゃ」

　これに応じて、増田長盛や石田佐吉が走り回った。その一方では、浅野長政や杉原家次らに銀子を与えて信長周辺の小姓や女房たちを手なずけた。

「近く羽柴秀吉様が安土に来られる。その際はよしなに取り計らって頂きたい」

というだけのことだ。その上で、年の瀬も近づいた十二月二十日、秀吉は大袈裟《おおげさ》な贈り物の列を従えて安土に上った。この時、秀吉は三つの課題を抱えていた。

第一は、新たに平定した因幡と淡路の二ヵ国を自分の領地として預かること。

第二は、宇喜多直家の死を告げ、その所領を一人っ子の八郎秀家に継がせて自らその後見となること。

　第三は、共に淡路を攻略した池田恒興や高槻城主の高山右近、茨木城主の中川瀬兵衛ら摂津の城主と親密になること、である。

　この三つに成功すれば、秀吉の領地は近江長浜の十二万石の旧領に、播磨、但馬《たじま》、因幡、淡路、それに宇喜多領の備前と美作を加えた六ヵ国と二郡となり、織田家中でも最大となる。池田ら摂津の諸将を引き入れれば、単独でも毛利に対抗できる勢力である。同時に、競争相手の惟任光秀の活躍の場を封じて決定的な差を付けることもできる。

これを実現するために、秀吉は存分に根回しをした。信長側近の小姓や茶坊主には金銀を贈ったし、下働きの女房たちにも小袖を与えた。何よりも信長自身に大量の贈り物を用意した。

そのせいか、信長は上機嫌で秀吉の願いを入れ、十二種類の名物茶器を与えた。秀吉はこれも無駄にしなかった。その茶器の披露を理由に、十二月二十七日、信長の茶頭《さどう》の津田宗及《そうきゆう》を招いて、中川瀬兵衛の摂津茨木城で茶会を催している。

惟任光秀に対するこれ見よがしの行為、いわば勝利宣言である。

天下布《ふ》武《ぶ》大戦略――武田家滅亡

天正《てんしょう》十年（一五八二）は賑々《にぎにぎ》しく明けた。この年、織田信長は、安土《あづち》城下に左のような高札を掲げさせた。

「正月元日、安土御城を隈《くま》なく拝観させる。貴賤《きせん》老若男女を問わず、銭百文を用意して来い」

大抵のことには驚かなくなっていた安土城下の者も、これには仰天した。御城は殿様の住まう高貴な場であり、敵襲を防ぐ軍事施設でもある。下賤の者は立ち入れないばかりか、機密の構造も多い。それを織田信長は、身分所属に関わりなく誰にでも見せる、というのだから尋常ではない。

当日、天皇の行幸を迎える「御幸の間」まで開放、随所に宝物を並べて町衆らの観覧に供した。日本最初の博覧会である。出口の厩《うまや》の前には信長自身が立ち、観客から銭百文の「お祝い金」を直接手で受け取る役まで果たした。

この行事は大人気で、殺到した人の重みで石垣が崩れる事故もあったほどである。

その後、信長は盛大な茶会を開き、堺《さかい》の津田宗及《そうきゅう》や今井宗久《そうきゅう》と共に、惟任《これとう》（明智）光秀や筒井順慶《じゅんけい》、松井友閑《ゆうかん》らを招いている。

半月後の正月十五日、信長は爆竹を鳴らして馬を走らせる左義長《さぎちょう》の行事も行った。五畿内の武将が思い思いの意匠を凝らして馬を走らせる勇壮な軍事パレードである。

しかし、信長は遊んでばかりいたわけではない。この間に諸方面の武将を呼び寄せて情報を集め、天下平定の大戦略を練った。

まず第一に、信長の注目を引いたのは、中山道《なかせんどう》から武田攻めを担当する滝川一益《かずます》である。

「武田勝頼《かつより》公は家中の信頼を失っております。先代信玄公の女婿木曾《きそ》義昌《よしまさ》殿が、わが方に誼《よしみ》を通じ寝返りを申し出ています」

第二は北国《ほっこく》で上杉と対決する柴田勝家だ。

「わが軍は能登《のと》と加賀《かが》をあらかた平定、越中《えっちゅう》においても上杉勢を圧倒しております」

第三は畿内西部担当の惟任光秀。

「かねて取次役を務めておりました土佐《とさ》の長宗我部《ちょうそかべ》元親《もとちか》殿、四国の大半を平らげました。彼《か》の者の四国支配をお認め頂ければ、忠勤を励むでしょう」

光秀は四国を自分の影響下にある長宗我部に支配させたがっていたのだ。

しかし、第四の羽柴《はしば》秀吉の構想は違った。

天正十年正月二十一日、派手な行列を組んで再度安土に上った羽柴秀吉は、いつものように大袈裟《おおげさ》な身形《みなり》で織田信長に謁した。背後には、羽柴家の家臣に交ざって、宇喜多家三家老の一人、岡平内利勝《へいないとしかつ》の姿もあった。

「宇喜多直家、長らくの病の末に死去、その跡をば一子八郎秀家にお与え下さいますようお願いいたします。秀家は明けて十歳の幼少なれば、この秀吉が猶子《ゆうし》として育てます」

猶子とは他家の者だが「猶《なお》子の如《ごと》し」の意味。この場合は宇喜多の者で羽柴家の相続権はないが、なお子のように育てる、ということだ。秀吉は、羽柴家の相続人は養子の秀勝、信長の四男だ、と強調したのである。

「宇喜多家には、戸川秀安、長船貞親《おさふねさだちか》、岡利勝の三家老がおります。いずれも忠勇賢明、中でもこれなる岡平内利勝は歴戦の勇将」

と続け、後ろに控える大男を紹介した。

信長としても悪い気はしない。羽柴秀吉の跡を継ぐのは自分の息子の秀勝。その配下の宇喜多家当主がさらに年下の少年とあれば使い易《やす》い。

「よかろう。秀家とやらに宇喜多家の所領を継がせても差し支えはない」

と応じたのは当然である。

そこで宇喜多家から御礼として吉光の脇差《わきざ》しと金百枚（千両）が信長に差し出され、信長からは宇喜多家の三家老に馬が与えられた。

「かくお許し頂いたからにはこの秀吉、直ちに姫路に立ち帰り、宇喜多の兵を併せて備前児島《びぜんこじま》に攻め込み、秀勝様の初陣《ういじん》を飾ります」

秀吉はそんな戦略を披露、そして続けた。

「さらにこの春には備中《びっちゅう》に攻め入り、備後《びんご》、安芸《あき》までを平らげる所存、また四国では、長宗我部元親の勢を土佐一国に押し戻し、瀬戸内側の讃岐《さぬき》と伊予《いよ》は、織田家の領地となさるべきかと存じます。中国の毛利に対しても、九州の島津に対しても、それが睨《にら》みとなります」

「それはもっとも……」

信長は大きく頷《うなず》いた。四国の既成事実を追認する惟任光秀の長宗我部容認論に飽き足りなさを感じていた信長は、秀吉の主張通り、長宗我部元親に伊予と阿波《あわ》での占領地から撤退するように命じた。これによって光秀は、大いに面目を失ったのである。

翌二十二日、羽柴秀吉は得意満面で安土を旅発ち、姫路への帰路についた。

「これでお福様も満足するぞ。三月には羽柴宇喜多の連合軍三万人を動員して児島に攻め込み、秀勝様の初陣を飾って見せる。いよいよわしが織田家第一、いや信長様の天下における第一の武将じゃわ」

そう思うと、秀吉の黒く小さな顔には自《おの》ずから微笑が浮かんだ。

しかし、織田信長の天下布武大戦略の中で最初の大功を立てたのは、滝川左近《さこんの》将《しょう》監《げん》一益だ。

滝川一益は大永《たいえい》五年（一五二五）近江《おうみ》甲賀《こうか》の生まれと伝わるが、その素性は定かではない。弘治《こうじ》年間（一五五五〜五八）から織田信長に仕え、伊勢《いせ》の攻略では大いに働いた。天正二年から伊勢長島城を本拠に北伊勢を領有、鉄砲使いの名手として各地で奮戦する一方、明智光秀と共に大和《やまと》の検地奉行も務めた。

天正十年当時、滝川一益の本務は武田攻め、徳川家康が東海道やら駿河《するが》を攻める一方で、滝川一益は美濃《みの》、飛騨《ひだ》方面から信濃《しなの》を揺さぶっていた。国境を閉鎖して商品流通を止めて経済を窮乏させると共に、乱輩《らっぱ》を送り込んで一揆《いっき》や叛乱《はんらん》を煽動《せんどう》した。

その滝川一益が、天正十年早々に大手柄を立てた。西信濃の木曾義昌を寝返らせたのだ。

木曾義昌は、武田信玄の女婿だが、勝頼からの再三の出兵や財政負担の要求に耐えかね、「織田信長公に味方して武田攻めを先導する覚悟」を伝えて来た。この報《しら》せが安土に達したのは二月一日のことである。

これを察知した武田勝頼は、翌二日、甲斐《かい》韮崎《にらさき》に新築したばかりの新府《しんぷ》城を出陣、信濃の諏訪《すわ》まで進出した。叛乱の連鎖を恐れて、僅《わず》かな兵を連れて飛び出して来たのだ。

織田信長の反応は素早かった。二月三日には、

「諸方から一斉に攻め込め」

との大号令を下し、諸将の持ち場を定めている。駿河口からは徳川家康、関東口からは北条氏政《ほうじょううじまさ》、飛騨口からは金森長近《ながちか》、木曾口や岩村口からは河尻《かわじり》秀隆、森長可《ながよし》、滝川一益、そして伊奈《いな》口からは信長、信忠《のぶただ》の父子が攻め込む、というものだ。信長は、この戦旅に手空《す》きの大名を多く供させた。惟任光秀もその一人である。

武田家の滅亡は、何とも呆気《あっけ》ない。

二月十二日、滝川一益や河尻秀隆を先駆けとして、織田信長の長男信忠が出陣すると、武田方の諸将は次々と降伏、あるいは城を捨てて逃げ去った。奮戦したのは、勝頼の弟で信濃高遠《たかとお》城主の仁科《にしな》盛信ぐらいである。

また、各地の農民たちも、自ら家々に火を放って逃げて来た。近年の武田家では苛《か》

斂誅求《れんちゆうきゆう》が著しかった上、規律も退廃して賄賂《わいろ》行政が横行、民は織田家の配下に入ることを望んだ。

一方、駿河でも、勝頼の妹の婿で江尻《えじり》（静岡市清水区江尻）の城主の穴山信君《のぶきみ》（梅雪）が降伏、徳川家康の案内役を買って出た。

腹背から攻められた武田勝頼は、諏訪の陣を引き払って甲斐韮崎の新府城に戻ったが、最早《もはや》、手の施しようもない。三月三日朝、勝頼は新府城に火を放ち、夫人の北条氏政の妹や側室のおあいら二百人ほどの一族を引き連れて旅立った。小山田信茂《おやまだのぶしげ》の岩殿山《いわどのやま》城（大月市）に立て籠《こも》ろうとしたのである。

しかし、小山田信茂からも入城を拒まれ、天目山《てんもくざん》の麓《ふもと》をうろつくうちに、田野という場所で滝川一益の手の者に討ち取られた。三月十一日のことである。

新府城を出た時には六百人ほどが供をしていたが、最後に残ったのは四十一人。勝頼の息子や夫人、寵臣《ちようしん》の長坂釣閑斎《ちようかんさい》や跡部《あとべ》大炊助《おおいのすけ》らは勝頼と共に果てた。勝頼の従兄《いと》弟《こ》の武田信豊は信濃の佐久《さく》に逃げたが、小諸《こもろ》の城代下曾根《しもそね》覚雲軒《かくうんけん》の騙《だま》し討ちで殺された。ここに名門武田家もまったく滅んだのである。

織田信長が安土を出陣したのは三月五日、既に勝頼が新府城を捨てて逃げ走った後だ。惟任光秀や筒井順慶、丹羽《にわ》長秀、細川藤孝《ふじたか》の息子の忠興《ただおき》、池田恒興《つねおき》の息子の元助らを連れての戦勝跡巡りの旅である。

合理主義者の信長は、三月二十八日、

「戦《いくさ》は終わった。今更大勢の将兵を連れて行くこともあるまい。大名どもと少人数の旗本だけが付いて来ればよい」

と申し付けた。征《ゆ》く者の経費節約にもなり、受け入れ側の負担の軽減になる善政に思えたが、これが意外な問題を生んだ。将兵がいなくなると、大名同士が間近に集まり、信長とも飲食を共にすることが多くなる。そこから途方もない摩擦が生じたのである。


「菊姫の兄上、武田勝頼様が討ち取られたそうな」

同年三月十五日夜、越後《えちご》春日山《かすがやま》城本丸の奥座敷。息子の上杉景勝《かげかつ》を呼び付けた仙桃院《せんとういん》は、そう囁《ささや》いて、軒の端に懸かる満月を見上げた。

「去る十一日、東甲斐《ひがしかい》の田野という山村で、滝川一益殿配下の雑兵に討たれたとか。さぞ無念だったでしょうな」

景勝は、母親の青白い顔に向かって応えた。

「無念どころか、哀れ、いや惨めじゃ」

仙桃院は突き放すようにいった。

「確かに……」

景勝は頷いた。

織田方の武田攻略戦がはじまると、木曾義昌、小笠原信嶺《おがさわらのぶみね》、穴山信君、小山田信茂ら、「武田の藩屏《はんぺい》」ともいうべき宿将が次々と降伏、織田勢の先駆けとなって武田勝頼を追い回した。逃げ場を失って討ち取られた武田勝頼も惨めだが、わが身可愛さに織田に寝返った武田の諸将も浅ましい。

「わが上杉家はどうですか」

仙桃院は、息子の顔を上目遣いに見た。

「楽ではありません」

景勝は短く応えた。実際、上杉家も今や存亡の危機にある。北では、昨年六月に叛《はん》逆《ぎゃく》した新発田《しばた》重家が、雪解けと共に攻勢に出て来て、景勝の送った蓼沼《たでぬま》友重らと激戦を交えている。新発田勢には、能登の織田勢から鉄砲や弾薬が船で送られている。

一方、西の越中では、織田家の北国担当の柴田勝家が、

「滝川一益如《ごと》きに遅れをとってはならぬ」

とばかり、大攻勢を掛けて来た。武田勝頼が討ち取られたのと同じ三月十一日、柴

田勝家、前田利家、佐々成政《さっさなりまさ》らは、一万余の兵を興して富山城を奪回した。

長年、上杉家の代理として越中を治めていた河田長親《ながちか》の死去で動揺していた越中の城主や地侍はたちまち離反。景勝が昨年送り込んだ吉江宗信《むねのぶ》や山本寺《さんぽんじ》景長《かげなが》らの十二人の武将も、三千八百人の兵と共に魚津《うおづ》城を守るのがやっとの有り様である。

「北も西も苦戦ですね、景勝」

仙桃院は月光の中で薄く笑った。

「でも、それだけではありませんよ。間もなく南も東も敵になります」

仙桃院の予想は、すぐ現実になった。天正十年三月二十九日、織田信長は「武田戦勝跡巡り」の旅の途中、信濃の諏訪で恩賞を授与した。上野《こうずけ》一国と信濃の佐久、小県《ちいさがた》の二郡は滝川一益に、北信濃の四郡(高井、水内《みのち》、更科《さらしな》、埴科《はにしな》)は森長可に、駿河の国は徳川家康、甲斐の大半は河尻秀隆に、与えられた。上杉家から見ると、東と南に織田方の大勢力が出現することになる。

「先の『御館《おたて》の乱』でわが方が勝てたのは、上野から来た関東北条の軍を栗林政頼《くりばやしまさより》様らが坂戸城で喰《く》い止める一方、信濃から来た武田勝頼様の軍を山崎秀仙《しゅうせん》先生が金一万両の賄《まかな》いで寝返らせたからです」

四月はじめの晴れた朝、今やお館《やかた》景勝の最側近となった樋口《ひぐち》与六改め直江兼続《かねつぐ》が、そんなことをいい出した。

「そんなことは承知している」といい掛けた言葉を、景勝は呑《の》み込んでただ頷いた。「無口になれ」が母仙桃院の教えだ。

「しかし、この度は東も南も織田、坂戸で防ぐことも、金銭で寝返らせることもできません。その上、北には新発田重家らの叛乱《はんらん》軍、西には柴田勝家様麾下《きか》の大軍。容易ならざる事態です」

「まだ間があろう」

景勝は言葉を削っていった。上野や信濃の新領を得た織田家の武将が、治安を整え軍勢を揃《そろ》えて攻めて来るまでには、相当の手間と時間がかかる、と指摘したのだ。

「左様、滝川様も森殿も新領の仕置き（統治体制整備）をするのには半年、次の行動はこの出来秋《できあき》の年貢を取ってからでしょう」

二十三歳の直江兼続は、五歳年上のお館が意外と落ちついているのに、ほっとした。

「まず全力で魚津の後詰め《ごづ》をする。勝頼様の二の舞はせぬ」

景勝は、兼続の切れ長の目を見ていった。

武田勝頼は、遠江《とおとうみ》の高天神城《たかてんじん》が一年間も包囲攻撃されている間、一度も後詰めの軍を出さなかった。それで武田の動員力のなさが知れ渡り、諸城主の信頼を失った。

景勝は、その二の舞を避けたい。まず全軍を挙げて越中の魚津と松倉の城を救援、返す刀で北の叛乱者新発田重家らを平らげる。その辺で十月の雪となり、戦は来年に持ち越される。景勝の短い言葉は、そんな意味である。

直江兼続は、お館上杉景勝の意を体して、四月五日と十一日、魚津の城に立て籠る山本寺景長ら十二将に「堅守」を命じる書状を与えた。これに十二人の将は、四月二十三日に連名で返書を送って来た。

「既に四十日、敵が壁際まで攻め寄せる激戦が続いているが、何とか保《も》ち堪《こた》えている。この上は全員滅亡覚悟です」

というものだ。

「やっぱりわが家は武田家とは違う。信玄公は領地を奪って部下に与える『誘利』の政治をなされた。故に武田は甲・信・駿《すん》に上野の大半を加えた百五十万余石を得られた。わが家の御先代謙信公は義で働かれた。そのせいか、戦には強かったが、治めた領地は越後一国と越中、能登、領地の石高は六十万石少々に過ぎない。その代わり、今この期に及んでも、利に走って主家を裏切る者はいない」

景勝はそう考え、「義によって動け」といった母仙桃院の言葉を、いま一度噛《か》みしめた。

五月一日、景勝はその心境を常陸《ひたち》の佐竹義重《さたけよししげ》に書き送っている。

「(前略)景勝、よき時代に生まれ、弓矢を携え、六十余州を越後一国で相ささえ、一戦をとげ、滅亡すること、死後の思い出です。もしまた万死を出て、一生を得ることができれば、日域無双の英雄というべきでしょう。死生の面目歓悦、天下の誉《ほまれ》、人々のうらやみ巨多《あまた》といえるでしょう」(「佐竹文書」＝花ヶ前盛明編『上杉景勝のすべて』より)。

「悲愴《ひそう》な覚悟」だが、なお万死に一生の望みを捨てていない。景勝は前記の戦略に基づき、五月十五日には天神山《てんじんやま》城(魚津市)に向かった。率いる兵は八千人。魚津と松倉の守備兵を合わせても一万二千人。北の新発田との戦に三千余を派遣している情況では、これが最大限である。

一方の柴田勝家の軍も、前田利家、佐々成政らの全軍出動でほぼ同数。天神山と松倉の二城周辺で激戦を展開した。

勝敗は区々《まちまち》だが、上杉軍の勇猛と結束には衰えがない。

「これは勝てる」

景勝がそう思い出した五月二十七日払暁《ふつぎよう》、春日山城から急報が来た。信濃川中島を領有した織田の部将、森長可が五千の兵を率いて片貝《かたかい》（上越市中郷区）に現れた、というのだ。

越後の国は西から東北に伸びる大国だが、南北の奥行きが浅い。特に春日山城のある上越では、国境の峠から春日山城まで十里（約四〇キロ）ほどに過ぎない。このため、上杉謙信は北信濃の支配権を巡って武田信玄と何度も川中島で戦った。

しかし、結局北信濃は武田領となり、武田を滅ぼした織田のものになった。信長はこれを、小姓頭森蘭丸《らんまる》の兄の森長可に与えた。

ところが、四月七日、長可が川中島の海津城《かいづ》に入った直後、この一帯で大規模な一揆が起こった。八千人の群衆が芋川親正《いもかわちかまさ》なる者を首領にして飯山に立て籠ったのだ。

この一揆は武田の残党が煽《あお》ったというが、上杉家の関与も否定できない。

「北信濃は治め難《にく》い土地柄だ。森長可殿も仕置きに半年、いや一年はかかるだろう。さらに遠い上野の国はなおのことだ」

上杉景勝と直江兼続は、そう読んでいた。

だが、織田家は違った。一揆の報せに、織田信長と信忠の父子は、直ちに戦闘部隊を派遣し、一揆の衆二千四百五十余を斬《き》り殺して制圧、長可の越後出兵を促したのである。

五月二十七日払暁、越中天神山で、

「織田勢、春日山城に迫る」

の報せを受けた上杉景勝は、魚津と松倉の二城の救援を諦《あきら》めて春日山に取って返した。

魚津近くの天神山から春日山まで約二十里（約八〇キロ）、この道を景勝率いる上杉勢八千人は、一昼夜半で駆け通した。

五月二十八日夕刻、景勝は春日山城の本丸櫓上層に立ったが、そこからは森長可の先駆けの姿が遠望できたほどだ。それだけではない。上野から三国峠を越えた滝川一益の一万人余も、荒戸《あらと》や樺沢《かばのさわ》の城を迂回《うかい》して柿崎《かきざき》城の周辺まで来ているという。また景勝が引き揚げた越中からは十二将が、「魚津に籠って玉砕する」と伝えて来た。遠からず、西からも柴田勝家の大軍が押し寄せるのは必定である。

「義兄上《あにうえ》武田勝頼公は、新府城を焼き払って遁走《とんそう》、惨めな結果になった」

景勝は妻の菊姫を引き寄せていった。

「俺は逃げない。この城で天下の軍と戦う」

景勝が暗くなった海を睨《にら》んでいった時、

「仙桃院様のお越しです」

という声がした。直江兼続の妻お舟《せん》の声だ。

日は既に暮れていた。越後春日山城の本丸櫓は曇天の闇に包まれている。北には黒い海が、南には影の塊のような野と森が拡《ひろ》がる。かすかに見える火は、信濃から攻め込んで来た敵の先手だろうか。

櫓の上層、四間六間の部屋も暗い。燭《しょく》はただ一基。物欲の乏しい倹約家だった先代謙信に見習い、当代の景勝も必要最小限でしか燭を点《とも》さない。菊姫と侍女は去り、景勝と直江兼続と太刀《たち》持ちの小姓だけが残った。そこに景勝の実母仙桃院が、お舟と共に梯子《はしご》段を昇って来た。

「冴《さ》えぬお顔色ですね」

仙桃院は燭の横に座した景勝を見下ろした。

「信濃から敵兵五千人が、すぐ近くまで来ております」

景勝が呟《つぶや》いた。それに兼続が続けた。

「他にも上野から三国峠を越えた敵一万人余。越中魚津攻めの勢が一万二千。いずれも旬日を経ずして押し掛けて来るでしょう。さらに北の方でも新発田重家殿らの叛徒《はんと》が勢いを増しています」

「八方塞《ふさ》がりですね」

景勝の前に座った仙桃院は他人事《ひとごと》のようにいった。

「私は、明早朝より八千の精鋭を以《もっ》て、まず信濃から来た織田勢を蹴散《けち》らし……」

景勝がそういいかけるのを、仙桃院は膝《ひざ》を叩《たた》いて止めた。

「無用になさい。そんなことをすれば八千の精鋭も半分は戻って来ないでしょう」

景勝は頷いたが、なお悔しげに呻《うめ》いた。

「敵は巨大、手で打っても効かず足で蹴っても倒れず、かといって手も足も出さぬのでは……」

「ならば、肝で戦いなさい」

仙桃院は、低いが強い声でいった。

「肝で……」

景勝は驚き、やや間を置いて深く頷いた。先代謙信ならそうした、と思えたからだ。

この時、手も足も出せぬ状況に陥っていたのは、上杉家二代目景勝だけではない。

それより西南に百三十里（約五二〇キロ）の備中《びっちゅう》では、もう一人の二代目、毛利輝元《てるもと》もまた似た状況に追い込まれていた……。

天下布武《ふぶ》大戦略——東征西戦

「何、滝川一益《かずます》殿は、早くも武田勝頼《かつより》公を討ち取られたのか」

急飛脚が齎《もたら》した書状を一読した羽柴《はしば》秀吉は、発条《ばね》仕掛けのように腰を浮かせて叫んだ。天正《てんしょう》十年（一五八二）三月十五日姫路城本丸、秀吉は近習《きんじゅう》たちと朝餉《あさげ》を終えたばかりだ。

「これはめでたい、やれうれしい。わが織田家の大勝利、信長様の御威光じゃ」

秀吉は中腰のまま書状を握った手を宙に舞《ま》わして全身で歓《よろこ》びを表現した。だが、その顔には嫉妬《しっと》と焦りが滲《にじ》んでいる。

「滝川左近将監《さこんのしょうげん》一益殿が大敵武田家を押し潰《つぶ》されたのなら、この羽柴筑前守《ちくぜんのかみ》秀吉もゆっくりはしておれぬ。上様が安土《あづち》にお帰りになるまでに毛利を叩《たた》いて、せめて備《びっ》中《ちゅう》と伯耆《ほうき》の二ヵ国ぐらいは奪い取っておかねばならぬ。上様が四国攻めをはじめられる前に、播磨《はりま》灘《なだ》の制海権を握っておくのも大事じゃ」

秀吉は、近習たちにそういうと、大声で叫んだ。

「出陣じゃ。わが家の跡取り、秀勝様の初陣《ういじん》じゃぞ。者共急げ」

出陣の用意は既にできている。播磨、但馬《たじま》、因幡《いなば》から動員した兵はおよそ一万二千人。徴発した兵糧は一万五千俵。鉄砲二千挺、弾薬《ちょう》二百箱も揃《そろ》っている。先駆けの物見は、備前《びぜん》岡山までの道筋を調べ、繋《つな》ぎの城に受け入れの用意も命じてある。兵糧輸送の船二百隻も集まっている。あとは山陽道に沿って進み、岡山で宇喜多勢七千人を合わせて備中に攻め入ればよい。

「勝利は確実、手柄の好機じゃぞ」

羽柴秀吉は配下の諸将にそう説いた。

羽柴勢は、この日の辰《たつ》の刻（午前八時頃）から順次姫路城を出発した。

当時の道路は狭い。山陽道といえども徒歩《かち》は四列、騎馬は二列が限度だ。荷駄《にだ》を伴う軍勢の進軍速度は一刻一里（時速二キロ）、一万二千人が出発するだけでも三刻（約六時間）を要する。最後尾の秀吉本陣が姫路城を出たのは未《ひつじ》の刻（午後二時頃）だ。

秀吉は美しく着飾り、大きな前立ての付いた兜《かぶと》を冠《かぶ》っていた。いかにも自信満々に見えるが、内心には不安もあった。

一つは「備中と備後《びんご》の二ヵ国を与える」という好条件で誘った摂津《せっつ》茨木《いばらき》城主の中川

瀬兵衛清秀が出陣して来ないこと、もう一つは得意の調略がさほど効果をあげていないことだ。

　前年（天正九年、一五八一）十二月二十七日に、秀吉は茨木城を借りて茶会を開き、招いた城主の中川瀬兵衛に囁《ささや》いた。

「来年の毛利攻めで働いて下されば、備中と備後の両国を信長様より与えられますぞ」

　これに瀬兵衛は歓び、出陣を約束した。

　ところが、秀吉は宇喜多家の家老たちにも、

「毛利攻めでよく働けば、備中を宇喜多家に進呈する」

　と約束していることを瀬兵衛は知った。それに気付いた秀吉は、

「宇喜多の者が忠実に働き、備中を与えることになれば、瀬兵衛殿には備後とその先の安芸《あき》か周防《すおう》のいずれかを与える」

　と修正した。しかし、秀吉の二枚舌に嫌気が差したのか、三月になっても中川瀬兵衛は出て来る気配がない。一方、毛利方への調略も成果が乏しい。

　秀吉はまず、備中高松城主の清水宗治《むねはる》に、

「戦勝の暁には備中備後の二ヵ国を与える」

という織田信長の起請文《きしょうもん》を以《もっ》て誘ったが、宗治は断固として撥《は》ねつけた。

また、高松城の南一里弱（約四キロ）にある備中加茂城を守る三人の武将、桂広繁、上山元忠《うえやまもとただ》、生石中務少輔《おいしなかつかさしょうゆう》にも誘降の使者を送ったが、前二者は一顧だにしなかった。

ただ東の丸を守っていた生石中務少輔は動揺した。生石少輔は三年前の天正七年九月、羽柴軍に包囲された別所長治《ながはる》の三木城《みき》に兵糧を運び込む任務に当たった武将である。生石少輔は羽柴方の谷大膳《だいぜん》を討ち取る奮闘をしたが、結局兵糧搬入には失敗した。爾来《じらい》毛利家中の目は冷たい。そこに秀吉は付け込んだのである。

秀吉はまた、毛利水軍にも調略の手を伸ばした。だが、安芸沼田水軍の乃美宗勝《のみむねかつ》も、伊予能島《いよのしま》水軍の村上武吉《たけよし》らも拒否した。唯一、伊予来島《くるしま》水軍の来島通昌《みちまさ》だけが秀吉の誘いに応じた。

流石《さすが》に古くからの毛利領、備中以西ともなれば、武将たちの結束は固い。出陣三日目、秀吉は三千の兵を分けて児島《こじま》に渡り一隅の小城を攻めた。秀吉は百人ほどの守備兵を追い散らして勝ち鬨《どき》を上げると、すぐ撤退した。それでも、この勝利を大袈裟《おおげさ》に安土に報告、秀勝の初陣振りを讃《たた》えるのは忘れなかった。

天正十年四月四日の昼過ぎ、羽柴秀吉は宇喜多家の本拠岡山城に入った。

「直ちに軍議じゃ」

秀吉は旅装を解くのももどかしく、諸将を招集した。一刻（約二時間）後の岡山城本丸の表座敷。右側障子の前には羽柴秀長以下の羽柴勢の武将たちが、左側襖《ふすま》の前には宇喜多忠家ら宇喜多家の重臣たちが座っていた。

　秀吉は正面、一段高くなった主君の座に、十五歳の養子秀勝と並んで座った。そこは昨年一月、宇喜多家の創業者直家が、血膿《ちうみ》を垂らしながら最後の演技を行った位置である。

　双方座が定まると、左側の襖の前の最上席にいた宇喜多忠家が、歓迎の辞を述べようとして膝《ひざ》を躙《にじ》らせた。その時、下手の廊下に軽い小走りの足音がして八郎秀家が現れた。

「御義父上《おちちうえ》には、よくぞこの城においで下さいました。宇喜多家当主八郎秀家、心から御礼申し上げます」

　秀家は、紅葉《もみじ》のような手を床に突いてそういうと、額を床に擦《こす》り付けた。

「おお、八郎秀家。一年見ぬ間に大きくなったのお……」

　秀吉は、まずそういい、そして続けた。

「秀家はわしの猶子《ゆうし》、遠慮《い》は要らぬ。こっちに来て、ここに座れ」

秀吉は自らの右脇《わき》を指差した。

「有り難きお言葉……」

秀家はもう一度平伏すると、一段高い主君の座に這《は》い上がり、秀吉の右側に座った。左側の秀勝と一対になる位置である。

これに対して、まずは右側、障子の前の羽柴家の家臣たちが、次いで左側、襖の前の宇喜多家家臣たちが、頭を下げた。この瞬間、羽柴秀吉は宇喜多家を完全に掌握し、十歳の幼君八郎秀家は、宇喜多家二代目の地位を安泰にしたのである。

その夜、羽柴秀吉の黒く小さな顔が岡山城奥座敷、長く直家が病み苦しんだ部屋にあった。

「お福様。すべてそなたが描かれた筋書き通りになった。女子《おなご》に惜しいほどの知謀じゃ」

秀吉は立ち並んだ蠟燭《ろうそく》に囲まれたお福の色白の顔に向けてそういった。

「あれ、女子にしておきたい美貌《びぼう》というて欲しかったのに……」

お福は可笑《おか》しそうに笑った。

それから三日後の四月七日、秀吉は岡山城を出て備中に向かった。先導役は八郎秀家の名代忠家（秀家の叔父）の指揮する宇喜多勢七千人。続く羽柴勢は一万二千。合わせて二万弱を秀吉は「三万騎」と号した。

対する毛利方は、南北五里（約二〇キロ）余に、庭瀬、松島、日幡《ひばた》、加茂、高松、冠山《かんむりやま》、宮路山《みやじやま》の七城を連ねて守りを固めている。主城の高松城に、城主清水宗治以下五千人がいる他は、城兵三百人から千人までの支城である。

この日、巳《み》の刻（午前一〇時頃）に備中境を越えた秀吉は、まず鍛冶山に登り、三刻（約六時間）ほどもかけて周囲の地形や各地の備えを偵察した。流石に毛利家が時間と手間をかけて築いた防衛線だけに、城の配置もよければ各城の備えも固い。特に主城の高松城は、低地に設けた平城《ひらじろ》ながら、三方を深田《ふけだ》に囲まれ、一方には幅広い堀を備えている。

「三年前、備前随一の勇将といわれた宇喜多信濃守《しなののかみ》様も、この城の攻略には失敗されました。ここの深田に落ちれば膝まで泥に沈み、身動きができませぬ」

そんな話を、秀吉は聞かされた。日暮れ近く、秀吉は配下の軍勢共々一旦《いったん》岡山城に戻った。そしてこの様子を詳しく書き、絵図を添えて戦旅の途上にある織田信長に送った。組織で生きる者は、常に報告、連絡、相談の三つを欠かしてはならない。これは戦国の昔も企業社会の今も同じである。

そんな中で秀吉は驚くべき話を聞いた。

「四月五日、信長様御一行が甲府《こうふ》御滞陣中に大変なことが起こりました」

信長身辺の情況を報《しら》せる情報源から送られた繋ぎ（連絡係）が囁いた。

「夕方の宴で細川忠興《ただおき》様が『武田の本拠甲斐《かい》も隅から隅までお味方の旗で満たされている』と申されたのに、惟任《これとう》（明智）光秀様が『これでこそわれらの骨折り甲斐があったというもの』と応じられました。それを信長様が聞き咎《とが》め、『光秀はこの度の戦《いくさ》でいつどんな骨折りをしたのか』と御詰問、果ては打つ蹴《け》るの騒ぎになったといいます」

「ほう、それは、光秀殿も……」

とまでいって、秀吉は言葉を呑《の》んだ。「災難だった」といいそうになったのを「迂《う》闊《かつ》であった」に換えた。この一言が信長に伝わるのを意識してのことである。

天正十年三月五日から四月二十一日までの織田信長の戦勝跡巡りの旅は、天下平定を印象付けた。三月二十八日、織田信長は大半の将兵を国元に帰し、大名とその旗本衆ら三千人ほどに人数を減らした。さらに四月三日、丹羽《にわ》長秀や堀秀政に暇を与え上《こう》野草津《ずけ》に湯治に行かせている。

一方、好奇心が旺盛《おうせい》で話好きの信長は、毎晩のように宴を開き、様々な話を交わした。それだけに、信長と大名たちとの交流が密になり、互いの癖や性分も知り合うようになった。

そんな中で信長は、光秀の慇懃《いんぎん》なくどさが厭《いや》になり、光秀は信長の俗っぽさに失望した。今日でも、仰ぎ見ていた会長や社長と海外旅行で数日密着してみると、すっかり厭になった、ということは珍しくない。前述の光秀殴打の件も、そんな情況下で起こったものだ。

その半面、織田信長一行を迎える側の緊張は大変なものだ。特に駿河《するが》から三河《みかわ》まで五日間六十里（約二四〇キロ）の旅程を担当する徳川家康の気遣いは凄《すさ》まじい。各地に三千人の一夜宿を新築、信長のためには名所案内や茶会を催した。

大井川を徒渉する際には水泳の名人を多数配置した。天竜川には丈夫な船橋を設けた。三年前に、信長から通敵を疑われた妻と長男を処刑したほどだから、信長の機嫌を取るのには銭金も苦労も厭《いと》わなかったのは当然である。

これに比べて惟任光秀は、有職故実《ゆうそく》に詳しい知識人だけに、前例を超えた発想ができない。伝統伝承でなければ、下劣な素人芸に見えてしまうのである。光秀は、殴打事件のあとはひたすら謹慎、目立たぬように信長の後を旅していた。

そんな光秀に、五月下旬に上洛《じょうらく》する徳川家康の接待役を命じたのは、先行帰国させてやるための信長的思いやりだったかも知れない。だが、それは光秀の望む役目ではなかった。「また苛《いじ》められる」と思った時、光秀は昨年の毛利家との和平交渉を思い出した。

「毛利輝元《てるもと》様は織田の天下を認めるが、当家にも『西国公方《くぼう》』の名が欲しい、と申されています」

という宮内少輔《くないのしょうゆう》朝山久綱《あさやまひさつな》の言葉だ。

「世間は案外古い。信長様の行き過ぎた改革を怨《うら》む者は多い」

そう光秀は思いはじめていた……。

下巻に続く

上杉家

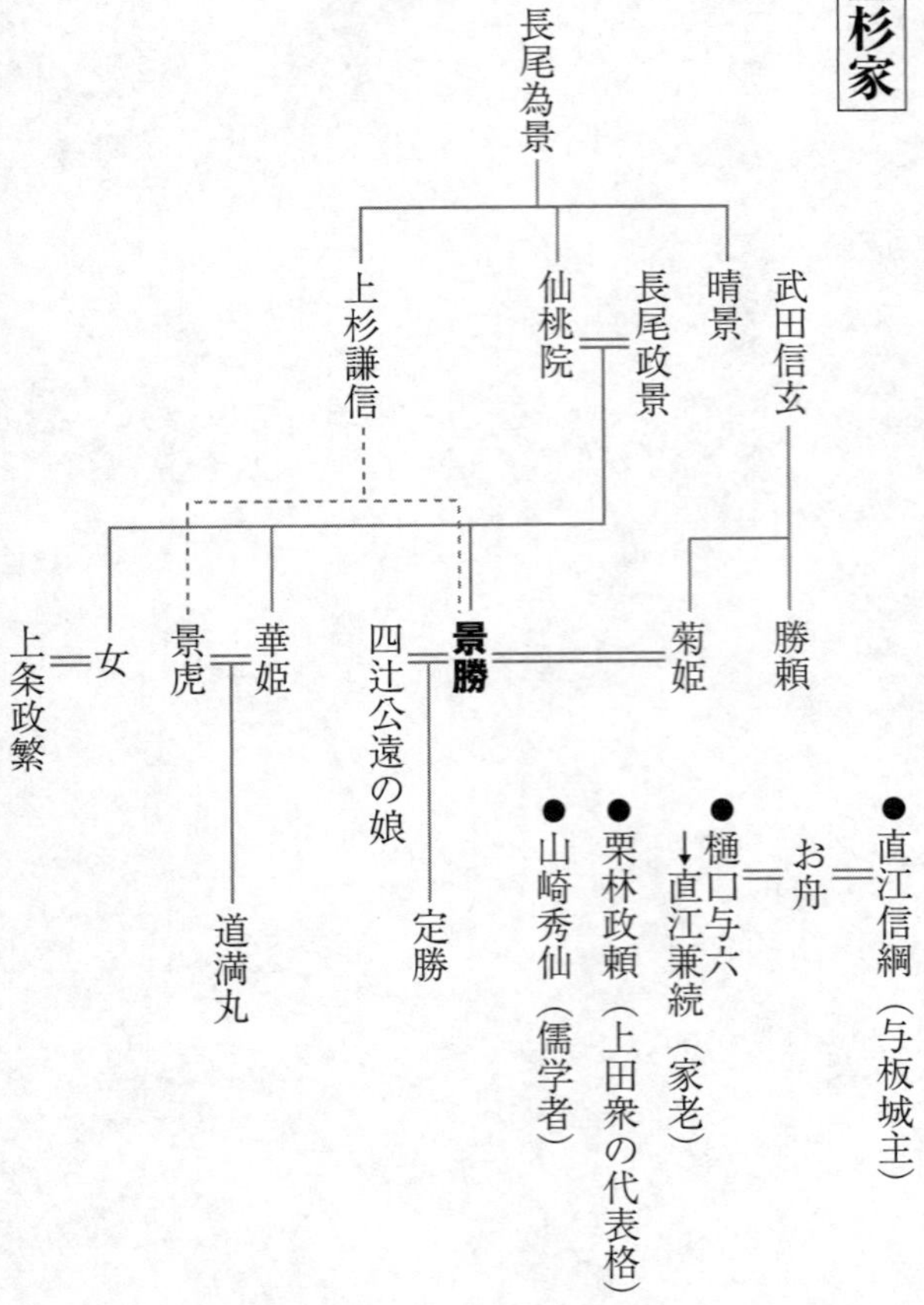
長尾為景
上杉謙信
仙桃院
長尾政景
晴景
武田信玄
女
上条政繁
景虎
華姫
道満丸
四辻公遠の娘
景勝
定勝
菊姫
勝頼
●直江信綱（与板城主）
お舟
●樋口与六
→直江兼続（家老）
●栗林政頼（上田衆の代表格）
●山崎秀仙（儒学者）

宇喜多家

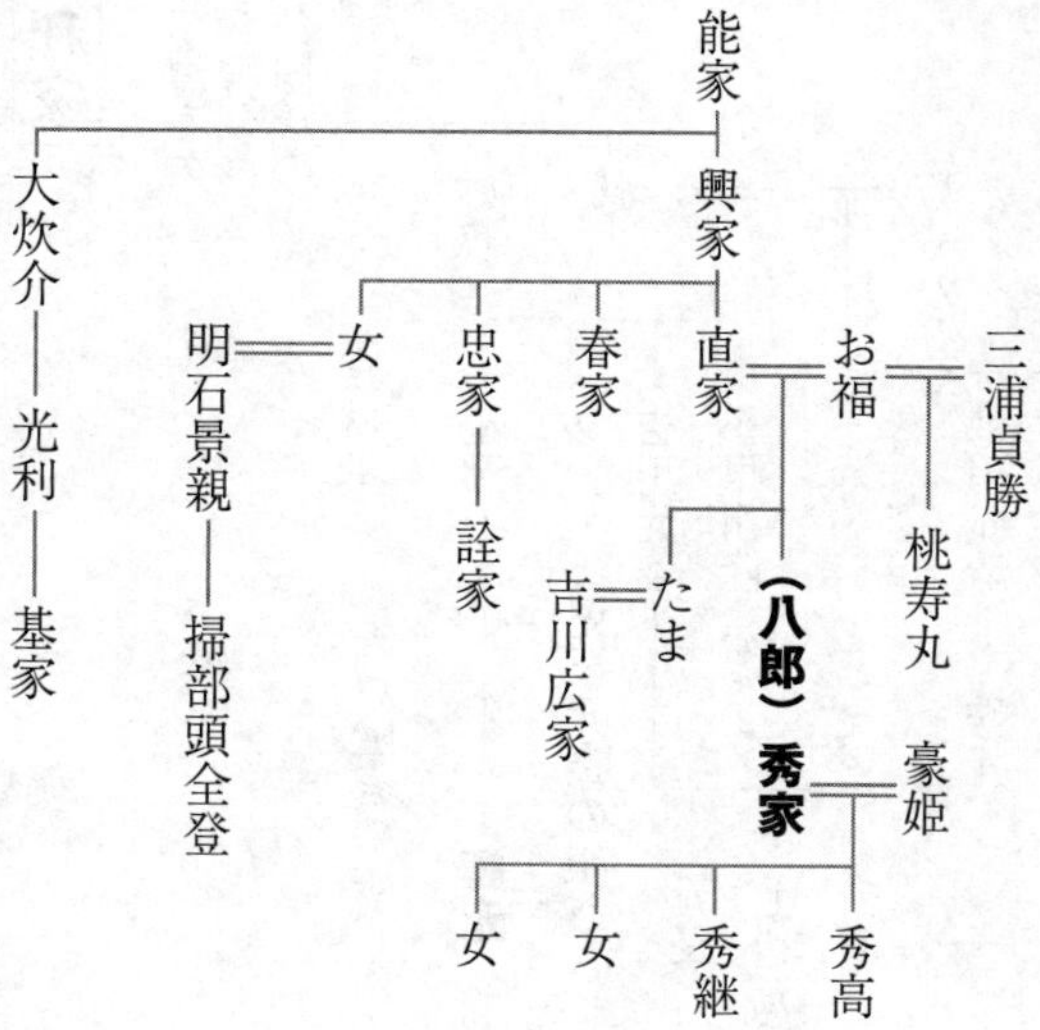

●（家老）長船貞親―綱直
●（家老）戸川秀安―（助七郎）達安
●（家老）岡平内利勝―越前守
●（側近）遠藤弥八郎
●中村次郎兵衛（前田家から来た家臣）

毛利家

二宮春久

矢田氏の娘

元就

妙玖

二宮就辰

乃美の方

隆元

女

吉川元春

小早川隆景

宍戸隆家の娘（南の大方）

輝元

児玉元良の娘さき（西の方）

穂田元清

天野元政

秀包＊

秀元

元長

毛利元氏

広家

秀秋

秀包＊…同一人物

秀就

就隆

女

●安国寺恵瓊（使僧）

●福原貞俊（第三の重臣）

●佐世元嘉（右筆）

この小説は、左の三十八紙に連載されました。加筆修正のうえ、二〇一一年五月講談社から刊行された作品を文庫化したものです。

苫小牧民報、千歳民報、十勝毎日新聞、釧路新聞、室蘭民報、函館新聞、秋田魁新報、東奥日報、山形新聞、福島民報、新潟日報、茨城新聞、下野新聞、産経新聞、神奈川新聞、信濃毎日新聞、静岡新聞、岐阜新聞、北國新聞、富山新聞、福井新聞、京都新聞、奈良新聞、神戸新聞、大阪日日新聞、日本海新聞、山陰中央新報、山陽新聞、中國新聞、山口新聞、四國新聞、徳島新聞、愛媛新聞、大分合同新聞、佐賀新聞、長崎新聞、宮崎日日新聞、琉球新報

堺屋太一―1935年大阪府生まれ。東京大学経済学部卒業後、通産省入省。通産省時代に日本万国博覧会を企画、開催に漕ぎつける。その後、沖縄国際海洋博覧会やサンシャイン計画を推進。1978年通産省を退官、執筆・講演活動に入る。1998年7月から2000年12月まで小渕内閣、森内閣において経済企画庁長官をつとめ、また、新千年紀記念行事推進室の担当大臣としてインターネット博覧会を推進する。その後、森内閣、小泉内閣では内閣特別顧問。
『油断!』『団塊の世代』『峠の群像』『知価革命』『「新都」建設』『日本とは何か』『風と炎と』『危機を活かす』『組織の盛衰』『「大変」な時代』『時代が変わった』『東大講義録 文明を解く』『歴史の使い方』『世界を創った男チンギス・ハン』など著書多数。『豊臣秀長』『鬼と人と』『秀吉』『巨いなる企て』など、戦国を描いた歴史小説には定評がある。

講談社+α文庫 三人《さんにん》の二代目《にだいめ》〈上〉
――上杉、毛利と宇喜多
堺屋太一《さかいやたいち》

2017年9月20日第1刷発行

発行者――――鈴木 哲
発行所――――株式会社 講談社
東京都文京区音羽2-12-21 〒112-8001
電話 編集(03)5395-3522
販売(03)5395-4415
業務(03)5395-3615

デザイン――――鈴木成一デザイン室
カバー印刷――――凸版印刷株式会社
印刷――――大日本印刷株式会社
製本――――株式会社国宝社

落丁本・乱丁本は購入書店名を明記のうえ、小社業務あてにお送りください。
送料は小社負担にてお取り替えします。
なお、この本の内容についてのお問い合わせは
第一事業局企画部「+α文庫」あてにお願いいたします。
Printed in Japan ISBN978-4-06-281724-0
定価はカバーに表示してあります。

講談社+α文庫 Ⓔ歴史

マンガ 孫子《そんし》・韓非子《かんぴし》の思想
蔡志忠・作画 和田武司・訳 野末陳平・監修
深い人間洞察と非情なまでの厳しさ。勝者の鉄則を明らかにした二大思想をマンガで描く
750円 E 5-3

***マンガ 菜根譚《さいこんたん》・世説新語《せせつしんご》の思想**
蔡志忠・作画 和田武司・訳 野末陳平・監修
乱世を生きぬいた賢人たちの処世術と数々のエピソードが現代にも通じる真理を啓示する
700円 E 5-7

マンガ 禅の思想
蔡志忠・作画 和田武司・訳 野末陳平・監修
悟りとは、無とは!? アタマで理解しようと力《りき》まず、気楽に禅に接するための一冊!!
780円 E 5-8

***マンガ 孟子《もうし》・大学《だいがく》・中庸《ちゅうよう》の思想**
蔡志忠・作画 和田武司・訳 野末陳平・監修
政治・道徳・天道観など、中国の儒教思想の源流を比喩《ひゆ》や寓話《ぐうわ》、名言で導く必読の書!!
680円 E 5-9

マンガ 皇妃エリザベート
名香智子 ジャン・デ・カール原作 塚本哲也監修・解説
今なお、全世界の人々を魅了する、美と個性の皇妃の数奇な運命を華麗なタッチで描く!!
1000円 E 28-1

***オールカラー 完全版 世界遺産 第1巻 ヨーロッパ①**
講談社 編 PPS通信社 写真 水村光男 監修
美しい写真! 歴史的背景がわかりやすい! ギリシア・ローマ、キリスト教文化の遺産!
940円 E 32-1

***オールカラー 完全版 世界遺産 第2巻 ヨーロッパ②**
講談社 編 PPS通信社 写真 水村光男 監修
フランス、イギリス、スペイン。絶対君主の威厳と富の蓄積が人類に残した珠玉の遺産!
940円 E 32-2

***歴史ドラマが100倍おもしろくなる 江戸300藩 読む辞典**
八幡和郎
歴史ドラマ、時代小説が100倍楽しめることとウケあいの超うんちく話が満載!
800円 E 35-6

***井伊直虎と謎の超名門「井伊家」**
八幡和郎 八幡衣代
大河ドラマの主人公、井伊直虎を徹底解剖。知られざる秘密に歴史作家の第一人者が迫る!
780円 E 35-7

新 歴史の真実 混迷する世界の救世主ニッポン
前野徹
石原慎太郎氏が絶賛のベストセラー文庫化!! 世界で初めてアジアから見た世界史観を確立
781円 E 41-1

*印は書き下ろし・オリジナル作品

表示価格はすべて本体価格(税別)です。本体価格は変更することがあります